中公文庫

北条早雲 1

青雲飛翔篇

富樫倫太郎

中央公論新社

目次

北条早雲1

青雲飛翔篇

序

一人の風変わりな男の物語を辿《たど》ってみようと思っている。

彼は備中国《びっちゅうのくに》高越城《たかこしじょう》で育った。

今の岡山県井原《いばら》市神代町《こうじろちょう》である。

これといって特徴のない平凡な子として生まれ育ち、元服《げんぷく》してから京都に上った。

自分の意思ではなく、周囲の事情によって、そういうことになった。

室町幕府の役人として歳月を送るうちに、人並みに妻を娶《めと》ったり、子をもうけたりした。

何年か後、彼は駿河《するが》に下ることになる。これも自分の意思ではなく、周囲の事情が、そうさせた。駿河での役目を終えると、また京都に戻ってくる。

やがて、再び駿河に向かうことになるが、このとき、初めて自分の意思で動いた。周りの者たちは、駿河に向かうことを止めたが、彼は二度と京都に戻らない覚悟を決めて東下した。

駿河で城持ちに出世した。

その城は、伊豆との国境に近い、興国寺城《こうこくじ》で、城というより砦《とりで》と呼ぶ方がよさそうな小さな城に過ぎなかったが、別に不満はなかった。領主になっても傲《おご》ることなく、贅沢もせず、酒食に溺《おぼ》れることもなかった。自分に仕える者たちに無体《むたい》な扱いをしたり、乱暴な振る舞いをすることもなかった。

領主として数年を過ごすうちに、伊豆のことが気になってきた。居ても立ってもいられないようになり、ついに伊豆をわがものにしようと決意した。

これもまた彼の意思であった。

彼は伊豆を奪い取り、後には相模《さがみ》をも奪った。

日本史では、彼が伊豆を奪ったことによって戦国時代が始まった、と教えられる。

いつの頃からか、彼は戦国の三悪人の一人に数えられるようになった。あとの二人は斎《さい》藤道三《とうどうさん》と松永久秀《まつながひさひで》である。下剋上《げこくじょう》の権化《ごんげ》と呼ばれる男たちだ。

幼名・鶴千代丸《つるちよまる》、元服して伊勢新九郎《いせしんくろう》と名乗る。

伊豆に攻め込むときに出家し、宗瑞《そうずい》と号す。

隠居してからは、早雲庵《そううんあん》宗瑞と呼ばれた。

歴史上、彼は「北条早雲」として知られているが、生前、そう名乗ったことは一度もない。伊勢氏が北条氏に改姓するのは、彼の死後、息子の氏綱《うじつな》の時代である。

室町幕府の役人に過ぎなかった男が、身ひとつで駿河に下り、ついには伊豆・相模を領する戦国大名にのし上がったのだから、これは異様な出世といっていい。

しかし、彼が風変わりなのは、そのことではない。彼には、この時代の支配者たちとまるで違っている点がいくつもあり、それが何とも奇妙なのだ。

例えば、彼は、家族を大切にする男だった。妻や子供たちを愛し、彼の領地に暮らす民を慈《いつく》しんだ。民も彼を慕い、晩年、韮山《にらやま》城で隠居生活を送る彼を「韮山さま」と呼んで敬愛した。

例えば、彼は、人との繋《つな》がりを大切にし、約束を守る男だった。

例えば、彼は、謙虚な男だった。

例えば……。

彼が生きた時代、諸国をぐるりと見回しても、彼のような領主はどこにも見当たらない。それが何とも奇妙であり、その生き方が風変わりに思えるのだ。

生まれつき、思いやり深く、謙虚だったわけではない。

人生のある時点で自分の人格を明確に規定し、自分の生き方を決めたのである。彼が謙虚なのは謙虚であるように己を戒《いまし》めていたからだし、人との繋がりを大切にしたのは「一期一会」という言葉を胸に刻んで、常に忘れないように心懸けていたからである。

「人は自分がなろうとするものになる」

という、インドの古い格言がある。

まさに彼は、この格言通り、自分の理想とする姿を思い描き、生涯を費やして、その理想に近付こうとしたのである。自分自身の手で作り上げた彼の人格は戦国大名となってからも少しも揺らぐことがなかった。

彼は自分が決めた通りに生き、死んでいった。

風変わりとしか言いようのない人生であろう。

なぜ、こんな男が生まれたのか、その人生を辿ってみたい。

第一部　備中荏原郷

一

荏原郷《えばらごう》は備中《びっちゅう》の南西にあり、備後《びんご》との国境近くに位置している。現在の東江原町《ひがしえばらちょう》、神代町《こうじろちょう》を含む、小田川《おだがわ》流域の一帯である。平安時代から荘園が開かれていた土地で、源平の世には、弓の名人として知られる那須与一《なすのよいち》の支配地だったとも伝えられる。

この物語が始まる頃、すなわち、応仁《おうにん》元年（一四六七）には伊勢《いせ》氏の領地となっていた。伊勢氏といえば、その本家は、室町幕府の政所《まんどころ》執事を務める家柄で、当代を貞親《さだちか》といい、八代将軍・義政《よしまさ》の絶大な信頼を背景として、中央政界で権勢を振るう存在である。貞親には、一回り以上も年齢《とし》の離れた時子《ときこ》という妹がおり、時子は同族の伊勢新左衛門盛定《しんざえもんもりさだ》に嫁いだ。この盛定が荏原郷の領主である。

盛定の居城を高越城《たかこしじょう》という。標高は一七〇メートルほどで、高越城からは、遠く瀬戸内海まで眺め渡すことができた。城といっても、戦国時代に数多く造られたような堅固で広壮な城とはまったく違っていて、それほど頑丈でもなく、こぢんまりとした砦《とりで》に過ぎなかった。

高越城を中心とする地域は一面の田園地帯で、重そうに実った稲穂が秋風の中で静かに揺れている。のどかな田園風景の中を、時折、素槍《すやり》を手にした男たちが二人一組で通り過ぎていく。素槍というのは、最も原始的な形状の槍で、一間半（約二・七メートル）ほどの柄《え》の先に、直線状の穂を付けたものである。その男たちは兵士というわけではない。土地の百姓たちが交代で素槍を担《かつ》いで歩き回っているのである。彼らの目的は、よそ者が自分たちの土地に勝手に入り込むのを防ぐことであった。

この時代、農業の生産性が低い。一年間、必死に働き続けても、余裕を持って食っていけるほどの収穫を上げることは不可能だった。だから、米不足を補うために畑作にも力を入れたし、土地を遊ばせないために二毛作なども積極的に行われている。

しかし、干魃《かんばつ》や大雨、冷害や虫害などという災害に見舞われれば、たちまち飢饉《ききん》が起こる。それほど深刻な災害でなくても、ちょっとした長雨や水不足などで収穫が激減してしまう。豊作になることなどありえず、ごく普通の収穫すら滅多に望み得ないのが実情だった。しかも、不作であろうがなかろうが年貢の取り立ては容赦がない。故郷に留まっても食えないと見極めると、農民たちは逃散《ちょうさん》する。村から逃げ出すわけである。そういう者たちは都を目指すことが多い。将軍のいる都に行けば、何とか食えるだろうと淡い夢を抱くのだ。途中で行き倒れになる者がほとんどだが、時には、流民が徒党を組み、あたかも盗賊集団のようになって村を襲うこともある。

荏原郷の男たちが武器を手にして巡回しているのは、丹誠を込めて育てた収穫物を流民に奪われないための用心であった。この当時、庶民が旅をするという習慣がないせいもあって、よそ者はひどく警戒され、嫌われる。よそ者が勝手に村に立ち入れば、それだけで殺される覚悟をしなければならないほどに閉鎖的な社会なのだ。男たちが担いでいる素槍は虚仮威《こけおど》しなどではなかった。作物を育てるのも大変だが、実った作物を守るのも楽ではない……そんな時代なのである。

「そこを退《の》け、道を譲れーっ！」

背後から大きな声が聞こえて、素槍を手にした二人組が振り返る。必死の形相をした少年が猛然と畦道《あぜみち》を駆けてくる。まだ月代《さかやき》を剃《そ》っておらず、伸ばした髪を後ろで束ねている。腰に荒縄を巻き、それに皮袋をいくつもぶら下げている。草鞋《わらじ》を手に持って、裸足で走っているのは、よほど急いでいる証拠であった。二人の百姓は慌てて道を譲った。走り去る少年の後ろ姿を見送りながら、

「お元気なことよのう、鶴千代丸《つるちよまる》さまは」

「まったくじゃ」

百姓たちは顔を見合わせて笑った。少年の形相に恐れを為して道を譲ったのではなく、その少年が高越城の主である伊勢新左衛門盛定の二男・鶴千代丸だとわかっていたから敬意を表したのだ。十二歳の鶴千代丸は、いつも元気に城の外を走り回っているから、百姓たちもその姿を見慣れている。

二

（おお、やっているな）

鶴千代丸が土手の上から小田川の川縁《かわべり》を見下ろすと、十数人の少年たちが大声を発しながら葦《あし》の生い茂る草むらを走り回っている。ふざけて遊んでいるわけではない。高越城近辺の少年たちと、川向こうの村の少年たちが真剣に戦っているのだ。

少年たちの争いの理由は様々だ。例えば、小田川には魚がよく釣れる穴場がいくつかあるし、高越城の東にある観音山《かんのんやま》には秋になると栗や胡桃《くるみ》がたくさん採れる場所がある。そういう場所を奪い合って争うことが多い。

だからといって、それが村同士の争いに発展することはない。川魚にしろ、山菜類にしろ、村ごとの取り分については、きちんと領主が裁定しているからだ。子供同士の争いは、あくまでも大人たちの邪魔にならない程度の奪い合いに過ぎない。とはいえ、少年たちにとっては、この上なく重要なことといっていい。

鶴千代丸は腰の荒縄をほどいて、皮袋と共に草むらに放り投げた。それらの皮袋には、火打ち石や刃物、干物や炒《い》り豆《まめ》などが入っている。鶴千代丸が外歩きするときの必需品といっていい。それを放り投げたのは身軽になるためでもあったし、刃物を身に付けておかないためでもあった。真剣な戦いとはいえ、そこには暗黙の了解事項がある。刃物に限らず、危険な武器を使わないということだ。

「うおーっ！」

己を鼓舞《こぶ》するような叫び声を発しながら、鶴千代丸が一気に土手を駆け下りる。その声を聞いて、

「おお、兄者《あんじゃ》、やっと来たな」

弟の亀若丸《かめわかまる》が振り返る。体が泥だらけで、顔には鼻血もこびりついている。だいぶ痛めつけられたらしい。亀若丸は、いつも味方の先頭に立って敵に突撃する勇敢な少年だが、まだ十歳だし、背丈も低く、目方も軽いので、大抵、こういう姿になってしまう。もっとも、それでも怯《ひる》まず、決して敵に背を向けようとしないのが亀若丸のいいところだ。

従弟《いとこ》の大道寺市松《だいどうじいちまつ》も元気な少年だが、亀若丸と同い年の十歳なので、やはり、かなり痛めつけられ、ひどい顔をしている。

敵方の大将は山中才助《やまなかさいすけ》といい、年齢は十三、体も大きい上、なかなか知恵が回る。鶴千代丸の好敵手といっていい。いつも才助のそばにいる在竹正太《ありたけしょうた》は、亀若丸や市松と同じ

十歳だが、年齢の割に大柄で力が強い。しかも、体が大きいのに敏捷《びんしょう》である。

鶴千代丸がざっと見渡したところ、どうも味方は劣勢のようだ。敵方より人数が多いので、かろうじて踏み止まっているものの、鶴千代丸が駆けつけるのがもう少し遅ければ、敵に降参していたかもしれなかった。瞬時に、そういう状況を見て取ると、

(才助と勝負だ)

と覚悟を決めた。劣勢を一気に挽回するには敵方の大将をやっつけるしかないと判断したのだ。

鶴千代丸は、まっしぐらに才助に向かって突進した。才助の前に正太が立ちはだかったが、肩からぶつかって、正太を撥《は》ね飛ばした。

「来い！」

才助は、両手を大きく広げて迎え撃とうとする。だが、頭から突っ込んできた鶴千代丸の勢いに押されて、ずるずると後退し、踏ん張りきれずに仰向けにひっくり返された。慌てて立ち上がったところに、また鶴千代丸が飛びかかってくる。その勢いを利用して放り投げようとするが、鶴千代丸が才助の袖をがっちりとつかんで放そうとしなかったため、二人とも体勢を崩して倒れた。つかみ合ったまま草むらを転がり、どぼんと小田川に落ちた。それを見て、少年たちが川縁に駆け寄った。

「大丈夫かな」

市松が心配そうに川を覗《のぞ》き込む。二人の姿は見えず、水面にぶくぶくと泡が渦巻いている。

「鶴千代丸さまも才助も泳ぐのは得意だから心配ないさ」

正太が言う。

子供同士の争いごとには親の力や身分を持ち込まないという不文律があるから、喧嘩《けんか》になれば、平気で殴ったり蹴ったりするものの、正太たちが鶴千代丸の身分を尊重していないわけではない。彼らも成長すれば伊勢氏に仕えることになるのだ。誰かが危険な目に遭えば、喧嘩を止め、力を合わせて助けようとするのは当然のことであった。

「おかしいな。浮かんでこないぞ」

亀若丸が心配そうな顔になる。

暑い盛りには、ほとんど毎日、この小田川で水遊びをするから、正太が言うように、鶴千代丸も才助も泳ぎが得意なのはわかっている。

だが、小田川には流れが急に速くなる場所もあるし、深みもある。まさに、二人が落ちた所は流れが速く、しかも、岸の近くから急に深みになっている危険な場所で、水遊びするときには、決して近付かない場所なのである。

少年たちが岸辺にしゃがみ込んで、

「どうしよう、誰か呼んでこようか？」

「もう間に合わないよ」

「このままだと、二人とも死んじゃうぞ」

「息が続かないよ」

不安そうに顔を見合わせる。

「おれが助ける」

亀若丸が川に飛び込もうとする。

「だめだよ、亀若丸さまも溺《おぼ》れてしまう」

正太が必死で止めようとする。その手を振り切って川に入ろうとするので、市松も亀若丸の腰にしがみつく。放さぬか、兄者が溺れ死んでしまうではないか、と両手を振り回して暴れているとき、

「あ、浮かんできた」

誰かが叫んだ。

「え」

亀若丸たちも水面に目を凝らす。黒っぽい影のようなものがゆらゆらと浮かんできたかと思うと、いきなり、鶴千代丸が顔を出した。

「手を貸せ」

鶴千代丸が右腕を伸ばす。その腕をつかんで、少年たちが鶴千代丸を引き揚げようとす

る。

「兄者、左手も出せ」

亀若丸が言うと、

「こっちの手で才助をつかんでいるんだ。だから、無理だ。急げ、急げ」

まず、鶴千代丸が、次いで、鶴千代丸に襟首をつかまれていた才助が引き揚げられる。

才助は意識を失っているものの、微《かす》かに呼吸をしている。

「川底まで沈んで、才助が木の根っこのようなものに足を取られて動けなくなったんだ。足を外すのに手間取った。息がもたないかと思ったぞ」

荒い呼吸を調えながら、鶴千代丸が皆に説明する。

「才助が溺れ死んだ……」

うわーん、と正太が泣き出した。

「バカ。死んでないぞ」

鶴千代丸が才助の胸を両手で力を込めて押すと、才助が、うげっ、と呻《うめ》きながら口から水を吐き出した。

「起きろ、才助。いつまでも寝ていると本当に死んでしまうぞ」

鶴千代丸が才助の頬をぴしっ、ぴしっと軽く叩くと、才助が薄く目を開ける。

しかし、焦点が合っていない。まだ意識が混濁しているらしいが、蘇生したことは確かである。

「ほら、生き返った」

あははは っ、と鶴千代丸が笑う。

三

鶴千代丸は大の字になって草むらに寝転がっている。一人きりだ。川向こうの少年たちは、危うく溺れそうになって、死人のような顔色の才助をさっさと連れて帰ったし、亀若丸や市松たちのことは、

「こんな濡《ぬ》れ鼠《ねずみ》じゃ帰れないから、ここで少し乾かしていく。おまえたちは先に帰れ」

と、鶴千代丸が追い払った。

それは嘘ではない。地面に棒を突き刺し、その棒に小袖とふんどしを干してある。小袖もふんどしも水をたっぷり吸っていたから、ぎゅうぎゅう絞ってから棒に引っ掛けた。だから、鶴千代丸は素っ裸である。そんな姿で草むらに寝転がっていると、背中がちくちくするが、それが何とも心地よい。

(ああ、いい気持ちだなあ。ずっと、ここにいたいくらいだぞ……)

それが鶴千代丸の本音だった。できれば高越城に帰りたくなかった。そんなわけにいかないことはわかっているが、せめて、帰城を遅らせたかった。

常磐と顔を合わせるのが嫌なのである。今日、才助たちとの争いに鶴千代丸が遅れたのも、城を出ようとしたときに常盤と諍《いさか》いを起こしたせいであった。常盤は鶴千代丸の継母である。継母といっても、まだ二十八歳の若さだ。

十七歳の兄・孫一郎《まごいちろう》も、十五歳の姉・保子《やすこ》も、十二歳の鶴千代丸も都で生まれた。十歳の弟・亀若丸だけは高越城で生まれている。鶴千代丸たちは十年前に都から荏原郷に移り住むようになったのである。都で疫病が流行《はや》って大勢が命を落とし、白昼に盗賊が横行するという物騒な世相になったので、父の盛定が妻の時子と子供たちを領地に避難させることにした。幕府の役人である盛定は都に残ったため、家族が離れ離れで暮らすことになったが、当初、盛定は、それほど長く妻子を荏原郷に留め置くつもりはなかった。一年もしたら都に呼び戻すつもりだったのである。ところが、亀若丸を産んでから、時子は産後の肥立ちが悪く、体調を崩した。都で疫病の流行が治まっていないこともあって、盛定は、時子を荏原郷で養生させることにした。

その時子が亡くなったのが五年前である。盛定は子供たちを都に呼び寄せることをせず、そのまま荏原郷で生活させた。時子には実家からついて来た柏葉《かしわば》という乳母がいて、時子が病に臥している間も子供たちの世話をしていたから、子供たちの生活に不自由はなかった。

時子が亡くなって一年も経たないうちに、盛定は都で名門・日野《ひの》氏の娘と再婚した。それが常磐である。虎寿丸《とらじゅまる》という男の子も生まれた。常磐と虎寿丸は都で暮らしていたが、去年、天候不良で作物の出来が悪かったため全国的な大飢饉が起こり、都の周辺諸国から大量の飢民が都に流れ込んできて治安が悪化した。追い打ちをかけるように疫病が大流行し、行き倒れの死体で都大路の往来が不自由になるほどだった。その上、室町幕府を支える柱石といっていい細川勝元《ほそかわかつもと》と山名持豊《やまなもちとよ》の政治的対立が先鋭化し、ついには双方が軍兵を都に呼び寄せるという事態に発展した。危機感を抱いた盛定は、常磐と虎寿丸を荏原郷に避難させることにした。その直後、細川軍と山名軍が都で合戦を始めた。世にいう応仁の乱が始まったのである。

高越城で生活を始めた当初から、常磐は不機嫌だった。都を懐かしんで、

「なぜ、わらわがこんな草深い田舎で暮らさなければならぬのじゃ」

と人目も憚《はばか》らずに嘆いた。

常磐には片山三郎左衛門《かたやまさぶろうざえもん》という世話役が都からついて来ており、三郎左衛門の妻で、常磐の乳母でもある山音《やまね》という老女と二人で常磐と虎寿丸の世話を焼いた。この二人も最初から高飛車で、何かにつけて高越城の者たちを見下すような態度を示した。足利義満《あしかがよしみつ》が初めて正室を日野氏から迎えて以来、代々の将軍は日野氏から正室を娶《めと》るのが慣例となり、今の将軍・義政の正室である富子《とみこ》もそうである。常磐の実家は傍流に過ぎないが、それでも日野氏には違いないから、伊勢氏を格下と侮《あなど》っている。三郎左衛門と山音は虎寿丸ば

かりを重んじ、鶴千代丸たちのことを、まるで家臣のように軽くあしらった。常磐も黙認しているので、この二人は増長するばかりであった。

鶴千代丸が城を出るのに手間取ったのは、常磐が執事の柴田邦右衛門《しばたくにえもん》という老人を叱っているのを目にしたせいだった。高越城で表向きの日常業務を取り仕切っているのが邦右衛門である。

常磐は、

「久し振りに干し鮑《あわび》と鯉の刺身を食したい。急ぎ、探し求めてこよ」

と、邦右衛門に命じたが、そんな高級食材を荏原郷のような田舎で、そう簡単に手に入れられるはずがなかった。鶴千代丸ですら、朝は湯漬《ゆづ》けと漬け物で済ますし、夜も麦飯に汁、豆腐と漬け物程度であり、魚の干物が出るのは三日に一度くらいのものである。質素な食事には違いないが、それでも領主の子だからこそ毎日きちんと食べられるのだ。村の者たちがもっと貧しい食生活を強いられていることを知っているから食事に不満を持ったことなどない。干し鮑や鯉の刺身など、鶴千代丸も生まれてから一度か二度しか口にしたことがない。

「お許し下さいませ」

邦右衛門は、ひたすら謝り続ける。

「これ、柴田。御方《おかた》さまのお指図に従わぬか」

山音が目尻を吊り上げて、常磐の横から口を挟む。

「無茶を申されますな、山音殿。倉は空でござる。とても干し鮑など買い求めることはできませぬ」

面と向かって常磐に反論できないので、邦右衛門としては山音に抗弁するしかない。山音に聞かせるという格好だが、実際には、常磐に事情を理解してもらいたいという考えである。

「倉が空ならば、領民どもから召し上げればよいではないか。下々の者たちに食わせて、なぜ、わらわが好きなものを我慢しなければならぬのじゃ」

常磐が興奮気味に顔を火照《ほて》らせる。自分の要求を拒まれたことで頭に血が上っているのだ。

「御方さまの申される通りですぞ。都では、このようなことはなかった。御方さまが望むことを、殿は何なりとかなえて下されたわ。都と同じ暮らしをさせるという殿の言葉を信じて、御方さまはこの田舎じみた土地に来たのじゃ。汝《うぬ》が御方さまに逆らうというのは、つまりは、殿に逆らうということですぞ。その覚悟は、おありか」

山音が仁王立ちになって邦右衛門を見下ろす。

「お許し下さいませ」

実直さだけが取り柄の邦右衛門は、見るからに動揺して、おろおろしている。

「田舎者めが。貴人に詫《わ》びるときは、床に額をこすりつけるのじゃ。頭《ず》が高いわ」

「お許し下さいませ……」

邦右衛門が床に這《は》い蹲《つくば》る。

そのやり取りを物陰から眺めていた鶴千代丸は、とうとう我慢できなくなって、

「じい、謝ることはない。悪いのは、そいつらだぞ」

と叫んだ。

「ま」

山音がぎょっとしたように鶴千代丸を見る。

「鶴千代丸さま、何と申されました。確かに『そいつら』と申されましたな。わたくしのことは、どう呼ぼうとも構いませぬ。しかし、御方さまは、義理とはいえ、あなたさまの母に当たるのでございまするぞ。母上を『そいつら』などとは……」

「うるさい、鬼ばばあ！」

鶴千代丸は、山音を突き飛ばした。山音は、ぎゃっと叫んで仰向けにひっくり返る。

「鮑や鯉が食いたければ、おまえが獲りにいけばよかろうが。じいに無茶なことを命ずるな」

「誰かあるか。鶴千代丸が乱心しましたぞ」

常盤が喚《わめ》き始める。騒ぎを聞きつけて、片山三郎左衛門や侍女《じじょ》たちが廊下を踏み鳴らし

て駆けつけてきた。それを見た鶴千代丸は大急ぎで逃げ出した。

高越城を出るとき、そんなことがあった。鶴千代丸が城に帰りたくないと思うのも無理はない。

しかし、さすがに濡れた体をいつまでも北風にさらしているのは辛くなってきた。じっとしていると体が震えてくる。

鼻水を啜《すす》り上げると、

「よし、帰るぞ」

鶴千代丸は自らを奮い立たせるように大きな声を出して、勢いよく立ち上がった。ふんどしはだいぶ乾いているが、小袖はまだ湿っている。しかし、気にする様子もなくふんどしを締め、小袖をまとい、皮袋をぶら下げた荒縄を腰に巻く。気合いを入れるように両手で軽く頰を叩くと、鶴千代丸は高越城に向かって歩き出した。

四

瓜畑のそばに何人かの子供たちが集まって騒いでいるのが目に入った。そのまま通り過ぎようとしたが、子供たちの中に市松の顔を見付けて、鶴千代丸は足を止めた。

「おい、市松」

と呼ぶと、あっ、と声を発して、市松が駆け寄ってくる。

「亀若丸は、どうした？」

「もう城に帰ったよ。腹が減ったと言って」

「ふうん、おまえは何をしてるんだ？」

「みんなと遊んでたら、盗人を見付けたんで、城に連れて行こうかと思って」

「盗人だと？　瓜泥棒か。よし、おれに任せろ」

子供たちを押し退けて輪の中に入る。

「ん？」

鶴千代丸が怪訝《けげん》な顔になる。

そこには小柄な少女が体を丸めてしゃがみ込んでいた。ふてぶてしい顔をした盗人が瓜を食らっている姿を想像していたので、肩透かしされたような気がした。

「これが盗人なのか？」

鶴千代丸が振り返ると、

「だって、この村の子じゃないし、隣村の子でもないんだから。どこの村から来たのかも言わないし、きっと流れ者に違いないよ」

市松が答える。

「だけど、子供だぞ。小さな女の子じゃないか」

「子供だって、女だって、盗人は盗人だよ。大人たちに見付かったのなら、とっくに城に連れて行かれていたはずなんだから」

市松が、ぷっと頰を膨らませる。自分が責められたように感じたらしい。

（それは、そうだが……）

市松の言うことが正しいのは鶴千代丸にもわかる。流れ者が村に入って作物を盗んだりしないように、どこの村でも男たちが素槍を担いで巡回しているのだ。盗人を見付ければ容赦なく捕らえるだろうし、盗人が逃げようとすれば、素槍を使うことをためらったりはしない。相手が子供でも事情は変わらないはずだ。

「それなら、なぜ、さっさと城に連れて行かないんだ？」

「そうしたいんだけど、こいつ、おれたちに嚙《か》みつこうとするんだ」

「嚙みつく？」

鶴千代丸は改めて、その少女を見つめた。怯《おび》えているのか、両手で自分の体を抱く格好で、亀のように首をすくめている。しかし、横顔を見ると、大きな目で地面をじっと見つめ、口を強く引き結んでいる。いかにも強情そうな顔だ。

（確かに、このあたりの者ではなさそうだ……）

顔には泥がこびりつき、手足も垢染みて汚れている。身なりも貧しげだが、その風体が、この近辺の者たちとは明らかに違っている。まず着物だ。

この時代、上流階級に属する者は絹をまとうが、一般庶民は麻を着る。絹糸と木綿を組み合わせた綿紬《めんつむぎ》も出回り始めているが、木綿は朝鮮半島からの輸入に頼っている状況なので、一般には普及していない。庶民の普段着が麻から木綿に替わるのは、日本で木綿栽培が始まる十六世紀になってからの話である。この少女が着ているのは、もちろん、高級な絹ではなかったし、かといって麻でもなかった。しかも、鶴千代丸が見たことのない不思議な文様が織り込まれている。他にも違っている点がある。長い髪を後ろで束ねているが、村の少女たちのように縒《よ》り合わせた藁《わら》ではなく、赤い紐で束ねているのだ。

(どこか遠くから流れてきた者だろうか……)

鶴千代丸は小首を傾《かし》げた。瓜泥棒として責める気持ちは失せ、この少女がどこから来たのか、どういう素性なのか、そのことに興味を持った。

「瓜を勝手に採ったのか?」

少女の正面に鶴千代丸もしゃがみ込んだ。間近で顔を見ると、まだ幼さが残っており、せいぜい、八歳か九歳くらいにしか見えなかった。こんな小さな女の子を大勢で取り囲んで責めたのかと思うと、鶴千代丸は、かわいそうになった。

「……」

視線を落としたまま、少女は黙り込んでいる。

「そんなことをすると城に連れて行かれて厳しく罰せられるのだぞ。わかっているか?」

鶴千代丸が言うと、少女は、ハッとしたように顔を上げた。瞬きもせずに、じっと鶴千代丸を見つめていたかと思うと、大きなふたつの目に涙が溢《あふ》れ、つーっと頬を伝い落ちた。その涙に鶴千代丸の方が慌てた。咄嗟《とっさ》に、

「行け」

と口にした。その言葉に驚いたように少女の目が更に大きく見開かれる。それと同時に鶴千代丸と少女を取り囲んでいる子供たちが不満を口にする。

「悪いことをした奴を許すな」

「そうだ。城に連れて行った方がいい」

「盗人は腕を切られるんだ」

「それが掟だからな」

罪を犯した者を処罰するのは正しいことだという理屈を拠り所にして、たった一人で怯えている小さな女の子を、熱に浮かされているかのように興奮気味に、よってたかって責め立てる。子供特有の残酷さが露骨に剝《む》き出《だ》しになっている。

「いかに鶴千代丸さまとはいえ、瓜盗人を勝手に見逃すことはできないぞ」

皆の意見を代表する形で、市松が口を尖《とが》らせる。

「何だと？」

鶴千代丸が怒った表情で立ち上がる。それを見て、子供たちが後退《あとずさ》る。領主の子という

遠慮があるだけでなく、鶴千代丸の腕っ節の強さへの本能的な怖れを感じているのだ。鶴千代丸は周囲の子供たちをぐるりと見回しながら、

「ならば、訊《き》くが、おまえたちは今までに一度も間違ったことをしたことがないのか？　悪いことをしたことはないのか？　心に何も疚《やま》しさのない者がいるのならば、この子を責めるがいい。そういう者だけが、この子を城に連れて行くがいい」

「それは、おかしいんじゃ……」

　市松が言い返そうとすると、

「おまえは悪さをしたことがないのか？」

　ぐっと顔を近付けて鶴千代丸が睨《にら》む。

「そうは言わないけど……」

　ばつの悪そうな顔で市松が黙り込む。こうなってしまえば、もはや、鶴千代丸に逆らおうとする者はいない。

「さあ、今のうちに行け。大人が来ると厄介だ」

　鶴千代丸が促すと、少女が立ち上がる。いきなり瓜をふたつ突き出す。ずっと懐に抱え込んでいたのだ。それを返す、と言いたいらしい。

「持って行け。おまえにやる。その代わり、こんなことを二度としては駄目だぞ」

「……」

少女は、ぺこりと頭を下げると、森に向かって脱兎《だっと》の如《ごと》く走り出した。それをきっかけに輪が崩れ、子供たちはつまらなそうな顔で離れていく。鶴千代丸は子供たちに背を向け、一人で城に向かって歩き出す。しばらくしてから振り返ると、少女が森に入っていくところだった。一人ではなかった。少女よりも背の高い少年が傍《かたわ》らにいた。同じような文様の着物を着ている。

(あの子の兄か……)

遠くから妹の身を案じていたのではないか、と鶴千代丸は思った。そうだとすれば、その少年が物陰に留まっていたのは正しい判断に違いなかった。あの少年が妹のそばに駆けつければ、間違いなく村の子供たちといざこざが起こっていたであろうし、そうなれば、鶴千代丸としても、黙って少女を見逃してやることなどできなかったからだ。

その場に佇《たたず》んで、鶴千代丸がじっと眺めていると、その少年が振り返った。目が合った。少年が軽く頭を下げる。お礼のつもりだったのか、それとも、うなずいただけだったのか、鶴千代丸にはわからなかった。二人は森に消えた。

五

高越城に戻ると、鶴千代丸は真っ直ぐ台所に向かった。常磐が台所に足を運ぶことはないし、山音も滅多に顔を出さない。常磐や山音と顔を合わせるのが嫌だったので、二人が絶対に現れそうにない場所に向かったのである。

鶴千代丸が土間に入ると、竈《かまど》の前にしゃがみ込んで火を熾《おこ》していた下男《げなん》の源助《げんすけ》が、

「お帰りなされましたな、鶴千代丸さま。今日は大変だったそうですな」

と、にこやかに声をかけた。

「そこにお坐りなさいませ。お腹は空いておられませぬか？」

水仕事が専門の下女・房江《ふさえ》が訊く。三十代半ばの源助と三十歳の房江は夫婦で、鶴千代丸が都から荏原郷に移ってきたときには、もう高越城で仕事をしていた。涙もろく、思いやり深い夫婦で、八年ほど前に流行病《はやりやまい》で息子を亡くしてから子供に恵まれないこともあってか、どんなときにも鶴千代丸に優しくしてくれる。亡くなった息子が生きていれば鶴千代丸と同い年なのである。

「亀若丸が告げ口したのだな」

口をへの字に曲げて、鶴千代丸が上がり框《かまち》に腰を下ろす。

房江がたらいに水を入れて、鶴千代丸の足許《あしもと》に運んでくる。汚れた足を洗ってやりながら、

「小袖が濡れているようですね。まあ、体も冷えているではございませぬか」

房江は肩越しに振り返ると、早く湯を沸かしなされ、このままでは鶴千代丸さまが風邪を引いてしまいますぞ、と源助に言う。

「いいんだ。おれは平気だ。子供扱いするな」

鶴千代丸が顔を顰《しか》めると、

「まだ子供ではございませぬか」

房江が吹き出す。

そこに、

「鶴千代丸！」

という大きな声が背後から聞こえた。

(ああ、また、うるさいのが来たよ……)

溜息をつきながら、鶴千代丸が振り返ろうとしたとき、いきなり、後頭部をばしっと叩かれた。

「痛《いて》えなあ……」

頭をさすりながら振り返ると、姉の保子が目尻を吊り上げて睨んでいる。腰に手を当て、仁王像のように鶴千代丸を見下ろしているのだ。

「何だよ、そんな怖い顔をして」

「おまえは何ということをしたのですか」

「何の話だよ」

「とぼけないで！　山音に乱暴をして、母上を口汚く罵《ののし》ったそうじゃないの」

「……」

鶴千代丸は黙り込んだ。常磐を罵った覚えはなかったが、山音を突き飛ばしたのは本当だったから弁解しなかった。

「なぜ、そんなことをしたの？」

「なぜって……」

常磐と山音がわがままを言って、邦右衛門を困らせていたからだ、と説明すればよさそうなものだが、鶴千代丸はぷいっと横を向いて黙り込んだ。間違ったことをしていないのだから、自分のしたことをくどくど言い訳する必要はない、と考えたからだ。ただ一言、

「あいつらのことは嫌いだ」

と口にした。

「バカ！」

保子が鶴千代丸の頬をぎゅっとつねる。

「たとえ血が繋がっていなくても、あの方は父上の正室なのですから、わたしたちの母上なのですよ。父上を敬うように、母上のことも敬わなければなりません。法泉寺《ほうせんじ》で何を学んでいるのですか。親を大切にしなければならない、親を敬わなければならない、そう『論語』には書いてあるはずよ」

「放せ！」

鶴千代丸は保子の手を振り払うと、立ち上がって保子に向き合った。

「姉上は、あの意地悪な連中の味方なのか！」

「誰の味方をするとかしないとか、そういう話ではありません。礼儀をわきまえなさいという話です。この城に父上がいないからといって、母上を侮ってはなりませぬ。都から、この土地にやって来て、まだ一年も経っていないのですよ。不慣れなことも多いでしょうし、まだ、お若いのだし、さぞや不安なことも多いでしょう。わたしたちが気を遣ってあげなくて、どうするのですか？」

「やっぱり、あいつらの味方なんだ」

鶴千代丸もだんだん腹が立ってくる。

「母上に謝りましょう。わたしも一緒に謝ってあげるから」

「嫌だ。誰が謝ったりするもんか。悪いのは、あいつらなんだ。おれは悪くない」

地団駄を踏みながら、鶴千代丸は激しく首を振る。

「山音は、こんな恐ろしいところにはいられない。すぐにでも都に帰ると、ずっと泣いているそうです。そばで、母上も一緒になって泣いているのですよ。それを哀れだとは思わないのですか？」

「帰ればいいんだ、あんな鬼ばばあ」

「ま」

保子が呆れ果てて言葉を失ったとき、

「そんな奴のことは放っておくがいい」

台所に兄の孫一郎が入ってきた。

「保子の言うように、たとえ血の繋がりがなくても親子には違いない。山音が都に帰ると言えば、母上も一緒に帰ると言うだろう。母上を城から追い出すようなことをしたのでは都にいる父上に顔向けできぬ。母上に城に残ってもらうには、そいつに出て行ってもらうしかない」

「兄上、何ということをおっしゃるのですか」

保子が驚く。

「おまえが鶴千代丸を甘やかして好き放題させるから、こんなことになったのではないか。元はと言えば、おまえが悪いのだ」

孫一郎は、保子と鶴千代丸に冷たい目を向ける。

「……」

保子は言葉を失って唇を震わせている。五年前に母の時子が亡くなったとき、子供たちは皆、嘆き悲しんだが、鶴千代丸のそれが最も激しかった。鶴千代丸が七歳、保子が十歳のときである。鶴千代丸は母の亡骸《なきがら》にすがり、一晩中、そばを離れようとしなかった。泣きじゃくる鶴千代丸を慰めながら、保子も一夜を明かした。そのとき、保子は、

（これからは、わたしが母上に代わって鶴千代丸の面倒を見よう）

と心に誓ったのである。

しかし、わずか三つ違いの姉が母親代わりを務めることには無理があったのか、成長するにつれて鶴千代丸は手の付けられない腕白坊主になった。それを責められると、保子は返す言葉がない。

「姉上にひどいことを言うな！」

鶴千代丸が孫一郎を睨む。ふたつ年下の弟・亀若丸とは仲がいいが、五つ年上の兄・孫一郎とは水と油の如く、昔から気が合わない。

「こいつ、兄に逆らう気か」

孫一郎が顔色を変える。

「やめて、鶴千代丸。兄上に口答えしないで。本当に城にいられなくなってしまいますよ」

保子が必死に宥《なだ》めようとする。

しかし、鶴千代丸は、

「出て行ってやる、こんな城！　あいつらのことは大嫌いだ。あの人は母上じゃない。おれの母上は死んだ。兄上の顔を見るのも、うんざりだ！　姉上のことも嫌いだ」

と叫ぶや、戸口から外に走り出した。

「馬鹿な奴だ」

ふんっ、と鼻を鳴らすと孫一郎は台所から出て行った。あとには呆然とする保子が残された。源助と房江は、土間の隅に立ち尽くしている。

六

城を出て、しばらくすると、背後から、

「兄者！」

という声が聞こえた。

肩越しに振り返ると亀若丸である。その傍らに市松もいる。

「来るな！」

鶴千代丸は叫んだ。

恐らく、亀若丸と市松は保子から事情を聞いて追ってきたのであろうが、今は誰とも話したい気分ではなかった。頭に血が上り、心の中に激しい怒りが渦巻いている。一人になりたかった。

しかし、亀若丸と市松は、

「待ってくれ！」

と叫びながら駆けてくる。

「来るなというのに！」

鶴千代丸は一目散に走り出した。二人の呼びかけが聞こえたが、もう振り返らなかった。息が切れて苦しくなったが、足を止めなかった。畦道を駆け抜け、森に走り込んだ。

（ちくしょう、姉上だけは味方だと思っていたのに……）

保子の叱責の言葉を思い出すと、悔しくて涙が出そうになる。常磐や山音がわがままばかり言うのが悪いのに、なぜ、保子が彼らを庇《かば》い、鶴千代丸を叱るのか理解できなかった。

（おれは正しい。間違ってなどいない）

溢れてくる涙を手の甲で拭《ぬぐ》いながら、鶴千代丸は尚も走り続けた。

どれほど走ったものか……。

不意に鶴千代丸の体が宙に浮いた。蔓《つる》に足が引っ掛かって体が投げ出されたのだ。鶴千代丸は背中から地面に落ちた。その衝撃で、一瞬、息ができなくなり、鈍い痛みが背中に広がった。じっとしていると、やがて、呼吸も戻り、痛みも消えたが、鶴千代丸は起き上がろうとしなかった。仰向けに横たわったまま、夕闇の迫る暗い空を見上げた。頭上には木々の枝が蜘蛛《くも》の巣のように絡み合っているので、いっそう、あたりは暗く感じられた。

「おれは悪くないぞ」

そう声に出してみた。

しかし、胸に悲しみが広がってきて、鶴千代丸は泣いた。口から嗚咽《おえつ》が洩れ、涙がとめどなく溢れて頰を濡らした。腕で顔を覆って泣いているうちに、いつの間にか眠り込んでしまった。

鶴千代丸は、くしゃみをした。それで目が覚めた。ぶるっ、と身震いした。体が冷え切っており、寒気がする。

（あ）

と、鶴千代丸は慌てて体を起こす。

もう夜になっている。曇っているのか、空には月も見えない。鶴千代丸の周囲には墨を流したような漆黒の闇が満ちている。

（おれは森にいるのだった）

寝惚《ねぼ》けていたのか、最初、自分がどこにいるのかわからなかった。頭がはっきりしてくるにつれ、どういう事情で自分が森で寝転がっているのか思い出してきた。

しかし、頭の中が混乱した状態で闇雲に森の中を走り続けたせいなのか、森のどのあたりにいるのか見当もつかなかった。城を出てからの記憶を辿っても、森に入ってからが曖《あい》昧《まい》なのである。覚えているのは、走り続けているときに、蔓に足を引っ掛けて投げ出されたことだけだ。

鶴千代丸は腰のあたりを手探りした。皮袋は荒縄にぶら下がっていた。食べ物、刃物、それに火打ち石もあるということだ。いかに歩き慣れた地元の森とはいえ、暗闇の中を手探りで歩くような危険な真似はできなかった。だが、明かりさえあれば、何とか森から抜け出すことができる、と安堵《あんど》した。

火を熾すには、まず、火打ち金《がね》に火打ち石をぶつける。硬度の異なる石と石をぶつけると火花が飛ぶ。その火花を火口《ほくち》に点火して火種にする。火口には、乾燥させたキノコや、枯れ木を細く裂いて丸めたものを使う。火口が燃えるのは、ほんの一瞬だ。急いで、その火種を付木《つけぎ》に移す。付木は薄い木片に、硫黄《いおう》を塗ったものだ。付木の火も、それほど長くはもたないから、燃えている間に薪《まき》や松明《たいまつ》に火を移す必要がある。皮袋には付木が二枚しか入っていない。無駄にはできなかった。

鶴千代丸は地面を手探りして枯れ木を集めようとしたが、地面は湿っており、乾燥した木片はなかなか見付からなかった。皮袋から小刀を取り出し、立木の樹皮を削ることにした。樹皮の表面は湿っているが、内部は乾燥している。暗闇の中での作業なので、思うように進まない。時間ばかりが経っていく。一山の薄い木片を集めるだけなのに、鶴千代丸は額に汗をかき、息を切らした。それほど大変な作業だった。

風で火口が飛ばされないように、木の根元に向かってしゃがみ込み、鶴千代丸は火を熾した。火口の火種を慎重に付木に移し、その火を木片の小山に点じた。小さな炎が燃え上がる。それを見て、鶴千代丸は、ホッとした。

しかし、のんびりしているわけにはいかなかった。今のうちに、もっとたくさんの枯れ木を見付けないと、すぐに火が消えてしまうからだ。あたりを必死に探し回って、両手に一抱えの枯れ木を探し出し、それで焚き火《たび》を大きくすることができた。そこまで作業を進めて、ようやく、鶴千代丸は焚き火の前に腰を下ろした。体が冷え切っている。小袖が乾き切っていないせいで、余計に夜風の冷たさが身に沁みるのだ。

どうやって松明を作ろうかと思案しているとき、狼《おおかみ》の遠吠えが聞こえて、鶴千代丸は、びくっと体を震わせた。森には狼もいるし山犬もいる。それ故《ゆえ》、子供だけで森に入ることは禁じられている。狼の群れや山犬の集団は、平気で人間も襲うからだ。鶴千代丸の小刀などでは、とても太刀打ちできない。すぐに動くのは危ないと考え、もっと多くの枯れ木を集めることにした。焚き火を大きくすれば暖も取れるし、獣を遠ざけることもできる。それに城から捜索の人手が出ていれば、炎が目印になるのではないかと期待した。

枯れ木を探し、それを焚き火の近くに積んでいるとき、不意に背後の茂みががさがさと大きく揺れる音がした。

（狼か）

鶴千代丸は跳び上がりそうになった。

七

咄嗟に小刀を胸元に構え、狼か山犬が襲ってくるのだと覚悟した。腰を沈めて身構えながら振り返ると、鶴千代丸と同じくらいの背格好の少年が立っている。見たことのない少年だ。

「誰だ、おまえ……?」

警戒心を緩《ゆる》めずに鶴千代丸が訊く。狼や山犬も恐ろしいが、寒い季節になると出没する流民の類も恐ろしい。流民のほとんどは故郷で食えなくなった農民だが、徒党を組んで盗賊紛いの悪事を働く者も少なくない。相手が子供だからといって油断できない。近くに大人がいるかもしれないからだ。

「どこから来た?」

「……」

その少年は、口を真一文字に固く引き結んだまま何も答えず、無表情に鶴千代丸を見つめる。焚き火を挟んで、二人が睨み合う格好になる。

右手の方で、また茂みが大きく揺れた。鶴千代丸がそちらに体を向けると、茂みから少女が現れた。

「あ。おまえは!」

瓜畑のそばで子供たちに囲まれてしゃがみ込んでいた少女である。赤い紐で髪を束ね、不思議な文様の織られた着物を着ている。鶴千代丸は、ハッとして少年を見た。やはり、同じ文様の着物だ。

（あのときの……）

少女を逃がしてやったとき、遠くから少女の身を案じていた少年がいた。鶴千代丸が少女の兄だろうと見当を付けた少年である。

「アミカ！」

突然、少女が大きな声を出したので、鶴千代丸は、ぎょっとした。少年が大股で焚き火に歩み寄り、枯れ枝を一本拾い上げて、

亜未香

と地面に書いた。

鶴千代丸も焚き火に近付き、

「あみか……。この子の名前なのか？」

と、つぶやく。

少年は大きくうなずくと、その名前の横に、

門都普

と書いた。

「もんつふ？」

鶴千代丸が言うと、亜未香がぷっと吹き出し、

「もんとふ。それが兄ちゃんの名前」

と訂正した。

「やっぱり、兄妹だったのか」

「……」

門都普は、黙ったまま枯れ枝を鶴千代丸に突き出す。名前を書け、と言いたいらしい。

「ああ、こっちも名乗らないとな……」

鶴千代丸は枯れ枝を受け取ると、地面に名前を書いた。門都普と亜未香は、その名前をじっと見下ろす。何も言わない。

やがて、

「何て読むの？」

亜未香が訊く。

「わたしたち、自分の名前は書けるけど、字は読めないから」

「つるちよまる、と読む」

「ふうん、つるちよまる……。いくつ？」

「十二だ」

「亜未香は九つ。門都普は十一」

「余計なことばかり言うな、亜未香」

　初めて門都普が口を開いた。鶴千代丸に顔を向けると、

「ここで何をしている？」

　と訊いた。

「いや、別に何ということもないが……」

　地元の森で迷ってしまった、と正直に口にするのが恥ずかしかったので奥歯に物の挟まったような言い方をした。

「困っているのか？　助けてほしいのか？　それなら、そうしてほしいと言え」

「助けなどいらない」

　門都普の高飛車な言い方が癪《しゃく》に障って、つい鶴千代丸は強がった。

「それなら、おれたちは帰る。行くぞ、亜未香」

　亜未香の手をつかんで、茂みに入っていこうとする。

く動かす。

「ん？」

門都普が立ち止まり、耳を澄ますような仕草をする。次いで、目を瞑《つむ》って、鼻をひくひ
「ああ、もう駄目だ。囲まれている」

門都普が溜息をつく。

「囲まれたって、どういう意味だ？」

鶴千代丸が訊く。

「狼だよ。十頭以上いるな。焚き火のそばを離れたら襲われてしまう」

門都普は亜未香の手を引いて戻ると、亜未香、ここに坐っていろ、火のそばを離れるな、と焚き火を指差した。

「さっき遠吠えを聞いた。かなり遠いようだったぞ」

鶴千代丸が言うと、門都普は鼻に小皺を寄せて笑いながら、

「狼は獲物の近くに来ると、決して声を出さない。だから、走り回る音や臭いで狼の動きを知る必要がある。もっと枝を集めて焚き火を燃やそう。焚き火が消えたら襲ってくるぞ」

「わかった」

鶴千代丸と門都普は、早速、枯れ枝を集め始めた。焚き火の傍らに枯れ枝の山を積み上

げると、

「これくらいあれば、夜明けまでもつだろう」

門都普は亜未香の横に腰を下ろした。

「どこから来たんだ？　このあたりの者ではないだろう」

鶴千代丸が訊く。

「仲間たちは、ここから北に半里（約二キロ）の山にいる。おれの家族は、この森の反対側の河原にいる。亜未香が村に入り込んだせいで、仲間から遅れた」

「だって、ばばさまにおいしいものを食べさせてあげたかったんだよ」

亜未香が口を尖らせる。

「だからといって、勝手に村に近付くのは、掟を破ることだぞ。みんなに迷惑がかかる」

門都普が亜未香を睨む。

「それは悪かったと思うけど……」

「おれたちは、普段、村には近付かない。ばばさまの具合がよくなくて、何かうまいものを食べさせれば元気になるかと考えて、亜未香は村に入ってしまったんだ。すぐに追いかけたんだが、こいつは、とにかく、足が速くてすばしこい。まるで兎みたいなんだ。村に入って、畑で瓜を盗んでいるところを見付かった。さっさと逃げればよかったのに、瓜を捨てようとしなかったために子供たちに囲まれた。困ったことになったと思っているところに、鶴千代丸が来た。亜未香を助けてくれた礼を言う。おかげで助かった」

門都普が頭を下げる。

「あの後、門都普は、ものすごく怒ったんだよ。ばばさまは、亜未香はいい子だ、優しい子だって誉めてくれたのに、門都普は、馬鹿な奴だ、思い知らせてやるって、わたしの尻を蹴ろうとしたの。一度くらいなら我慢してもいいんだけど、門都普は何度も蹴ろうとした。だから、逃げた」

亜未香が猿のように歯を剝き出して門都普を睨む。

「森の中を逃げ回って、ようやく捕まえたと思ったら、狼の臭いを嗅《か》いだ。焚き火が見えたから、とりあえず、ここに逃げて来た。さあ、おれは正直に話したぞ。おまえは、どうだ、鶴千代丸？」

「本当は困っている。森の中でうっかり眠り込んでしまったんだ。目が覚めたら真っ暗だった。この森のことはよくわかっているはずなのに、右も左もわからない」

鶴千代丸が首を振る。

「おまえは運がいい。眠っているときに狼に襲われていたかもしれないんだからな。それに、おまえは賢い。愚か者であれば、じたばた走り回って狼の餌食になっていただろう。この場に留まって、火を熾したから、まだ生きている」

「わたし、眠い」

亜未香は地面にごろりと横になると、すぐに寝息を立て始めた。

「ふんっ、のんきな奴だ。一日中、あっちへ、こっちへ、と走り回っていたんだから疲れるに決まっている」

門都普は懐から何かを取り出すと、

「食え」

ぐいっと鶴千代丸の方に右手を突き出した。干し肉の塊だ。

「食い物なら、おれも持ってる」

鶴千代丸は食べ物の入っている皮袋を開けた。川魚の干物と炒り豆を入れてあるのだ。しかし、大した量ではない。

「足りないだろう。ほら、食え」

「すまない」

干し肉を受け取ると、すぐに齧《かじ》りついた。石のように固い。肉片を食いちぎると、口の中に、薄い塩味と生臭さが広がる。思わず吐き出しそうになったが、何とか我慢して飲み込んだ。

「どこかの村から逃げてきたのか？」

くちゃくちゃと音を立てて肉片を嚙みながら訊く。

「おれたちは村で暮らしたことなどない。いつも動き回っているから。大抵は山の中にいるしな」

「おまえ、クグツなのか?」

何の気なしに口にすると、

「せめて、山の民とでも言ってくれ」

門都普は露骨に嫌な顔をした。

クグツという言葉自体は、『万葉集』の中にも出てくるほどに古い。本来の意味は、クグという細い草で編んだ袋のことである。そこから転じて、クグの袋を担いで諸国を放浪する者たちを「クグツ」と呼ぶようになったと言われる。

普通、「クグツ」には「傀儡」という字を当てる。古来、クグツには魔術的な神秘性があり、怪しげな魔力を操ると信じられていたせいだ。

クグツは、ひとつの土地に定住することがなく、諸国を旅して暮らすのが常態である。男は手品や曲芸、幻術を演じ、女は舞と音楽、時には売笑も生業《なりわい》とする。独自の信仰を持つとも言われ、生活習慣や風俗、着衣の類も、定住を常とする大和民族とまるっきり異なっているため、古い時代に大陸や朝鮮半島から渡来した異民族が大和民族と同化せずに生き延びたのではないか、という説もある。

大きな集団で移動することはなく、ひとつの集団は、せいぜい、数家族という単位である。それぞれの集団は孤立しているわけではなく、地方ごとにクグツ集団の頭領がいて、支配下の集団を厳格に統制しているという。

もっとも、クグツについて、クグツ自身が書き残した記録があるわけではなく、すべては外部の人間たちの憶測や伝聞に過ぎないから、その実態は謎に包まれているといっていい。それ故、定住農耕民が「クグツ」という言葉を口にするときには、いくらかの怖れと共に、自分たちとまったく違う生活をする者たちへの根拠のない侮蔑の意味を込める。クグツと呼ばれて、門都普が嫌な顔をしたのは、そのせいだ。

「山で暮らすなんて大変なんだろうな」

鶴千代丸が同情の眼差しを向けると、

「おれたちが大変だって？　おまえたちの方がよほど大変そうに見えるぞ。仲間たちも、そう言ってる。あんなみじめな暮らしだけは嫌だってな」

「どういう意味だ？」

鶴千代丸がむっとする。

「だって、そうじゃないか、村で暮らしている者たちは、いつも腹を空かせている。食うや食わずで領主にこき使われ、苦労して米や野菜を作っても、根こそぎ奪われてしまう。牛や馬の方がよほど大切にされて、いい暮らしをしているように見えるぞ」

「……」

すぐに反論しようとしたが、言葉が出てこない。

（そうかもしれない……）

という気がしたからだ。

鶴千代丸は領主の子だから、これまで苦労知らずに育ってきた。食べ物に不自由したこともないし、野良仕事に駆り出されたこともない。

しかし、村の子供たちは、そうではない。鶴千代丸の遊び仲間も、普段、貧しい食生活を強いられているし、十歳くらいになれば大人と一緒になって野良仕事をさせられるようになる。十歳を過ぎても遊んでいられるのは村役人の子か、伊勢氏に仕える家臣の子、そうでなければ、大道寺市松のような鶴千代丸の血縁者だけだ。鶴千代丸の好敵手である山中才助や在竹正太にしても、その実家は姓を持つことを許される裕福な豪農である。そうでなければ、いくら元服前とはいえ、十三歳の才助ものんきに遊び回っていられるはずがなかった。

諸国を放浪しながら山の中で暮らすよりも、門都普の言うように、ひとつの土地に定住する方がよほど苦しい生活を強いられるというのが、この時代の現実である。特に身分の低い者がそうだった。

江戸時代になると、厳格な身分制度が施行され、それに伴って、税制も明文化されるようになる。例えば、収穫された米については四公六民とか五公五民、畑の収穫物については一反あたりどれくらい、労役はひとつの村からどれくらい……軽い年貢ではないが、少なくとも、税の徴収はでたらめではない。農民の側でも、どれくらいの年貢を納めなければならないか、どの程度の労役を負担しなければならないか、あらかじめ予想できる。

しかし、鶴千代丸の生きている時代は、そうではない。領主の胸ひとつで年貢率が変わってしまう。田圃《たんぼ》や畑にできるものは、すべて領主のもので、領主のお情けによって、いくばくかを農民の手許《てもと》に残してやる、という感覚なのである。

それ故、飢饉の年など、そもそも収穫高が少ないから、すべてを領主が奪い、農民には何も与えないということが現実に起こる。飢えた農民は村を捨てて流民とならざるを得ない。農民が減ると領主も困るかというと、そうはならない。この当時、人身売買が日常的に行われている。どこかで戦《いくさ》があると、その後に敵地からさらってきた人間たちを売るための市が開かれる。その値が恐ろしく安い。牛や馬の値とは比べものにならない。

つまり、領主とすれば、農民を一年間食わせるよりも、どこかで奴隷を買ってきて死ぬまでこき使う方が安くつくことになる。それ故、悪い領主に当たると、家畜以下の生活しかできず、年貢を搾り取られ、労役に駆り出され、戦があると人足としてこき使われる。この時代の農民は、農奴と呼ぶ方が似つかわしかった。重い義務ばかりを背負わされ、何の権利も与えられていない。

もちろん、すべての領主がそういうことをするわけではなく、伊勢氏の領地である荏原郷のように、領主が都に常駐しているような土地では、農民に対する支配がそれほど苛酷ではない。領地を管理する代官の支配力が都にいる領主によって制限されているからだ。

そう考えると、何の支配も受けずに自由気儘《きまま》に諸国を旅するクグツの方がずっと安楽な暮らしをしているという門都普の意見は正しいのかもしれなかった。

鶴千代丸が黙り込んでいると、

「今夜は動きようがない。狼は、まだ、おれたちを狙っている。あいつらも腹が減ってるんだな。よほど、おれたちを食いたいらしい。ひょっとすると、焚き火だけでは防げないかもしれないな」

「どうするんだ？　もっと枯れ木を集めるか、それとも、何か武器を……」

「一斉に襲われたら終わりだ。襲われる前に何とかしないと……」

門都普が懐をごそごそと探り、小さい袋を取り出す。その中から何かをつまむと、それを焚き火に投じた。

「う」

鶴千代丸が顔を顰めて、両手で鼻と口を隠す。ひどい悪臭なのである。

「初めてだと、びっくりするよな」

門都普が口許《くちもと》に笑みを浮かべる。

「何の臭いなんだ？」

「熊の糞に、いろいろな薬草を混ぜ合わせたものだ。ばばさまが拵《こしら》えた。これを焚くと、狼が近寄ってこない。ひどい臭いだから、できれば使いたくなかったんだけど、狼に食われるよりは、ましだからな」

門都普は袋を懐にしまうと、

「さあ、おれたちも寝るか。夜が明けるまでは下手に動かない方がいいからな」

ごろりと横になって目を瞑る。

鶴千代丸も手で鼻を押さえながら、地面に体を横たえた。焚き火にあたっていたおかげで、湿っていた小袖も乾き、体も少しは温まった。とはいえ、地面はひんやりと冷たい。寝息を立てている門都普と亜未香を見て、なぜ、こんなところで平気で眠ることができるのだろう、と不思議だった。

しかし、鶴千代丸自身、目蓋《まぶた》を閉じると、すぐに眠り込んでしまった。疲れ切っていたのだ。

八

「おい、起きろ」

「う、ううーん……」

体を強く揺すられて、鶴千代丸が薄く目を開ける。すぐそばに門都普の顔がある。

「どうしたんだ？」

「行こう。夜が明けてきた」

「夜明け……」

目をこすりながら、鶴千代丸が体を起こす。まだ周囲は暗いが、確かに東の空はほんのりと青白く染まり始めている。

「でも、狼が……」

「大丈夫だ。これがある」

門都普が懐から小袋を取り出す。枯れ木の先に火を付け、狼の嫌う臭いを焚きながら進もうというのだ。城まで送ってやりたいが、まだ地理に不案内なので、家族が宿営している場所に戻ることしかできないが、いつまでもここにいるよりは安全だ、と門都普は言い、それでいいか、と鶴千代丸に訊いた。

「うん、頼む」

鶴千代丸としては、そう言うしかない。自分一人では動きようがない。今は門都普が頼りである。

「おい、亜未香。早く起きろ。置いていくぞ」

「無理だよ、眠いもん」

亜未香は起き上がろうとしない。

「だらしのない奴だ」

顔を顰めると、門都普は亜未香に背を向けてしゃがみ込み、

「ほら、早くしないと本当に置いて……」

その言葉が終わらないうちに、亜未香は素早く門都普の背中にしがみついた。

「これを頼む」

門都普が枯れ木と小袋を鶴千代丸に差し出す。亜未香を背負っていたのでは、枯れ木を手にして先導することはできない。それを鶴千代丸に頼もうというのだ。

次第に空は明るくなってきつつあるが、それでも鶴千代丸にとっては、まだ夜と同じ暗さにしか感じられない。しかし、門都普はそうではないらしく、

「その切り株の先を右に曲がるんだ」

「気を付けろ。足許の蔓に引っ掛かるぞ」

「危ない。そこに穴がある」

「その枝を折ったんだ。目印になるように」

矢継《やつ》ぎ早《ばや》に注意を促し、進み方を指図する。

（山の民というのは夜目が利くらしい）

鶴千代丸は感心した。

半刻（一時間）ほど歩き続けるうちに、周囲から鳥たちの囀《さえず》りがやかましいほど聞こえるようになり、樹木の隙間から朝日も射し込んできた。

門都普が前方を指差す。

「そこを出ると、川がある」

するとそれまで眠っていたはずの亜未香が門都普の背中から飛び降り、いきなり、前方に向かって走り始めた。

「あいつ、やっぱり、寝た振りをしてたんだな」

ちっ、と舌打ちすると、門都普は、

「ここまで来れば、もう安心だ」

鶴千代丸から小袋と枯れ木を受け取った。

茂みを抜けると、小川が流れており、小川の近くに人の姿があった。大人ばかり、七人くらいいる。誰もが門都普や亜未香と同じような不思議な文様の着物を着ている。男たちは、口の周りに濃い髭《ひげ》を伸ばしている。女たちも口の周りが黒っぽく、遠目には髭のように見えるが、近付いてみると、それが入れ墨なのだと鶴千代丸にはわかった。

だいぶ後になって知ったことだが、門都普の仲間たちには、男は一人前になると髭を長く伸ばし、女は夫を持つと口の周りに入れ墨を入れるという風習がある。見慣れぬ着衣も、樹皮の繊維から織った厚司《アツシ》の類であった。狩猟を生業として山で暮らす民にとっては、麻織りの着物では寒さに耐えられないので、厚司や毛皮を身にまとうのが普通なのである。

大人たちの間を跳びはねるように走りながら、亜未香が盛んに鶴千代丸を指差して、楽

しそうに笑っている。門都普と鶴千代丸が小川に近付くと、

「ばばさまに挨拶しろ」

胸まで届くほどに長く、真っ黒な顎鬚《あごひげ》を蓄えた大柄な男が怒鳴るように言い、値踏みするようにじろりと鶴千代丸を睨んだ。

「わかったよ」

門都普はうなずきながら、小声で鶴千代丸に、

「うちの親父だ。燕象《えんぞう》っていうんだ」

と囁《ささや》いた。

小川と茂みの間に、木の棒を組み合わせて蔓で縛り合わせ、それに藁束を葺《ふ》いた、簡単な造りの円錐形の掘っ建て小屋が三つ並んでいる。入り口には筵《むしろ》を垂らしてあるだけだ。その筵を撥ね上げて、

「ばばさま、無事に戻った。亜未香も一緒だ」

門都普が声をかける。

「入りなされ。そこにいる人も一緒にな」

小屋の中から嗄《しわが》れた低い声がする。門都普に手招きされて、鶴千代丸も小屋に入る。小屋の中は意外に広く、大人四人くらいならば、横になって眠れそうである。床には小さな囲炉裏まで切ってあり、地面には藁が敷き詰められている。

囲炉裏の奥に小柄な老婆が厚司にくるまり、背中を丸めて坐っている。その老婆も口の周りに入れ墨がある。髪は多いが、雪のように真っ白だ。

「お客人、わしは門都普のばば、甫留手《ほるて》と申しまする」

「鶴千代丸です」

「ひとつ、年寄りの頼みを聞いて下さらんか」

「はい？」

「そこの小川で水を汲んできてもらえませぬか」

甫留手が手桶を差し出す。

「いいですよ」

鶴千代丸は気軽に腰を上げると、手桶を手にして小屋から出て行く。すぐに戻ってきて、水の入った手桶を甫留手の前に置く。門都普は甫留手の左側に坐り、難しい顔をして黙りこくっている。

「そこに坐りなされ」

甫留手は自分と向かい合う位置を指し示す。鶴千代丸が腰を下ろすと、甫留手は囲炉裏からひとつまみの灰を取り、それを手桶の水に散らした。水の表面に灰が広がっていく。それを甫留手が凝視する。やがて、顔を上げると、じっと鶴千代丸を見つめながら、

「ご自分がどういう顔をしているか、わかっておられますか、鶴千代丸殿？」

「どういう顔って、急に言われても……」

「ばばさまには未来が見えるんだ」

それまで黙りこくっていた門都普が口を開く。

「未来が？」

「ばばさまのおかげで、おれたちは危ない目に遭うこともなく、飢えることもなく、安全に旅を続けることができる」

「このところ、男たちが獲物を捕らえることができず、ろくに食えなくなりましてな。その上、わしも具合が悪くなって、ああ、そろそろ命が消えるのかな、天の国に昇っていくのかな……そう覚悟を決めましたのじゃ。亜未香が村に入り込んだりしたのも、わしの身を案じてのことでした。ところが、ゆうべ、すーっと体が軽くなって、病がどこかに消えてしまいました。男たちはたくさんの獲物を捕らえて戻り、食べる心配もなくなりましたのじゃ。不思議なことよなあ、どういうことなのかなあ……と思うておりましたら、門都普が鶴千代丸殿を連れて来た。もしかしたら、これは神のお導きではないかと考えて、占ってみることにしました。未来を占うには、自分の手で水を汲んでもらわなければならなかったので、こんなお願いをしたわけです」

「おれの未来がわかるの？」

鶴千代丸は半信半疑という顔だ。

「はい。ここに未来が映し出されておりまする」

甫留手は水面に広がった灰を指差し、

「鶴千代丸殿は旅をなさいますな。どこへ向かうのかはわかりませんが、随分と長い旅になりそうですぞ。しかも、旅先で大騒動を起こしそうです。ふうむ……」

水面から顔を上げると、また鶴千代丸の顔を凝視して、

「気を悪くなさるかもしれませんが、ひどい悪相をしておられまするな。天下を揺るがすほどの極悪人となる星の下に生まれたように思われます」

「極悪人？　おれが」

鶴千代丸は驚いた。腕白で乱暴者だから、兄の孫一郎からは白い目で見られているし、姉の保子からは叱られてばかりだし、義母の常磐からは露骨に嫌われているが、それでも面と向かって、極悪人呼ばわりされたことはない。しかも、天下を揺るがすほどの極悪人とは大袈裟すぎるのではあるまいか……怒るべきか、それとも、笑い飛ばすべきなのか、どうしていいかわからず、鶴千代丸は黙り込んだ。

「門都普」

甫留手が門都普に顔を向ける。

「おまえが鶴千代丸殿に出会ったのは神の思《おぼ》し召しに違いない。それを忘れるな」

「……」

門都普は、ごくりと生唾を飲み込むと、ひどく生真面目な顔で大きくうなずいた。その様子を見れば、門都普が甫留手の言葉をどれほど重んじているか、どれほど信じているか、ということが鶴千代丸にもはっきりわかる。

（おれは極悪人になるのか……）

鶴千代丸は小さな溜息をついた。

九

朝飯を食ってから、門都普が鶴千代丸を高越城まで案内してくれることになった。明るくなってしまえば、さすがに森で迷うことはないだろうし、門都普よりも土地の地理に通じてもいる。一人で帰れるから心配ないと断ったが、どうしてもついて行く、と門都普が言い張るので、鶴千代丸も承知した。道に迷う心配はなくても、ゆうべ、狼の群れに狙われたことを考えれば、自分一人で森を抜けていくのは危険だと納得したからだ。

門都普は山刀を腰に差し、弓矢を肩にかけた。鶴千代丸よりひとつ年下の十一歳だが、すでに立派な狩人だった。門都普だけでなく、燕象も一緒だった。無口な男で、必要なこと以外、何もしゃべろうとせず、いつも苦虫を嚙み潰したような渋い顔をしている。門都普と燕象の武装した姿を見れば、道案内するというより、鶴千代丸を護衛するつもりでいることは明らかだった。

門都普が先導し、その次を鶴千代丸、最後尾を燕象が歩く。

茂みに入っていくとき、

「鶴千代丸！」

と呼ぶ声が聞こえた。肩越しに振り返ると、掘っ建て小屋の前に甫留手と亜未香が並んで立っており、亜未香はぴょんぴょん跳びはねながら、手が千切れるのではないかと心配になるほど激しく手を振っていた。満面の笑みを浮かべている。それを見ながら、鶴千代丸は、瓜畑のそばで、村の子供たちに囲まれた亜未香が強情そうな顔でしゃがみ込んでいた姿を思い出した。今の天真爛漫な笑顔を見ると、昨日は、どれほど心細かったことだろう、と胸の痛む思いがした。

「おい、行くぞ」

門都普に声をかけられて、ハッと我に返った。

「うん、行こう」

鶴千代丸は門都普の後について茂みに踏み込んだ。


一刻（二時間）ほど経って……。

最後尾の燕象が、

「待て」

と口にした。門都普が振り返って、何か言おうとすると、燕象は人差し指を口の前に当てて発言を制し、自分の耳を触った。耳を澄ましてみろ、と言いたいらしい。門都普は目を瞑り、小首を傾げる。鶴千代丸も真似をした。しかし、聞こえてくるのは虫の音と鳥の鳴き声、それに森を抜けていく風の音だけだった。

「人が来る」

門都普が言う。

えっ、と驚いたように鶴千代丸が門都普の顔を見る。なぜ、自分の耳に聞こえないものが門都普や燕象の耳に聞こえるのか不思議だった。

「うむ、五人はいる。もう少し多いかもしれぬ」

燕象はうなずき、

「城の者たちだろう。鶴千代丸さま、と名を呼んでいるから」

「おれの名を?」

「ここを真っ直ぐに歩いて行け。おれたちの役目は、ここで終わりだ」

「ありがとう、門都普。それに燕象も」

「いいから、早く行け」

「うん」

鶴千代丸は一人で歩き出す。しばらく歩いてから振り返ると、もう門都普と燕象の姿は見えなかった。しかし、姿は見えなくとも、どこかから自分を見守ってくれているに違いないとはわかっていた。そのまま歩き続けると、やがて、鶴千代丸にも、人の声が聞こえてきた。燕象が言ったように鶴千代丸の名を呼んでいる。

「おれは、ここにいるぞ！」

鶴千代丸は叫んだ。そのまま歩いて行くと、茂みを抜けたところで、十人ほどの一団に出会《でくわ》した。彼らは、口々に鶴千代丸さま、と叫びながら駆け寄ってきた。鶴千代丸を捜索していた高越城の者たちだ。その中には、弟の亀若丸の顔も交じっている。

「お怪我などございませぬか」

執事の邦右衛門が心配そうに訊く。

「大丈夫だ。怪我などしておらぬ」

「ご無事でようございました」

邦右衛門が袖で目許《めもと》を拭う。

「兄者、腹が減っただろう」

亀若丸が握り飯を差し出す。

「あ、ああ、すまないな」

もう朝飯を食ったから、別に腹は空いていなかったが、門都普たちのことを口にするのが何となくためらわれて、鶴千代丸は握り飯をもらって食べ始めた。

高越城に戻る道々、亀若丸が見るからに不機嫌そうな顔をして黙り込んでいるので、どうしたんだ、何かあったのか、と鶴千代丸が訊くと、

「あいつらは敵だ。おれと兄者の敵だぞ」

亀若丸が口を尖らせる。

「誰のことだ？」

「都から来た奴らに決まってるじゃないか。それに孫一郎だよ」

「おい」

鶴千代丸が亀若丸の袖をぐいっと引っ張る。他の者に聞かせるわけにはいかない話だ。皆から少し遅れて歩きながら、

「どういうことだ？」

声を押し殺して、鶴千代丸が訊く。

「あいつらは兄者を見殺しにしようとしたんだ」

「何だって？」

「ゆうべ、暗くなっても兄者が城に戻らないから、じいや姉上が心配して、人手を出して兄者を探そうとした。それなのに山音がもう少し様子を見た方がいいと言い出して、あの人も賛成した」

あの人というのが義理の母である常盤を指していることは鶴千代丸にもわかる。母上と

呼ぶのが嫌なのだ。

「あいつらのことなんか頼りにしていないし、どういう奴らかわかっていたけど、まさか孫一郎まで賛成するとは思わなかった」

「兄上を呼び捨てにするのは、よくないぞ。父上の後継ぎなんだしな」

「孫一郎の言い草が一番腹が立った。生意気なことを言って勝手に飛び出していったのだから、城に戻りたければ勝手に戻ってくるだろう。そんな奴をこちらから迎えに行くことはないし、おれにきちんと謝らなければ、城には入れぬ……そう言ったんだ。本当におれたちと血の繋がった兄弟なのかな？　前々から好きじゃないけど、まさか、兄者を見殺しにしようとするとは思わなかったよ。ゆうべは常磐よりも孫一郎の方が憎かった」

亀若丸は怒りが収まらない様子である。

「森で迷ったと思わなかったんだろう」

「そうは思えないね。全然心配してなかった。だから、おれは姉上と相談して、夜が明けるのを待って、じいと一緒に城を出てきた。あの人や孫一郎は勝手なことをしたと怒るだろうけど、それを宥めるのは姉上の役目ということになっている」

「……」

鶴千代丸は、自分のせいで皆に迷惑をかけたことを知って、心苦しく思い、おれからも謝るよ、とぽつりと言った。保子に申し訳ないと思ったからだ。

十

高越城には石垣もなく、周囲に空堀を巡らせてあるだけである。掘り起こした土を積み上げて土塁とし、その内側に柵を巡らせている。城門も、太い材木を組み合わせただけの簡素な造りだ。鶴千代丸が城門に続く坂道を登っていくと、城門の傍らに佇む人影が目に入った。保子だった。鶴千代丸は駆け寄った。

（姉上……）

保子の顔を見て、息を呑んだ。目が真っ赤に腫れ上がっている。よほどひどく泣き続けたのに違いなかった。二人が黙ったまま見つめ合っているところに亀若丸も近付いてきて、

「どうしたんだよ、姉上？　何で、泣いてるの？」

「帰りが遅いから心配で……。兄上は、狼にでも食われてしまったのだろうって……」

「そんなことを言ったのか。あいつ、殴ってやる」

許さないからな、孫一郎、と叫びながら亀若丸が城に走り込んでいく。

「ゆうべ、どこにいたのですか？」

「森で迷ってしまって……」

鶴千代丸は、居心地悪そうにもじもじしながら答えた。叱られるのなら慣れているが、こんな風にめそめそ泣かれるのは苦手なのだ。

「危ない目に遭わなかった?」

「平気だよ」

「山音を突き飛ばしたのは、じいを庇ったせいだったのね。じいから聞きました。何も知らずに頭ごなしに叱ってごめんなさいね」

「いいよ、謝らなくても。姉上が謝ることじゃない」

「だって、わたしが叱ったから、おまえは飛び出したんじゃないの。もし、おまえの身に何かあったらどうしようって……ずっと心配で眠れなくて……」

保子の目にまた涙が溢れてくる。

「ちぇっ、泣くなよ! 姉上らしくないぞ。おれは、こうして帰ってきた。それでいいじゃないか」

「腹に据えかねることもあるでしょうけど、母上と兄上には、一言だけでも挨拶してね。謝れというわけじゃないのよ。無事に帰ってきました、と挨拶してほしいだけだから……」

「嫌だね。誰があんな奴らに挨拶なんかするもんか。亀若丸と一緒に兄上の尻を蹴飛ばしてやる!」

「ま。何てことを言うの。馬鹿なことはやめなさい。許しませんよ」

保子が右手で鶴千代丸をぶとうとする。

「ふふっ……」

「何よ」

「やっと姉上らしくなったと思ってさ。めそめそ泣くより、目を吊り上げて怒ってる姉上の方が、おれは好きだぞ」

そう言うと、鶴千代丸も城の中に走り込んでいく。その背中を見送りながら、ようやく保子の口許にも笑みが浮かんだ。

十一

鶴千代丸は十二歳、亀若丸は十歳だが、これが百姓の倅《せがれ》であれば、もう野良仕事に駆り出されるのが当たり前の年齢だ。野良仕事に従事する体力がなければ、子守をしたり、雑用をこなしたり、作物を狙うカラスを棒で追い払ったり、いくらでも仕事がある。領主の子だから、そういう雑事を強制されることはないが、だからといって、いつも遊んでばかりいるわけではない。労働の代わりに学問に励まなければならない。それが領主の子の務めといっていい。

高越城から半里（約二キロ）ほど北西に法泉寺という古刹《こさつ》があり、二人はそこで学んでいる。他によほど大切な用事でもない限り、午前中は法泉寺で学問に勤《いそ》しむことになっている。長男の孫一郎も元服するまでは毎日通っていた。元服してからは、父・盛定の代理として任される仕事も増えたため、さすがに毎日通うことは無理になったが、それでも三日に一度くらいは法泉寺に出向く。忙しい合間を縫って法泉寺に足を向けるのは学問熱心だからではなく、それが盛定の指図だからであった。盛定は、いずれ都の戦乱が収まれば、家族を都に呼び戻すつもりでいる。そのときに、息子たちが、読み書き算盤という、通り一遍の学問だけでなく、深い教養を身に付けていれば、幕府で重い役職に就くことも可能になると考えた。名門・伊勢氏の一族であるとはいえ、盛定の系統は傍流に過ぎないから家柄に頼っているだけでは出世などおぼつかないのである。

法泉寺の住職を仁泉《じんせん》という。この仁泉和尚《おしょう》が三兄弟の学問の師である。

仁泉和尚は丹波《たんば》の玉雲寺《ぎょくうんじ》の住職だったが、その徳望と学識を見込んだ盛定が荏原郷に招聘《しょうへい》し、元々は真言宗の寺だった法泉寺を曹洞宗の寺として新たに開山させた。

長兄の孫一郎は、『春秋左氏伝《しゅんじゅうさしでん》』や『資治通鑑《しじつがん》』といった中国の史書や六国史《りっこくし》のような日本の歴史書を一人で読み進むことができるほど学問が進んでおり、解釈に悩むときだけ、仁泉和尚に教えを請うというやり方をしている。

亀若丸は学問が苦手で、いまだに往来物《おうらいもの》に四苦八苦している始末だ。往来物というのは、この時代の文章・手習いの教科書、『庭訓往来《ていきんおうらい》』や『尺素往来《せきそおうらい》』のことである。字の書き方を学ぶときには『字画《じかく》』も使う。

鶴千代丸も学問は得意でもないし、さして好きでもないが、さすがに往来物は学び終え、今は、『論語』『孟子』『大学』『中庸』という、いわゆる、四書に進んでいる。この時代の武士の教科書と言われた『貞永式目《じょうえいしきもく》』と『今川状《いまがわじょう》』も学んでいるが、内容があまりにも退屈で、読み始めると眠くなってしまうので、さっぱり身に付かない。本当ならば、もう十二歳なのだし、そろそろ中国の史書を読み始めるべきなのだが、それがいつになるかわからないほど学問の進みは遅々としている。

（ああ、いかん……）

目蓋が重くなるのを鶴千代丸は感じた。眠っては駄目だ、しっかり学問しなければ、と己を戒めるものの、次第に『貞永式目』の文字が二重になり三重になり、何が書いてあるのかわからないほどぼやけてきた。雲の上でも歩いているような、ふわふわした気分になり、目を閉じると、何とも言えない心地よさを感じる。ついには目を開けて文字を追いかけようという努力を放棄して目を瞑ってしまう。次の瞬間、文机《ふづくえ》にごつんと額をぶつけて、鶴千代丸は驚いて目を開けた。居眠りして舟を漕いだ揚げ句、前のめりに文机に倒れ込んだのだ。

「兄者、また居眠りしたな」

亀若丸が呆れ顔で鶴千代丸を振り返る。その顔が墨で真っ黒だ。『字画』を手本にして、夢中になって習字をしているうちに、筆を持ったまま、ごしごし顔を擦ったり、筆先を嘗《な》めたりするものだから、顔中に墨が付いている。亀若丸には依怙地《いこじ》で頑固な面もあるが、自分が信頼する者の言い付けには従順で、だから、孫一郎や常磐には強く反発するが、保子や鶴千代丸の言葉にはあまり逆らうことがない。仁泉和尚のことも尊敬しているから、

「字を学ぶには、できるだけたくさん習字をするのがよい。しっかりなされよ」

と励まされると、

(和尚さまに誉めてもらえるように、たくさん習字をしなければ)

と墨にまみれて頑張ったりする。

「眠くてたまらない。何て、つまらない書物なんだ。頭がおかしくなってしまう」

「何だよ、居眠りばかりしてるくせに。どうせ中身なんかわかってないんじゃないか」

亀若丸が、はははっ、と笑う。

「往来物を読むのとは、わけが違うんだ」

ふんっ、と鼻を鳴らしながら書物を閉じると、鶴千代丸は立ち上がった。

「和尚さまに叱られるぞ」

「顔を洗ってくるだけだ。そうすれば目も覚めるだろうからな」

鶴千代丸は法堂《はっとう》を出ると、廊下から中庭に降り、寺の裏手にある井戸に向かった。庫裡《くり》に行けば、汲み置きの水があるのはわかっていたが、途中で仁泉に出会したりすると嫌だったので井戸に行くことにした。

幸い、井戸の近くには誰もいなかった。地面に広がっている落ち葉を踏みながら、鶴千

代丸は井戸に近付く。釣瓶《つるべ》を繰って水を汲み、じゃぶじゃぶ顔を洗う。だいぶ、さっぱりしたが、すぐには法堂に戻る気がしなかった。少しくらいなら休憩してもいいだろうと勝手に判断して、大きな松の根元に坐り込む。

懐から薄い冊子を取り出す。『御伽草子《おとぎぞうし》』の一冊である。趣《おもむき》の異なる短編を集めた物語草紙で、この時代には写本という形で流布している。高越城の書庫には、盛定が都から持ち帰った『御伽草子』が百冊ほども揃っている。百冊といっても、一冊当たりは薄い小冊子に過ぎず、それぞれの冊子にひとつかふたつの物語が載っている。常盤の無聊《ぶりょう》を慰めるために、都から戻るたびに盛定は世間で評判の書物を持ち帰るが、常盤は書物になど何の関心もないので、荷ほどきもされずに書庫に放り込まれて埃を被っている。それをこっそり鶴千代丸が持ち出して読んでいるというわけであった。退屈な学問の書物を読むのは苦手だが、物語草紙を読むのは好きなのだ。

特に好きなのは源頼光《みなもとのよりみつ》と四天王が活躍する『酒呑童子《しゅてんどうじ》』や『羅生門《らしょうもん》』、藤原秀郷《ふじわらのひでさと》が大蛇を退治する『俵藤太物語《たわらとうだものがたり》』、それに源義経《よしつね》の冒険譚である『御曹子島渡《おんぞうししまわたり》』や『弁慶《べんけい》物語《ものがたり》』といった、血湧き肉躍る波瀾万丈の物語である。義経の生涯を描いた『義経記《ぎけいき》』という軍記物があることを知り、何とか読んでみたいと思っているが、高越城にも法泉寺にもない。都にいる盛定に頼んで送ってもらえばよさそうなものだが、そのためには、まず常盤に頼まなければならない。常盤と盛定は定期的に手紙のやり取りをしており、日々の暮らしに必要なものを都から送ってもらっている。その手紙に、ほんの一言、『義経記』を送ってほしい、と書き添えてもらうことができれば、いかに手に入りにくい書物であろうと、常磐の頼みとなれば、盛定は喜んで探し出してくれるに違いなかった。それは鶴千代丸にもわかっているが、どうしても常磐に頭を下げる気にはなれないので、『義経記』を読むのは、将来の楽しみということにしてある。

この日、鶴千代丸が懐に入れてきたのは『酒呑童子』だ。手垢で表紙の色が変わり、綴じ紐が千切れそうになるほど何度となく繰り返し読んでいるから、筋も頭に入っているし、台詞も諳《そら》んじることができる。にもかかわらず、鬼にさらわれた姫君を助け出すために、源頼光と、その四天王、それに頼光の友人である豪傑・藤原保昌《やすまさ》の六人が山伏に変装して大江山《おおえやま》に向かう姿を想像するだけで、鶴千代丸はわくわくするし、興奮で体が震えてくる。

「かの鬼つねに酒を呑む。その名をよそへて酒呑童子と名付けたり……」

鶴千代丸は、声に出して読み始める。

すると、たちまち目蓋の裏に大江山の風景が思い浮かんでくる。険しい山道を登っていくと、眼前に鉄の門が見えてくる。鬼の城だ。

門番の鬼が、

「こは何者ぞ珍しや。このほど人を食はずして、人を恋ひける折ふしに、愚人《ぐにん》夏の虫飛んで火に入るとは、今こそ思ひ知られたり。いざや引き裂き食はん……」

と思いがけない獲物が現れたことを喜んで舌なめずりする。

筋書きのわかりきった物語であるにもかかわらず、読み進めるうちに、鶴千代丸はすっかり物語の世界に没入していた。

「さても不思議の人々や。御身がまなこをよく見るに、頼光《らいこう》にておはします……」

頼光たちが酒呑童子に正体を見破られそうになる場面では、思わずごくりと生唾を飲む。

と、そのとき、

「さて、その次は茨木《いばらき》が腕《かいな》を切りし綱《つな》にてあり。残る四人の人々は定光《さだみつ》、末武《すえたけ》、公時《きんとき》や、保昌《ほうしょう》とこそ覚えたり……」

突然、どこからか人の声が聞こえてきて、鶴千代丸は、ぎゃっと叫んで跳び上がった。

「ははは、驚かせてしまいましたかな」

松の反対側から僧侶が姿を現した。髭の剃り跡が青々しく残る三十がらみの男である。

その僧侶に見覚えがなかった。墨染めの衣は、すり切れて、あちらこちら綻びが目に付き、埃にまみれて白っぽくなっている。垢染みた手足や顔は日焼けして真っ黒だ。その姿を見れば、

（旅の僧か……）

と、鶴千代丸にも察せられる。修行のために諸国を旅する僧侶が、一夜の宿りを求めて法泉寺に足を止めるのは珍しいことではない。

（くそっ、びっくりさせやがって）

鶴千代丸が腹を立てたのは、物語にのめり込むあまり、人が近付いてきたことにも気付かなかったばかりか、ちょっと声をかけられたくらいで、叫び声を発して慌てるという無様な姿を見られたせいであった。相手に対して怒っているというより、自分の情けなさに腹を立てているといった方がいい。冊子を懐にねじ込むと、さっさと立ち去ろうとした。

　すると、

「拙僧は宗哲《そうてつ》と申します。元々は京の大徳寺《だいとくじ》で修行した身でございまするが、この二年ほど四国、九州の諸国を巡り歩いておりました。旅を終え、九州から中国に戻り、そろそろ都に戻ろうかと思案しているところ。縁あって……というか、宿と食事を求めて、この法泉寺を訪ねたのです」

　いきなり、宗哲が話し始めた。相手が名乗ってきたので、仕方なく鶴千代丸も宗哲に向き合い、自分は高越城の主・伊勢盛定の二男、鶴千代丸である、と名乗った。こういう礼儀作法は幼いときから、きちんと躾けられている。

「鶴千代丸殿は書物がお好きなようですな」

「ただの物語草紙ですよ」

「面白いですか？」

「まあ、『論語』や『孟子』よりは……」

「さっき読んでいたのは『酒呑童子』でしたが、他にどんな物語がお好きですか？」

「ええっと、それは……」

面倒だなと思いつつも、鶴千代丸は、源頼光や俵藤太の物語、それに義経の英雄譚が好きなのだと答え、つい『義経記』も読んでみたいが、城にも寺にもないので、まだ読んでいないということまで話してしまった。

「ほう、鶴千代丸殿は英雄たちがお好きなようだ。確かに『義経記』は面白い本です。義経の姿が生き生きと描かれている」

「読んだことがあるのですか？」

「ええ、もちろん」

宗哲は大きくうなずくと、

「世の中には面白い書物がたくさんあります。面白くて、しかも、ためになるという書物も少なくありません」

「そうなんですか？」

「ええ」

宗哲は、にこっと笑い、

「鶴千代丸殿は『太平記』をご存じですかな？」

と訊いた。

「え、『太平記』ですか?」

鶴千代丸が小首を傾げる。

「ご存じないようですな……」

鎌倉幕府の滅亡から建武《けんむ》中興、南北朝の動乱、室町幕府の成立に至る五十数年間の争乱を描いた歴史物語で、数多くの英雄たちが活躍するのだ、と宗哲は話した。

「へえ、面白そうですね」

「面白いですとも。聞きたいですか?」

「聞く?」

「あれは長い物語でしてな。全部で四十巻ほどもありましょう。そう簡単に持ち歩けるようなものではありません。しかしながら……」

宗哲は、自分の頭を人差し指でこんこんと叩き、

「この中に、すべて収まっておりますぞ。どのような場面でも、たちどころに呼び出して語ることができるのです」

「本当ですか?」

「鶴千代丸殿さえよければ、ぜひ、お聞かせしましょう。都合のよいときにでも、城の方で……」

そこに、

「ここにおられたか、宗哲殿。それに、鶴千代丸殿までも。何をしておられる？」

住職の仁泉がやって来た。齢《よわい》七十二、枯れ木のように痩せ細っているが、肌艶もよく、視線にも力があって少しも衰えた様子はない。見るからに矍鑠《かくしゃく》としている。

「少しばかり書物の話を……」

「ほう、書物の」

仁泉が目を細めて宗哲を見つめる。

「鶴千代丸殿は軍記物がお好きなようなので、城に伺って『太平記』を語ってもよいかなと……」

「宗哲殿、この荏原郷では商売をせぬという約束をしたはずですぞ。お忘れか」

仁泉がぴしゃりと言う。

「商売ですって？」

鶴千代丸が怪訝な顔になる。

「このお坊さまは都の大徳寺で修行なされたとおっしゃいましたが、嘘なのですか？」

「それは嘘ではありませんが……」

そう前置きして、仁泉が次のような説明をした。

この時代、「物語僧」というものが存在する。諸国を旅しながら、その土地の領主に請われれば、『太平記』や『明徳記』を語る。これと似た存在に琵琶法師がいる。琵琶を背負って諸国を放浪し、『平家物語』や『保元物語』『平治物語』を語る者たちだ。その存在は鎌倉時代から認められる。琵琶法師は座頭組織に属する盲人であり、多くは乞食同然の大道芸人に過ぎない。座頭組織に属さず、琵琶を片手に市や寺社の門前で物語を語る健常者もいて、そういう者たちは「絵解《えとき》法師」と呼ばれた。この絵解法師も大道芸人である。

琵琶法師や絵解法師と違い、物語僧は芸人ではない。物語を語ることで宿や食事、路銀を手にしようとする点では同じだが、それが最終目的でないところが芸人たちとは違う。

もちろん、生活に窮して、食い扶持《ぶち》を稼ぐために物語をする物語僧もいないではないが、そういう者たちの多くは都にいる。苦労して諸国を旅して歩いたりはしない。旅をする物語僧は、その土地の領主に近付くための手段として物語を語ったり、他国の情報をもたらしたりする。本当の目的は、領主に自分を売り込むことなのである。

足利幕府の統制が緩み出す室町時代の後半、各地で様々な争いが頻発するようになった。その最たるものが応仁の乱であり、この乱においては、京都を舞台にして東軍と西軍が戦っただけでなく、諸国の豪族たちが土地や利権を奪い合って衝突を繰り返した。力のある者が力のない者を攻めて、理不尽に土地や財産を奪い取っても、それを咎《とが》めるべき幕府が弱体化しており、無法を正すことができなかった。一種の無政府状態といってよく、弱肉強食の不穏な時代が到来したといってもいい。

豪族たちは自衛の必要に迫られて、あるいは、周辺の豪族たちを攻めて己の勢力圏を広げるために、兵法の専門家を求めるようになった。戦争に勝つために、あるいは、戦争に負けないために、様々な対策と工夫を講ずる必要が出てきたからである。

兵書はすべて漢籍である。それ故、漢籍を読める者だけが兵法を身に付けることができる。それ即ち、僧侶である。奈良時代から仏典と共に大陸から輸入されていたが、それらの兵書を、僧侶たちは仏道修行の傍らに暇潰しとして読んでいたに過ぎなかった。兵法など、太平の世においては何の役にも立たない無用の長物だからである。

ところが、突如として兵法が重んじられる時代になった。優れた兵法者は「軍配者《ぐんばいしゃ》」と呼ばれ、高禄で召し抱えられるようになった。需要が増してきたので、関東の足利学校では、軍配者を養成する専門教育を施すようになったほどである。

関西には足利学校のような養成機関は存在しないが、その代わり、京の五山を始めとする大きな寺社で真剣に兵法を学ぶ者が増えてきた。仏道修行の片手間に兵法を学ぶのではなく、兵法を学ぶための方便として仏門に入る者も少なくなかった。

軍配者の需要が増えたとはいえ、兵法を学ぶ者は需要を上回る勢いで増えているから、ただ待っているだけでは、うまい仕官先を見付けることなどできない。自分から積極的に売り込みに行かなければならなくなった。

宗哲も、そういう一人で、仕官先を求めて四国、九州と長い旅を続けてきた。軍記物を面白おかしく語る業を身に付けていたおかげで、路銀に窮することもなく、数多くの豪族たちに近付くこともできたが、気に入った仕官先を見付けることはできなかった。宗哲を召し抱えたいと申し出る領主がいなかったわけではないが、田舎暮らしには我慢できても薄禄に甘んじるつもりはなかった。せっかく苦労して軍配者になったのは貧乏暮らしをするためではない。食うだけのことであれば、長い旅をする必要はない。都にいれば、少なくとも食うには困らなかったのである。

旅に出て二年経ったところで区切りをつけ、宗哲は都に戻ることにした。その途中、法泉寺に足を止めたのは、荏原郷が伊勢氏の領地と知ってのことである。伊勢氏は室町幕府を支える有力な一族だ。領主に気に入られて、あわよくば仕官を……というのが宗哲の本音で、それを仁泉に見抜かれたわけであった。

「商売とは、ひどい……」

宗哲は苦笑いを浮かべた。

「己の技芸を売り物にして何らかの見返りを期待するのだから、商売と言うしかありますまい」

「そう厳しく言われると、返す言葉もありませぬが……」

「よいではありませんか、和尚さま」

助け船を出したのは鶴千代丸だ。

「城に来て、『太平記』を語って下さるのなら、わたしは、ぜひ、来ていただきたいと思いゃす。できれば、すぐにでも」


「おお、それはありがたいお言葉です。ならば、早速、支度をして……」

「領主殿は城にはおりませぬぞ」

「お留守ですか。いつ頃、お戻りに……？」

「父上ならば、都におりまする」

鶴千代丸が答える。

「は？」

宗哲が怪訝な顔になる。

「都の戦を避けて、ご家族だけが城におられる。幕府に仕えている領主殿は、ずっと都にいて、たまにしか帰って来られぬのじゃ」

「ああ、なるほど、そういうことでしたか……」

宗哲は、傍目にもはっきりわかるほど落胆の色を浮かべた。

「このあたりで大きな戦があったのは昔の話で、近頃は、そういうこともない。たとえ領主殿がいたとしても、軍配者を召し抱えたりはするまい」

「まあ、確かに、よほど世間知らずでもなければ、伊勢氏の領地をかすめ取ろうなどとは考えぬでしょうから」

「城には来て下さらないのですか？」

今度は、鶴千代丸の顔に失望が表れる。

「ふふっ、よほど軍記物の語りを聞きたいようですな。宗哲殿は、あと数日は、この寺におりまする。城でなくても、この寺で語ってもらうこともできまするぞ」

「え、本当ですか」

鶴千代丸の表情が、パッと明るくなる。

「但《ただ》し」

仁泉がぴしゃりと言う。

「昼までは、しっかり学問に励みなさいませ。そうすれば、昼過ぎに宗哲殿の語りを聞くことを許しましょう。宗哲殿、どうですかな、お願いできますかな？」

「ええ、わたしの方は構いませんが……」

「鶴千代丸殿は、どうですかな？」

「やります。しっかり学問に励みます」

「居眠りなどしてはなりませぬぞ」

仁泉がじっと睨むと、

「はい」

鶴千代丸は小さな声で返事をし、顔を赤くしてうつむいた。腕白で怖い物知らずの鶴千代丸も仁泉には頭が上がらないらしかった。

十二

保子は都で生まれたが、五歳のときに荏原郷に移り住み、以来、十年の歳月をこの気候の穏やかな静かな土地で暮らしてきた。都のことなどほとんど覚えていないので、保子自身は、生まれたときから荏原郷で暮らしていたような気でいる。

領主の娘とはいえ、保子は深窓の姫君というわけではない。それでなくても農作物の収穫高は天候に左右されやすい上、周期的に干魃や水害、虫害などに見舞われたから、豊作の年など滅多になく、不作が当たり前で、凶作にならなければありがたい……それがこの時代の農業の実情だ。

高越城にいる保子たちの生活は、徴収した年貢と都に送る年貢の差額分で賄《まかな》われることになるが、それがいつもほんのわずかなのである。凶作の年など、高越城の倉が空っぽになることさえある。そんなときには都の盛定に苦境を訴えて、改めて都から生活費を送ってもらわなければならない。楽な暮らしではないのだ。

そんな厳しい環境で育てば、自分のことは自分でやるという習慣が自然に身に付くし、奉公人たちが忙《せわ》しげに立ち働いていれば、それに手を貸そうという気にもなる。お姫さま暮らしを楽しむ余裕などない。それ故、保子は絹をまとったりすることもなく、奉公人たちと同じように麻の単衣《ひとえ》を着て、山菜を摘みに出かけたり、針仕事をしたり、人手が足りないときには水仕事を手伝うことさえある。

常磐と虎寿丸が高越城で暮らすようになって一年近く経つが、保子が何よりも驚いたのは、祝い事のあるような特別な日でもないのに、常磐が高級な絹の着物を身にまとうことだった。常磐だけでなく、使用人に過ぎない山音までが当たり前の顔をして絹を着るので、保子は目を丸くした。

しかも、常磐は仕方ないにしても、山音にしろ、都からついて来た腰元たちにしろ、一切、雑事に手を貸そうとしなかった。それもまた保子には驚きだった。

だが、驚いたのは、都からやって来た者たちも同じで、山音など、奉公人と一緒になって立ち働く保子を見て露骨に顔を顰め、

「姫さまがそのようなことをするものではありませぬぞ」

と強い調子でたしなめた。

しかし、保子は耳を貸さなかった。城の奥に引っ込んで、日がな一日、貝合わせのような他愛ない遊びで無為に過ごす気にはなれなかった。保子は、それまでのやり方を改めようとせず、二日に一度は山菜摘みに出かけた。

もちろん、一人で行くわけではない。手が空いていれば房江が供をするし、他にも下女を二人くらいは連れて行く。野良仕事の合間を縫って山菜摘みに行くのは村娘たちの日課になっているから、早朝、高越城を出て、森に向かって歩いて行くと、笊《ざる》を小脇に抱えた

娘たちが一人二人と一緒になる。森に着く頃には、いつも十人ほどになる。森には山犬や狼もいるので、大人数で入るのが安全なのだ。

毎年のことだが収穫期になると、飢えた流民の一部が盗賊と化して村に近付いてくる。作物を狙うのだ。それを警戒して、田畑の周辺を武器を手にした男たちが巡回している。今年も近隣の村に盗賊が現れたという噂が高越城にも聞こえていたから、保子たちも、あまり森の奥に入らないように注意していた。

「この頃、鶴千代丸さまは学問熱心でございますねえ。朝早くからお寺に出かけて、日暮れまで帰っていらっしゃいませんもの」

畦道を歩きながら、房江が口にした。

「わたしも、いったい、どういうことなのかと不思議に思っていたのだけど、亀若丸が言うには、旅のお坊さまから物語を聞かせてもらうのが楽しいらしいの」

「まあ、法話でございますか」

「そういう難しいものではなく、昔の戦のことなどを面白おかしく語ってくれるんですって。そんなものを聞いたところで、さして為になるとも思えないけど、他の村の子供たちと喧嘩ばかりするよりは、ましかもしれないと思うから黙っているの。少しは学問もしているようだし。それに母上に逆らったり、山音に乱暴な口を利いたりもしなくなったし……法泉寺に行くのを禁じられないようにおとなしくしているだけでしょうけどね」

「わたしなどにはよくわかりませんが、よほど楽しいのでしょうね」

房江がにこやかに言う。

「このまま真面目に学問に励むようになってくれるといいのだけれど……」

保子が溜息をつく。鶴千代丸とは三つしか違わないが、姉というより母親のような気持ちで接してきたので、乱暴で気性の激しい弟の行く末が案じられてならない。これをきっかけにおとなしく学問に励むようになってくれれば、と願わずにいられなかった。

「あ」

房江が声を発した。

「鶴千代丸さま……」

「え？」

保子が肩越しに振り返る。

城門を飛び出し、転がるように坂道を走り下るふたつの影が遠目に見えた。鶴千代丸と亀若丸に違いなかった。これから法泉寺に出かけるのであろう。

「いつも一緒でございますね。何て仲のよいご兄弟なのでしょうか」

どんなときでも鶴千代丸贔屓《びいき》の房江が目を細めて二人の姿を見つめる。

「ええ、確かに……」

と、うなずきながらも保子は浮かない顔だ。

（確かに、あの二人は仲がいいけれど、兄弟は他にもいるのよ）

保子が脳裏に思い描いたのは、兄の孫一郎の顔である。鶴千代丸、亀若丸の二人と孫一郎では、その性格がまるで違っている。

昔から孫一郎には底意地の悪いところがあり、領主の嫡男という立場を笠に着て弱い者いじめをしていたことを保子は覚えている。元服してからは、城で奉公する若い娘たちに色目を使って、娘たちを困らせたりもしている。鶴千代丸と亀若丸の二人は正反対の性格で、乱暴で喧嘩ばかりして生傷が絶えないが、卑怯なことや狡《ずる》いことが大嫌いだ。弱い者いじめもしない。孫一郎と反《そ》りが合うはずがなかった。

先達て、鶴千代丸が夜になっても城に戻らず、執事の柴田邦右衛門や保子が城から人を出して鶴千代丸を探そうとしたとき、常磐や山音は大袈裟すぎると反対し、その意見に孫一郎も同調した。それ以来、亀若丸は孫一郎と口を利かないようになり、陰では「孫一郎」と呼び捨てにしていることを保子は知っている。保子自身、孫一郎の裏表のある性格は好きではないし、鶴千代丸の捜索に反対されたときには猛烈に腹が立ったが、それでも血の繋がった兄弟姉妹には違いない。女の身である保子は、いずれ他家に嫁いで城を出て行くことになるが、鶴千代丸と亀若丸は城に残る。家督を継ぐ孫一郎を守り立てていかなければならない立場なのだ。それなのに今からこんなに兄弟仲が悪いのでは、この先、どうなってしまうのだろう……そんなことを考えると、どうにも暗澹《あんたん》とした気持ちになって保子の口からは溜息が洩れるのである。

十三

「兄者、そんなに急がなくてもいいじゃないか」

不意に亀若丸は走るのをやめ、のろのろと歩き始めた。肩で大きく息をし、顔には玉の汗が浮いている。無理もない。城を出てから、ずっと走り通しなのだ。亀若丸とて走るのが苦手というわけではないが、何しろ、鶴千代丸は猛烈な勢いで走り続ける。そんな勢いで法泉寺までの半里（約二キロ）の道程を駆け通せるはずがなかった。しかも、平坦な道ばかりではなく、茂みを抜けながら、坂を登ったり下ったりするのである。

振り返った鶴千代丸の顔からも汗がだらだら流れ落ちているし、呼吸も荒いが、少しも苦しそうな様子ではない。額の汗を拭いながら、

「だらしがないぞ」

と、亀若丸を叱咤《しった》した。

「おれは急いでお寺に行かなくてもいいんだ。軍記語りが聞きたいわけじゃないから」

「おまえも一緒に聞いてるじゃないか。そんなにつまらないか？」

「つまらなくはないけど、軍記語りを聞くために、昼までみっちり学問させられるのは嫌だ。昼を過ぎても兄者がお寺に残るから、おれも一緒に残らないといけないしさ。みんな

と遊ぶ方がいい」

「おまえだって武士の子だ。戦の仕方を学ぶことは大切だぞ。そのうち、きっと役に立つ。山向こうの村が盗賊に襲われたという噂もあるし、兵法を何も知らないのでは盗賊と戦いようもない」

「兄者はバカだな。まだ元服もしていない子供が盗賊と戦えるものか。剣術だって、ろくにできないくせに」

ははは、と亀若丸が笑う。

「そういう気構えを持つことが大切だと言ってるだけだ。それに今は野良仕事が忙しいから、誰もおまえと遊んではくれないぞ。稲や粟《あわ》を刈り入れ、麦を蒔《ま》き、瓜や小豆《あずき》も取り入れなければならない。一年で一番忙しいときだからな」

「そんなこと、おれだって、わかってるさ」

ちぇっ、と亀若丸が口を尖らせる。最近の鶴千代丸は、朝早くから日暮れまで法泉寺に腰を据え、学問したり、軍記物の語りを聞いたりするばかりで、少しも自分の相手をしてくれない……そのことが不満なのだ。そんな亀若丸の気持ちもわからないではないので、

「野良仕事が片付いたら、また遊べるさ。その頃には宗哲さまも都にお帰りになるだろう。いつまでも法泉寺にいるはずもないのだし」

ほら行くぞ、と鶴千代丸が促すと、わかったよ、と返事をして亀若丸が走り出す。兄弟

二人が前後に連なって駆けていく。

十四

「今日は、このあたりでやめておきましょうか」

宗哲が口を閉ざすと、鶴千代丸は失望の色を隠しきれない様子で肩を落とした。

「鶴千代丸殿は、よほど楠木正成《くすのきまさしげ》がお好きなのでございますなあ」

宗哲が微笑む。

「兄者。もう帰ろうよ。どうせ明日だって朝早くから来るんだし」

亀若丸がうんざりした様子で口を尖らせる。先に帰っていろ、と鶴千代丸が言うと、亀若丸はとても付き合いきれないという顔で部屋を出て行った。

この日、宗哲が語ったのは『太平記』の中の「赤坂城軍事《あかさかのしろいくさのこと》」の段である。三十万の鎌倉幕府軍が貧弱な構えの赤坂城にわずか数百人で立て籠もる楠木正成を攻撃するが、正成が次々と繰り出す奇策に翻弄され、無数の屍《しかばね》をさらした上、二十日間も攻めあぐねるという痛快な場面である。その面白さにかけては『太平記』の中でも屈指といっていいほどだが、鶴千代丸はよほど気に入ったらしく、この場面を何度も聞きたがる。一緒に語りを聞いている亀若丸が話の流れを覚えてしまうほどなのだから、亀若丸が呆れるのも当然であった。

ところが、鶴千代丸は何度聞いても、まったく飽きなかった。もちろん、筋はわかっている。常に全身を耳にして聞き入っているのだから、ほとんど諳《そら》んじることができるほどになっている。にもかかわらず、宗哲にせがんで語ってもらうのは、宗哲の臨場感溢れる巧みな語りを聞いていると、目蓋の裏に赤坂城で戦う武士たちの姿が思い浮かんでくるからであった。それどころか自分がその場にいて楠木正成の下知《げち》を受けて幕府軍と戦っていると錯覚しそうになるほどだ。これまで愛読してきた『御伽草子』の面白さとは、まるで違っていた。『太平記』の世界に浸かっていると、興奮のあまり、全身が震え、血がたぎるのである。こんな経験は初めてだった。

なぜ、これほど『太平記』が好きで、その中でも赤坂城の場面に心が惹《ひ》かれるのか自分でもわからないと口にすると、

「鶴千代丸殿も楠木や新田《にった》と同じように、世の乱れを正そうとする高い志を胸に抱き、正しき道を究めるためには命も惜しまぬという熱き心を持っておられるからではないでしょうか」

宗哲は世辞を言った。

しかし、鶴千代丸は、はい、と大きくうなずき、

「今は楠木正成や新田義貞《よしさだ》に遠く及びませんが、いつか必ず、そういう男になるつもりです」

と言った。大真面目であった。楠木正成や新田義貞のように高い志を持ち、正義のために美しく生きなければならないという気持ちだった。二人が最後には非業の死を遂げてしまうということが、よりいっそう、鶴千代丸の純粋な激情を刺激するのであった。

語りが一段落つくと、その内容について、あれこれと雑談風に話し合うのが日課のようになっているので、

「今日は何か気になることがありましたか？」

と、宗哲が水を向けた。

「ひとつ不思議なことがあります」

鶴千代丸が疑問を口にした。

「何でしょう？」

「確かに楠木正成は『三国志』の孔明《こうめい》の如き優れた兵法者だと思いますが、それにしても幕府方の武士たちはあまりにも愚かではないでしょうか。楠木の仕掛けた罠にやすやすとはまり、しかも、何度も同じ過ちを繰り返しています」

「幕府軍が愚かなのではなく、楠木がそう仕向けたのです」

「そんなことができるのですか？」

「はい。それこそが兵法というものです。兵法の極意をひとことで言うならば、『奇』ということになりましょう。つまり、敵の気の緩みや油断を利用して、こちらの考えている

ように動かすのです」

「それは……」

卑怯ではありませんか、と鶴千代丸が小首を傾げる。

「いいえ、卑怯ではありません」

宗哲が首を振る。

「なぜなら、戦とは命をやり取りする場所だからです。生き延びるためには勝たなければならない。だから、勝つために工夫するのです。もちろん、戦などない方がいい。戦国よりも太平の世がいいに決まっています。鶴千代丸殿は、なぜ、この物語が『太平記』と名付けられたと思いますか？　これは太平の世の物語ではありません。戦の話です。最初から最後まで戦の話ばかりなのに、なぜ、『太平記』なのかといえば、これは太平の世を築くために必死に戦う者たちの物語だからなのです」

「太平の世を築くために戦う……」

「物語として聞く分には、戦というのは面白いものですが、実際に戦場に臨むと、面白いことなど何もなく、悲惨で気の滅入るものですよ。ぼんやりしていると誰かに殺されてしまうし、だからといって、誰かの命を奪うのも愉快なことではありませんしね。自ら望んで戦に出るのなら自業自得かもしれませんが、戦が起こると田畑も荒らされて農民が大きな迷惑を蒙《こうむ》りますし、何の関わりもない女子供までが巻き込まれて、ひどい目に遭ったりします。だから、戦などない方がいいのですよ」

「しかし、宗哲さまは軍配者として仕官するために諸国を旅しているのだと仁泉さまが話しておられました。戦がなくなったら軍配者も用無しになってしまうではありませんか」

「これは参った。おっしゃる通りだ。少しでも楽な暮らしをしたいと思い、何とか力のある豪族に召し抱えてもらおうと二年も旅して回ったのは、他ならぬ自分でした。戦を飯の種にしようなどと不埒《ふらち》なことを企んでいる者が偉そうなことなど言えるものではない。いや、本当に恥ずかしい」

あははは、と宗哲が自分の頭を叩きながら大笑いする。ひとしきり笑うと不意に表情を引き締め、

「戦がなくなればいいと願う気持ちに嘘はありません。しかしながら、戦をなくすには戦をしなければならないのも本当のことなのです」

「戦をなくすために戦をする？」

「ええ、そうです。『平家物語』でも『太平記』でもそうですが、世の中が大きく乱れるとき、その乱れを鎮める者というのは誰よりも戦が強い者です。戦を勝ち抜くことによって、誰も刃向かえないほど強い力を持つことができるようになり、その者が戦をしてはならぬと命ずることによって、世の中が平穏になるのです。そういう者が現れない限り、いつまでも戦が続くことになります」

「源頼朝《よりとも》や足利尊氏《たかうじ》の如き者ということですか？」

「実際には、そう単純ではないでしょうが……。鎌倉幕府の力が弱まったせいで、『太平記』に描かれたように、世の中が乱れました。今も同じです。都では大きな戦が始まっており、それにつられるように諸国でも戦が増えています。しかし、今の幕府には、それを抑える力がない。頼朝の如き者、尊氏の如き者が現れるまで戦は続くのでしょう。楽な暮らしをしたいがために、どこかの領主が軍配者として召し抱えてくれぬものかという思いで諸国を巡ったと申しましたが、できることならば、戦乱の世を太平の世に導いてくれるような英傑に仕えたいという気持ちもあったのです。でも、駄目でした。猫の額のように狭い土地を奪い合うことに血眼《ちまなこ》になり、己の欲を満たすために親や兄弟を騙し討ちにしても平気な顔をしている器量の小さな者ばかりで、広く天下のことを考えているような御方に巡り会うことはできませんでした。くだらぬ戦騒ぎに巻き込まれて僻地で歳を重ねるくらいならば、都に戻って、仏道修行にでも励んだ方がましではないかと考えたのです」

「わたしも、お坊さんになれるでしょうか？」

「は？」

　宗哲が驚いたように鶴千代丸の顔を見つめる。

「なぜ、そのようなことをおっしゃるのですか」

「わたしも軍配者になりたいからです……」

そうすれば、兵書や軍記物を好きなだけ読んでいられるし、それを生業とすることもできるから、と鶴千代丸は答えた。

「なるほど、なるほど」

ふむふむ、と宗哲がうなずく。

「まさか、それほどのめり込んでおられるとは思っておりませんでした。それは、おやめになった方がよろしいでしょうね」

「なぜですか？」

「軍配者というのは、主が道を誤らないように助言する役割を担っております。戦のことだけではありません。星の動きから主の運を見極めなければなりませんし、雲の動きから、天気がどう変わるのかも読み取らなければなりません。方角や日時の吉凶も占います。兵法以上に、そういう業を身に付けることが軍配者にとっては大切かもしれません。主が道を誤らないように、思いがけぬ不運に見舞われたりしないように常に心配りしなければならないのです」

「そう簡単になれるものではないということですか？」

鶴千代丸はがっかりして肩を落とす。

「そうではありません」

宗哲が首を振る。

「鶴千代丸殿は軍配者ではなく、軍配者を召し使う御方になるべきだと申し上げているのです。百姓の倅に生まれたのであれば、出家して寺に入り、仏道修行に励みながら、その合間に兵書や軍記物を読んで兵法を学ぶのもよいでしょう。しかし、鶴千代丸殿は伊勢氏のご子息ではありませんか。伊勢氏は、将軍家を支える、とても強い力を持つ一族です。学問や武芸に励み、いくらかの運に恵まれれば、どのような出世もかなう生まれではありませんか。出世すれば、力を持つことができまする。この世を変えることもできましょう。軍配者になって誰かを支えるのではなく、鶴千代丸殿ご自身が主となって軍配者を召し使えばよいのです」

「父上の後を継ぐのは兄と決まっています。わたしは兄に仕えなければならぬ身です。この世を変えたりすることなどできません」

「鶴千代丸殿は、いくつですか？」

「十二です」

「わたしは三十三になります。鶴千代丸殿は、わたしより二十も若い。まだ人生が始まったばかりではありませんか。それなのに、なぜ悟りきった年寄りのような物言いをするのですか。わたしは百姓に生まれました。学問が好きだったので寺に入りました。何の後《うし》ろ盾《だて》もないので、寺にいても出世などできませんし、自分の力を試してみたいという気持ちもあったので兵法を学び、軍配者になりました。端《はた》から見れば、大したことではないかもしれませんが、わたしは、自分がなりたいと思うものになりました。人は自分がなろうとするものになるのです。骨身を惜しまずに力を尽くせば、きっと願いはかなうのです。最初から諦めてしまったのでは何もできるはずがありませんよ。何よりも大切なのは自分を信じることなのですから」

「自分を信じる……」

「楠木正成や新田義貞も、最期は哀れな死に方をしましたが、それは、わたしたちが後の世に生きているからわかることで、彼らは命が果てるときまで、自分の信じる道を進もうとしていたはずです。先人から何かを学ぶというのは、つまり、そういう生き様から何事かを学ぶということではないかと思うのです」

「……」

鶴千代丸は怪訝な顔で宗哲を見つめる。いつも陽気で、軽口ばかり叩いて笑わせてくれる宗哲がいつになく生真面目な表情で真剣な物言いをしたからである。

「どうかなさったのですか？」

思わず訊いたほどだ。

「鶴千代丸殿の姿を見ているうちに、つい昔の自分を思い出してしまったようです。自分のなりたいものになったなどと偉そうなことを申しましたが、改めて我が身を省みれば、あちらこちらへ二年も旅を続けたものの、仕えるべき主も見付けられず、すごすごと都に戻らなければならないみじめな痩せ坊主に過ぎません。そんな自分に腹が立ったのです」

「宗哲さまのどこがみじめなのですか。大変な物識《ものし》りではありませんか。『太平記』も『義経記』も諳んじるなんて誰にでもできることではありませんよ。しかも、楠木や新田の兵法にも通じている。わたしは、宗哲さまのようになりたいと思います」

「ありがとうございます」

宗哲が鶴千代丸に向かって丁寧に頭を下げる。

「しかし、そのような言葉をかけてもらえるような立派な人間ではありません。荏原郷に寄ったのは、恥ずかしながら、あわよくば高越城で召し抱えてもらえぬものか……そんな下心があったからです。その望みはかないませんでしたが、鶴千代丸殿にお目にかかれただけでも、この土地に足を止めた甲斐がありました。わたしが何かを教えたというのではなく、わたしの方が鶴千代丸殿に教えられたような気がします」

「よくわかりませんが……」

「独り言だと思って下さればよいのです。十年後、鶴千代丸殿がどんな若者に育っているか、楽しみにしておりますよ。さあ、そろそろ、お帰りなさいませ。暗くならないうちに城に戻った方がよろしいでしょうから」

十五

法泉寺を出て、鶴千代丸は物思いに耽《ふけ》りながらゆっくり歩いた。森を抜けるのが近道だが、もう西日が差しているので、遠回りにはなるが畑地に沿った平坦な道を歩くことにした。急いで帰らなければならない理由もないから遠回りでも構わなかったし、この道であれば、たとえ夜になったとしても迷う心配はない。いかに慣れ親しんだ森であろうと、昼と夜ではまるで表情が変わってしまい、暗くなってから森の中で方角を見失うと命に関わるということを、つい最近、思い知らされたばかりだったから、鶴千代丸も慎重になったのである。

宗哲から『太平記』や『平家物語』『義経記』を聞かせてもらい、そこに登場する英雄たちの戦術を事例として兵法の初歩的な手ほどきを受けて、

(世の中には、こんなに面白いことがあったのか)

と、鶴千代丸は心が震えた。今まで知らなかった別世界を覗き見て、その世界で生きてみたいという思いに駆られた。宗哲のようになりたいと願ったのは本心だったが、お坊さんになりたいと口にしたのは、仏門に入って修行したいという意味ではなく、寺院で兵書を読みたいがための方便に過ぎない。

しかし、宗哲は、軍配者になろうとしてはならない、と戒めた。どうせならば、軍配者

のだと言った。

を召し使う人間になるべきであり、伊勢氏一門に生まれた鶴千代丸ならば、それがかなう

（そうなのだろうか……）

軍配者になるという幼い頃からの夢を実現した宗哲は、次は軍配者として腕を振るうことで世の中に平和をもたらしたいと考えているらしいが、鶴千代丸は、まだ元服もしていない十二歳の少年に過ぎず、自分の将来のことなど真剣に考えたこともない。都では大きな戦が起こっているというし、その戦が他の国に広がっていることも耳にしているが、荏原郷そのものは平穏だから、さして危機感を抱くこともない。遠い異国の話でも聞いているようで、まるで現実感がないのである。鶴千代丸とすれば、ただ単に軍記物の語りが面白くてたまらず、こんなにひとつのことに夢中になってのめり込んだ経験がなかったので、軍記物や兵書を読みながら生きていくことができれば幸せに違いないと考えたに過ぎない。

まあ、とりあえず、難しいことは考えず、明日もまた法泉寺で宗哲の語りを聞かせてもらえればいい……そんなことを考えながら歩いていると、遠くの方から、兄者、兄者、と呼ぶ声がする。立ち止まって、前方を見遣《みや》ると、亀若丸がものすごい勢いで駆けてくる。

（あいつ、いったい、何を慌てているんだ？）

あまりにも慌てているものだから足をもつれさせて倒れそうになったり、その弾みに土手を転がり落ちそうになったりするが、その姿がおかしいので、つい鶴千代丸は笑い声を

洩らした。そこに汗まみれの亀若丸がやって来て、

「た、たい、たいへんだ……たいへんだ……」

ハアハアと息遣いが荒く、普通に話すことができない。

「落ち着け。何をそんなに慌ててるんだ？　また兄上と喧嘩でもしたのか？」

「そ、そんな……そんなことじゃない。姉上が……」

何度も深呼吸してから、亀若丸は、

「姉上がさらわれた」

「は？」

「さらわれたんだよ、盗賊に。村の娘たちも……」

「おい、どういうことなのか、きちんと話せ」

「だから、話してるじゃないか」

こういうことであった。

保子は、朝早く、森に山菜摘みに出かけた。高越城を出るときには房江が一緒で、道々、村の娘たちが一緒になった。全部で八人だったという。

森の中で、身なりは貧しいが、弓矢や刀で武装した十人くらいの男たちに捕らえられた。彼らは房江を解放し、村長《むらおさ》に要求を伝えるように命じた。その要求は、娘たちを返してほしければ、米を二俵、銭を一貫文《かんもん》寄越せというもので、明日、太陽が沈むまでに要求に応

じなければ、見せしめに二人の娘を殺し、あとの五人を連れ去るというのだ。連れ去るというのは、よその土地で娘たちを奴隷として売るという意味であろう。

房江を解放したのは、それ以外の七人が十代の娘だったのに、房江だけが三十の年増だったからである。もし売り飛ばすことになれば、年増は値段が安いのだ。村長のところに行くように命じたのは、村娘ばかりを捕らえたと盗賊たちが思い込んでいたからで、その中に領主の娘が交じっていると承知していれば、当然、城に行けと命じたはずである。つまり、今のところ保子の身分は盗賊たちに知られていないということだ。

房江は、真っ直ぐ城に駆け戻った。知らせを受けて、高越城は大騒ぎになった。荏原郷の娘たちがさらわれたことではなく、その中に保子がいることが問題なのであった。さらわれたのが村娘だけだったら、大した騒ぎにもならなかったはずである。

事情を耳にした亀若丸は、

(兄者に知らせなければ！)

と大急ぎで駆けてきたというわけであった。

「姉上を助けるために、盗賊退治に行くんだな。よし、おれも行くぞ。悪い奴らを懲らしめてやる」

「おれだって！」

鶴千代丸と亀若丸は脱兎の如くに走り出す。

十六

二人が城に戻ると、ちょうど村長や村役人たちが城に呼び集められて、善後策が話し合われるところだった。本当であれば、領主である伊勢盛定の名代である嫡子・孫一郎が話し合いを仕切るべきだが、こんな非常事態に直面した経験もないので、落ち着きを失って動転しているのが傍目にもはっきりわかるほどだ。そんな孫一郎に代わって、執事の柴田邦右衛門が仕切ることになった。常磐の世話役として都から付き従ってきた片山三郎左衛門も話し合いに出席した。

まだ元服前の鶴千代丸と亀若丸は、こういう話し合いに参加することを許されていないので、そっと隣の部屋に忍び込んで様子を窺った。

村長たちの考えは、

「領主さまのお許しがあれば、相手が望んでいるものを差し出すのがよかろうと存じます」

というものだった。十人もの武装した盗賊が相手で、しかも、娘たちを人質にされているのでは、強引な解決手段を選べば、怪我人どころか死者が出るかもしれないと懸念したからだ。

「確かに、穏便に済ますことができれば、それが何よりだとは思うが……」

邦右衛門が難しい顔で腕組みする。

「盗賊などに甘い顔を見せれば、それに味を占めて何度でも同じことをされるのではないのか。伊勢氏の領地で好き勝手を許すことはできぬぞ」

孫一郎が怒りを露わにすると、

「それはそうかもしれませんが、姫さまが捕らわれておりますので、あまり無茶なこともできぬかと存じます」

邦右衛門は保子を無事に取り戻すために、できるだけ穏便な解決法を見付け出そうとしているのだが、興奮した孫一郎には、そんなこともわからないらしい。

「よろしいかな」

三郎左衛門が口を開く。

「米二俵は仕方ないにしても、銭一貫文とは途方もない。百文ならば、わからぬでもないが、一貫文とは……。この城に、そんな銭があるのですか」

一貫文とは一千文、すなわち、一文銭が一千枚である。都では饅頭《まんじゅう》一個四文、酒一升百文、職人の日当が二百文というのが、おおよその相場であることを考えれば、銭一貫文の身代金ならば大したこともなさそうだが、実際は、そうではない。この当時、貨幣経済が未成熟で、銭がごく普通に流通しているのは都と、その周辺くらいのものである。農村では米が貨幣の代わりに用いられているし、物々交換も普通に行われている。概して、都から離れれば離れるほど、流通する銭の絶対数が減り、その分だけ銭の価値が高くなる。ちなみに、米や銭の他に、金も尊ばれたが、まだ大判や小判は存在しておらず、砂金という形で用いられることが多い。

戦が行われると、敵方の財産や農作物を奪うだけでなく、農民たちも捕らわれたが、それは農民たちを奴隷として売り飛ばすためで、その相場は、成年男子で二十文から三十文と言われている。それを考えれば、盗賊が要求してきた一貫文という身代金が、三郎左衛門の言うように、いかに途方もない金額かわかろうというものだ。

「ないことはありませぬ」

邦右衛門が言うと、

「あるのか」

と、三郎左衛門が意外そうな顔で、ぐいっと身を乗り出す。

「二貫文くらいの銭はありましょうから、城にある銭の半分を差し出すことになります」

「そのような大切な銭を、盗人どもにおとなしく差し出すというのですか」

「姫さまのお命には代えられますまい。違いましょうや？」

邦右衛門が孫一郎を見る。ここで孫一郎が、その通りだ、銭を差し出せ、とうなずけば、それが結論になるはずだった。しかし、孫一郎は迷った。三郎左衛門の言うように、一貫文もの銭を盗人どもにくれてやることが惜しくなったのだ。

その迷いを察知した三郎左衛門は、すかさず、

「御方さまのお考えも伺うべきではありますまいか」

と言い出した。

「急がねばならぬのですぞ」

「明日の日暮れまでに寄越せという話ではありませぬか。まだ余裕はありましょう」

「しかし……」

尚も邦右衛門が反論しようとするのを孫一郎が制し、

「盗賊どもは十人というではないか。それくらいならば、人手を集めて討伐してしまえばどうであろうな。この城の男どもに武器を持たせ、村からもいくらか人を集めれば、三、四十人にはなろう」

「お言葉ではございますが……」

それまで黙って話を聞いていた村長が口を開く。

「村の娘たちがさらわれたわけですし、人手を出すのは構いませぬが、斬り合いができるわけでもなし、大して役には立たぬと存じます」

「素槍を担いで、田畑を守っているではないか」

「相手が一人や二人ならば、それに武器など持っていなければ、素槍で脅かして追い払うこともできましょうが、人殺しに慣れた盗賊が相手ではどうにもならぬのではないか、と

……」

「ふうむ、すると城の男どもだけで討伐せねばならぬのか。邦右衛門、すぐに行ってくれるか？」

「行けぬことはありませぬが、城を空にして行くことになります。よろしいのですか？」

「え、そうなのか？　それは、ちょっとまずいかもしれぬなあ……」

途端に孫一郎の歯切れが悪くなる。盗賊を討伐するのは邦右衛門に任せ、自分は城に残るつもりだったのだ。男たちが出払ってしまえば城の守りが手薄になる。そのことに不安を感じたのであろう。

「やはり、御方さまにも相談なさった方がよろしいのではありませぬか？」

三郎左衛門が改めて勧めると、そうかもしれぬな、と孫一郎も承知した。三郎左衛門が席を立ち、常磐の部屋に行く。さして待つこともなく三郎左衛門は戻ってきた。山音が一緒である。

「御方さまは城を空にするなど、とんでもないとおっしゃっておられまする」

山音が言う。

「ならば、米と銭を渡す方がいいというお考えでございますな？」

邦右衛門が確認すると、

「いいえ、それもならぬ、とのことでございます。大切な銭を一貫文も差し出せば、都にいる殿にお叱りを受けることになろう。どうしてもというのであれば、まず殿にお伺いせよ、と」

「え」

邦右衛門は絶句した。盗賊どもは明日の日暮れまでに要求に応じよと言っている。都にいる盛定に問い合わせる時間などあろうはずがない。

もちろん、そんなことは百も承知で無茶なことを言っているのだ、と邦右衛門にはわかる。城の守りが手薄になれば自分たちの安全が心配だし、かといって、米や銭を渡すのも惜しい……それが常磐の本音に違いなかった。

(血の繋がりがないとはいえ親子ではないか)

邦右衛門は、情けなさと怒りで目の前が暗くなるような気がしたが、何とか気力を振り絞って、

「どうなさいますか？」

と、孫一郎に水を向けた。常磐の無茶な言い分を退けることができるのは盛定の名代である孫一郎しかいない。まさか実の妹を見捨てるような真似をするはずはない、と期待した。ところが、

「母上のお考えにも、もっともな点がある」

と、孫一郎が言い出したので話がややこしくなった。要は、相手の要求も飲まず、城か

ら人手も出さずに解決する方法を探せ、何か考えよ、というわけだが、そんな虫のいい解決方法などあるはずもないから、この話し合いは堂々巡りを続けるばかりで何の結論も出ない。

隣の部屋には鶴千代丸が腕組みして坐り込んでいる。

「兄者、いったい、どうなるんだ？」

亀若丸が耳許《みみもと》で囁いても返事もせず、身じろぎもしない。そのくせ妙に鼻息だけは荒く、目がぎらぎらと光っている。よほど腹を立てているらしい、と亀若丸は察した。同時に、

（兄者は変わったな）

と感心もした。

今までの鶴千代丸だったら、とっくに話し合いの場に飛び込んで、孫一郎や三郎左衛門を殴り倒し、山音の尻を蹴飛ばしているに違いなかった。そんなことをしても何の解決にもならず、かえって事態を紛糾させるだけだが、一旦、怒りに火が付いてしまうと、その怒りを自分でも鎮めようがなく、激情の迸《ほとばし》るままに行動してしまうというのが鶴千代丸の性癖だったのである。それをよく知っているだけに、よくもまあ、こんな胸糞の悪くなる話し合いを黙って聞いていられるものだ、法泉寺で宗哲から軍記物の語りを聞き、兵法の初歩を学ぶようになったことで、兵法の知識だけでなく、我慢強さも身に付けたらしい、と亀若丸は感心したわけであった。

（どうするつもりなのだろう……？）

たとえ大人たちが何の解決策を見出すことができなくても、きっと鶴千代丸が何とかしてくれるだろう、と亀若丸は信じていた。だからこそ、保子がさらわれたことを知って、すぐに鶴千代丸に知らせるべく法泉寺に走ったのである。

そういう点、鶴千代丸に対する亀若丸の信頼にはまったく揺るぎがなかった。実際、物心ついてから、鶴千代丸が亀若丸の期待を裏切ったことは一度もなかったのである。

十七

不毛な話し合いが延々と続いた。

高越城側の対応は、ふたつしか考えられなかった。

ひとつは、相手の言いなりに米と銭を差し出すことで、もうひとつは、盗賊どもを武力討伐することだ。常盤は、どちらも許そうとしなかった。主の盛定は都におり、今は嫡男の孫一郎が名代を務めているから、たとえ常盤が反対しようとも、孫一郎が断固とした態度を示せば、すぐに方針は決まる。

ところが、その孫一郎が優柔不断なのだ。自ら兵を率いて出かけるほどの気概はないし、ならば、執事の柴田邦右衛門に討伐を委ねればよさそうなものだが、そうすると、城の守りが手薄になってしまうので、それもまた心配でたまらない。かといって、盗賊の言いなりになって、米や銭を差し出すのも惜しい……それが孫一郎の本音であった。

要は、常磐の主張と同じなのだが、さすがに、それをあからさまに口にするほど厚顔無恥ではない。常磐であれば、所詮は女の身だから盗賊を怖れるのも無理はないと同情もされようが、同じことを孫一郎が言えば、

（臆病ものめが）

と陰口を叩かれることになる。決して馬鹿ではないから、そういうことに頭が回るし、自分の評判には敏感な性質《たち》であった。自分の身の安全を確保し、評判も落とさず、尚かつ、懐も痛まないような道を探そうというのだから、そう簡単に話し合いが終わるはずもない。

時間ばかりが空しく流れ、話し合いは深夜に及んだ。

鶴千代丸は、隣の部屋に身を潜めて、じっと話し合いに耳を傾けていたが、ついに、

「もういい」

と小さくつぶやくと、亀若丸を促して腰を上げた。

廊下に出ると、

「どうするんだ、兄者？」

亀若丸が訊く。

「あんな奴らに任せておいたら、姉上が殺されてしまう。他の娘たちもな。だから、おれが助ける」

「だけど、相手は盗賊なんだよ。武器も持っているというし、十人くらいいるというし……」

亀若丸が不安そうな顔になる。いくら腕白で、気が強いといっても十歳の子供に過ぎない。盗賊が恐ろしいのであろう。

「おまえは、いい。もう寝ろ」

鶴千代丸がすたすたと歩き出す。待てよ、と亀若丸が追いすがり、何をするんだよ、と訊く。

「まずは房江に話を聞く。考えてみれば、城に戻ってから、まだ房江に会っていない。姉上のことで頭がいっぱいで、気が回らなかった。房江だって盗賊にさらわれたんだ。さぞ恐ろしかっただろう」

鶴千代丸は足を止めずに答えた。

源助・房江の夫婦は城に住み込んでいる。二人の部屋は台所のそばにある。房江の啜《すす》り泣く声が廊下まで洩れ聞こえていた。それを聞いて、

（もっと早く来ればよかった）

と、鶴千代丸は悔やんだ。

声をかけて板戸を引くと、源助が肩越しに振り返った。紙燭《しそく》の薄ぼんやりとした微かな光の中で見ても、源助の目が赤いことは鶴千代丸にもわかった。房江だけでなく、源助も

目が腫れるほどに泣いていたのだ。声を押し殺していたので房江の啜り泣きに紛れてしまい、鶴千代丸には房江一人が泣いているように聞こえたのである。

房江は壁に向かい、がっくりと首を垂れ、ぺたりと板敷きに坐り込んでいる。肩が小刻みに震え、時折、思い出したように激しくしゃくり上げる。ずっと泣き続けているせいなのか呼吸も苦しげだ。その背後に、源助が途方に暮れたように坐り、一緒になって泣いている。

「鶴千代丸さま……」

源助が口にすると、房江はびくっと体を震わせ、跳ねるように体の向きを変え、鶴千代丸に平伏した。額を板敷きに擦りつけ、お許し下さいませ、お許し下さいませ、と繰り返す。

「部屋に戻ってから、ずっと泣いてるんです。姫さまのもとに戻りたい。それができないのなら、このまま死んでしまいたい、と……」

源助が袖で目許を拭う。

「房江」

鶴千代丸は房江の前にしゃがむと、そっと肩に手を置き、

「おまえが無事でよかった。姉上のことは心配しなくていい。必ず、おれが助けるから」

「申し訳ございません。わたしのような者が、おめおめと城に戻り、姫さまは今もまだ

……」

ううっ、ううう、と房江が泣きじゃくる。

「相手は盗賊なのだ。下手に逆らえば殺されていただろう。房江が悪いわけじゃない。おまえが助かって、おれは嬉しいぞ。それに、おまえがいてくれるおかげで、盗賊のことを教えてもらうことができる。どこにいるのか、何人くらいいるのか、どんな武器を持っているのか……。房江が覚えていることを、すべて話してほしいんだ。それが姉上たちを助け出すために大いに役に立つ」

そう口にしてから鶴千代丸は、こんなことは、房江が城に戻ったとき、すぐに孫一郎がすべきことだったのではないかと思い当たり、むらむらと怒りが湧き上がってきた。動転し、うろたえて騒ぎ立てるばかりで、詳しい話を房江から聞き出そうともしなかったのだ。しかも、それきり、ほったらかしだ。責任を感じて、房江が自害でもしていたら、いったい、どうするつもりだったのか、そもそも、盗賊たちの居場所すらわからないのでは討伐などできるはずもないではないか……そこまで考えが及ぶと、

（やはり、姉上の命よりも銭の方が大切なのか）

という気がしてくる。

「わたしの話が姫さまを救うのに役立つのですか？」

ハッとしたように房江が顔を上げる。悲しみと嘆きで、すっかり面変わりした顔を見て、

鶴千代丸は、どれほど房江が苦しんでいたのかを思い知らされた。自分も一緒に泣きたくなったほどだ。実際、鶴千代丸の背後にいる亀若丸の口からは嗚咽が洩れている。源助と房江の涙に貰い泣きしているのだ。

だが、鶴千代丸は、ぎゅっと唇を強く嚙み、泣きたい気持ちを抑えて、

「何があったのか話してくれ」

と、房江に頼んだ。時間が惜しかったので必死に涙を堪《こら》えたのである。

それから半刻（一時間）……。

鶴千代丸は房江から話を聞いた。最初は、何があったのか、黙って房江の話に耳を傾け、房江の話が一段落すると、今度は鶴千代丸の方から質問をした。そのおかげで盗賊たちがいる場所も見当がついたし、相手の人数や、彼らが持っている武器の種類もわかった。男ばかり十人の集団だが、年齢はまちまちで、鶴千代丸と、さして変わらないくらいの少年も二人交じっていたという。

（どうやら、ただの流民ではなさそうだ）

房江の話を聞いて、鶴千代丸は判断した。流民ならば、身に付けている武器も木刀やなまくら刀くらいのもので、せいぜい、素槍を持っているかどうかという程度に過ぎない。だが、保子たちをさらった盗賊たちは皆が太刀と弓矢を持っており、胴丸《どうまる》を着用している

者までいたというから、素人が集まって盗賊の真似事をしているのではなく、盗賊を生業とする玄人《くろうと》の仕業だと考えるべきであった。

しかも、各自がばらばらに行動するのではなく、四十過ぎの体格のいい髭もじゃの中年男が指図をし、その指図を補佐役が徹底させ、あとの者たちは素直に従っていたという。

（つまり、大将と副将がいて、あとは雑兵ということだな……）

鶴千代丸は『太平記』や『義経記』の記述を思い出しながら、その盗賊たちが、きちんと軍隊組織になっていることを察した。それは相手が手強いことを意味する。

聞くべきことを聞き出してしまうと、

「よくわかった。ありがとう」

鶴千代丸は房江に言い、それから源助を見て、

「だいぶ疲れているようだから、もう寝かせた方がいいぞ」

「言うことを聞きません」

源助が首を振る。

「なあ、房江。おまえが姉上の身を案じるのはわかる。心苦しさを感じているのだろう。だが、病にでもなられては困る。姉上が無事に城に戻ったとき、おまえが寝込んでいたら、きっと姉上は悲しむぞ。元気な顔で姉上に会うためにも、ここは無理せず、源助に従って、ゆっくり体を休めることだ」

鶴千代丸が諭《さと》すように言う。その言い方には思いやりが満ちており、それを房江も感じたのか、

「そんな優しい言葉をかけないで下さいませ」

また肩を震わせた。

「おれのためだと思って、体を休めてくれ」

房江の手を取って鶴千代丸が頼むと、はい、と小さく返事をして、ようやく、房江もうなずいた。

鶴千代丸と亀若丸は部屋を出た。

「なあ、兄者、どうやって助けるつもりなんだよ?」

「おれに考えがある」

「どんな?」

「それを話す前に、もう一度、話し合いがどうなっているか確かめておこう。もしかすると、兄上が腹を括《くく》ったかもしれない」

「孫一郎が盗賊を討伐するだって?」

そんな勇気があれば、こんなに遅くまでだらだら話し合いなんかするものか、あいつは腰抜けだよ、と亀若丸は馬鹿にしたように笑う。二人で話し合いの様子を探りに戻ると、孫一郎たちは相変わらず堂々巡りを続けていた。

「ほら、思った通りだ」

「それなら、それでいい。これで、おれも腹を括った。法泉寺に行く」

「こんな夜更けにかい？　まさか戦語りを聞きに行くわけじゃないよね」

「宗哲さまに会いに行くんだ」

　軍配者である宗哲ならば、たとえ相手が筋金入りの盗賊たちだとしても少しも怖れることなどないであろうし、きっと盗賊退治に力を貸してくれるに違いない、と鶴千代丸は口にした。

「あのお坊さん、そんなに強そうには見えないけどなあ……」

　亀若丸は半信半疑だ。

「喧嘩なら腕っ節や力の強さがモノを言うだろうが、戦はそうじゃない。兵法に詳しい者が勝つと決まっている」

「盗賊から姉上を取り戻すのが戦なのかい？」

「もう遅いから、おまえは寝ろ」

「冗談じゃない。一緒に行くさ。おれだって、姉上のことが心配なんだからな」

「それなら黙って、ついて来い。さあ、行くぞ」

　二人は城を抜け出して法泉寺に向かった。星は出ているが、月が雲に隠れているので、夜道は暗い。鶴千代丸が手にしている松明も、足許を十分に照らすほどの明るさはない。

城から麓《ふもと》に下るまでは、ほとんど手探りしながら歩くような状態だったので、どうしてものろのろとしか進むことができなかった。うっかり足を滑らせたりすれば、崖の下に転落してしまうからだ。その代わり、平地に下りると、そこから猛然と走り出した。

十八

法泉寺は静まりかえっていた。本堂から仄《ほの》かな常夜灯の明かりが洩れているものの、すでに寺僧たちは眠っているのに違いなかった。

「お願い申し上げます」

鶴千代丸が低い声で案内を請うと、

「どなたですかな」

本堂から若い僧が現れた。法泉寺では、毎晩、常夜灯のそばで若い僧侶たちが交代で不《ふ》寝番《しんばん》を務めているのだ。

「鶴千代丸殿ではありませぬか。このような夜更けにどうなさいました」

「宗哲さまにお目にかかりたいのです。眠っておられるかもしれませんが、とても大事な用があるのです。起こしてもらえないでしょうか」

「わざわざ宗哲殿に会いに……。そうか、鶴千代丸殿はご存じないのですね」

「何のことですか？」

「宗哲殿は発《た》ちました。都に帰ったのです」

「え」

鶴千代丸の顔色が変わる。

「い、い、いつですか？」

よほど慌てたのか舌がもつれた。

「暗くなる前でしたね。なぜ、そんな時間に発たなければならないのか不思議でした。夜道を歩かなくても、夜が明けてから旅立てばいいものを……。何か急ぎの用でもあるのか、それとも、旅慣れた人というのは夜道も苦にならないものなのか……」

「ああ、もう駄目だ……」

亀若丸が膝から崩れ落ち、両手を地面につく。頼りのお坊さんがいないのでは、もう駄目だ、どうにもならない、姉上はどうなってしまうんだ……力のない声でつぶやきながら溜息をつく。

「……」

しっかりしろ、と亀若丸を叱咤するべきだとわかっているが、鶴千代丸も口から言葉が出てこなかった。顔から血の気が引いていくのがわかるし、口の中もからからに渇いている。自分が保子を助けるなどと大見得を切ったものの、突き詰めて言えば、宗哲にすがろうとしていただけのことだったと思い知らされた。

亀若丸と鶴千代丸の様子が普通でないことに気が付いたのか、若い僧が、ここで待っていて下さいませ、と言い残して奥に引っ込んだ。しばらくすると、住職の仁泉が現れた。

「おお、鶴千代丸殿、それに亀若丸殿も。いったい、何があったのですか?」

「姉上が……姉上が盗賊にさらわれたのです」

意気消沈した様子で鶴千代丸が言う。

「何ですと」

さすがに仁泉も驚いた。

「とにかく、ここで立ち話もできませぬ。どうか庫裡にお入りなさいませ」

二人を庫裡に案内すると、仁泉は若い僧に命じて、白湯《さゆ》を用意させた。鶴千代丸はがっくりとうなだれ、亀若丸などは、もう半泣きである。

「お飲みなさい。夜道を駆けてきて、体も冷えていることでしょう」

「……」

鶴千代丸が黙って首を振る。

「何があったのか聞かせてもらわなければなりませぬ。喉が渇いているのでは話もできませぬぞ」

さあ、冷めぬうちに、お飲みなさい、と仁泉に促されて、ようやく二人は茶碗を手に取った。やはり、喉が渇いていたのか、あっという間に茶碗が空になる。

「もう遅いのです。なぜ、宗哲さまは、選《よ》りに選《よ》って、こんな日に旅立ってしまったのですか……」

鶴千代丸は、保子たちが盗賊にさらわれてしまったこと、城での話し合いが一向に進展しないこと、いっそ宗哲の軍略にすがって盗賊退治をしようと考えたことなどを一気に語った。言葉が奔流のように溢れ出てきた。仁泉は目を瞑って、黙って耳を傾けた。鶴千代丸が語り終えると、

「ふうむ、そうでしたか……」

仁泉が目を開けた。

「宗哲殿は、もう何日も前から都に戻る支度をしていたのです。しかし、鶴千代丸殿が軍記語りを聞くのを楽しみに通ってくるのがわかっているので出立を延ばし延ばしにしていたのですよ。宗哲殿も鶴千代丸殿がやって来るのを心待ちにしていたからです」

「ならば、なぜ……？」

「わたしが出立を勧めたのです」

「和尚さまが……」

「何度となく『太平記』や『平家物語』『義経記』の語りを聞き、すっかり鶴千代丸殿も筋を飲み込んでしまったはずです。にもかかわらず、宗哲殿に語りをせがむのは、語り口の面白さに惹かれているだけに過ぎませぬ。それでは、ただの遊興であり、何の学びにも

なっておりませぬ。もし鶴千代丸殿が、もっと兵法を学びたい、他の軍記物も読みたいというのであれば、それは語りを聞くのではなく、自分自身が書物を読むことによって学ばなければならぬはず」

「高越城には、そのような書物がないのです」

「都には……」

「都に……」

「お父上は都におられるのですし、本気で学問するつもりならば、たとえ、それが兵法だとしても、このような田舎にいては無理な話。都に行かなければなりませぬ。書物の面白いところだけを抜き出し、それを面白く語り聞かせる……そうやって宗哲殿は食い扶持を稼いで長い旅を続けたのですから、それを悪いとは言いませぬが、その面白さに浸りきって、鶴千代丸殿が満足してしまうのはよくないと考えました。そろそろ潮時であろうと思って、宗哲殿に出立を勧めたのです。暗くなってから出立せよと強いたわけではなく、夜が明けてからでも構わぬと申しましたが、鶴千代丸殿の顔を見れば、出立の決意が鈍ってしまうから、と宗哲殿が自分で決めたのです。それにしても、何ということなのか、まさか、そんな日に姫さまたちが盗賊どもにさらわれてしまうとは……」

何という巡り合わせの悪さなのか、と仁泉は溜息をついた。

「宗哲さまがおられれば、盗賊を退治できたでしょうね？　軍配者なのですから」

「さあ、それは、どうですかな……」

　仁泉が小首を傾げる。

「確かに宗哲殿は都で兵法を学び、軍配者として召し抱えてくれる領主を探して旅を続けたわけですが、実際には、どこにも召し抱えられなかったのですから、まだ戦に出たことはないはずです。兵法に詳しいから、何かしら妙案を捻《ひね》り出すくらいのことはできたかもしれませぬが、自ら兵を指図して盗賊たちを討伐するようなことができたかどうか……。軍記物から兵法を学んだだけで、まだ実戦を経験していないとすれば、宗哲殿も鶴千代丸殿も同じ立場と言えるのではないでしょうか」

「わたしと宗哲さまが同じ……」

　鶴千代丸は愕然《がくぜん》とした。

「姫さまを心配する気持ちはよくわかりますが、城の方たちが策を考えてくれましょう。まだ元服もしておられぬお二人が盗賊どもをどうこうできるものでもありますまい。今夜は、もう遅い。夜が明けたら、下男を城に走らせ、お二人がここにいることを知らせます。どうかお休み下さいませ」

　よほど疲れたのか、亀若丸は熟睡している。あちこち走り回って肉体も疲労しているのであろうし、さらわれた保子の身を案じて精神的にも疲れ切っているのに違いなかった。

疲れているのは鶴千代丸も同じだったが、少しも眠気が兆《きざ》してこない。むしろ、目が冴えてくるばかりだ。畳に身を横たえ、暗い天井を見上げながら、仁泉の言葉を心の中で反芻《はんすう》した。

（たとえ宗哲さまがいたとしても、盗賊を退治することはできなかったのだろうか……）

はっきり口にしなかったものの、実戦経験のない宗哲には盗賊退治など無理であろう、と仁泉は匂わせた。確かに宗哲は強そうな男ではない。さして力がありそうでもなく、武器の扱いにも不慣れで、とても盗賊と戦うことなどできそうにない。どちらかというと弱そうな男だ。一対一で盗賊と戦えば、きっと負けるであろう。

だが、鶴千代丸は、宗哲に一対一で戦ってほしかったわけではない。喧嘩と戦は違うものだ、と鶴千代丸に教えてくれたのは宗哲なのだ。わずか数百の兵力で、三十万もの幕府軍を翻弄した楠木正成のように、兵法の力で、盗賊どもを打ち負かしてほしかったのである。娘たちを救うために手を貸してくれと声を上げれば、村の男たちが二十人や三十人は手を挙げてくれるはずだ。それだけの数が集まれば、たとえ戦いに不慣れな百姓たちであっても、盗賊どもはわずか十人に過ぎないのだし、宗哲が兵法を駆使すれば盗賊退治ができるはずだった。

（ああ、宗哲さまがいてくれれば……）

悶々と寝返りを繰り返しているとき、ふと、

「軍記物から兵法を学んだだけで、まだ実戦を経験していないとすれば、宗哲殿も鶴千代丸殿も同じ立場と言えるのではないでしょうか」

という仁泉の言葉が胸に甦《よみがえ》った。

（おれと宗哲さまが同じなのか？）

鶴千代丸は体を起こした。

自分たちよりも強い敵とどうやって戦えばいいか、楠木正成や源義経の戦い方を例示して宗哲は教えてくれた。何度も聞いているうちに、

（戦とは、何とも簡単なものなのだな）

と、鶴千代丸は感じるようになった。もちろん、頭で理解するのと、それを実戦で応用するのでは違うから、そんなに簡単なはずもないだろうが、誰にでも初めというものはある。実戦を経験していない宗哲にすがろうとしたことを思えば、同じように実戦を知らない自分が盗賊退治をしてもおかしくないはずだ、と鶴千代丸の思考は飛躍した。このあたりが怖い物知らずで、分別の足りないところだが、残念ながら、自分ではそんなこともわからない。すっかり思いつきに夢中になった。

房江から聞き出した話をもとにして策を立てれば、きっと盗賊退治ができる気がした。問題は、人手を集めることができるかということと、捻り出した策を実行する勇気があるかどうか、ということだけだ。

（できる。きっと、できる。いや、何が何でもやらなければならない。そうしなければ、姉上を助け出すことができないのだから……）

　鶴千代丸は盗賊たちが潜んでいる場所を頭の中で想像し、自分が楠木正成や源義経になったつもりで、彼らならば、どういうやり方をするだろうか、どうすれば保子たちを無事に救い出すことができるか、と策を練り始めた。


「おい、起きろ」

　鶴千代丸は、いびきをかいて熟睡している亀若丸の体を揺すった。すぐには起きなかったが、何度も呼んでいるうちに、

「う、うーん、まだ眠いよ……」

「姉上を助けるぞ」

　鶴千代丸が言うと、亀若丸が両目を大きく開けて、跳ねるように体を起こした。目が覚めたらしい。

「もう朝じゃないか。どうして起こしてくれなかったんだよ。あれ？　兄者は寝なかったのか」

　鶴千代丸の顔が青白く、目の下に濃い隈ができていることに亀若丸は気が付いた。

「おれは平気だ。それより、姉上を助け出す策を考えた」

「え、本当？」

「おれ一人では無理だ。手助けがいる」

「もちろん、手伝うさ」

「二人だけでも無理だ」

「声をかければ、すぐに十人くらいは集まるよ」

「誰でもいいというわけじゃない。盗賊が相手なんだ。下手をすれば命に関わる」

「命か……」

亀若丸がごくりと生唾を飲み込み、真剣な顔でうなずく。

「おまえと市松には手を貸してもらう。まだ十歳だが、身内だからな。あとは、権介《ごんすけ》と又《また》助《すけ》の二人にも頼んでみる」

「嫌とは言わないさ。仲間なんだから」

権介と又助は遊び仲間で、どちらも十一歳の少年だ。家は百姓である。

「たった五人でいいのかい？」

「それでも足りない。才助の手を借りる」

「才助の？」

亀若丸が怪訝な顔をしたのは、才助が喧嘩相手だからである。遊び仲間ではない。川向こうの村の少年たちの大将格で、川魚の釣れる場所や栗の採れる場所を巡って、いつも争ってばかりいる。

「断られれば諦めるが、とにかく、頼んでみる。おまえが行ってこい」

「おれが？　兄者は何をするんだい」

「城に戻って武器を用意する。素手では戦えないからな」

「武器か……。本気で盗賊と戦うつもりなんだな。よし、わかった。何としてでも才助を連れてくる。手を貸してくれると言うまで戻ってこない」

「馬鹿だな。日が暮れたら娘が二人殺される。どんなに遅くなっても昼までには戻るんだ。うまく城から武器を持ち出したら、森の炭焼き小屋にいる。昼までは小屋で帰りを待つ。行こう。時間が惜しい。途中で、市松と権介、又助の家に寄って、城に来るように伝えてくれ」

まだ夜が明けたばかりで、身を切るように空気が冷たい。外に出ると、亀若丸は、ぶるっと体を震わせた。体を縮め、右手で襟を胸元に集めながら、

「おれ、もう行くよ」

「頼むぞ」

「兄者もしっかりな」

亀若丸が走り出す。走った方が体が温まるのか猛然と駆けて、その背中がどんどん小さ

くなる。

鶴千代丸は急がなかった。まだ考えたいことがたくさんあるからだ。何度となく思案を重ねたものの、それでも不安だった。

（たった六人でできるのだろうか。もし才助に断られてしまえば、こっちは五人だ。しかも、子供ばかりだ……）

源頼光は、わずか六人で大江山の鬼どもを退治したが、頼光が引き連れていたのは名だたる豪傑揃いだったし、楠木正成が何百倍もの幕府軍を悩ませたときも、兵の数こそ少なかったものの、正成に忠誠を誓う歴戦の強者《つわもの》たちだったのだ。

（おれは、どうだ？）

我が身を省みると、あまりの情けなさと心細さで鶴千代丸は涙が出そうになる。棒きれを振り回して戦ごっこをしているような年端もいかない少年たちを集めて、武装した盗賊たちを退治しようというのだ。しかも、相手の方が数が多い。

たとえ無茶でも自分のことはどうでもいい。亀若丸も自分に命を預けてくれるだろう。しかし、いかに保子を救うためとはいえ、他の少年たちの命を危険にさらすようなことをしていいものなのか……そのことで鶴千代丸は悩んだ。できるだけ危険のないやり方をしたいが、そんなうまいやり方など、なかなか思いつくものではない。どうしても誰かが危険に身をさらす必要がある。もちろん、その役は自分が買って出るつもりだが、一人では足りないのだ。頼むとすれば亀若丸と市松ということになるだろうが、二人とも十歳の子供に過ぎない。体も小さく、力も足りない。考えれば考えるほど、

(やはり、無理だろうか……)

と気持ちが沈んでくる。

しかし、盗賊に捕らわれて、辛く、心細い思いをしているに違いない保子のことを想像すると、居ても立ってもいられない。心のどこかでは、

(兄上が覚悟を決めてくれないものか)

と期待している自分がいる。孫一郎さえ腹を括れば、城の武士たちが村の男たちを引き連れて盗賊退治に出発できるのだ。一晩経って、何かしら話し合いが進展しているのではないか、という微かな希望を抱いて、鶴千代丸は高越城に向かった。

十九

坂道を登っていると、後ろから、おーい、おーいと呼ばれて、鶴千代丸は足を止めて振り返った。市松、権介、又助の三人が駆けてくる。三人はよほど急いで来たのか、大きく肩で息をしている。

「話を聞いたよ。盗賊退治をするんだってね。何をすればいい?」

市松が身を乗り出すようにして訊く。

「慌てるな。その前に確かめておきたい。こっちの都合で呼びつけてしまったが、これは危ないことなんだ。相手は盗賊だし、命に関わるかもしれない。怖いなら、恥ずかしがらずに帰っていい」

「何を言うんだよ」

　市松が口を尖らせる。

「ちょっと黙っていろ」

　鶴千代丸は市松を制して、権介と又助を見る。市松は同じ伊勢氏一門でもあり、従弟という間柄でもあり、鶴千代丸にとっては弟のような存在だから、どんなに危険であろうと力を貸してくれることはわかっている。しかし、権介と又助は、そうではない。命を危険にさらしてまで鶴千代丸に尽くす義理はないのだ。

「おれ、平気だけど」

　鼻水を啜り上げながら、権介が平然と言い放つ。年齢の割には大柄で、いつも遠くを眺めているようなぼんやりした顔をしている。肝っ玉が太いのか、それとも鈍いだけなのか、鶴千代丸にはわからなかった。

「嫌なら最初から、ここに来るもんか」

　又助が怒ったように言う。権介と同い年の十一歳だが、権介の胸のあたりまでしか背丈がなく、他の少年たちと比べても小柄だ。その分、敏捷ですばしこい。

「おまえたちの身に何かあれば、おれも生きては城に戻らない覚悟だ。おれを信じてくれるか」

鶴千代丸が又助と権介の腕をぎゅっとつかむ。二人は頬を紅潮させながら、うんうんと何度もうなずく。鶴千代丸の言葉に感激したのだ。

城に戻ると、

「ここで待っていてくれ」

三人を表に残して、鶴千代丸だけが中に入った。ゆうべの話し合いがどうなったのか確かめるつもりだった。うまい具合に廊下の向こうから執事の柴田邦右衛門が歩いてくるのを見付けた。うつむいて、重苦しい溜息をついているので鶴千代丸がいることに気が付かない。

「じい」

鶴千代丸が呼ぶと、邦右衛門は、ハッとしたように顔を上げた。

「おお、鶴千代丸さまではありませぬか」

「話し合いは、どうなった？」

「それが……」

邦右衛門の表情が歪《ゆが》む。

「まだ何も決まっていないのか？」

「いいえ、そうではないのですが……」

こういうことであった。

盗賊の要求のうち、銭一貫文については、すぐには用意できないという事情を伝えて、銭二百文に減らすように交渉する。それを承知すれば、米二俵と銭二百文を引き渡す。

「何だと？」

鶴千代丸は驚いた。

「二貫文くらいの銭はあるんじゃないのか」

「どうして、それを？」

「そんなことは、どうでもいい。姉上の命がかかっているというのに、なぜ、そんな駆け引きをするのだ？　米も銭も渡せばいいではないか」

「御方さまがお許しになりませぬ」

邦右衛門が首を振る。都にいる盛定の許しがなければ、盗賊に米も銭も渡すことは許さぬと強硬に言い張っていた常磐だったが、米二俵と銭二百文でよければ、何も口出しせぬというところまで譲歩したのだという。なぜ、二百文なのかといえば、農家の娘が奴隷として売り飛ばされるときの相場が三十文くらいなので、七人だから、二百文でいいだろう、と常磐の世話役である片山三郎左衛門が決めたということであった。

「兄上は何と申された？」

鶴千代丸の声が上擦ったのは、激しい怒りのせいであった。七人の娘たちの命がかかっているというのに、しかも、そのうちの一人は保子だというのに、何とケチ臭く、みみっちいことを考えるのだろうと呆れ果て、腹の底からむらむら怒りが湧いてきたのだ。

「それは、よい考えだ、と申されました」

「よい考え……兄上は、そう申されたのか？」

はい、と邦右衛門はうなずき、これから盗賊たちのもとに向かう支度をしなければなりませぬ、と口にした。米二俵と銭二百文を携えて、盗賊と交渉する役目を孫一郎に命じられたのだという。

「浅ましい者たち故、米と銭を目の当たりにすれば、案外、簡単にそれで納得するのではないか」

と、孫一郎は言い、さっさと寝所に引き揚げてしまったのだという。

（嘘だろう……）

そんなことは嘘に違いないと思った。

三郎左衛門にしろ、常磐にしろ、所詮、都からやって来た、自分とは無縁の人間だと思っているから、彼らがどれほど冷酷なことを口にしても、鶴千代丸は驚きはしない。

だが、孫一郎は実の兄である。鶴千代丸にとっても、保子にとっても、血を分けた兄なのだ。その孫一郎がわずかな銭を惜しんで保子を危険にさらすようなことをするとは信じられなかった。

いや、信じたくなかった。

生まれてから、これほど腹を立てたことはなかったような気がした。人というのは、本当に怒ったとき、大声で怒鳴ったり、騒いだりするのではなく、じっと立ち尽くして、胸元を寒々とした風が吹き抜けていくのを感じながら、心が空っぽになっていくような悲しさと寂しさを味わうものなのだと鶴千代丸は悟った。

（もう誰も当てにせぬわ。おれが姉上を助ける）

鶴千代丸の心から迷いが消えた。自分に力を貸してくれる少年たちの命を預かり、自らの命を擲《なげう》ってでも必ずや保子を助け出すと誓った。

「じい、倉を開けてくれ。武器を貸してほしい」

「何をなさるのですか」

「聞くな。この城にいるのは腰抜けばかりでないことを盗賊どもに教えてやる」

「お気持ちはわかりますが、どうか堪えて下さいませ。何とか、米二俵と銭二百文で姫さまを取り返して参ります」

「心配するな。怒りに任せて、無茶をしようというのではない。ゆうべから考え抜いていたのだ」

鶴千代丸は、仲間たちの力を借りて盗賊どもを懲らしめ、保子たちを奪い返すという計画についてて、ざっと説明した。計画といっても、まだ細かい部分は何も決めていないから、その意気込みを語ったに過ぎない。

「しかし、武器などと……」

「ほほう、これは聞き捨てなりませぬなあ」

廊下の角から片山三郎左衛門が現れた。

「鶴千代丸さま、倉から武器を持ち出して、いったい、何をなさるつもりなのですか？」

「引っ込んでいろ。おまえなどには関わりのないことだ」

「何ということをおっしゃるのですか。わたしは御方さまから、この城のことであれば、どのような細かなことにも気を遣うように命じられております。わたしに黙って武器を持ち出すようなことは許されませぬぞ」

「黙れというのに！」

鶴千代丸は、いきなり三郎左衛門の脛《すね》を蹴った。ぎゃっと叫んで三郎左衛門が身を屈めると、右手を思い切り振り上げて、鶴千代丸は三郎左衛門の横っ面を張った。三郎左衛門は鼻血を出して仰向けにひっくり返る。

「じい、急ぐのだ！」

「は、はい」

勢いに飲まれたのか、邦右衛門は素直にうなずくと、鶴千代丸に手を引っ張られて玄関

の方に向かう。外に出ると、

「おい、ついて来い！」

と、鶴千代丸は市松、又助、権介の三人に声をかける。

鶴千代丸たちが大急ぎで倉から武器を持ち出そうとしている頃、三郎左衛門は足を引きずりながら、

「大変でございますぞ、大変でございますぞ」

と叫びつつ、常磐の部屋に向かった。その声を聞いて、三郎左衛門の妻・山音が部屋から顔を出す。足を引きずり、鼻血で顔を真っ赤にした夫を見て、思わず仰け反《のぞ》りながら、

「いったい、何があったのですか」

「鶴千代丸さまが乱心なさいましたぞ」

転がるように部屋に入ると、三郎左衛門は、鶴千代丸が倉から武器を持ち出して、盗賊退治に出かけようとしており、それを止めようとしたためにこんなひどい目に遭わされてしまった、と訴えた。

「倉から武器を？　馬鹿な。子供に何ができるものか。勝手なことばかりして。わらわを侮っておるのじゃ。今度という今度は許さぬぞ」

額に青筋を浮かべて、常磐が腰を上げようとする。

「御方さま、お待ち下さいませ」

山音が止める。

「いいえ、許しませぬ」

「よくよく思案してみれば、これは虎寿丸さまにとって、そう悪いことではないかもしれませぬぞ」

山音が声を潜める。

「鶴千代丸のわがままが虎寿丸に何の関わりがある？」

「考えてもご覧なさいませ。鶴千代丸さまは、城の男どもではなく、村の子供たちを連れて行くのでございますから、城の守りが手薄になるわけではありませぬ」

「子供にどうこうできるはずがない。どうせ失敗するに決まっている」

「ええ、失敗するでしょう。相手は恐ろしい盗賊どもでございますから、鶴千代丸さまも亀若丸さまも殺されてしまうかもしれませぬ。お労《いたわ》しいことでございまするなあ……」

山音が含み笑いを浮かべながら、上目遣いに常磐を見る。

「なるほど、そういうことか」

三郎左衛門がぽんと膝を打つ。

「年端もいかぬ子供らが、いくら武器を身に付けたところで、盗賊どもにかなうはずがない。かえって盗賊どもを怒らせ、殺されてしまうか、それとも遠くに連れ去られて人買いに売られてしまうか……。いずれにしろ、この城に戻ってくることはあるまいのう」

三郎左衛門も意味深な眼差しを常磐に向ける。

そこまで言われれば、さすがに常磐も、山音が何を言いたいのか察しがつく。

常磐にとって大切なのは、自分が腹を痛めて産んだ虎寿丸だけである。先妻の子などどうでもいい。目障りなだけだ。

しかし、盛定にとって虎寿丸は四男である。上に兄が三人もいるのでは、虎寿丸が盛定の後を継ぐ可能性は限りなく低い。しかし、兄たちが死んでくれれば、虎寿丸が家督を継ぐことも不可能ではない。鶴千代丸と亀若丸が盗賊の手にかかって殺されてしまえば、残る邪魔者は孫一郎だけだ。さして丈夫でもなく、しかも、女好きで不摂生な生活を送っているから、そのうち流行病にでも罹《かか》って、ころりと死ぬかもしれない。そうなれば、虎寿丸が跡取りである。そこまで考えれば、山音の言うように、ここで鶴千代丸を止めるのは得策ではない。武器でも何でも好きなものを倉から持ち出させて盗賊退治に向かわせるのが利口なやり方というものだ。

二十

倉から武器を持ち出すと、鶴千代丸たち四人は小走りに坂道を下り始めた。あまり急ぐことはできなかった。武器が重いせいだ。

といっても、それほどたくさんの武器を担いでいるわけでもない。それぞれが刀を一振り、弓を一張り、それに矢を入れた胡簶《ころく》を背負っているだけである。本当は、素槍も持ち出したかったが、とても持てなかった。刀にはずっしりとした重さがあり、できるだけ多くの矢を持って行こうとしたせいで胡簶も重くなった。弓は重いだけでなく、縦に長いので運びにくい。小柄な又助が肩に担ぐと引きずってしまうほどだった。権介だけが素槍を持った。腰には、飲み水を入れる瓢簞《ひょうたん》もぶら下げた。今は空だから軽いが、水を入れた途端に重くなるはずだ。

「盗賊と戦う前に疲れてしまいそうだなあ」

冗談めかして市松が言うが、その顔に笑みは浮かんでいない。不安が滲《にじ》んでいる。

無理もなかった。倉に行くまでは、武器さえあれば、盗賊と互角に渡り合えるだろうと高を括っていたが、いざ武器を手にしてみると、普段、剣術の稽古に使っている子供用の短い木刀などとは比べものにならないほどに重かった。しかも、長いので使いにくそうだ。ならば、弓矢はどうかと言えば、刀より、もっと使いにくそうだ。市松の力では、とても弦を引き絞ることなどできない。市松よりも非力な又助もそうだろうし、たぶん、鶴千代丸にも無理だ。かろうじて権介ならば何とかなるかもしれないが、権介が弓矢の稽古をする姿など見たことがないから、たとえ弦を引き絞る力があったとしても、的《まと》を狙うことができるとは思えない。冷静に考えれば考えるほど、

（おれたち、とんでもないことをやろうとしてるんじゃないのか……）

と、市松は弱気になってくる。

しかし、それを口には出せなかった。黙々と鶴千代丸に従う権介と又助に対する見栄もあるし、厳しい表情で黙りこくっている鶴千代丸への気遣いもある。自分だけが弱気な台詞を吐くことなどできなかった。

「おまえたちの身に何かあれば、おれも生きては城に戻らない覚悟だ。おれを信じてくれるか」

という鶴千代丸の言葉を市松は思い出し、

（そうだった。おれは、信じると決めたんだ。今までもそうだったし、これからも、そうなんだ。この期《ご》に及んで迷うなんてだらしないぞ）

大きく首を振ったのは、心に澱《よど》む迷いを振り払うためだった。

そんな市松の様子を、鶴千代丸は横目で見ながら、

（すまない）

と心で詫びた。市松が感じているのと同じ不安を鶴千代丸も感じていたが、自分の不安を押し殺すだけで精一杯で他の三人に気配りするだけの余裕がない。不安を口にしたが最後、鶴千代丸も腰砕けになってしまい、盗賊と戦う勇気をなくしてしまいそうだ。今の鶴千代丸にできるのは、自分を信じてくれている市松、権介、又助の三人に心の中で詫びる

ことだけだった。

二十一

（まだか……）

炭焼き小屋の前に立ち、じりじりする思いで鶴千代丸は亀若丸を待った。たとえ才助に断られても、昼までには戻るように亀若丸には念を押した。盗賊は日が暮れたら娘を二人殺すと脅している。鶴千代丸としては、日が暮れるまでに何らかの行動を起こす必要があるが、そのためには昼過ぎには炭焼き小屋を出て、娘たちが捕らえられている場所に移動しなければならない。

昼になったら、亀若丸を待たずに出発するつもりだが、武器の扱いに不慣れな、たった四人の少年だけで何ができるのか……さすがに鶴千代丸も心許《こころもと》なかった。

太陽が南中する少し前、亀若丸が息を切らせて炭焼き小屋に現れた。才助も一緒だ。それだけでなく、正太まで一緒だ。二人は肩に小振りな弓をかけている。

「よかった。間に合った。もう出発したんじゃないかと心配だった」

肩で息をしながら、亀若丸は手の甲で額の汗を拭う。

「才助、よく来てくれたな」

鶴千代丸が才助に顔を向ける。

「何があったか聞いた。さぞ、心配だろう。できることがあれば何でも言ってくれ」

「相手は盗賊どもだ。しかも、こっちより数が多い。下手をすると、命を落とすことになるかもしれない。それも承知か？」

「人を呼びつけておいて、今更、そんなことを訊くのか？　ひとつ教えてくれ。おれを呼んだのは、この前、小田川で溺れそうになったときの恩返しをさせるためか。それでも構わないが……」

「そうじゃない」

鶴千代丸が首を振る。

「おまえなら頼りになると思ったからだ。才助ならば、盗賊など怖れず、力を貸してくれるかもしれないと思った。おまえの手強さは、おれがよく知っているからな。恩返しをさせようなんていうケチ臭いことを考えたわけじゃない」

「ふうん、そうだったのか」

才助が満足そうにうなずく。

「せっかく来てくれたのに気を悪くしないでほしいが、正太を連れて行くことはできない」

「え！」

正太が驚いたように大きな声を出す。

「才助に言ったように相手は盗賊だ。おまえを危ない目に遭わせるわけにはいかない」

「だって、ここにいるみんなが行くんじゃないか」

「才助は十三、おれは十二だ。おまえは十になったばかりだろう」

「亀若丸さまと同い年だよ。市松とだって」

「おれの弟だし、姉が盗賊にさらわれている。たとえ危ない目に遭おうとも、亀若丸を連れて行くのは当然だ。市松も身内だしな」

「権介や又助とだって、ひとつしか違わない」

正太が口を尖らせる。

「勘違いするな、正太。おまえが来てくれて、おれは嬉しいんだ。本当にありがたいと思っている。しかし、危ない真似をさせるわけには……」

「待ってくれ」

才助が口を挟む。

「正太の身を気遣ってくれる鶴千代丸さまの気持ちは、よくわかる。でも、一緒に連れて行こう。もちろん、盗賊相手に素槍や刀を振り回して戦えるとは思っていない。そんなのは、おれだって無理だ。正太は弓が得意なんだ。おれより、ずっとうまい。離れたところから盗賊どもを射るだけなら、体の大きさや年齢はどうでもいいはずだ」

「それは、そうだが……」

鶴千代丸は、まだ迷う様子だ。

「本当なんだよ、兄者。才助も正太も弓がうまい。ここに来るのが遅れたのも、森で狩りをしている二人を見付けるのに手間取ったせいなんだ。正太が鳥を射落とすのを見たよ」

亀若丸が言う。

「見てもらう方が早い」

才助は腰から短刀を抜きながら、鶴千代丸たちから十七間（約三〇メートル）ほど離れた。そこにある老木の樹皮を掌《てのひら》の大きさくらいに丸く削り取ると、

「正太、ここだ」

丸く抉《えぐ》られた場所を指先で示した。

「あれを狙うのか？」

十七間も先にある的は、鶴千代丸の目には豆粒ほどの大きさにしか見えない。あの老木に当てるというのならわからないでもないが、あんな小さな的を狙えるはずがない。もういいんだ、おまえたちの気持ちはよくわかったから……そう言おうとして、鶴千代丸は正太に顔を向けた。正太は弓を引き絞って、的に狙いを定めていた。鶴千代丸が声をかける間もなく、矢が放たれる。その矢は風を切り裂き、わずかな弧を描きながら的に向かっていく。

（え）

鶴千代丸は目を疑った。正太の矢が的の真ん中に命中したのである。

その矢を引き抜いて、才助が戻ってくる。

「これで、わかっただろう？　正太だって役に立つはずだぞ」

「ああ、そうだな。驚いたよ。見事な腕だ。おまえは、すごい奴なんだな、正太」

鶴千代丸が声をかけると、正太は誇らしげに胸を反らし、小鼻をひくひくとうごめかした。

「こんなに弓がうまかったなんて……。今まで、おれたちとの争いには使ったことがないじゃないか。だから、知らなかったんだよ。なぜ、隠してたんだ？」

市松が言うと、

「隠してたわけじゃないよ。子供の喧嘩に弓矢なんか持ち出してどうするんだ？　死人が出るぜ」

才助が笑う。

「城から弓矢を持って来た。おまえたち二人に預けていいか？　おれたちには使えそうにないから」

鶴千代丸が訊くと、

「矢だけもらうよ。弓は使い慣れている方がいいから」

才助がうなずく。

年端もいかない少年たちが、わずか七人で盗賊たちから娘たちを奪い返せるものかどうか、正直なところ、ほんの少し前まで鶴千代丸にも自信がなく、ゆうべから、あれこれ策を練ってきたものの、どれひとつとして成功する気がしなかった。

しかし、正太の技量を目の当たりにして、弓矢の名人が二人も揃っているのなら、何とかなるかもしれないと思い始めた。いや、きっと、うまくいくに違いないと確信した。なぜなら、これまで考えつかなかったような奇抜な策が、鶴千代丸の胸の底から次々と溢れ出してきたからである。

二十二

(才助と正太が弓矢、権介は素槍、市松、又助、亀若丸、それにおれの四人は刀か……。いや、そうじゃないな。重い刀を振り回したところで、盗賊たちにかなうはずもない。斬り合いなんか始めるのは自分たちから負けにいくようなものだ……)

鶴千代丸が七人の最後尾を歩いているのは考え事をしているせいである。頭の中には様々な思いつきが浮かんでいるが、どれもぼんやりしている。盗賊たちがいる場所に着くまでに具体的な作戦を練っておかなければならないが、なかなか作戦が決まらないのは、できるだけ仲間たちを危険な目に遭わせたくないと慎重になっているせいだった。

先頭に立って進んでいる亀若丸と市松が、突然、あっ、と大きな声を出し、誰だ、何の用だ、と叫んだ。何事か、と鶴千代丸が顔を上げると、前方の茂みの中に門都普が立っていた。おお、門都普ではないか、こんなところで何をしているんだ、と言いながら鶴千代丸が歩み寄ろうとする。

「兄者の知り合いか？」

亀若丸が怪訝な顔をする。

「うむ。おれの友達だ。心配ない」

「友達？　いったい、いつ知り合ったんだよ。見たことのない顔だなあ」

「余計な気を回すな。おれが友達だと言うのだから、それでいいだろう。門都普、ここで何をしてるんだ？」

鶴千代丸が問いかけると、

「この森を抜けて谷を渡り、その向こうの山を登ると、悪い奴らがいる。鶴千代丸が森で迷って、あいつらのところに近付いたりしないように教えに行くつもりだった」

門都普が無表情に言う。

「それは盗賊たちのことか？」

「盗賊かどうかは知らないが、悪い奴らには間違いない。拐《かどわ》かしてきた娘たちが泣いている。何も食わせず、水も飲ませていないようだ。ああいう奴らは、何度も見たことがある。飲み食いさせないのは、わざと弱らせて、娘たちが逃げないようにするためだ。縄で縛った上、別の縄で娘たちの足首を縛って繋いでいる。誰か一人が逃げようとしても逃げられないようにな」

「そんな近くまで行ったのか？」

鶴千代丸が驚いたように訊く。

「そうでもない」

「娘たちは何人いた？」

「七人だな」

「怪我をしてるような娘はいなかったか。手荒な扱いをされているとか……」

「弱って泣いてはいたが、怪我をしている娘はいなかった気がするな」

「よかった、姉上は無事なんだな」

亀若丸がつぶやくと、

「身内が捕まっているのか？」

門都普が眉間に小皺を寄せる。

「これは弟で亀若丸という。三つ年上の姉が盗賊に捕まった。これから助けに行く」

「おまえたちだけで行くのか？」

「そうだ」

「たった七人で、しかも、子供ばかりで……。向こうは十人はいた。子供も二人交じっていたが、それでも、おまえたちよりは大きかった」

「承知の上だ」

鶴千代丸がうなずく。

「なあ、鶴千代丸さまの友達なら、道案内してくれないか。盗賊たちに見付からないように、おれたちを連れて行ってくれ」

才助が横から口を挟む。

「よせ。門都普を巻き込むつもりはない」

「一緒に戦ってくれと言ってるんじゃない。道案内を頼むだけだ」

「おれも一緒に行こう。あいつらは、川の手前と、反対側の河原に見張りを隠している。誰かが近付けば、すぐにわかる。おれが一緒なら見付かる心配はない。こっそり見張りを倒してやる」

門都普が表情も変えずに言う。

「そんなことができるのか？」

亀若丸が疑わしそうに訊く。

「これでやる」

門都普が懐から吹き矢を取り出して見せる。

「針の先に毒を塗ってあるから、すぐに体が痺れて、口も利けなくなる。急所に当たれば死ぬ。鳥や兎を狩るときに使うんだ」

「そこまで手を貸してもらえるとありがたい。道案内を頼もうよ、兄者」

亀若丸だけでなく、市松や才助も、力を借りよう、遠慮しているときじゃない、と口を揃えるので、鶴千代丸も、

「本当にいいのか？」

「もちろんだ。見張りを倒したら、他の奴らを片付けるのも手伝おう。おれ一人で全員を片付けるのは無理だが、まあ、何人かは倒せるだろう」

「そこまで頼むつもりはない」

「いいんだ。ようやく恩返しができて、おれも嬉しい。亜未香も喜ぶだろう」

「それは、もう済んだじゃないか。狼から、おれを守ってくれた」

瓜泥棒として捕まりそうになっていた門都普の妹を助けてやったのは確かだが、その後で、夜の森で道に迷い、危うく狼の群れに襲われそうになった鶴千代丸を門都普が救ってくれた。それで貸し借りはなくなったはずだ。

「それは鶴千代丸たちの習《なら》わしだろう。おれたちは、そうじゃない……」

誰かから恩義を蒙ったら、それを倍にして返すのが自分たち一族のやり方だから、まだ鶴千代丸への恩返しは済んでいないのだ、と門都普は言う。

「おれが鶴千代丸に出会ったのは神の思し召しだと、ばばさまは言った。どういう意味な

のか、ずっと考えた。最初に会ったとき、鶴千代丸は危うく狼に食われるところだった。今度は手強い盗賊たちと戦うところだ。鶴千代丸が死んでも不思議じゃない。そうならないようにするのが、おれの役目かもしれないという気がする」

「考えすぎだよ。おれは、そんなに偉い人間じゃないからな」

「今の鶴千代丸は偉くないかもしれないが、いつか、そうなるのかもしれない。それに何か勘違いしているようだが、ばばさまは鶴千代丸が偉くなるとは言わなかったぞ。天下を揺るがすほどの極悪人になると言ったんだ」

「極悪人か。そうだったな。思い出した」

鶴千代丸がにこっと笑う。

「二人で何をわけのわからないことを話してるんだ。時間が惜しい。早く行こう」

才助が促す。しかし、鶴千代丸は、

「まあ、待て。ここに坐れ」

と、地面に腰を下ろした。

「おいおい、こんなところで休憩かい？」

市松が呆れたように言う。

「そうじゃない。門都普の話を聞いて、策が決まった。ここで段取りを決めていこう。丸くなって坐れ。亀若丸、そこにある小枝を取ってくれ」

「これかい？」

「うむ。それでいい」

小枝を受け取ると、鶴千代丸は地面に図を描き始めた。

「これは、おれたちがいる森だ。この森を抜けると谷になる。谷底には川が流れている。これでいいか、門都普？」

それでいい、と門都普がうなずくと、鶴千代丸は川幅と深さを訊いた。川幅は五間（約九メートル）で、脛が濡れるくらいの深さだ、と門都普が答える。

「川を越えると山になるんだな……」

鶴千代丸は小枝を門都普に渡して、見張りがいる場所と、盗賊が娘たちを捕らえている場所を、できるだけ正確に教えてほしい、と頼んだ。

「見張りは、ここと、ここだ。大きな石の後ろと大きな木の陰に隠れている。周りに背の高い草が茂っているから、遠くから見ると、そこに見張りがいることはわからないだろう……」

何か異変を感じると、見張りは笛を吹いて仲間たちに知らせる。見張り以外の八人の盗賊たちは、山の斜面が緩くなっているところに集まっている。そこからだと、容易に反対側の斜面に抜けていくことができる……門都普が説明する。

「力尽くで娘たちを奪い返されるのを警戒してるんだな。相手の数が自分たちより多ければ、すぐに逃げ出すつもりなんだ」

才助が言うと、

「そうだな。ということは、盗賊どもを山の上に逃がしては駄目だということだな。反対に谷に追い落とさなければならない」

鶴千代丸が言う。

「そんなことができるのかい？　口で言うのは簡単だけど盗賊どもが兄者の思い通りに動いてくれるとは限らないぜ」

亀若丸が疑念を呈する。

「確かにな……」

鶴千代丸は、何事か思案しながら門都普に顔を向ける。

「さっき見張りを倒せると言ったが、二人とも倒せるという意味か？　それとも、どちらか一人なら倒せるという意味か？　もちろん、他の八人の盗賊たちに気付かれないように、ということだが」

「一人でも二人でも、やれと言われれば倒してやる。相手に気付かれるようなことはしない。そんなに狩りは下手じゃないつもりだ」

門都普が気を悪くしたように顔を顰める。

その言葉を聞くと、

「よし、策はできた。おれの言う通りに動けば、娘たちを無事に取り戻すことができるはずだ。だが、その説明をする前に、ひとつだけ確かめておきたいことがある」

鶴千代丸が皆の顔をぐるりと見回した。

「相手は盗賊だ。何が起こるかわからない。一歩間違えば、命だって危ないかも……」

「それは前にも聞いた。ここにいるのは、兄者に命を預ける覚悟があるってことだよ」

亀若丸が言うと、他の者たちも黙ってうなずいた。

「そうじゃない。おれが言いたいのは、これは戦だということだ。おれたちにとっての初めての本当の戦なんだ。戦場では命のやり取りをしなければならない。相手に殺されることだってあるかもしれない。逆に相手の命を奪わなければならないことだってあるだろう。おまえたち、その覚悟はあるか？　万が一のときには、ためらわずに盗賊たちの命を奪うことができるか？　ほんのちょっと心に迷いが生じたために、こっちが死んで相手が生き残るってこともあるはずだ。そうならないためには、死ぬ覚悟だけでなく、人を殺す覚悟もしなければならない」

「鶴千代丸さまは人を殺したことがありますか？」

又助が訊く。

「ない。できれば、そんなことはしたくないが、姉上を救うためならば、盗賊の命を奪うことを厭わぬ覚悟はできている」

「おれたちだって、そうだ。村娘を拐かすような悪人を哀れんだりはしない。情けをかけて、自分たちの命を危なくするようなことはしない」

才助が言うと、隣の正太も大きくうなずく。

「それを聞いて安心した。もう余計なことは言うまい。さて、おれの考えた策だが……」

鶴千代丸は仲間たちに作戦を説明し、それぞれの少年たちに果たすべき役目を割り振った。

二十三

（門都普は、うまくやれるだろうか……）

枯れ葉や小枝を集めて焚き火の支度をしながら、鶴千代丸は考えた。

この作戦には、いくつか難しい点がある。その最初の難点が、二人の見張りをこっそり倒すということだ。見張りに気付かれて騒ぎが起これば、その時点で計画は失敗である。鶴千代丸たちは、すごすごと引き揚げるしかない。そういう意味では、門都普の行動に作戦の成否がかかっていると言っても過言ではないのだ。

谷の手前で、鶴千代丸たちは二手に分かれた。

門都普と正太の二人は谷を下る。正太は森の中に身を潜め、門都普が見張りを倒すのを見守る。一人は川の手前にある大きな木の陰におり、もう一人は川の向こう側、河原にある大きな石の陰に身を潜めている。村側が申し出を蹴り、力尽くで娘たちを取り返そうとする場合、森を抜けてくるか、あるいは、川沿いに下流から上ってくるか、そのどちらかの道筋を選ぶと予想しているのだ。

実際、鶴千代丸たちも森を抜けてきた。見付からずに済んだのは門都普が見張りの居場所を正確に把握していたからである。もし門都普に出会うという幸運がなければ、鶴千代丸の計画は森を出たところで潰えていたはずである。

鶴千代丸、亀若丸、市松、又助、権介、才助の六人は、上流で谷川を渡り、盗賊たちのいる山に入った。一旦、頂上付近まで登り、そこから少しずつ下り始めた。相手との距離が半町（約五五メートル）ほどになったところで、鶴千代丸たちは、静かに焚き火の支度を始めたというわけであった。

距離が半町といっても、木々が隙間なく立ち並び、背の高い草花が密集するように生い茂っているので盗賊たちの姿は見えない。ただ、煮炊きでもしているのか、一筋の煙が空に立ち上っており、その煙から距離を推定したのだ。

時折、谷風に乗って娘たちの啜り泣く声が聞こえてくる。太陽の熱で温められた空気が山の斜面に沿って上昇するのだ。その風も次第に勢いがなくなってくる。太陽が西に傾き、いっそう肌寒さを感じるようになってきたが、夜になると、日中とは逆に冷えた空気が斜面に沿って下降する。これを山風という。谷風が山風に切り替わるときに凪《なぎ》という無風状態が出現する。そろそろ凪の時間なのだ。

「兄者」

亀若丸が近付いてくる。

「できたか」

「うん」

六人がそれぞれ焚き火の支度をした。五間半（約一〇メートル）ほどの間隔をあけて小枝の山が六つ並んでいる。

「あいつ、うまくやれるだろうか……。もう、だいぶ時間が経ったよね」

亀若丸も気になるらしい。

「門都普を信じるしかない」

「もし合図がなかったら、太陽が沈みそうになったら、どうするつもりだい？　盗賊は二人の娘を殺すと言った。その一人が姉上だったら……」

「よせ、何も言うな。今は黙って門都普の合図を待とう。もし門都普がしくじったら、そのときは別の考えがある。姉上を見殺しにはしない」

「でも……」

亀若丸は尚も何か言いかけたが、結局、そのまま口を閉ざした。ここまで来たら、じたばたせずに鶴千代丸を信じるしかない、と腹を括ったらしい。

それから四半刻（三十分）ほど後……。

甲高い鳥の声が聞こえてきた。

鶴千代丸は、ハッとして空を見上げた。

その声は、細く長く、断続的に三度聞こえた。事前に、門都普から聞かされていなければ、あまり聞いたことのない不思議な鳥の声だな、と思っただけだったろう。

しかし、それは門都普の指笛なのだ。三度聞こえたのは二人の見張りを倒すことに成功したという合図であった。

（あいつ、本当にやったんだな、大した奴だ。よし、次は、おれたちの番だ）

鶴千代丸は立ち上がると、

「火をつけろ」

と低い声で命じた。

すでに種火は用意してある。種火から紙縒《こよ》りに火を点じると、六人は各自が用意した焚き火を燃やし始める。最初は、うまく火がつかず、火がついても、ちろちろとしか燃えなかった。小枝が燃え始めて、ようやく炎が大きくなった。そこに今度は濡れ落ち葉を投じていく。こうすると、煙がたくさん出るのだ。鶴千代丸は懐から小袋を取り出した。門都普から貸してもらったもので、熊の糞に何種類もの薬草を混ぜ合わせたものが入っている。

狼や山犬が嫌う悪臭を発生させる。人が嗅いでも耐えがたいほどの臭いである。それをひと摘みずつ、六つの焚き火に投じていく。

「うわっ、何だ、この臭い」

「吐きそうだ」

亀若丸、市松、又助、権介、才助の五人は顔を顰めて鼻を覆い隠す。彼らだけではない。周囲で、突如として犬の吠え声が響き始めた。姿は見せなかったが、この近くには、盗賊や娘たちを狙った山犬の群れが集まっていて、隙あらば襲いかかろうとしていたのだ。その山犬たちが臭いを嗅いで騒ぎ出した。山犬だけでなく、恐らく、狼もいるに違いないが、獲物を狙っているとき、狼は決して声を出さないので確かめようがない。

それから六人は叫び始めた。うおーっ、うおーっ、と叫びながら、刀の鞘《さや》で木の幹を叩く。こーん、こーんという音が響く。山びことなって響くので、わずか六人で立てている声や音とは思えないほど喧《やかま》しい。それに驚いたのか、近くにいた鳥たちが一斉に飛び立つ。ひとしきり騒ぎ立てると、鶴千代丸たちは焚き火に濡れ落ち葉をどさっと放り込んだ。風が凪いでいるおかげで、もうもうと立ち上る黒煙が周囲に広がっていく。本当は盗賊たちの方に流れていってくれれば文句なしだが、さすがに、それは無理だ。山の頂上から谷底に向かって風が吹き下りてくるのは夜になってからである。

「才助」

鶴千代丸が声をかける。

「ここから先は、おまえが頼りだ。落ち着いているか？」

「おう、大丈夫だ。何も心配ない」

口ではそう言いながら、才助の顔は真っ赤だ。気が昂《たか》ぶっているらしい。

「震えてるじゃないか、本当に大丈夫か？」

市松が笑うと、

「これは武者震いだ。さあ、行くぞ！」

うおーっ、うおーっ、と叫びながら才助が斜面を下っていく。急な斜面なので立ったままで下りると足を滑らせてしまいそうだ。才助はしゃがんで、尻を滑らせるような格好で少しずつ下りていく。山に分け入り狩りをするのが日課になっているだけあって山歩きに慣れている。

「おい、慌てるなよ。おれたちが先だ」

鶴千代丸もしゃがんで斜面を滑り降りる。市松は才助を笑ったが、本当は才助だけでなく、他の者たちも興奮して頭に血が上り、心臓の鼓動が速くなっている。もちろん、鶴千代丸も、そうだ。

（おれは義経になる。だから、きっと、うまくいく。絶対にうまくいく。おれは義経だからだ）

鶴千代丸は何度も自分に言い聞かせた。この作戦を義経の鵯越《ひよどりごえ》になぞらえていた。平家軍が立て籠もる一ノ谷の城郭を攻めるとき、義経は敵が手ぐすね引いて待ち構える城郭の正面ではなく、その背後から攻撃しようと考えた。城郭の背後には守備兵がいなかったからだ。なぜかといえば、一ノ谷の背後は断崖絶壁で、これを越えられるのは翼のある鳥だけだという意味で「鵯越」と呼ばれていた。義経が試しに十頭ばかりの馬を落とさせると、八頭は途中で足を滑らせて転落したが、二頭は無事に地面に降り立った。普通なら、やはり、無理か、と諦めるだろうが、義経の思考は常人とは違っている。黙って突き落としても、十頭のうち二頭は助かった。馬の主が足場を見付けて先導すれば、十頭のうち五頭くらいは下りられるはずだ、わしに続け、と言うや、義経自身が絶壁を下り始めた。こうして義経軍三千は一ノ谷の城郭に入り込み、一斉に鬨《とき》の声を上げた。山びことなって響き渡り、それは十万人の鬨の声に聞こえたという。この奇襲攻撃に平家軍は狼狽して浮き足立ち、すっかり腰砕けになってしまい、ろくに戦いもせずに逃げ出した。

鶴千代丸は『義経記』を読んだことはないが、義経の生涯については宗哲の語りで聞いていた。宗哲は『義経記』と『平家物語』に描かれた義経を、特に合戦場面に重点を置いて語ったので、一ノ谷の合戦のことも詳しく知っていた。

作戦を考えるに当たって、自分たちの方が人数が少なく、しかも、実戦経験のない子供ばかりということを考慮して、義経のような奇襲攻撃を仕掛けるのが最も効果的だと鶴千代丸は考えた。それで鵯越を下敷きにした作戦を練り上げたのである。

敵が予想していない方角から攻めるのも、山びこを利用して自分たちを大人数に見せるというのも鵯越を真似たのである。焚き火で煙幕を張り、門都普の薬草を使って山犬たちを怯えさせたのは鶴千代丸の工夫だ。これで盗賊たちが驚き慌てて谷に下って逃げようとすればしめたものだが、さすがに、

（それほど簡単ではないだろう……）

と、鶴千代丸は気を引き締めた。

二十四

盗賊たちの姿が見えると、鶴千代丸は皆に広く散開するように合図した。もう叫ぶのもやめた。居場所を知られてしまうからだ。

十七間（約三〇メートル）ほど先に娘たちが坐らされており、それを囲むように盗賊たちが武器を手にして立っている。突然、山犬たちが騒ぎ立て、鳥たちが飛び立ち、人の叫び声が聞こえ、山頂の方で黒煙が上がったので、いったい、何事が起こったのかと訝《いぶか》っているのであろう。

（姉上……）

娘たちの中に保子がいる。顔が黒く見えるのは、泥で汚れているせいに違いなかった。

わざと自分で汚したのか、それとも、盗賊に乱暴でもされたせいなのか、そこまではわからない。

保子の姿を目にしたことで、鶴千代丸は胸が熱くなり、思わず涙がこぼれそうになった。

「大丈夫か？」

才助が小声で訊く。鶴千代丸の様子が普通でないことを察したのであろう。

「あ、ああ、平気だ」

「首領は、図体がでかくて、髭をもじゃもじゃ生やしてるんだよな？　あいつじゃないかな」

才助が指し示す方を眺めると、なるほど、体格のいい髭面の中年男が他の者たちに声高に何かを指図している。房江の説明では、何事も首領が指図し、それを補佐役の副首領が仲間たちに徹底し、あとの者たちはその命令に素直に従っていたという。

その説明を聞いたとき、

（その二人さえ倒してしまえば、こっちの勝ちだ）

と、鶴千代丸は思った。

「狙えるか？」

「うーん、ちょっと遠いな。もう少し近付きたい。他に狙えそうな奴もいないことはないが、首領じゃないと駄目なんだよな？」

「おまえには首領を頼みたい」

「わかった。策がうまくいけば、もう一人は正太が倒すだろう。欲張って二人ともおれが倒したら、後から正太に叱られる」

「そろそろ始めよう。頼んだぞ、才助」

「おう、任せておけ」

鶴千代丸は才助から離れると、弓に矢をつがえて、弦を引いた。弓の練習はしているが、これほど強く張った弓ではなく、子供用の弓に過ぎない。思うように弦を引くことができない。間違っても娘たちに当たらないように注意しながら、弓を空高く向けて、鶴千代丸は矢を放った。矢は力なく飛んでいき、盗賊たちから遠く離れた場所に刺さった。それでも矢が空気を切り裂く音が盗賊たちを驚かせた。それを合図に、亀若丸、市松、又助、権介の四人も矢を射始めた。弓矢の稽古などろくにしたことのない連中だから、もちろん、当たるはずがない。矢を飛ばせるかどうかもわからないし、たとえ飛んだとしても前に飛んでいくかどうかもわからない……その程度の腕である。

しかし、それでいいのだ。的を狙うのは才助の役目であり、他の者たちは、大勢が弓で狙っているぞ、と盗賊たちに思い込ませるための陽動作戦を行っているに過ぎない。しかも、できるだけ多くの射手《いて》がいると思わせるために、一本の矢を射ると、すぐに場所を移動した。最初に広く散開したのも、そのためである。

たとえ的外れでも、次々と矢が飛んでくると、さすがに盗賊たちも平静でいられなくなったらしく、物陰に身を隠して矢を射返してきた。

鶴千代丸が移動しながら五本目の矢を射ようとしたとき、盗賊の首領が立っている場所から、わずか十間ほどの茂みの中で才助が立ち上がった。

才助は素早く矢をつがえると、矢を放った。

次の瞬間、首領の胸の真ん中に矢が突き刺さった。そのときには、もう才助の姿は茂みの中に消えていた。それを見て、歓声が上がった。亀若丸か市松に違いなかった。

盗賊たちは見るからに慌てふためき、娘たちを立ち上がらせ、それを楯《たて》にして、じりじりと後退を始めた。首領は置き去りにされた。胸に矢が刺さったまま仰向けにひっくり返り、ぴくりとも動かないから、もう死んでいるのであろう。

（よし！）

鶴千代丸は心の中で快哉《かいさい》を叫んだ。

ここまでは計画通りである。鶴千代丸が想像したように盗賊たちは行動している。首領を倒し、盗賊たちを谷底に追い落とすことに成功した。門都普と才助のおかげといっていい。次は正太の番だ。

鶴千代丸たちは、そろりそろりと盗賊たちの後を追った。自分たちの姿を見られないように用心したのである。矢を射ているのが子供だとわかれば、盗賊たちに侮られる怖れがある。姿を見せずに攻撃を繰り返すことで相手の心に恐怖を植え付けることができるのだ。だから、盗賊たちが移動を始めても、鶴千代丸たちは矢を射るのをやめなかった。

（門都普が見張りを二人倒し、才助が首領を殺した。残りは七人だな）

あとは副首領さえ倒せば、こっちの勝ちだ、と鶴千代丸は胸算用した。

娘たちを楯にして斜面を下っていく盗賊たちは、敵が潜んでいる山の上ばかりに気を取られて、谷の方はまったく警戒していない。それも当然で、彼らは、すでに見張りが倒されていることを知らないのだ。正太は盗賊たちが無警戒に斜面を下り、確実に相手を仕留められる射程圏に入ってくるのを、じっと待っていればよかった。誰を狙えばいいのかも見当がつく。太刀を振りかざして、仲間たちに声高に命令を下しているのが副首領に違いなかった。

すぐ近くの茂みには門都普も身を隠している。見張りを倒したら、どこか安全な場所に引き揚げてくれ、と鶴千代丸から言われていたが、そんな命令には端《はな》から従うつもりはなかった。鶴千代丸を守るのが己に与えられた使命だと信じているから、鶴千代丸のそばを離れるつもりなどなかった。

やがて、絶対に外しようのない距離まで盗賊たちが迫ると、正太は矢をつがえ、副首領に狙いを定めた。が、ここで、一瞬、心に迷いが生じた。何しろ、人を狙うのは初めてなのだ。何らかの気配を感じ取ったのか、副首領が正太の方を振り返った。正太の矢が放たれる。矢が副首領の左肩に当たる。心に生じた迷いのせいなのか、わずかだが狙いが逸れた。副首領は鬼のような形相で、正太に突進してくる。正太が大慌てで次の矢をつがえようとするが間に合わない。恐怖で正太は金縛りにあった。呆然として瞬きもせずに副首領を見つめる。太刀を振りかぶって正太に斬りつけようとしたとき、茂みから門都普が現れて、吹き矢を放つ。首筋に刺さり、副首領ががくっと膝をつく。意識を失う寸前、

「殺してしまえ！　娘たちを皆殺しにしろ！」

と叫び、その直後、口から泡を吹き、白目を剝き出して倒れた。吹き矢に塗ってある毒が効いたのだ。しまった、という顔で、門都普が盗賊たちを見る。首領と副首領を失い、二人の見張りも倒されて、今や盗賊たちは六人しかいない。鶴千代丸の作戦では、残った盗賊たちは、ここで降伏することになっていたが、そうはならなかった。どうしていいかわからなくなった六人は、副首領の最後の命令に従おうとしたのだ。娘たちを殺すべく、太刀を構えた。

門都普が地面を蹴って走り出す。娘たちを助けるためだ。

しかし、距離がありすぎる。とても間に合いそうにない。

と、そのとき、地面に落ちていた素槍を拾い上げた鶴千代丸が盗賊たちに突進するのが見えた。まさに盗賊が娘を斬ろうとしたとき、鶴千代丸の素槍がその盗賊の腹に突き刺さり、槍先が背中から飛び出した。盗賊を串刺しにしたまま、勢い余って鶴千代丸は尚も走

り、蔓に足を取られてひっくり返った。その鶴千代丸に斬りかかろうとする盗賊がいる。が、その背中に矢が突き刺さる。才助が狙ったのだ。これを見て、残った四人の盗賊たちは抵抗を諦めた。武器を捨て、地面に膝をついて降伏の意思を示した。

才助が娘たちを縛っている縄を短刀で切る傍らで、亀若丸が声を上げて泣いていた。保子の無事な姿を見て、過度の緊張が一度に緩んだせいだ。又助、市松、権介が盗賊たちを縛ろうとすると、

「何だ、子供ばかりじゃないか」

盗賊の一人が馬鹿にしたように笑い、捨てた太刀に手を伸ばそうとした。それを見た権介が、その盗賊の横っ面を力任せに殴った。後ろ向きに転がって気を失った。恐るべき怪力だ。それを見て、あとの三人はおとなしくなった。

「姉上、怪我はありませんか？」

鶴千代丸が保子の前で地面に膝をつく。

「ええ……」

うなずく保子の目に涙が溢れてくる。

無理もなかった。どれほど心細かったかと思い遣ると、鶴千代丸も泣きそうになる。他の六人の娘たちも激しく泣きじゃくっている。

「わたし……わたしね、きっと鶴千代丸が助けに来てくれると信じていたの。本当に来て

くれたのね。ありがとう……」

保子の頰を涙が伝い落ちると、いきなり、鶴千代丸は笑い出した。

「姉上、顔中が泥で真っ黒だ。何ともひどい顔だぞ。田圃で転んだように真っ黒だ」

あはははっ、あはははっ、と笑いながら、鶴千代丸は何度も袖で目許を拭った。湿っぽいのが苦手だから豪快に笑い飛ばそうとするのだが、いくら拭っても涙が止まらなかった。


死んでしまった六人の盗賊の遺体は、その場に残し、縛り上げた四人の盗賊たちと娘たちを伴って、鶴千代丸たちは川沿いに谷を下り、高越城に向かった。途中、柴田邦右衛門に出会った。四人の下男が一緒だった。下男たちは二人一組になり、もっこを担いで米俵を一俵ずつ運んでいた。その姿を見て、すでにわかっていたことではあったが、

(たった二俵の米で本気で娘たちを取り戻すつもりだったのか……)

と、改めて鶴千代丸は驚き、呆れた。

もちろん、邦右衛門のせいではない。常磐と孫一郎の命令に従っただけだとわかっている。もし自分たちの計画が失敗していたら、恐らく、怒り狂った盗賊たちの手で邦右衛門も血祭りに上げられていただろう。そう考えると、今更ながら、何と大胆なことをしたものか、と鶴千代丸は背筋が冷える思いがした。

邦右衛門に事情を話すと、

「まさか、そのような……」

と言ったきり、絶句した。まさか本当に鶴千代丸が盗賊退治をするとは思っていなかったのであろうし、それが成功するなどとは夢にも想像していなかったのであろう。

だが、現実に盗賊たちを捕らえ、娘たちも一緒にいる。保子の顔を見て、邦右衛門は、ぽろぽろと涙を流した。

「その米をもらうぞ」

「どうなさるのですか?」

「命懸けで手を貸してくれた者たちに礼をするのだ。構うまいな?」

「しかし、それは……」

邦右衛門が戸惑い顔になると、

「構いませぬ。好きにしなさい」

保子が言った。城の中でどういうやり取りがあったのかを、道々、亀若丸が説明し、それを聞いた保子も強い憤りを感じていたのだ。

「一文の銭も失わずに済んだのですから、さぞ、兄上も母上も満足でしょう」

「では、もらいます」

鶴千代丸が、才助、正太、又助、権介、門都普の名前を呼ぶ。しかし、門都普がいない。さっきまでは一緒だったのに、いつの間にかいなくなっている。

邦右衛門たちの姿を見て、

(ここまで来れば、もう心配ないだろう)

と考えて姿を消したのに違いなかった。

(欲のない奴だ)

門都普への礼はまた改めて考えることにして、才助と正太に一俵、又助と権介に一俵を与えた。四人は大喜びだった。

二十五

翌年、すなわち、応仁二年(一四六八)の春、ほぼ一年振りに父・盛定が都から荏原郷に帰ってきた。盛定は旅の疲れも見せず、ひどく上機嫌で、都から持ち帰った多くの土産物で常磐や子供たちを喜ばせた。

盛定が留守にしている間に荏原郷で起こったことを執事の柴田邦右衛門が報告するのが習わしになっているが、この一年の出来事で最も盛定の心を動かしたのは盗賊退治の一件であった。あらましは去年のうちに手紙で知らされていたが、その手紙には保子と村娘たちが盗賊どもに連れ去られたものの、無事に取り戻すことができ、盗賊どもを捕らえたという程度のことしか記されていなかった。

ところが、邦右衛門の話を聞くと、高越城の大人たちが右往左往している間に、鶴千代丸が仲間の少年たちを引き連れて盗賊退治をしたというから驚いた。

「まだまだ子供と思っていたが、いつの間にか一人前の男に育っていたか。姉を救うために武器を手にして盗賊に立ち向かうとは……。なかなか、できることではない」

盛定は感心した。すぐに鶴千代丸を呼び、危険を顧みずに保子を助け出したことを誉め、この機会に元服の儀をしてしまおうと言い出した。

「もう二、三年は先の話かと思っていたが、盗賊退治ができるならば、十三で元服してもよかろう」

ついては名を改めねばならぬが、どういう名前にしたものか……盛定がつぶやくと、

「ならば……」

「ん？　何か考えがあるのか？」

「九郎ではいけませんか？」

「はて、九郎とな。おまえは二男ではないか。なぜ、九郎などと名乗りたいのだ？」

盛定が小首を傾げる。

「判官《ほうがん》殿が……」

「判官？」

「九郎判官義経でございまする」

「ほう、義経が好きなのか？　そう言えば、盗賊退治をするに当たって、なかなか手の込

んだやり方をしたようだが、義経の軍略を真似たのか」

「盗賊の居場所を一ノ谷に見立て、鵯越をするような心積もりで戦いました」

「そうであったか」

盛定は、ふむふむとうなずくと、

「ならば、新九郎としてはどうだ？」

「は？　新九郎でございますか」

「義経は戦の天才ではあったが、政《まつりごと》の才に乏しかったので、最期は無残な死に方をした。義経のよいところを真似て、義経の足りなかったところを新たに補うという意味で新九郎よ。どうだな？」

「新九郎……。よい名だと思います」

「伊勢新九郎とは、なかなか、よい響きよのう」

盛定は、祝いの品を何か与えたいが、望みはあるか、と問うた。

鶴千代丸は、すかさず、『義経記』と『太平記』を願った。

「ふうむ、書物が望みか。一年会わぬうちに、おまえは変わったのう。一回りも二回りも大きくなったように見えるぞ」

盛定は、にこっと笑うと、都に戻り次第、鶴千代丸の願いをかなえてやろうと約束した。

今回の盛定の帰郷には大きな目的がひとつあった。

保子の縁談がまとまったので、一緒に都に連れて行くというのである。相手は駿河の守護・今川義忠《いまがわよしただ》だという。

保子は年が明けて十六になり、もう適齢期といっていい。十三、四で嫁ぐことが珍しくない時代だから、結婚が早いということはない。むしろ、伊勢氏の娘で、人並み以上の器量であることを思えば、これまで縁談がなかったのが不思議なくらいである。

ひとつには荏原郷という田舎で暮らしていたために周囲に身分の釣り合う相手を見付けられなかったためであり、またひとつには、掌中の珠を安売りはするまいと盛定が心に決めていたせいでもある。

その盛定の眼鏡にかなったのが今川義忠であった。まだ三十三歳だから年齢もちょうど釣り合いが取れているし、盛定は今川家の申次《もうしつぎ》を務めており、つまり、今川家と室町幕府を仲介する役目を負っているので、かねてより義忠とは昵懇《じっこん》の間柄である。

今川家は名門である。駿河の守護というだけでなく、足利将軍家の一門・吉良《きら》家の分家に当たる。同じ一門でも斯波《しば》家や畠山《はたけやま》家には将軍位の継承権がないが、吉良家にはある。足利氏に適当な男子が絶えた場合、吉良家から将軍を立てるのだから、別格の家といっていい。

そういう点を考慮すると、盛定の方から縁組を求めても、今川の方が難色を示す……そういうことがあってもおかしくない力関係である。

にもかかわらず、縁談がとんとん拍子に進んだのは伊勢貞親の肝煎《きもい》りだったからだ。貞親は幕府の政所執事という重職にあるだけでなく、今の将軍・義政を幼い頃から養育し、父と呼ばれるほどに親密で、義政は貞親の提案や請願に一度として首を横に振ったことがないと言われている。義政は政治向きのことには何の興味も示さない男だったから、室町幕府を実質的に仕切っているのは貞親ということになる。それほどに強大な権力を保持している。

その貞親も二年前に一度失脚している。義政の後継問題で対応を誤り、幕府を支える有力な守護大名・細川勝元の怒りを買って近江《おうみ》に逃げ出す羽目になったのである。これを文《ぶん》正《しょう》の政変という。

もっとも、貞親がいないと何も決められない義政に泣きつかれて勝元が矛を収めたため、翌年には都に戻っている。この失脚が軍事力を持たぬ者の弱さを貞親に痛感させたといっていい。

伊勢氏は官僚の家であり、政治力には長《た》けているが、軍事には弱い。応仁の乱が勃発して、諸国から上ってきた兵が都には充満している。そんな不穏な空気の中で、

（また同じ目に遭わぬとも限らぬ……）

と、貞親が不安を感じても不思議ではない。

そこで力のある大名と誼《よしみ》を結ぼうと考え、今川義忠に白羽の矢が立てられた。保子を養女に迎え、自分の娘と義忠を娶《めあわ》せるという形を取る。この点、盛定は、自分が実父であることに変わりはないし、貞親に恩を売ることにもなるから不満はない。

去年の暮れ、義忠は幕府の求めに応じて、一千の兵を率いて駿河から上洛した。山名持豊や細川勝元が呼び集めた諸国の軍勢には規律も何もあったものではなく、あたかも武装強盗のように京の町で悪さを働くばかりだったが、今川の兵は、生真面目で言葉数の少ない主に似て規律正しく、統制が取れていた。深く知り合うにつれ、貞親は義忠の人柄に惚れ込んだ。それで話が決まった。

「これは、めでたい縁組でございまするなあ」

常磐を始め、山音や片山三郎左衛門など、都暮らしの長かった者たちは一様に喜んだ。珍しく本心からの喜びであった。貞親から感謝され、名門・今川家と縁戚になれるのだから、幕府内における盛定の重みも増すというものだ。家の格式が上がるのは常磐にとっても嬉しいことだった。

城中が喜びに沸く中、一人だけ不満そうな顔をしている者がいる。鶴千代丸、いや、元服した今は新九郎である。

（駿河になど……）

新九郎にしても、保子にしても、物心ついてから荏原郷以外の土地に出たことがない。

駿河など、気の遠くなるような遠国ではないか。都ですら、はるか遠い国であり、その都よりも東となれば、もはや外国のようなものだ。それが新九郎の時代に生きる者たちの、ごく一般的な感覚といっていい。

そんな遠い国に、家族と離れ離れになって、たった一人で嫁いでいかなければならない保子の心細さを思い遣ると、新九郎はいたたまれない思いで胸が塞がりそうになる。城の者たちが、良縁に恵まれておめでとうございまする、などと挨拶してくると、腹が立って殴ってやろうかと思うほどだ。どうにも我慢できなくなって、盛定のもとに出向き、保子の縁談を考え直すように頼んだ。

「なぜ、そのようなことを言うのだ?」

「それは……」

新九郎は、保子に成り代わったつもりで必死に訴えた。盛定は新九郎が口を閉ざすまで黙って耳を傾けると、

「その方の考えはわかったが、もう決まったことだ。変えることはできぬ」

と首を振り、父である自分が決めたことなのだ、逆らってはならぬ、と付け加えた。取り付く島もなく、新九郎は引き下がるしかなかった。盛定の言う通り、娘の結婚相手を決めるのは父親の役割である。この時代の常識だ。

結婚相手が名門だということはわかる。

しかも、側室ではなく、正室として迎えようというのだから、破格の厚遇といっていい。貞親の養女という肩書きのおかげである。これほどの良縁は滅多にない……新九郎とて冷静に常識的に判断すれば、それがわからないではない。

しかし、そんな話をしているのではなく、なぜ、そんな遠くに保子を行かせてしまうのか、保子がかわいそうではないか……そう叫びたいのに、誰も理解してくれないのが悲しかった。いつもは新九郎の肩を持つ亀若丸ですら、

「今川さまの北の方になれるなんて姉上もたいそうな出世だなあ」

と無邪気に感心している始末だ。

（この上は……）

保子本人に考えを質《ただ》すしかない、と新九郎は思い定めた。もし保子が駿河になど行きたくないと言えば、そのときは保子を連れて城から逃げ出すつもりだった。縁談が公表されてから保子は奥に籠もってばかりで、表に出なくなっていた。新九郎は取り次ぎも請わず、勝手に保子の部屋に向かった。

「姉上」

部屋に入って呼びかけると、ハッとしたように保子が振り返った。その目に涙が光っていた。

（やっぱり……）

心細くて泣いていたのに違いない、やはり、姉上も駿河になど行きたくないのだ。そうと察した新九郎は、

「駿河になど行くことはない。わたしと一緒に逃げましょう」

「逃げるって……いったい、どこに?」

「山に逃げればいいのです。門都普も手を貸してくれるはずだ」

「その後は……?」

「どこかで静かに暮らせばいい」

「まあ」

思わず保子は笑った。

「何がおかしいのですか」

新九郎は腹を立てた。

「何も心配しなくていい。いざとなれば盗賊になってでも姉上を食べさせます」

その言葉を聞いて、

(この子は本気なのだ)

と、保子は気が付き、ここは慎重に言葉を選んで話さないと、頭に血が上って何をしでかすかわからないと思った。

ほほほっ、と保子は笑いながら涙を袖で拭い、

「別に鬼や獣の嫁にされるわけではありませぬ。駿河に行くと、美しい富士の山を毎日眺められると言いますし、水や魚もうまいと聞きました」

「都では戦が続いていると言いますぞ。東国でも毎日のように戦があって、今川殿は館に尻を落ち着ける暇もないと言うではないか。戦に巻き込まれたら、どうするのですか?」

「そのときには……」

保子がじっと新九郎を見つめる。

「また、おまえに助けてもらいましょうぞ」

二十六

その日が来た。

盛定が保子を伴って都に戻る日である。

新九郎は夜明け前に城を出た。誰とも顔を合わせたくなかった。森に入り、当てもなく歩いた。ひたすら歩き続け、森を抜けて小川にぶつかると、ごくごくと水を飲み、汗まみれの顔を洗った。草むらに大の字にひっくり返り、青い空を見上げた。

(姉上は行ってしまった……)

たぶん、おれは死ぬまで荏原郷で暮らすことになるだろう。都に行くこともなく、まして駿河に行くこともなく、そのうちに、姉上の消息すらわからなくなってしまうだろう。

もう二度と今生で会うことはできないのだ……息苦しいほどの切なさを感じ、新九郎は身《み》悶《もだ》えした。考えるのをやめようと思っても、次から次へと奔流のように保子との思い出が胸に甦ってくる。

「あ、こんなところにいた」

亀若丸の声が聞こえたが、目を開けなかった。

「姉上は行ってしまった。今日が出発と知っていながら、なぜ、こんなところで居眠りしてるんだ」

「寝てはいない」

「新九郎はまだ見付かりませぬか、まだ帰りませぬか……何度も周りの者たちに訊いていた。悲しそうな顔をしていたぞ。かわいそうじゃないか」

「うるさい。さっさと城に帰れ」

「新九郎さま……」

今度は女の声だ。それが房江だとわかって、ようやく新九郎は目を開けた。

「おまえまで何しに来た？」

「今から追えば、まだ間に合います。どうか姫さまときちんとお別れして下さいませ」

「いいのだ。もう話すことはない。姉上は都に行きたいのだ。駿河で暮らしたいのだ。美しい富士の山を眺め、うまい魚を食べて静かに暮らしたいと話していた」

「わたしなどが申し上げることではありませんが……」

「何だ？　言うがいい」

「そうでも思わねば、とても駿河のような遠い国に嫁げるものではありませぬ」

「心配ない。姉上は強い人なのだ」

「それは違いますぞ、新九郎さま。姫さまは強いのではなく、強くなろうとしているだけです」

「どういう意味だ？」

「盗賊どもにさらわれたときのことですが……。新九郎さまたちに救い出された娘たちから話を聞きました。娘たちは半狂乱になって泣き叫び、あまりの騒がしさに盗賊が腹を立てて刀を振り回したそうでございます。姫さまが娘たちを宥《なだ》めたおかげで何とか、その場は収まったそうです。新九郎さまに助けてもらうまで、ずっと姫さまが娘たちを励まし、そのおかげで自分たちは助かったのだと聞きました」

「やはり、姉上は強いのではないか」

「いいえ、そうではないのです。娘たちが眠り込んでから、姫さまは声を押し殺して、ずっと泣いていた……それを見ていた娘がいるのです」

「姉上が一人で泣いて……」

「そういう御方なのですよ。それをわかってあげなければ……」

房江の言葉が終わらないうちに、新九郎は跳ねるように起き上がり、

「わかった。姉上に会ってくる」

そう言うなり、走り出していた。森を抜けて村に出ると、そこから近い大道寺の屋敷に向かった。市松の家である。門から走り込むと、

「市松、いるか」

と大声で呼ばわった。その声音に驚いて下男たちが集まってくる。その背後から、何だ、何だ、と言いながら市松が現れる。

「おう、新九郎さまではないか。どうなされた?」

「馬を貸せ。この家で最も足の速い馬だ。それから水だ。桶に水を入れて持ってこい。急ぐのだ」

新九郎の形相の凄まじさに、ただ事ではないと察したのか、市松は下男たちに馬の用意と水を持ってくることを命じた。まず、水が来た。桶を受け取ると、新九郎は頭からざぶりと水を被り、桶の底に残った水をごくごくと飲んだ。次に馬が来た。

「借りるぞ」

新九郎は馬の背に飛び乗ると、馬の腹を軽く蹴った。後には呆然とする市松が残された。

「お待ち下さいませ!」

新九郎は馬を駆りながら叫んだ。

「ん？　新九郎ではないか」

盛定は馬を止めて振り返った。そこに新九郎がやって来る。滝のように汗をかき、激しく息を弾ませている。馬の鼻息も荒い。よほど急いだのに違いなかった。

「姉上と話をさせてもらえませぬか」

「この期に及んで、まだ何か……」

「そうではありませぬ。ただ話をしたいのです」

「父上」

馬の背に横坐りをしている保子が市女笠《いちめがさ》を持ち上げて、

「わたしからもお願いいたします」

「よかろう。だが、そうのんびりもできぬぞ。先は長いのだからな」

盛定が率いているのは、護衛の侍や荷物運びの下男など、総勢十五人ほどである。彼らに休息を取るように指示した。新九郎と保子は皆から離れて、二人だけで草むらに腰を下ろした。

「最後の言葉を交わすこともなく別れることになってしまうのかと、悲しく思っていたのですよ。よく来てくれました」

「姉上は……」

「何？」

「姉上は強い人だと思い込んでいました。しかし、強い振りをしていたのですね。亡くなった母上の代わりになろうとして。わたしや亀若丸のために」

「わたしだけではありませんよ。誰もがそうです。痩せ我慢して、強がって生きているのです。強い人になってくれとは言いません。だって、もう十分に強いもの。強いだけでなく、優しい人になってほしいというのが姉としての願いです。兄上を助け、この土地で暮らす人たちを慈しんで、皆が幸せになれるようにして下さい。もう会えないかもしれないから、おまえが立派になる姿を見られないのが残念ですけど……」

「嫌です」

新九郎が激しく首を振る。

「わたしは約束しました。もし姉上に困ったことがあれば、どこであろうと、きっと助けに行く、と。たとえ困ったことがなくても、富士を眺め、うまい魚を食べるために駿河に参ります」

「そんな日が来ることを楽しみに待っています」

と、いきなり、保子が新九郎を抱きしめた。

「無茶をしては駄目よ。すぐに腹を立てずに、我慢することを学びなさい。わたしは、おまえの姉として生まれてよかったと思っています。荏原郷で暮らした幸せな日々を決して忘れません」

盛定が出発を告げ、保子も馬の背に坐った。

新九郎は、その場に佇んで、一行を見送った。保子が小さく手を振っている。涙で新九郎の視界がぼやける。何度も袖で拭うが、いつまでも涙は止まらなかった。

第二部　上洛

一

新九郎《しんくろう》は十四歳になった。

この一年で、新九郎の生活は大きく変わった。

元服《げんぷく》すれば、一人前の大人として扱われるようになるから生活が変わるのは当然だが、それだけが理由ではなかった。駿河《するが》の今川《いまがわ》家に嫁ぐために姉の保子《やすこ》が旅立ってから、心に大きな穴が空いてしまったような感じなのである。

子供たちと一緒になって遊び回ることもなくなった。遊び場所を奪い合って他の村の子供たちと川縁《かわべり》で喧嘩《けんか》したりするのは亀若丸《かめわかまる》と市松《いちまつ》に任せた。

新九郎の好敵手だった才助《さいすけ》も元服し、今では山中才四郎《やまなかさいしろう》と名乗っている。山中家に仕える下男や小作を指図して野良仕事をしたり、得意な弓の技術を生かして狩りに出かけたり、父や兄に教わりながら帳簿の付け方を学んだり……時折、高越城《たかこしじょう》に新九郎を訪ねてきて、才四郎は、そんな話をした。かつては顔を合わせるたびに殴り合ったり、取っ組み合ったりしていたが、今では心を許し合える親しい友になっている。

才四郎のように、新九郎も兄の孫一郎《まごいちろう》を助けて、領地の管理や帳簿整理などをするべきだったが、実際には、あまり仕事はなかった。新九郎が怠《なま》けているわけではなく、孫一郎が仕事の分担を嫌がり、何も任せようとしなかったからだ。盗賊どもを退治して村娘たちを救い出したことで、一躍、新九郎の評判が上がり、その分、孫一郎は影が薄くなった。下手に城の仕事など任せると、

(おれの立場が危うくなるやもしれぬ)

と、孫一郎は警戒し、父の盛定《もりさだ》から委《ゆだ》ねられている仕事を自分一人で抱え込んだ。そのせいで、新九郎には誰がやってもいいような雑用くらいしか仕事がなかった。執事の柴田《しばた》邦右衛門《くにえもん》は、それを哀れみ、自分の仕事の一部を委ねようとしたが、新九郎は、

「そんなことをすれば、じいと兄上の仲が気まずくなるではないか」

と断った。

孫一郎と張り合う気持ちはなかったし、兄に取って代わろうという野心もない。むしろ、何の仕事も任せてもらえないので暇な時間を持てることがありがたかった。日中は、大抵、法泉寺《ほうせんじ》で過ごした。元服の祝いの品として、そして、盗賊退治の褒美という意味も込めて、

去年の春、盛定が都から『義経記《ぎけいき》』と『太平記』を一揃い送ってくれた。すでにどちらも四回くらいずつ読み通しているが、それでも飽きることがない。特に『太平記』は、読むたびに新たな発見がある。歴史書として読めるだけでなく、読み方によっては、兵書としても、政治学の教科書としても読める。何かを教わるためではなく、静かな場所で、ひたすら読書に没頭するために法泉寺に出かけるのだ。時には文机《ふづくえ》に大きな紙を広げ、簡単な地図を作って、楠木正成《くすのきまさしげ》や新田義貞《にったよしさだ》の戦い方を検討することもある。戦《いくさ》に勝つにはどうすればいいのか、戦に敗れるのはどういうときなのか、自分がその場にいたら、どのように采配するか……そんなことを飽きることなく考えた。『太平記』を読まないときは、『史記』や『春秋左氏伝《しゅんじゅうさしでん》』などの漢籍を読んだ。法泉寺には漢籍が豊富に揃っていたので、読むものがなくて困ることはなかった。新九郎の学問は大いに進んだ。知識を蓄えるだけでなく、

（おれは、これから何をして生きていけばいいのだ？）

と己と対話する時間を持つことで、人間としての深みも加わった。元服してからの一年、どっぷりと思索と読書に耽《ふけ》る生活を送ることができたのは、新九郎のその後の人生を考えると非常に有意義なものだったに違いない。

新九郎は自分がしたいことをしているに過ぎなかったが、亀若丸は学問嫌いだった頃の新九郎をよく知っているだけに、

「兄者《あんじゃ》は、そんなに書物ばかり読んで、沙門《しゃもん》にでもなるつもりなのか」

と笑った。

（出家して寺に入るのも悪くないかもしれないな……）

新九郎自身、そう考えないでもなかった。高越城で暮らす限り、孫一郎に疎《うと》まれ、義母の常磐《ときわ》からも嫌われ、肩身の狭い飼い殺しという立場である。俗世間とのしがらみを断って出家すれば、自分の努力次第でいくらでも出世できる。西日本にある寺の本山は、その多くが京都にあるから、地道に修行して切磋琢磨《せっさたくま》すれば、いつかは都に上ることができるかもしれない。そうすれば、少しでも駿河にいる保子に近づけるかもしれない……そのことに心を惹《ひ》かれた。

住職の仁泉《じんせん》も、この一年の新九郎の変わりように驚き、

「仏門に入るつもりがあるのなら、自分が面倒を見よう」

と申し出た。

新九郎は仁泉の厚意に感謝しつつも、はっきりとした返事はしなかった。まだ自分の生き方に迷いがあったからだ。

ところが、新九郎の出家話は思いがけない形で立ち消えになった。梅雨が明ける頃に盛定が都から荏原郷《えばらごう》に帰ってきて、新九郎を都に連れて行くと言い出したのである。

しかも、養子に出すという。

二

例年であれば、春先に盛定は帰ってくる。それが今年に限って梅雨明けまでずれ込んだのは、都で政治的な動きがあって、その成り行きを見守るために都に留まらざるを得なかったからだ。

それは一月に足利義尚《よしひさ》が将軍家の後継者に正式に決定されたことであった。

義尚は五歳の幼児に過ぎないが、将軍・義政《よしまさ》の嫡男であり、母は正室・日野富子《ひのとみこ》である。義尚が家督を継ぐのは当然で、何の問題もなさそうだが、実際には、そう簡単な話ではなかった。都周辺では依然として応仁《おうにん》の乱が継続中であり、東西両軍の戦力が拮抗《きっこう》しているために膠着《こうちゃく》状態に陥っているものの、義尚の家督相続を契機として、再び両軍が衝突する可能性があった。

応仁の乱は、諸国の大名たちを巻き込んで、都を中心に十年にわたって繰り広げられた未曽有《みぞう》の大乱といっていいが、そもそも何が原因で起こったのか、なぜ、諸国の大名たちが入り乱れて戦わなければならないのか、その根本的な原因を、戦っている当事者たちもよくわかっていない、という摩訶《まか》不思議な戦争だった。

もちろん、根元を探っていけば、原因らしきものはいくつもあるのだが、そのひとつひとつは解決不能なものではなく、何年間も戦い続けなければならないほど深刻な問題はひとつもない。ある種の触媒が、まったく別個の諸問題を結びつけ、連鎖反応的に次々と誘爆させていき、結果として大乱が起こったとでも考えるしかなかった。その触媒は何なのかと突き詰めれば、義政の優柔不断な性格というのが最も当たっているであろう。

きっかけは義政が将軍を辞めたいと言い出したことだった。寛正《かんしょう》四年（一四六三）、口うるさい母親が亡くなった直後のことだ。義政は二十八歳の若さだったが、十四歳で将軍になったから、かれこれ十年以上も将軍位にある。もう政治にうんざりしていた。政治など退屈で何の興味もないから政所《まんどころ》執事の伊勢貞親《さだちか》や管領《かんれい》たちに何もかも丸投げして、政治に関わることはなかったが、将軍として参加しなければならない儀礼的な行事も多く、それが嫌でたまらなかった。

義政というのは、「飲む、打つ、買う」の三拍子揃った遊び人で、毎日のように昼間から盛大な酒宴を開き、犬追物《いぬおうもの》や闘茶《とうちゃ》といった賭け事にのめり込み、見目のよい女を見れば、それが家臣の妻であろうと娘であろうと平気で寝所に連れ込む好色漢でもある。要は、何にも拘束されずに、もっと自由な立場で遊びたいがために将軍職を投げ出そうとした。

三つ年下の義尋《ぎじん》という弟がいる。出家させられ、浄土寺《じょうどじ》の門跡《もんぜき》になっていた。

義政は義尋を呼びつけると、

「還俗《げんぞく》して将軍になれ。わしは隠居する」

と一方的に申し渡した。自分はこれまでに何人もの子を得たが、すべて女で、男は一人もいない。正室の富子も二人産んだが、どちらも女の子だ。自分は息子を持てない運命に違いない……というのが義政の理屈だった。

義尋は腰を抜かさんばかりに驚き、

「冗談ではない」

と兄の申し出を蹴った。義政が老齢であれば、その理屈にうなずけないこともないが、まだ二十八ではないか。富子は二十四だ。女しか生まれないというが、子供は次々に生まれるのだから子種が枯れたわけではない。これからも富子や側室に子供を生ませ続ければ、そのうちに男が生まれないとは限らない。いや、たぶん、生まれるであろう。

そうなれば自分はどうなるのか。邪魔者として追い払われるのは目に見えているし、それどころか、命まで危険にさらされかねない。足利将軍家は、二代目の義詮《よしあきら》の頃から将軍職を巡って骨肉の争いが絶えない家である。せっかく浄土寺の門跡として安穏な暮らしをしているのに、うっかり義政の口車に乗って還俗などしたら、思わぬ政争に巻き込まれかねない……それが義尋の懸念であった。

この当時、三管領と呼ばれる細川《ほそかわ》、斯波《しば》、畠山《はたけやま》のうち、斯波家と畠山家が継嗣問題で争い、武力衝突にまで発展していた。間近で両家の争いを見ているのだから、義尋が怯《おび》えるのも無理はなかった。

だが、義政は諦めなかった。将軍職という重荷を弟に押しつければ、今以上に遊び呆ける時間を持つことができるのだから必死であった。

再三、義尋を御所《ごしょ》に呼びつけては、

「将軍になってくれ」

両手を合わせ、拝むように頼み込んだ。

しかし、義尋は首を縦に振らない。ならばというので、義政は、義尋が懸念する材料をひとつずつ潰《つぶ》すことにした。最大の問題は、義政に男子が生まれたら義尋はどうなるのか、ということだが、その点について、『応仁記』という書物には、

……今より後に若君できさせ給はば、襁褓《きょうほう》のうちより法体になし申すべし、ご家督のこと改易あるべからず、なほ以て偽りなき処は、大小の冥道神祇《みょうどうじんぎ》の照覧にまかす

とある。つまり、たとえ息子が生まれても、赤ん坊のうちに寺に入れて僧にしてしまうから、家督を譲るという約束に変わりはない。天地神明に誓って嘘は申さぬ……と義政は誓紙《せいし》まで入れた。

それでも義尋は迷った。

義政は、駄目押しの切り札を出した。山名持豊《やまなもちとよ》と並ぶ実力者・細川勝元《かつもと》を執事にしてや

る、と言ったのである。強大な武力を持つ細川勝元が後ろ盾《うしだて》となれば、何の心配もなかろうというわけであった。

ここに至って、ついに義尋も折れた。一年がかりで口説き落とした義政も大喜びだった。寛正五年（一四六四）十一月二十五日、義尋は寺を出て細川勝元の屋敷に入り、その翌日には三条今出川《いまでがわ》に用意された新御所に移った。十二月二日に還俗して義視《よしみ》と名乗り、義政の養子となった。

そのちょうど一年後、富子が義政の子を出産した。これが義尚である。還俗してわずか一年で、義視の懸念が現実のものとなったわけだが、義政の誓紙もあるし、細川勝元という後ろ盾もいるから、すぐに義視の立場が危うくなるはずもなかった。義政さえ、さっさと隠居してくれれば、すべては約束通り穏便に片付くはずであった。

だが、義政は、なかなか隠居しなかった。約束を守ってくれと義視に迫られても、何だかんだと理由を付けて先延ばしにした。富子が、義尚を出家させることを拒否したからだった。出家させずに義政が隠居して家督を義視に譲れば、斯波家と畠山家がそうだったように、後々、争いが起こるのは間違いなかった。何とか富子を説得しようとしたが、

「将軍の嫡男を仏門に入れるのは先例がございませぬ。そんなことをして、ご先祖さまに顔向けできるのですか」

と反論されると、義政も黙るしかなかった。

この当時の人たちは先例や慣習を何よりも重んじるし、来世の存在も素朴に信じている。先例のないことをして慣習を踏みにじれば、いずれ、あの世でご先祖さまたちと顔を合わせたとき申し開きができない……次第に義政も不安になってきた。

そもそも義政は自分が将軍でいることに嫌気が差したから誰かに将軍職を譲りたかっただけで、どうしても弟を将軍にしたいわけでもない。義尋を還俗させたときには、他に適当な候補がいなかっただけのことだが、今では自分の子がいる。わが子に将軍職を譲るのが先例にもかない、慣習も踏まえているというのなら、そうした方がよさそうだ。わが子を将軍に据えれば、面倒な雑務からも解放される上に、将軍の父親として権力を保持し続けることができる。弟が将軍になったのでは、前《さきの》将軍としての義政の影響力は限られたものになるであろう。いろいろ考え合わせると、富子の言うように、義尚を将軍にする方が何かと都合がいい。弟には悪いが、事情が変わったのだから諦めてもらうしかあるまい……そんなことを考え始めた。

義政の迷いを見抜いた富子は、細川勝元と並ぶ実力者・山名持豊に近付き、義尚の後ろ盾になってくれるように頼んだ。持豊は、ふたつ返事で承知した。

この結果、義視と義政・富子の対立というだけでなく、幕府を支える有力な守護大名、細川勝元と山名持豊までが対立するに至った。

元々、勝元は持豊の女婿《むすめむこ》で、両者の関係は円満だったのに、義政が煮え切らない態度を続けるうちに次第に険悪な関係になってきた。将軍の後見人になれば強大な権勢を振るうことができるから、勝元も持豊も一歩も退《ひ》く構えを見せず、話し合いで解決できないのであれば、武力でケリを付けるしかないと考え始めた。一触即発の不穏な空気が都に充満し、ついに応仁の乱が勃発する。細川勝元率いる東軍と、山名持豊率いる西軍は、両軍合わせて三十万という途方もない軍勢を都に集めて激突した。

当初、持豊の西軍が優勢だったが、元々、持豊というのは己の野心や欲望を隠すことのできない血の気の多い男で、それ故、世間から「赤入道《あかにゅうどう》」とあだ名されるほどだったが、自軍が有利になるに従って義政や富子に対しても傲慢で横柄な態度を取るようになってきた。このまま義尚を将軍にすれば、後見役として持豊が我が物顔で幕府を牛耳るのは明らかだった。義政も富子も、そんなことは望んでいなかった。持豊の振る舞いに腹を立てた義政は、密かに細川勝元と義視を呼んで持豊を討つことを命じた。これには義視も戸惑って、自分と義尚のどちらに将軍職を譲るつもりなのか、持豊を討てば自分が将軍になれるのかと訊《たず》ねたが、

「それはそれ、これはこれじゃ」

持豊を滅ぼしてから、ゆっくり思案しようではないか、と義政は問題を先送りしようとした。このやり取りを知った富子が激怒して、

「話が違うではないか」

と詰め寄ると、富子の癇癪《かんしゃく》を何よりも怖れている義政は、

「わかった、わかった。何とかする」

今度は勝元一人だけを呼び、持豊を滅ぼしたら、勝元を義尚の後ろ盾にすると約束した。さすがに勝元も唖然《あぜん》としたが、その場には義政だけでなく富子も同席していて、

「力を貸してくれれば、悪いようにはせぬ」

と、富子が言うので勝元も承知した。義政の約束が往々にして空手形になることを勝元は知っていたが、富子は、そうではない。勝元は、義政ではなく、富子を信じた。哀れなのは義視であった。本人の知らないうちに勝元にまで捨てられた。

義政は西軍の大名たちに内書を送り、細川に弓引くのは将軍家に逆らうことと同じだから、直ちに兵を退け、と命じた。この内書は効果があり、西軍の大名たちが動揺して浮き足立ったため、一気に東軍が有利になった。

ところが、それまで旗幟《きし》を明らかにしていなかった中国の大内《おおうち》勢が西軍に味方して都を目指してきたので、またもや戦況が混沌としてきた。

義政は自分が乗り出したにもかかわらず、一向に戦が終わらないことに腹を立て、

(元はと言えば、あいつがわがままばかり言うのが悪いのだ。なぜ、さっさと身を退かぬのか)

と、弟の義視を憎み始めた。いくら誓紙を差し出して将軍職を譲ると約束したとはいえ、

そのときと今では事情が変わっている。常識的に考えれば、嫡男が将軍になるのが当たり前なのだから、潔く身を退くべきではないか。義視自身が、

「自分は将軍になるつもりはない」

と言えば、事は丸く収まるのだ。

とはいえ、さすがに自分の口から、そうは言えないから、細川勝元にそれとなく自分の意図を伝えた。義政の意図を察した勝元は、

「ここまで話がこじれてしまっては、なかなか将軍になるのも難しいように思われます。こうなった上は、また仏門に戻ってはいかがですか」

と、義視を諭《さと》した。

義視は呆然とした。狐《きつね》か狸《たぬき》に化かされているのではないか、と思った。

(だから、あれほど念を押したのに……)

義政の約束を信じた自分が馬鹿だったと悔やんだが、後の祭りである。頼みの綱の細川勝元にまで見捨てられて、義視は身の安全を考えなければならなかった。都にいるのは危ないと思い、義視は叡山《えいざん》に逃亡を図った。ところが、思わぬところから救いの手が伸びた。山名持豊が西軍に迎えたいと申し出たのである。大内軍の来援によって軍事的には互角だが、義政が東軍につき、富子も細川勝元を義尚の後見役に据えようとしていることで、持豊の立場は苦しくなっている。将軍への反逆者という烙印を押されてしまったからだ。義

視を西軍に迎えることで戦を続ける大義名分を得ようとした。何といっても義政の誓紙は重みがある。それがある限り、義視は次の将軍になる資格があるのだ。

応仁の乱が摩訶不思議で、無節操な戦いだというのは、このあたりに理由がある。戦いが始まったときには、義視を奉じる細川勝元の東軍と、義尚を奉じ、富子の力添えを受ける山名持豊の西軍という図式で、義政は両者の真ん中で右往左往しているという格好だった。それが一年後には、義政と富子の後ろ盾を得て、義尚を奉じる細川勝元の東軍と、義視を奉じる山名持豊の西軍という逆転の構図に変わった。こんなことになったのも、持豊や勝元が確固とした信念に基づいて行動せず、目先の損得や相手への憎しみで目が曇っていたせいであり、義政が苦し紛れに場当たり的な対応を繰り返したせいでもある。首尾一貫していたのは、何としても義尚を将軍にする、そのためには手段を選ばないという富子の執念だけだったといっていい。

義視が西軍に走ったことで、ついに義政もわが子に将軍職を譲ることを決意した。文明《ぶんめい》元年（一四六九）正月、義尚を家督相続者に定め、諸将に披露した。同時に権大納言《ごんだいなごん》という義視の官爵を削った。義視を敵と宣言したといっていい。

この動きに対して西軍がどう反応するか予想できず、また大規模な戦闘が始まる怖れもあったので、万が一の場合に備え、盛定は帰郷を延期した。

しかし、西軍に目立った動きがないので、荏原郷に帰ってきたというわけだった。高越城に戻り、まずは旅の疲れを取るために休息し、それから三日ほど柴田邦右衛門や孫一郎から、留守中の領地の様子について話を聞いた。新九郎が呼ばれたのは、その後である。部屋には盛定だけでなく、常盤もいた。この新九郎との話し合いが、盛定が無理をして帰郷した理由であった。

「養子に行かぬか」

盛定は、ずばりと切り出した。

「え」

さすがに新九郎も咄嗟《とっさ》には返事ができなかった。

「とてもいいお話なのですよ」

横から常盤が口を出した。口許に笑みを浮かべ、にこやかな表情をしている。その顔を見るだけで、この話に常盤が乗り気なのだと容易に察せられる。

「見ず知らずの他人の家に行けというのではない。わしの弟だ」

「叔父上の?」

「うむ」

盛定には、ふたつ年下の弟がいて、幼い頃に親類の家に養子に出された。一口に伊勢氏といっても様々な系統があり、政所執事を務めている貞親の系統が主流である。盛定など傍系の生まれに過ぎないが、貞親の妹を娶《めと》ったおかげで貞親に目をかけてもらうことができ、幕府内でそこその地位を得て、今川家の申次衆《もうしつぎしゅう》を務めたりもしている。弟の養子先は主流の伊勢氏であり、それ故、元服したときに主流派の象徴である「貞」の一字をもらって貞道《さだみち》と名乗るようになった。貞道も政所に出仕しているが、主流派に属しているので、盛定よりも高い地位に就いている。それを考えれば、確かに悪い養子話ではない。

しかし、新九郎は怪訝な顔で、

「叔父上には、わたしと同じ年頃のご嫡男がいたはずですが」

と小首を傾げた。

「去年の夏、流行病《はやりやまい》で死んだ」

貞道は、たった一人しか子供に恵まれず、それが自分の後継ぎになる男の子だったので大切に育ててきた。ところが、過保護に育てたことが徒《あだ》となってひ弱になったのか、病気ばかりする子で、ほとんど屋敷から外に出ないような暮らしをしていたが、それでも流行病から逃れることはできず、わずか十三歳で亡くなった。貞道は力を落とし、半年近くも屋敷に引き籠もって喪に服し、年が明けてから、ようやく公務に復帰した。

しばらくして盛定を訪ねてきて、まだ息子を失った悲しみは少しも癒えていないが、家の行く末もきちんと考えなくてはならないし、この際、自分としては養子を取って継がせたいと考えている。ついては、兄上の二男・新九郎をもらうわけにはいくまいか、と相談した。元はと言えば、貞道と盛定は血を分けた兄弟だから、ざっくばらんに腹を割って話し合うことができた。

亀若丸や虎寿丸《とらじゅまる》ではなく、貞道が新九郎を指名したのは、盛定から盗賊退治の一件を聞かされていたからだ。ひ弱な伜《せがれ》を育てるのに苦労したので、どうせ養子をもらうのならば武勇に優れた逞《たくま》しい少年がいいと考えたのである。せめて娘が一人でもいれば、何も慌てて養子を迎えることもなく、娘が年頃になってから婿養子を取ればいいのだが、息子も娘もいないのでは、貞道が慌てるのも無理はなかった。そういう事情もわかるし、貞道に恩を売ることになるから盛定にとっても悪い話ではない。

新九郎にしても、このまま高越城に残ったところで、部屋住みとして孫一郎の指図に従うという日陰の道を生きるしかない。養子に行けば、将来は貞道の後を継いで盛定以上の出世も望めるのだから恵まれた縁組といっていい。

にもかかわらず、盛定は即答せず、荏原郷に戻って新九郎とも話してみる、と返事を保留した。保子の結婚もそうだったが、この時代、二男以下の息子を養子に出すかどうかは父親が決めるのが当然で、本人の意向など、二の次、三の次である。盛定の心に迷いが生じたから、返事を先延ばしにしたに過ぎない。

盛定が懸念したのは貞道の年齢であった。まだ四十三なのである。若くはないが、老人というほどではない。妻も同じくらいの年格好であれば、これから先、子供が生まれる可能性は低いだろうが、数年前に先妻を病で亡くし、盛定と同じように後妻をもらっている。

後妻は三十二歳である。その年齢ならば妊娠する可能性がないとは言えない。もし男の子が生まれれば、たちまち新九郎は身の置き所がなくなってしまう。盗賊退治の一件で、盛定も新九郎を見る目が変わっていたから、先々のことまで慎重に見極めてからでなければ迂闊《うかつ》な返事はできないと考えた。以前の新九郎ならば、いざ知らず、盗賊退治で箔《はく》が付いた今ならば、慌てて安売りしなくても、養子に迎えたいという申し出はいくらでもあるだろうという胸算用もした。

「わしを疑うのか」

貞道は嫌な顔をしたが、

「公方《くぼう》さまと今出川殿の争いを見たばかりなのでな」

将軍職を譲ると約束して養子に迎えながら、富子が義尚を産んだ途端、掌《てのひら》を返して義視との約束を反故にした義政の非情な仕打ちを、盛定は間近に見たばかりだったので、同じことが新九郎の身にも起こりかねないと心配したわけであった。

「なるほど……」

それもそうか、と貞道はうなずき、確かに、どのような約束をしたところで、実際、子供が生まれたりすれば、人の心など、どう変わるかわかったものではない。公方さまですら、そうなのだから、わしの言葉を兄上が疑うのも無理はない。ならば、こうしようではないか。わしとしては、そんなことが起こっても、新九郎に家督を継がせる気持ちを変えるつもりはないが、万が一、変心したとしても新九郎が困ることのないように、わしが後ろ盾となって、いい役に就けようではないか。何なら、領地を分け与えてもよい。兄上と新九郎が納得できるように計らうつもりだ……盛定が渋る様子を見せたことで、かえって貞道は積極的になり、様々な条件を並べた。

「これほど親身になって、新九郎殿の将来をお考え下さるとは、何とありがたいお話なのでしょう」

そうではございませぬか、と常磐が盛定を見る。

常磐が乗り気なのは、ひとつには、すでに保子を養女に差し出すことで貞親に恩を売っているので、今度は新九郎を養子に差し出すことで貞道にも恩を売れば、幕府における盛定の立場も盤石になり、更なる出世も望めるだろうと考えたからだし、またひとつには、虎寿丸の将来を見据えてのことでもあった。虎寿丸は四男である。孫一郎が盛定の後継者に指名され、盛定の名代として高越城を取り仕切っているから、普通に考えれば、虎寿丸が家督を継ぐことはあり得ないし、孫一郎に何かあれば、二男の新九郎が、新九郎に何かあれば三男の亀若丸が家督を継ぐことになる。常磐としては、まず新九郎を養子に出してしまい、頃合いを見計らって亀若丸も養子に出してしまおうと考えている。そうすれば、孫一郎に何かあったときには虎寿丸が家督を継ぐことができるからであった。

「後継ぎがいなくては、何かのときに家が潰れてしまうから、向こうも必死なのだろう」

盛定がうなずく。後継ぎを決めないまま、貞道が死ぬことになれば、家門が断絶してしまいかねないのは確かである。

「いきなり、こんな話をされても戸惑うであろうし、慣れ親しんだ荏原郷を離れて都で暮らすのも気が進まぬかもしれぬが、常磐の言うように、これは決して悪い話ではない」

「わたしは都に行くのですか？」

意外そうな顔で、新九郎が訊《き》く。

「もう元服も済ませていることだし、下役として政所に出仕させたいという考えのようだな。少しでも早く仕事を覚えれば、それだけ出世も早くなる」

「誰もが羨むような話ではありませぬか」

常磐が感心したようにうなずく。

「すぐに決めよとは言わぬ。わしが城にいるうちに……」

「叔父上のところに参ります」

新九郎は迷いなく言い切った。

「急いで決めなくてもよいのだぞ」

「いいえ、もう決めました」

「こんなにいい話なのですから、時間をかけて考えることなどありませんものねえ」

常磐がうなずく。

三

「都へは、いつ発つんだい、兄者?」

早朝、亀若丸と新九郎は法泉寺に向かって歩いている。亀若丸は手習いに、新九郎は『太平記』を読みに行くのだ。

「年が明けて、二月になったら発つつもりだ」

盛定は高越城に一月《ひとつき》ほど滞在し、夏の暑さを感じるようになった頃、都に戻っていった。てっきり自分も盛定と共に旅立つのだと新九郎は思っていたが、貞道との話し合いが片付いたら連絡するから、それまで待つように、と言われた。盛定としては、新九郎を養子に出すに当たって、少しでも有利な条件を貞道から引き出すつもりだったので、新九郎を伴って都に戻ったのでは、足許を見られるかもしれないと考えたのである。

新九郎とすれば、そんなことはどうでもいいから少しでも早く都に行きたかった。じりじりした思いで、新九郎は盛定からの手紙を待った。先達て、その手紙がようやく届き、貞道との話し合いがすべて片付いたと知らされた。

(ようやく都に行けるぞ)

新九郎は胸を躍らせたが、何と、年が明けるまでは荏原郷に留まれ、という指図であった。なぜ、そんな指図が為《な》されたのかというと、新九郎を養子に迎えるに当たって、貞道が陰陽師に占わせたところ、年内に新九郎が都に入るのは不吉であり、その悪運が消えるのは、来年の二月以降だというのである。

(ああ、何ということだ……)

新九郎は愕然とし、大いに失望した。

しかし、陰陽師の占いの正しさを素朴に信じてもいたので、それならば仕方がないと諦めた。

「ふうん、二月かあ。もうちょっとじゃないか」

亀若丸は道端に転がっていた石を蹴飛ばした。

「姉上は駿河に嫁ぎ、兄者は都で養子になるのか。おれは独りぼっちだなあ……」

「何を言っている」

「孫一郎がいるとか、虎寿丸がいるとか、そんなことを言うのはやめてくれよ。あいつらのことなんか、どうでもいいんだから」

亀若丸は溜息をつくと、おれも都に行きたい、とつぶやき、

「なあ、兄者の家来になるから、おれも連れて行ってくれないかな」

と真顔で新九郎を見た。

「まだ元服もしていないじゃないか」

「そんなの、いつだってできるさ。おれだって、もう十二なんだから」

「おまえがいなくなると、市松が淋しがるだろう」

「市松も兄者の家来にして一緒に連れて行けばいいんだ。そうだ、権介《ごんすけ》と又助《またすけ》も連れて行こう」

「おいおい、盗賊退治に行くわけじゃないぞ」

「盗賊退治か、いいね、いいね。それなら、才助と正太《しょうた》も誘わないとね」

「才助じゃない、才四郎だ。あいつは、もう元服して一人前なんだ。家の手伝いが忙しいから、おまえと遊んではくれないぞ」

「兄者が声をかければ、誰も嫌だとは言わないさ。盗賊退治に出かけるとき、みんな、兄者に命を預けたんだからな。その気持ちは今でも変わっていないはずだ。家来にしてやるから、一緒に都に行こうと言えばいいんだよ。おれが最初の家来だ」

「今は無理だな。父上に食わせてもらっている身だからな。自分の力で食えるようになったら考えてやろう」

新九郎としては他愛のない冗談として笑い飛ばすしかない。なぜなら、いつになく亀若丸が真剣な表情で、目に涙まで浮かべていたからだ。保子に続いて、新九郎までが荏原郷からいなくなってしまうことに耐えられないほどの切なさを感じているのであろう。

「わかったよ」

袖で目許を拭いながら、亀若丸がうなずく。

「兄者を困らせたくないから、今は我慢する。その代わり、兄者が一人前になって、叔父上の後を継いだら、おれを都に呼んでくれ」

「わかった」

「約束だよ」

「うん、約束だ」

新九郎がうなずくと、いきなり、亀若丸がうわーっと叫びながら走り出す。泣き顔を見られたことが急に恥ずかしくなったらしかった。

四

文明二年（一四七〇）二月、新九郎は都に向けて旅立った。

十五歳の春である。

一人旅だった。新九郎ほどの身分であれば、控え目に考えても、荷物運びの従者を二人と警護の武士を二人か三人は連れ、馬に乗って旅するのが普通であろう。もちろん、これは新九郎自身が望んだことであり、こういう腰の軽さや、もったいぶった重々しさを嫌う態度は生まれついての性癖だが、それにしても、旅人を狙う強盗や追い剝《おは》ぎが日常的に出没する街道を、たった一人で都まで歩こうというのだから大胆と言うしかなかった。

執事の柴田邦右衛門は考え直すように何度も説得したが、

「心配ない、心配ない」

と、新九郎は笑って相手にしなかった。

兄の孫一郎は、

「馬鹿な奴め」

と嫌な顔をした。

前々から不仲な兄弟だが、新九郎の養子縁組が決まった頃から、更に関係は悪化している。孫一郎が露骨に敵意を見せるようになったのだ。

養子縁組の相手は盛定の弟とはいえ、家格も上だし、幕府での役職も上位だ。それは、いずれ新九郎が孫一郎の上位に立つことを意味している。

しかも、自分は荏原郷という田舎で地味な雑務に追われているというのに、新九郎は都に出て、下役とはいえ政所に出仕するという。妬《ねた》ましさと憎らしさで頭が破裂しそうなほどに悔しくて、孫一郎は幾夜となく眠られぬままに朝を迎えた。

新九郎が出発する朝、本心では、見送りなどしたくなかったが、他の者たちの手前、そうもいかず、表門まで見送った。柴田邦右衛門は肩を震わせて泣き、源助や房江も目を真っ赤に泣き腫らしている。保子と共に盗賊から助け出された村娘たちも涙ながらに見送っている。何よりも腹立たしいのは、義母の常磐の態度である。粗暴な新九郎を嫌い、ずっと目の敵にしてきたのに、養子に行くことが決まった途端、掌を返したようにちやほやするようになった。皆が新九郎を囲んで別れを惜しむ言葉をかけている間、孫一郎だけは、ぽつんと一人だけ離れたところに立っていた。いよいよ出発するというとき、新九郎が孫一郎に顔を向け、

「兄上、お世話になりました。どうか、お元気で」

と軽く頭を下げながら、白い歯を見せた。

咄嗟に孫一郎も会釈を返し、

「達者でな、新九郎」

と言った。

坂を下っていく新九郎の背中を見送りながら、

（くそっ、なぜ、返事をしてしまったのだ。知らん顔をしてやればよかった）

と臍《ほぞ》を噬《か》んだが後の祭りだった。年齢は五つも離れているが、人としての器の大きさが違いすぎる……決して認めたくはないが、それは孫一郎にもわかっていた。わかるだけに腹が立ち、新九郎への憎しみが増すのであった。

麓に下ると、

「兄者」

と、亀若丸が駆け寄ってきた。市松も一緒だ。

「何だ、おまえたち、こんなところにいたのか。姿が見えないから、どうしたのかと思っ

ていた」

「どうせ、みんなでめそめそしてたんだろう。湿っぽいのは嫌だから、市松と相談して、ここで待ってたんだ。荏原郷を出るまで、一緒に行ってもいいだろう？」

「好きにしろ」

新九郎が笑いながらうなずく。駄目だと言っても、どうせついて来るに決まっている。言い争うだけ時間の無駄というものだ。昔から亀若丸の頑固さに手を焼いてきたから、よくわかっている。

三人が歩いて行くと、おーい、おーい、と呼ぶ声がする。足を止めて振り返ると、権介と又助だ。

「おまえたちも来てくれたのか」

「すいません、畑仕事で遅くなって……。これを持って行って下さい。おれたちの気持ちです」

又助が竹の葉の包みを差し出す。

「何だ？」

「餅です。おれと権介の二人分の気持ちです」

「そんな大切なものをもらうわけにはいかない。気持ちだけで十分だ」

新九郎は、二人の家がさして豊かでないことを知っていた。餅は、滅多に口にできないごちそうのはずだった。

「お願いします。持って行って下さい。どうしても新九郎さまの家来になりたいんです」

又助が頭を下げる。

「は？」

新九郎は怪訝な顔になるが、すぐに、

「何を言ったんだ？」

と、亀若丸を睨《にら》んだ。

「別に。こいつらが兄者の家来になりたいと言うから、それなら手土産のひとつでも持って見送りに来てはどうだ、と言っただけさ」

「馬鹿なことを」

呆れたように首を振ると、

「亀若丸の言うことなど本気にするな。おれは家来など持てる身分ではない」

「今すぐにとは言いません」

又助が真剣な目で新九郎を見上げる。

「おれは……」

それまで黙っていた権介が口を開く。

「何だ？」

「新九郎さまの指図に従って、盗賊と戦ったとき、わくわくした。野良仕事をしているときに、あんな気持ちになったことはない。新九郎さまのそばにいれば、また、あんな気持ちを味わえるかもしれない。だから、おれは家来にしてほしい」

「それが言いたかったんだ。おれも、そういう気持ちなんです」

又助が大きくうなずく。

「困った奴らだ」

新九郎が小さな溜息をつく。そこに、

「よかった、何とか間に合ったらしい」

山中才四郎と在竹正太がやって来た。

「おまえたちまで来てくれたのか」

「当たり前でしょう。新九郎さまの門出の日なのですから。ところで、こんなところで何をしてるんですか？」

才四郎が訊く。

「権介と又助が家来にしてくれと頼んでるところさ。第一の家来はおれ、次が市松だから、三番目と四番目の家来になりたいということだな」

亀若丸が説明すると、

「ならば、おれは五番目の家来にしてもらおうか」

才四郎が言い、

「仕方がない。おれは六番目でいいよ」

正太が溜息をつく。

「おいおい、ちょっと待ってくれ」

「いいじゃないか、兄者。家来が一人もいないのでは都で馬鹿にされるぞ。大きな戦が続いているというし、家来は何人いてもいいはずだ」

「おれは戦をしに行くわけじゃない」

「とにかく、歩きながら話そうよ。こんなところに突っ立っているのは時間の無駄だ。先は長いんだからさ」

亀若丸が言うと、それもそうだな、と新九郎もうなずき、七人がひとかたまりになって歩き出す。

「門都普《もんとふ》の姿が見えないようだが?」

才四郎が訊く。

「兄者、今日が出発だと知らせなかったのか?」

「いや、話してある。何か事情があるのだろう」

そう言いながら、

(あいつのことだから、きっと会いに来てくれると思っていたが、何かあったのだろうか……）

最後に、門都普と亜未香《あみか》に会いたかった、と新九郎は残念に思った。

五

国境で亀若丸たち六人と別れた。他の者たちの手前、それまで必死に我慢していたが、とうとう堪えきれなくなったように亀若丸は泣き出した。それに釣られたのか市松も泣き、権介と又助、正太も泣いた。才四郎だけは見苦しく泣いたりしなかったが、それでも目は真っ赤だった。

「兄者ーっ！　兄者ーっ！」

「新九郎さまーっ！」

いつまでも途切れることなく六人の声が聞こえたが、新九郎は振り返らなかった。新九郎の目にも涙が溢れており、泣き声が洩れないように強く唇を嚙んでいた。振り返ったりしたら、その場にへたり込んでしまい、二度と立ち上がることができなくなりそうだった。

この日、新九郎は八里（約三二キロ）歩いた。その気になれば、もっと距離を稼ぐこともできたが、先は長いのだから初日から頑張りすぎることもないと自重した。日のあるうちに今夜のねぐらを決めなければならなかった。森で野宿するつもりだった。農家を探して、一晩、納屋にでも泊めてもらうという手もないではなかったが、新九郎は旅に出る前

から、

（村に近付かないのが無難だな）

と考えていた。

この時代の旅人が注意しなければならないのは、何よりも追い剝ぎや盗人の類である。日中、平坦な街道を歩く分には周囲に人目もあるから、それほど危険ではないが、森を抜けたり、峠を越えたりするときは、よほど警戒しなければならない。悪人どもが身を潜《ひそ》める場所が多いからだ。それ故、他の旅人たちと連れ立って、できるだけ大人数で森や峠に入るのが常識である。

追い剝ぎや盗人といっても、犯罪を生業《なりわい》とする玄人は、ほとんど存在せず、普段は真面目に農作業に従事していたりする。

しかし、年貢の取り立てが厳しいので野良仕事をするだけでは食っていくことができず、家族が飢える。それで同じ村の男たちが徒党を組んで旅人を襲って金品を奪うようなことをする。時には、村ぐるみで旅人を獲物にすることすらあって、そんな盗賊の村に旅人が、うっかり足を踏み入れてしまったら、生きて村を出ることはできない。ごく普通の農民が、相手が弱いと判断するや、たちまち盗賊に豹変してしまうのだから油断も隙もないのだ。

見知らぬ村で足を止めるのが危険だからといって、野宿すれば安心かと言えば、もちろん、そんなことはない。森にも山にも狼や熊などの危険な動物がたくさんいる。どこにも安全な場所などないのだ。危険を防ぐには、武装した男たちが集団で旅する以外にはなく、だからこそ、執事の邦右衛門は口を酸っぱくして、一人旅などするべきではない、と新九郎を止めたのだ。備中から都まで、十五歳の少年が一人で旅をするなど正気の沙汰とは思えなかったのである。

しかし、新九郎は、森で夜を過ごすことを怖れていなかった。それは門都普のおかげだった。ひとつの土地に定住せず、森や山を住《す》み処《か》として旅する山の民にとって、森は恐ろしい場所ではない。暮らしに必要なすべてのものをもたらしてくれる恵みの土地である。門都普からは獲物の捕らえ方や狼や熊を追い払う方法を、妹の亜未香からは食用茸《きのこ》と毒茸の見分け方や、様々な効能を持つ何種類もの薬草の探し方を教わった。二人から学んだ技術や知識を駆使すれば、たとえ一人きりであろうと、山や森で何日でも生き延びることができるはずであった。

枯れ木を集めて火を熾《おこ》し、簡単に食事を済ませると、狼が嫌う臭いを発生させる粉末を焚き火に投じ、新九郎は地面に体を横たえた。頭上には樹木の枝が蜘蛛《くも》の巣のように絡み合っているが、その隙間から星々が見える。星を眺めながら、荏原郷で過ごした日々を思い起こした。そのうちに目蓋《まぶた》が重くなってきて、新九郎は眠り込んだ。

どれくらい眠ったものか……。

鳥の鳴き声が喧《やかま》しくなって、新九郎は目を開けた。目に飛び込んできたのは夜空ではなく、真っ青な空だ。夜が明けている。

「呑気だな、新九郎」

「え」

すぐそばで声が聞こえて、新九郎は慌てて体を起こした。焚き火のそばに、門都普が仏頂面で坐り込んでいる。

「おまえ……。ここで何をしている？」

「焚き火が消えないように、集めてきた枯れ木を少しずつ火にくべている」

「……」

朝まで眠り続けるつもりではなく、一刻（二時間）くらい眠ったら目を覚まして、焚き火を燃やすつもりだった。一度に枯れ木を投じてしまうと、火は大きくなるものの、長くはもたない。時間をおいて少しずつ枯れ木を投じないと朝まで火を燃やし続けることはできない。熟睡してしまえば、当然ながら、焚き火は消えてしまう。焚き火を燃やし続けるのには暖を取ると同時に、野生の獣を遠ざけるという意味合いがある。火が消えてしまえば、狼除けの粉末も役に立たなくなってしまうし、眠り込んでいるうちに狼に襲われても不思議ではなかった。己の迂闊さに腹立ちを覚えながら、

「いつから、いるんだ？」

と、新九郎は訊いた。

「さあ、どれくらいになるかな……。ここに来たときには、もう焚き火が消えかかっていた。四方で狼が走り回る音がしていたぞ。狼は、ごちそうを食い損ねたな」

「そうか……」

新九郎は、眠気を払うかのように右手で頬をぱしぱしと叩いた。

「また、おまえに命を助けられた。礼を言わなければならんな」

「いいさ」

門都普が肩をすくめる。

「少しでも役に立てるのなら、都について行く甲斐もあるというものだ」

「は？」

新九郎が怪訝な顔になる。

「都について行くだと」

「ああ」

門都普がうなずく。

「ばばさまにも、そうしろと言われたし、自分でも、そうしたいと思っていた」

「そんなこと、おれは許した覚えはないぞ」

「許すも何も……」

門都普の表情が緩み、口許に笑みが浮かんだ。

「都どころか、おれがいなければ、今頃、おまえはこの世にいないんだぞ」

「……」

そう言われると、新九郎には返す言葉がなかった。

結局、新九郎は門都普を都に伴うことを承知し、二人で旅を続けた。都に入ったのは荏原郷を出てから七日目で、門都普のおかげで、道中、特に危険な目に遭うこともなかった。

六

「供を一人連れただけで旅してくるとは、随分と思い切ったことをしたものだ」

門都普と二人で屋敷に現れた新九郎を見て盛定は笑い、物心ついてから新九郎が長旅をするのは初めてだから、さぞや苦労したことであろうと道中の様子を細々と訊ねた。その問いかけに答える前に、門都普は供ではなく、命の恩人であり、大切な友なのだと新九郎は盛定に話した。都まで、さして危険な目に遭うこともなく旅することができたのは門都普のおかげだというのは本当のことだった。さようであったか、わしからも礼を申すぞ、と盛定は門都普にも笑顔を向けた。

「今日は、ゆっくり休むがよい。これからのことについては、また明日にでも話すことにしよう」

まずは旅の汗と埃を流すことだな、と盛定は湯屋か風呂屋に行くことを勧めた。この屋敷にあるのは蒸し風呂で、普段は夜しか使わないから、急に使おうとしても、その支度に時間がかかる。その点、町風呂ならばいつでも蒸し風呂に入ることができるし、湯屋に行けば、水にも湯にも浸かることができる。

京都には風呂屋と湯屋の数が多い。職人や商人などの庶民ばかりでなく、武士や僧侶も利用するし、時には、高貴な身分の貴族たちですら、お忍びで現れる。これほど雑多な身分の者たちが分け隔てなく一堂に会することのできる場所は他にない。

「どうせなら百万遍《ひゃくまんべん》の一条風呂に行くことだ」

と、盛定は勧めた。

上京《かみぎょう》一条の小川沿いには北から誓願寺《せいがんじ》、知恩寺《ちおんじ》、革堂《こうどう》が並んでおり、その近辺にいくつもの風呂屋や湯屋が集まっているという。寺院のそばに風呂屋が多いのは、その起源を辿ると、寺院が貧民たちに施した功徳風呂に行き着くせいである。体の汚れを落とすことで健康を維持することができ、それを御仏の功徳と考えたということであろう。

いくばくかの銭を払えば、いつでも好きなときに入浴し、御仏の加護によって健康を保つことができる……現世的な商売を宗教的な神秘性で包み込んだのが風呂屋であり湯屋であった。これらの施設では客を呼び込むために様々な工夫が為されており、ありきたりの蒸し風呂や水風呂だけでなく、今でいう岩盤浴や露天風呂の類まで存在した。都で暮らす者にとって欠くことのできない娯楽施設といっていい。

新九郎は、さして疲れてはいなかったものの、体が汚れているのは本当だったし、風呂屋や湯屋というものにも興味があったので、盛定の勧めに従って出かけることにした。

「遠回りさせるようで悪いが百万遍に行く途中、聖護院《しょうごいん》に布施《ふせ》を届けてはくれぬか」

と、盛定は頼んだ。

聖護院の本尊である不動明王を盛定は崇めており、応仁の乱に巻き込まれて焼けた建物を再建する支援のために、これまでにも何度も布施を行っている。

盛定は道案内に小者を一人と、警護の武士を二人つけてくれた。道案内はともかく、物々しく警護の武士までつけてもらうのはどうかと思ったので、新九郎は断ろうとした。

しかし、盛定は、

「おまえは、まだ都というものがよくわかっておらぬのだ」

と笑って相手にしなかった。

門都普と二人だけで荏原郷から都まで無事に辿り着いた途端、たかが風呂屋に出かけるだけのことで護衛がつくというのは釈然としなかったが、盛定なりの厚意なのだろうと考えることにした。

盛定の屋敷は、庶民たちから六角堂《ろっかくどう》さまと親しまれる頂法寺《ちょうほうじ》の近くで、高倉小路《たかくらこうじ》の西、六角小路の北に位置している。幕府を支える有力な役人や守護大名たちが北小路室町にある花の御所周辺に屋敷を構えていることを考えれば、そこからずっと南に屋敷を構えている盛定が、幕府において、どういう立場にいるか察せられようというものだ。政所執事を務める伊勢貞親を筆頭に、将軍家と密接に結びついた伊勢氏一門は幕府の中枢に食い込んでいるが、強い力を握っているのは伊勢氏の本家筋であり、傍流の盛定などは、そのおこぼれに与《あずか》っているに過ぎないのが現実なのである。

屋敷を出た新九郎たちは、高倉小路を北に二町（約二二〇メートル）歩いた。三条大路にぶつかると、そこを右に曲がる。

この大路は道幅が八丈（約二四メートル）ほどもある。それほどの広さの道路でありながら、新九郎たち五人は、しばしば足を止めなければならなかった。貧しげな身なりをした者たちが坐り込んだり、横になったりしているため、道幅が実際よりも、ずっと狭くなっているせいである。反対側から馬が来たり、輿が通ったりすると、それらを行かせるために足を止めて脇に避けなければならなかったのだ。

しかも、ひどい臭いがする。大路の両端には側溝が掘られていて、雨が降ったときには雨水が流れ込む仕組みになっているが、貧民が大路を埋めているため、側溝が糞尿で溢れている。それが悪臭の原因だ。

「どうか、お慈悲を……」

骸骨《がいこつ》のように痩《や》せ衰えた男が新九郎の裾をつかんだ。その男の傍《かたわ》らには、同じように痩せ細った女が赤ん坊を抱いて坐り込んでいる。女と赤ん坊は、ぴくりとも動かず、赤ん坊は泣き声も上げていない。その哀れな姿に同情し、新九郎は懐に手を入れた。路銀が残っているから、少しばかり恵んでやろうと思ったのである。

「いけませぬ」

盛定が警護につけてくれたのは仁左衛門《にざえもん》という四十がらみの武士と、彦三郎《ひこさぶろう》という二十歳過ぎの若い武士だが、そのうちの仁左衛門が新九郎の手首をつかんだ。

「何をする。銭を一枚か二枚くれてやるだけだ」

新九郎が、むっとした顔をする。

「ここにいるすべての者たちに施してやれるほどの銭をお持ちですか？」

余人に聞かれぬよう、新九郎の耳許で仁左衛門が囁《ささや》く。

「何だと？」

そう言われて、新九郎が周囲を見回すと、あばら骨が浮き上がるほどげっそりと痩せこけた者たちが期待に満ちた目をぎらぎらさせながら新九郎を見つめていた。もし新九郎が、その男に銭を与えれば、我も我もと押し寄せてくるに違いなかった。

「下手なことをすると騒ぎを引き起こすことになるのです」

「……」

新九郎は懐から手を出すと、仁左衛門に促されて歩き出した。銭をもらい損ねた男は、がっくりと肩を落として、妻子の傍らにうずくまる。周囲の者たちも失望した様子で、新九郎から目を逸らす。

「あの赤ん坊は、もう死んでるよ」

門都普が新九郎にそっと伝える。

「本当か？」

「たぶん、二日くらい経ってるな。体中に蛆《うじ》がたかって、ひどい有様だ。母親も死にかけている。明日まではもたないだろう。父親は……せいぜい、あと三日くらいだな」

「……」

新九郎は言葉を失った。

さっきから、あまりの悪臭にまともに息もできないほどで、てっきり糞尿のせいだと思っていたが、それだけでなく死臭も混じっていたのだと察した。

それにしても、蛆のたかった赤ん坊を抱きながら、両親も地面に坐り込んで死にかけているとは……その悲惨さは新九郎の想像力をはるかに超越していた。

改めて周りを見回すと、坐っている者ばかりでなく、かなりの数の者たちが横たわっている。病で動くことができないのか、あるいは、眠っているのだろうと思っていたが、

（まさか、死んでいるのか……）

あの赤ん坊と同じように、すでに命が消え、肉体を蛆に食われている者がいるのかもしれないと考えると、新九郎はめまいを起こしそうになった。

(何なんだ、これは……。都というのは、極楽のように美しく楽しいところではなかったのか……)

戦乱を避けて、都から荏原郷に移り住むようになった義母の常盤や、その乳母である山《や》音《ま》は、口を開けば、都がどれほど素晴らしいところなのかを飽きることなく語り、荏原郷のような田舎じみた土地で暮らすのは不幸だと溜息をついた。新九郎は都の生まれだが、物心ついたときには荏原郷で暮らしており、他の土地を知らないから、都というのは、この世の極楽なのだと素朴に信じた。

ところが、現実に目の当たりにした都は、極楽どころか地獄と呼ぶ方がふさわしいところだった。新九郎が驚愕するのも当然であった。

「お顔の色が悪いようですが、大丈夫でございますか?」

仁左衛門が心配そうに訊く。

「ひとつ教えてくれぬか、この者たちは、なぜ、このような目に遭っているのだ?」

「このあたりにいるのは戦で焼け出された者たちでございまして……」

仁左衛門が説明したのは、次のようなことだ。

三年前に勃発した応仁の乱は、当初、京都市内で戦いが行われたため、多くの町が兵火にかかった。とりわけ、京都北部の被害が大きかった。将軍のいる花の御所や東西両軍の総大将である細川勝元と山名持豊の屋敷があったため、北部が主戦場になったせいである。

花の御所は無事だったものの、北部全域が焦土と化すほどに凄まじい被害だった。

それ以外の場所では、北の三条大路から南の六条大路にかけて、東の西洞院《にしのとういん》大路から西の大宮《おおみや》大路にかけての一帯が燃やされた。三条大路近辺で物乞いをしている者たちは、そのあたりから焼け出された者たちなのだという。

「それでは……」

新九郎は、ごくりと唾を飲み込むと、それでは都の北部から焼け出された者の数は、もっと多いということか、と訊く。

「それはもう……」

とても、この程度の数ではありませぬ。ざっと十倍、いや、二十倍はおりましょうか、それに戦に巻き込まれて命を落とした者もかなりの数になりましょうな、と仁左衛門は淡々と言う。どれほど悲惨な光景を目にしても、毎日同じ光景を眺めているうちに悲惨さに鈍感になってしまうらしかった。

「……」

新九郎は三条大路を東西に見渡してみた。大路を埋めている貧民の数は、数百どころではない。二千や三千はいるに違いないし、正確に数えれば、もっと多いかもしれない。

（この十倍、二十倍という数の者たちが家を失って物乞いをしている……）

あまりにも途方もない数字なので、とても現実にこの世で起こっていることとは思えなかった。

「差し出がましいことを申しますが、ここから引き返して百万遍に行く方がよろしいかと存じます」

「なぜだ？」

新九郎が仁左衛門の顔を見る。

「聖護院に行くには鴨川《かもがわ》を渡らなければならぬのです」

「それが何だというのだ？」

「新九郎」

門都普が新九郎の肩に手をかける。

「この人の言う通りだ。引き返した方がいい」

「おれなら平気だ。ちょっと驚いただけで、別に具合が悪いわけではない」

「そういうことじゃない。何年も前の話だが、おれは都に来たことがある。そのときに鴨川も見た」

「そんなこと、初めて聞いたぞ。なぜ、今まで黙っていた？」

「二度と思い出したくなかったからさ」

「どういう意味だ？」

「あそこには、この世の地獄がある」

「ここよりも、ひどいというのか？」

「ここは地獄の一歩手前だ。この連中が次に行くのが鴨川の河原なんだよ」

「ならば、行こう。物見遊山で都に来たわけではない。もう荏原郷には戻らぬ、都に骨を埋める……そういう覚悟で都に来た。都に地獄があるのなら、この目で見ておきたい。先延ばしにしても仕方がないからな。それに……」

「何だい？」

「いや、いいんだ。何でもない」

新九郎は首を振ると仁左衛門を見て、さあ、案内してくれ、と言った。物乞いの間を歩きながら、

（聖護院に行くことを頼んだのは父上だ。当然、三条大路を通ることも、鴨川を渡ることも承知していたはずだ。おれが何を目にするかわかっていながら、敢えて遠回りしてまで聖護院に行ってくれと言うのは、つまり、行き会うものから目を背けるなという意味に違いない）

と解釈した。

三条大路を東に数町歩き続けると、突然、道が悪くなり、人家もなくなった。一面に野原が広がるばかりである。ろくに整備もされていない道を歩き続けると、やがて、土手にぶつかる。眼下に鴨川が流れている。両岸に広い河原があり、地面に打ち込んだ棒にぼろ

布を渡しただけの粗末な掘っ建て小屋が無数に並んでいる。それらの小屋の周囲には人間たちの姿が見えた。遠くから眺めると、まるで蟻の群れが巣の周りに集まっているように見える。奇妙なのは河原が異様なほど白く見えることだった。まるで、白い砂でも撒《ま》いたかのように白いのだ。

着の身着のままで三条大路に坐り込んでいた物乞いと比べれば、粗末であるとはいえ雨風を凌《しの》ぐことのできる小屋にいる者たちの方がましな暮らしをしているように新九郎には思われた。それを口にすると、仁左衛門と彦三郎は困惑顔で黙り込んだ。道案内の小者は無表情に佇《たたず》んでいる。

「あそこで暮らしているわけじゃない」

門都普が言う。

「ならば、何をしている?」

「死ぬのを待ってるんだよ」

「何だと?」

「病気で動けなくなった者や、働くことのできなくなった年寄りを、家族がここに捨てていく。水を少し置いていくだけで、食べ物は置いていかないそうだ。死ねば、近くにいる者が死体を川に流す。そして、空いた小屋を別の者が使う。三条大路にいた者たちは、できれば死にたくない、何とか生き延びたいと思っている。しかし、ここにいる者たちは、そうじゃない。家族に捨てられて、死ぬためにここにいる」

「あそこにいる者たち、みんながそうなのか？」

「元気に動いているのは、病人や年寄りを捨てに来た家族か、そうでなければ、盗人だ」

「……」

「新九郎の気持ちは、よくわかる。親父に連れられて、ここに来たとき、おれは恐ろしくて泣いた。膝が震えて立っていられなくて、親父に背負ってもらわなければならなかった。親父は言った、土地にしがみついて暮らしていると、こういう酷い目に遭う。こんな目に遭いたくなければ、仲間たちと山の中で静かに暮らすことだ、とな」

「ここは人が捨てられる場所なのか……信じられない、そんな場所があるなんて……」

新九郎が呆然としながらつぶやく。

「誰でも最初にここに来ると腰を抜かすほどに驚きます」

仁左衛門が口を開く。

「そうだったな、彦三郎？」

「はい。まさか、河原が白く見えるのが人骨のせいだとは思いませんでしたし……」

彦三郎が言うと、

「人骨？」

新九郎がぽかんと口を開ける。

「ま、まさか……」

「本当なのです」

仁左衛門が溜息をつく。

この当時、京都の人口は、ざっと二十万人ほどだが、この数は、しばしば大きく変動した。その理由は、毎年のように起こる自然災害であった。干魃《かんばつ》、大雨、冷害、猛暑、虫害……農業技術が未熟なために、ちょっとした気候の変化によって農作物の収穫が激減した。豊作の年はほとんどなく、大抵は不作であり、農民たちは食うや食わずの生活を強いられた。日々の糧にも事欠く暮らしだから、いざというときのために米や麦を蓄える余裕もない。生活の基盤は不安定と言うしかなかった。

十年に一度くらいの割合で猛烈な大凶作に見舞われた。そうなると、食うや食わずどころの騒ぎではない。食うものが何もないという絶望的な状況に追い込まれてしまう。長禄《ちょうろく》三年（一四五九）から寛正二年（一四六一）にかけて三年続けて大凶作になったときには、全国各地で大量の餓死者が出た。近畿地方の農民たちは、天皇や将軍のいる都に行けば何とかなるのではないか、助けてもらえるのではないか、何か食うものがあるのではないか、という淡い希望を抱き、故郷を捨てて都を目指した。その数は二十万人とも、三十万人とも言われる。

しかし、希望は裏切られた。食べるものなど、どこにもなく、農民たちは、ばたばたと都で死んでいった。いや、正確に言えば、食べ物がないわけではなかった。貴族や武士たちは飢えていなかった。幕府に仕える役人たちも楽な暮らしをしていた。そういう者たちが飢民に施そうとしなかっただけである。

都中に死者が溢れ、死臭が満ちた。衛生状態が悪化したせいで疫病が発生し、更に死者が増えた。禅僧・太極《たいきょく》の著した『碧山日録《へきざんにちろく》』という日記によれば、寛正二年の正月と二月の二ヶ月間だけで、京の死者は、およそ八万二千と言われる。平安京の昔から、金持ちや貴族は郊外の鳥辺野《とりべの》に葬られ、貧民は鴨川に流されるのが都の習わしだったが、死者の数が多すぎて鴨川の流れが止まってしまうほどで、仕方なく河原に死体が積み上げられた。その数は一万を超えるほどだった。河原の死体は風化して白骨となり、時が経つうちに骨が崩れて砂になる。河原が白く見えるのは、そのせいであり、河原を歩くと、まだ崩れていない頭骨や大腿骨がそこかしこに転がっているのだという。

「……」

仁左衛門の説明を聞いて、新九郎は、しばし言葉を失った。白骨が堆積《たいせき》した河原に、年寄りや病人が運ばれてきて、彼らは静かに死を待っている。しかも、それが途方もない数なのである。

（地獄とは、こういうところなのか……）

この世に生まれてきた者は、いつか寿命が尽きて死ななければならない。それは当たり前のことで、何の不思議もないことだ。それなのに、なぜ、目の前の光景に恐ろしさを感じ、心が激しく揺さぶられるのか……そこまで考えて、新九郎は、この場所には死者に対しても、死に瀕している者に対しても、何の尊厳も存在していないことに気が付いた。まるで塵芥《ちりあくた》でも捨てるように無造作に遺棄されているだけなのだ。人の姿をしており、まだ命があるというのに人として扱われることがない……そのことに新九郎は心が冷えるような寒々とした恐怖を感じた。

「帰ろう」

門都普が気遣わしげな目で新九郎を見る。

「いや、帰らぬ」

新九郎が首を振る。三条大路の物乞いや、白骨の堆積した河原を見せたかったのであれば、盛定は、そう言ったはずだ。わざわざ、聖護院に寄ってから一条風呂に行けと言ったのには何か意味があるように思われた。それを確かめなければならない、と思った。

七

（ささて、次は、どのような地獄を目にしなければならないのか）

沈みがちな気持ちを奮い立たせるように、新九郎は両手で自分の頬を叩いた。門都普が心配そうに新九郎の顔を覗き込むが、大丈夫だ、というように黙って片手を挙げる。

聖護院に布施を届けてから、また鴨川を渡って百万遍の方に歩いて行くと、兵火で焼き尽くされたと聞いた割には人家が多いな、と新九郎は思った。家屋敷が焼けて、瓦礫《がれき》の積み重なった空き地になっている場所も多いが、木の香りが漂ってきそうな真新しい家も目に付くし、大工たちが忙しげに立ち働いている建築現場もあちこちに散見される。通りを歩く人の数も多いが、三条大路に屯《たむろ》していたような物乞いの類は、あまり見かけない。代わりに、振売《ふりう》りと呼ばれる行商人をたくさん見かける。小魚を入れた箱を頭に載せて売り歩く女、天秤棒を肩に担ぎ、前後の籠《かご》に土器を入れて売り歩く男、野菜や果物の籠を頭に載せて売り歩く女たちもいる。時折、足を止めては、振売りをしているのは男よりも女の方が目に付いた。時折、足を止めては、新九郎が興味深げに振売りを眺めるので、

「都には振売りもたくさんおりますが、何と言っても賑やかなのは立売町《たちうりちょう》でございましょう。あそこに行けば、どのような物も手に入ります」

何か買い物でもしたいのかと思ったらしく、仁左衛門が説明した。

「立売町とは市のようなものか？」

新九郎が訊き返す。

「似てはおりますが、市よりも、ずっと賑やかなものでございます。何しろ、いつ立売町に出かけても自分の望む物が手に入るのですから。しかも、商人たちは立売町に家を建てて住んでおります。つまり、自分の家で商売しているのです」

「そのようなことができるのか」

新九郎は驚いた。

鎌倉時代以降、経済活動が盛んになるにつれ、地方でも市場が開かれるようになっている。大きな寺社の門前や宿場町、港町など、多くの人が集まる場所で米穀市場や魚市場、青物市場などが開かれたのである。

しかし、種類の異なる品物の市場を同時に開くと客を奪い合うことになるので、開市日を調整するのが普通である。つまり、日によって市場で販売される商品が違っているわけで、客はいつでも好きな物を手に入れられるわけではない。

ところが、都の立売町では、それが可能なのだという。それは雑多な品物を一度に販売しても商売が成り立つほど客の数が多いということでもあるし、毎日の商売を可能にするほど商品の供給が十分だということでもある。

更に新九郎が驚いたのは、立売町で何かを買うにしろ、あるいは、振売りから品物を買うにしろ、すべて銭で支払いが為されると聞いたからである。荏原郷では銭がほとんど流通しておらず、物々交換が一般的だ。自給自足を原則とする暮らしなので、さほど貨幣を必要としないということもある。ところが、都では物々交換などする者はいないという。

「どんな銭を使う？　やはり、北宋銭《ほくそうせん》か」

北宋銭は鎌倉時代から室町時代の初期にかけて日本で最も流通した銅貨であり、荏原郷の倉にしまい込まれているのも、これだった。

「北宋銭は、この頃、あまり目にいたしませぬ。今、よく使われているのは……」

仁左衛門は懐から何枚かの銭を取り出して新九郎に見せた。

「永楽通宝《えいらくつうほう》……」

銅貨に刻まれた文字を読む。

「はい。永楽銭は、なかなか、出来がよく、これで買い物をすると喜ばれます。他には、この洪武《こうぶ》銭とか宣徳《せんとく》銭というのもあります。都で暮らすようになれば、毎日、目にすることになりましょう」

仁左衛門が笑う。荏原郷とはどれほどの田舎なのだ、と驚いたような笑いである。仁左衛門にしろ彦三郎にしろ、都で雇い入れられた者だから荏原郷を知らないのである。

「立売町にもお連れしたいところですが、残念ながら、一条風呂とは方角が違うのです、と仁左衛門は申し訳なさそうに言う。

「よいのだ。さあ、行こう」

新九郎が他の四人を促して歩き始める。また前方から振売りの女がやって来る。思わず、その顔を見つめてしまう。日焼けした中年女だが、新九郎と目が合うと、にこっと笑みを浮かべた。

（なぜだ？）

さっきから新九郎が振売りを眺めていたのは、別に買い物をしたいからではない。行き交う振売りたちは、皆一様ににこやかなのである。たとえ商売用の愛想笑いだとしても、その表情に暗さはない。活気に満ちた様子で商売に励んでいる。それが不思議で仕方なかった。

ここから、ほんの少ししか離れていないところに地獄絵図のような場所があり、そこでは人が次々に死んでいる。なぜ、地獄絵図と、振売りの笑顔が同時に存在するのか、それが理解できなかった。

自分が都に出てきたばかりの田舎者だから驚いているだけに過ぎず、都の暮らしに慣れてしまえば、飢えた母親が、すでに息が絶えて蛆が湧いている赤ん坊の死体を抱くのを見ても心を動かされなくなってしまうのだろうか、実際、仁左衛門や彦三郎は平然としているではないか……。そうかもしれない、という気がしないでもない。どれほど悲惨な光景であろうと、それが日常目にする光景になってしまえば、もはや、心は何も感じなくなってしまうのであろう。

新九郎は目を瞑《つむ》ると、

（今日のことを決して忘れまい）

と胸に誓った。都の流儀など何もわからないが、地獄と同居しながら何も目に入らないかのように笑顔を見せるというのは、どこかおかしいし、普通ではない。それが当たり前だと思ってはならぬぞ、と己を戒《いまし》めた。

八

（ほう、これはまた賑やかなことだ）

目的地である一条風呂界隈にやって来ると、人の数が一段と増えた。どこからともなく笛や太鼓の音が聞こえてくるし、着飾った女の姿も目に付く。

荏原郷で、これほど賑やかなのは、収穫が終わった後に行われる村祭りのときくらいだ。

「今日は何か祝い事でもある日なのか？」

新九郎が仁左衛門に訊く。

「いいえ、普段通りでございまする」

「毎日、こうなのか？」

「さようでございます」

「それにしては派手やかに着飾った女の姿も目に付くが……」

「あれは遊び女《め》でございまする」

「遊び女？」

「都では立君《たちぎみ》とか辻君《つじぎみ》と呼びます……」

仁左衛門の説明によれば、一口に風呂屋・湯屋といっても、その店によって様々な趣向が凝らされており、料金にもよるが、酒肴を出したり、女に給仕させたりするところもあるという。都人にとっての風呂屋・湯屋というのは単に汗を流す場ではなく、様々な娯楽を享受できる場なのである。着飾った遊び女が路上をうろうろしているのも、風呂屋や湯屋から出て来る酔客を目当てにしてのことであった。

「なるほどなあ……」

いろいろな商売があるものだと新九郎は感心し、そう言えば、『太平記』にも風呂屋に関する記述があり、女童《めわらわ》が客たちを酒や食事で接待する場面があるが、あれは、こういうことだったのだ、と納得した。高越城にあるのは蒸し風呂だけで、新九郎も汗や埃を落とすために利用するだけだったから、なぜ、風呂で酒を飲んだり飯を食ったりするのか理解できず、記述に間違いがあるのではないか、と疑ったほどだった。

「そのような遊びをお望みでございますか？」

仁左衛門が小声で訊く。

「ん？」

「汗を流すだけでなく、京女を味わってみたいのか、という意味で……」

銭のことはご心配なさいますな、殿から十分に預かってきておりますれば、と付け加えた。十五歳の少年とはいえ、すでに元服もしているから、もう一人前の大人として扱われる。妻がいてもおかしくない年齢なのだから、新九郎が遊び女を望んだとしても不思議はない。仁左衛門としては気を利かせたつもりであった。

「ああ……」

仁左衛門の意図を察すると、

「いや、それは結構だ」

新九郎は、にこっと笑った。

「はあ、さようで……」

仁左衛門は肩透かしを食ったような顔をした。新九郎が遊び女と戯れることを望めば、自分もおこぼれに与れると期待していたのであろう。落胆を隠しながら、

「風呂屋になさいますか、それとも、湯屋がよろしいですか？」

と訊く。

「どうせなら湯屋がよいな」

新九郎は即座に答えた。湯に浸かるという経験はなかったので湯屋には興味がある。

「ならば、ここでしか浸かることのできぬ珍しい湯屋にご案内いたしましょう」

仁左衛門が案内したのは、周囲を堀で囲まれた大きな湯屋である。木橋を渡ると、屋根付きの門がある。そこにきれいな衣装をまとった女童が待ち構えていて笑顔で迎える。

「しばし、ここでお待ち下さいませ」

仁左衛門が女童に連れられて母屋に入っていく。

「どこに行ったのだ？」

新九郎が彦三郎に訊く。

どんな趣向を望むかによって料金が違ってくるが、この湯屋は前払いなので、趣向を決めて支払いを済ませるために行ったのです、と彦三郎は答え、

「すぐに戻りましょうから、どうかお掛け下さい」

と腰掛けに坐ることを勧めた。

細長い腰掛けがいくつも並んでいて、そこには何人かの客たちが坐っている。武士もいれば、頭巾を被った僧侶もいるし、町人らしき者もいる。共通しているのは上等な着物を身に着けていることで、客たちの姿を見れば、この湯屋がかなりの高級店で、料金も高いのだろうと察しがつく。埃にまみれた旅姿のままでやって来た新九郎の形《なり》が最も貧しげで薄汚い。着替えは小者が背負っていて、湯に入った後で着替えることになっている。

「ここは何というところだ？」

新九郎が彦三郎に訊く。

「羽林《うりん》の湯と申します。何でも、平安の世、藤氏《とうし》一門のさる近衛中将さまが紅葉狩りにいらして、このあたりでお休みになったとき、地面から湯が湧いているのを見付けられたそうでございます」

「それに因《ちな》んで羽林の湯というわけか」

新九郎がうなずく。羽林とは、北辰《ほくしん》を守護する羽林天軍という星のことで、羽林が北辰を守るように天子を守る役目を負うという意味で、近衛の中将を羽林将軍と呼ぶのである。

そこに女童と共に仁左衛門が戻ってきた。

「ここから先は、若君お一人でどうぞ」

「桔梗《ききょう》と申しまする。ご案内いたします」

「待て。門都普も一緒だ」

「この者は、他の湯屋に連れて行きまする。一刻（二時間）ほどしたら、お迎えに上がります。この中にいる限り、何も危ないことはありませぬ故、どうか安心してくつろいで下さいませ」

「その方がありがたい。こんな気取ったところは苦手だから」

門都普もそう言うので、新九郎は一人で羽林の湯に入ることになった。小者から着替えの包みを受け取った桔梗が新九郎を案内する。母屋の脇を通って奥に進むと小屋がいくつも建っている。どうやら料金によって案内される小屋が違っているらしい。

入り口は板戸ではなく、簾《すだれ》が下りているだけだ。桔梗は簾を上げて、どうぞ、と新九郎を促す。中は八畳ほどの板敷きになっていて、籠がいくつか並んでいる。ひとつの籠に、きちんと畳まれた衣が収まっている。先客が一人いるということであろう。

「お手伝いさせていただきます」

桔梗が慣れた手つきで新九郎を裸にしていく。あまりにも泥や埃で汚れているのに驚いたのか、

「ま、ひどく汚れてらっしゃいますねえ。泥遊びでもなさったんですか？」

「旅をした。都に着いたばかりなのだ」

「よく存じませんのですけど、旅をすると、こんなにお召し物やらお体が汚れるものなんでしょうか？」

「……」

新九郎がじっと桔梗を見る。からかわれているのかと思った。

しかし、桔梗は本心から不思議そうな顔で小首を傾げている。

「桔梗は旅をしたことがないのか？」

「はい。一度も都から出たことがありません。一番遠くに行ったのは、お参りに連れて行ってもらった東寺《とうじ》ですから」

「ふうん、都から出たことがないとは……。年齢《とし》はいくつだ？」

「よくわかりませんけど、たぶん、十よりは上で、十五よりは下だろうと思います」

「自分の年齢を知らないのか？」

「はい」

桔梗がにこっと無邪気に笑う。

丸裸になっても桔梗が平気な顔でにこにこしているので、新九郎も別に恥ずかしさを感じたりはしなかった。荏原郷で水練をするときは、いつも丸裸だったから人前で裸になることに慣れてもいる。

「どうぞ」

板敷きの間から、次の部屋に案内される。桔梗が板戸を引くと、むわっと白い湯気が漂い出てきた。

「ここからは他の者がお手伝いいたします」

「湯屋と聞いていたのだが……」

「湯に浸かる前に、お体をきれいにいたします」

では、後ほど、と桔梗が板戸を閉める。

それと入れ替わりに、白い薄衣をまとった、桔梗と同じくらいの年格好の少女が、

「そこにお掛け下さいませ」

と声をかけた。

新九郎が低い腰掛けに坐る。床が格子状になっていて、その隙間から湯気がもうもうと立ち上る。

湯気が体を温めて発汗させる仕組みだ。

「撫子《なでしこ》と申します。お背中を流させていただきまする」

撫子は、さして力を入れるでもなく、新九郎の背中をこすり始める。すると、面白いようにぼろぼろと垢が出た。新九郎自身が驚いたほどだ。

「流しまする」

撫子がぬるいお湯を背中にかけて、垢を洗い流してしまう。

「では、湯にお浸かり下さいませ」

新九郎の手を取って立たせると、撫子は更に奥の部屋に案内する。板戸を引いて、どうぞ、と言う。

新九郎が足を踏み入れると、ごゆるりとなさいませ、と板戸が閉められた。

そこは広さが十二畳ほどの部屋である。新九郎が驚いたのは檜《ひのき》の湯船が部屋の半分を占めていたからである。こんな大きな湯船を見るのは生まれて初めてのことだった。その大きな湯船に湯が満ち満ちていることにも驚かされた。

これほど大きな湯船に熱い湯を張り続けるというのは、とてつもない贅沢といってよかった。この湯に浸かるために、仁左衛門はどれほどの銭を使ったのだろうと考えて、新九郎は溜息をついた。

「すごいな……」

思わず声が出た。湯船に近付いて足を持ち上げると、

「まずは手桶で湯を体にかけた方がよいのではないかな」

「え」

新九郎が顔を上げると、湯船の奥に人影がある。先客がいるのだ。

「いきなり飛び込むと火傷することもありますぞ。そっちは新しい湯が流れてくる方ですからな」

壁に穴があり、そこに懸樋《かけひ》が通されている。外で沸かした湯を懸樋で湯船に流し込む仕組みになっているのだ。湯船に手を差し入れると、湯が流れ込むあたりは、かなり熱い。懸樋から離れた場所に移動すると、それほどの熱さではない。手桶でお湯を汲んで肩にかける。それでも、おおっ、と声が出るほどに熱い。この先客の言うように、何も知らずにいきなり湯船に入っていたら火傷していたかもしれない。湯船に体を浸してから、ご忠告、どうもありがとうございました、と新九郎は礼を述べた。ほう、という顔で先客が新九郎を見て、なかなか礼儀正しい、昨今、都では珍しいことよ、とつぶやき、

「まだお若いようだが、湯屋は初めてかな？」

「はい、初めてです。今日、都に着いたばかりなので何もかも物珍しいことばかりです」

「どちらから来られた？」

「備中の荏原郷というところから参りました」

「備中とは遠くから来られたものよ」

「お坊さまは都の御方ですか？」

剃髪《ていはつ》しているので僧侶なのだろうと思った。

「うむ、都で暮らしておる」

「申し遅れましたが、伊勢新九郎と申します」

「伊勢の者か？　お父上は何という御方かな？」

「新左衛門盛定ですが」

「盛定殿と言えば、政所執事殿の縁者ではなかったかな。確か今川の申次を務めていたように覚えているが……」

「父をご存じなのですか？」

「名前を知っているというだけに過ぎぬよ。ところで、新九郎殿は、なぜ、都に来られた？」

「叔父の家に養子に入るためです」

父の弟で伊勢貞道といい、政所で寄人《よりゅうど》を務めていると聞いております、と付け加えた。

「養子にのう。で、都に着いて早々、羽林の湯で旅の汗を流し、都人の仲間入りというわけか」

先客は目を細めて新九郎を見つめる。

「父に、そうせよと命じられましたので」

「で、どうかな？　このように楽しい場所は備中にはありますまい。と言うか、本当の楽しみは湯を出てから待っているということか」

ふふふっ、と先客が笑う。

「湯に入るのは、思っていた以上にいいものだとわかりました。体に溜まっていた疲れが溶けていくような気がします。しかし、都そのものは楽しいとは思えませぬ。むしろ、何とも恐ろしいところに思われます」

「恐ろしいとは……何がかな？」

「それは……」

新九郎は三条大路に屯していた無数の物乞いや鴨川の河原で死を待っている年寄りや病人のことを話した。そういう地獄のような悲惨な現実のすぐそばを明るい表情の振売りが歩いていたり、この一条界隈では、ほんの一時の遊興のために大金を使う者がいたりする。

「なるほどな、三条界隈の物乞いの群れを見た後で、鴨河原の有様まで眺めれば、さぞ恐ろしかろうなあ……」

「恐ろしいのは、そのことではありません。物乞いや、死を待つだけの年寄りたちには哀れみを感じました。彼《か》の者たちを恐ろしいとは思いませぬ」

「では、何が恐ろしい？」

「そういう者たちを目にしても平然としている都人の心根が恐ろしいのです。なぜ、死にかけている者たちの傍らを笑いながら通り過ぎていくことができるのか……。哀れとも思わず、何ひとつとして慈悲を施そうともせず、まるで、彼の者たちの姿など目に入らぬかのように振る舞っている……それが何とも恐ろしいのです」

「備中には地獄がないか?」

「そうは言いませぬ」

新九郎が首を振る。

「どこの国にも悲惨な出来事はあります。備中でも、荏原郷でもそうです。しかし、地獄の傍らで遊興に耽る者はおりませぬ……」

もし、そういう者がいれば、それは魔物ではありますまいか、と新九郎が口にすると、

「面白いことを言われるわ。都には魔物が棲《す》んでいる。わしも、その仲間だな」

わははは、と笑いながら、先客が立ち上がる。

(お)

新九郎が目を瞠《みは》ったのは、思いがけず、その男は背丈が高く、胸板も厚く、腕も太く、贅肉のない引き締まった体をしていたからである。しかも、およそ僧侶らしくもなく、体のあちらこちらに刀傷のような傷痕がある。

「お坊さまは……」

「言い遅れたが、わしは坊主ではない。金貸しだ」

「え。金貸し?」

「都では土倉《どそう》と呼ばれている。知っているか?」

「いいえ……」

「寄人殿のもとに養子に入って都で暮らすことになれば、これから先、否が応でも数多くの土倉に出会うことになる」

「よくわかりませんが、都で金貸しをするのは、よほど危ない仕事なのでしょうか?」

「なぜ、そのようなことを言う?」

「体中に刀傷がありまする故」

「ああ、これか。わしは土倉になる前、足軽どもを率いて戦を生業としていた。そのときの古傷よ。金貸しを始めてからは、さして危ない目にも遭わぬようになったが、時々、古傷が疼《うず》くように痛むことがある。そういうときに、ゆっくり湯に浸かると不思議と痛みが和らぐのだ」

湯船から出て、体に付いた水滴を大きな掌で拭い取りながら答える。撫子出るぞ、と声をかけると板戸が引かれ、撫子が顔を出す。

「お待ち下さいませ。差し支えなければ、お名前を聞かせていただけませんか」

新九郎が訊くと、

「海峰《かいほう》」

と大きな声で返事をする。

板戸が閉められた。

九

屋敷に戻ると、盛定はいなかった。急用ができて外出したのだという。新九郎のために食事が用意されていた。自分を待たずに食べていて構わないし、食事が済んだら先に休んでよいという言付《ことづ》けが残されていた。

新九郎としては、盛定とゆっくり話をしたかったから、できれば帰りを待ちたかったが、湯屋から戻ると、どっと疲れが出て、今にも膝から崩れ落ちそうだった。横になったら、すぐに眠り込んでしまいそうだったので、盛定の厚意に甘えて、さっさと食事を済ませることにした。

新九郎の膳部だけでなく、門都普の膳部も同じ部屋に用意されていたのは、新九郎が門都普を、ただの供ではなく、友であり命の恩人だと紹介したせいに違いなかった。そうでなければ、台所で他の奉公人たちと一緒に飯を食わされるはずだ。

板敷きに並べられた膳部には山盛りの飯と汁が載っていた。飯は麦や雑穀の交じっていない白米である。それだけでも驚きだが、汁には葱や大根、志女治《しめじ》が入っていた。汁も味噌の味が濃厚で、これまで口にしたことがないほど美味だった。飯と汁だけとはいえ、この内容ならば新九郎には何の不満もなかった。

ところが、新九郎と門都普が食事を始めると、すぐに二の膳が運ばれてきた。それには筍《たけのこ》、土筆《つくし》、山芋などの野菜類を調理した小鉢が並んでいた。

（何と贅沢な……）

どれも味付けに工夫がされていて、溜息が出るほどにうまかったが、あまりにうますぎるので、こんな贅沢をしていいものかと、かえって新九郎は落ち着かなかった。

三の膳が運ばれてきたときには呆然として言葉を失った。そこには干し鮑《あわび》、鯉の刺身、鶉《うずら》の焼き鳥が並べられていた。膳を置いて下がろうとする老女に、このような豪勢な食材を調《ととの》えるのは、さぞ大変な苦労だったであろうな、と訊いた。

すると老女は、滅多に手に入らないのは干し鮑くらいで、これは若君さまのために市で買い求めてきたものでございますが、それ以外のものは、さほど珍しいものでもございません、と答えた。鶉は、屋敷に炭を納めている樵《きこり》が月に何度か持参してくるし、鯉は庭の池で飼っているものだという。

では、一の膳や二の膳はどうなのだと訊くと、それは普段、盛定が食しているものに過ぎないというし、しかも、盛定はさほど食にうるさい方ではないので、むしろ、これほどの身分の御方にしては質素な方だ、という。

（なるほど、これでは義母上《ははうえ》や山音が都を恋しがるのも無理はない）

と、新九郎は溜息をついた。

何年か前、義母の常磐が干し鮑と鯉の刺身を探し求めてこいと執事の柴田邦右衛門に命じて困らせたことがある。そのときは、何とわがままなことを言うのだろうと呆れたが、都の食生活に慣れてしまえば、高越城で用意される食事など、とても口に合うまいと今なら納得もできる。

「うまいか」

ふと、門都普はこの料理をどう味わっているのだろうと思って訊いてみた。何も言わずに黙々と箸を動かしているからだ。

「まずくはない」

「それだけか？」

「これは、うまい」

門都普は白米の盛られた木椀《もくわん》を持ち上げた。

「他のものは口に合わないか」

「それ以外のものは……」

門都普は、二の膳に並べられた野菜類の小鉢や、三の膳の鶉の焼き鳥を順繰りに指し示して、

「妙な味付けなどしなくても普通に食った方がうまいと思う」

「なるほど」

山で暮らしている門都普は、普段から山菜やら野鳥やらを豊富に口にしているから、あまりありがたみを感じないのだろうと思った。

食事を終えて寝所に引き揚げようとしているところに盛定が帰ってきた。弟の貞道の屋敷に出かけていたのだという。見るからに冴えない顔をしており、その顔を見ただけで、何かよくないことが起こったのではないかと察せられるし、それは自分が貞道の養子になることと関係があるのではないかという気もしたが、盛定は何も言わず、

「明日は早くから出かける。もう休むがよい」

と言い、今夜はこの屋敷に泊まってもらうが、明日からは貞道の屋敷で暮らすことになる、と付け加えた。

「では、休ませていただきます」

新九郎が部屋から出て行こうとすると、

「ああ、そう言えば……」

保子が身籠もっているらしい。早ければ夏の終わり頃には生まれるらしいぞ、と言った。

保子は政所執事・伊勢貞親の養女という形で今川家に嫁いだから、貞親のもとには折に触れて消息が伝えられる。貞道は政所で貞親の下役を務めているから、貞親から貞道へ、貞道から盛定へ、という流れで保子の様子を知ることができる。

「姉上が……」

新九郎は絶句した。

その夜、新九郎は、なかなか寝付くことができなかった。体は疲れ切っているのに、頭の奥が冴えている。まだ都に着いた初日なのに、天地が崩れるほどの驚きを何度も味わったせいだ。食べるものがなくて路上で苦しむ無数の飢民が存在する一方で、一時の楽しみのために惜しげもなく大金を費消する者たちがいる……極楽と地獄が同居しているような都の有様に衝撃を受けたのである。

現に盛定の屋敷ですら、荏原郷での質素な暮らしに慣れた新九郎には想像もできないような豪華な料理が、ごく当たり前のように食されている。盛定は高級官僚というわけではない。せいぜい、中の上という程度の位置付けに過ぎない。その盛定ですら、これほどの贅沢ができる。持てる者と持たざる者の隔絶の凄まじさに、新九郎はめまいを起こしそうになり、料理のうまさを素直に味わうことができないほどだった。

保子のこともある。遠い駿河に嫁いで人妻になっただけでも驚きなのに、今は身籠もっていて、やがて、子供を産むのだという。とても信じられなかった。少しでも保子に近付くことができるという思いで都に出てきたのに、ますます保子が遠い存在になったような気がした。

駿河では戦が絶え間なく続き、夫の義忠はしばしば戦に出ると聞いている。戦騒ぎと無縁の荏原郷で育った新九郎には考えられないことで、それは保子とて同じに違いない。そんな物騒な国で、頼りにすべき夫は留守がちとなれば、保子がどれほど心細い思いをしているかと想像すると、新九郎は胸が痛んだ。

いつまでも眠気が兆すことはなく、新九郎は際限なく寝返りを打った。

十

翌朝早く、新九郎は、盛定に連れられて貞道の屋敷に向かった。貞道の屋敷は万里小路《までの》の東、勘解由《かでの》小路の南に位置しており、近くに仏陀寺《ぶつだじ》がある。

幕府内の実力者や有力な守護大名の屋敷は室町にある花の御所を囲むように点在しており、御所からの距離が幕府における実力と地位を反映しているといっていい。そう考えると、貞道の屋敷はかなり格が下がると言わざるを得ないし、その貞道の屋敷よりも更に南の三条に屋敷を構える盛定が幕府でどういう立場にいるかも察せられようというものだ。

しかしながら、都の北部全域は応仁の乱による戦火に巻き込まれてほぼ焼失した。貞道の屋敷も、あと何町か西に、あるいは、何町か北に位置していれば焼け落ちていたはずだ。花の御所から離れていたことで貞道の屋敷も盛定の屋敷も無事だった。その点では運がよかったといっていい。

仁左衛門と彦三郎が護衛として、門都普は新九郎の供として従った。座敷に通されたのは盛定と新九郎の二人だけで、他の者たちは控えの間で待たされた。

（父上は何に腹を立てておられるのであろう）

ゆうべから盛定の様子がおかしいことに新九郎は気が付いている。朝になっても、それは変わらず、何か気になることがあるのか、落ち着きがなく苛立《いらだ》ちを隠しきれないという感じだった。この屋敷に着いてからも不機嫌そうに黙り込んでいる。

さほど待たされることもなく、叔父の貞道が現れた。

「いや、待たせてしまって、すまぬ、すまぬ」

にこにこしながら、軽い足取りで座敷に入ってくる。その姿をほんの一瞬眺めただけで、兄弟でありながら、盛定と貞道はまったく似ていないと新九郎は感じた。容姿だけでなく、どっしりと重厚な盛定と軽い感じの貞道では人間としての雰囲気がまるで違っている。

（それにしても随分とお若い……）

盛定よりふたつ年下のはずだから、もう四十四歳だが、肌艶がよく、とても四十過ぎには見えない。

「おう、新九郎。久し振りではないか。わしを覚えているか？」

にこやかに貞道が訊く。

そう問われて、新九郎は戸惑った。都で生まれたとはいえ、物心ついたときには荏原郷にいた。だから、都のことなど何も覚えていない。恐らく、貞道にも会っているのだろう

が何の記憶もない。どう答えてよいものか迷ったが、咄嗟に、

「叔父上もお元気そうで何よりでございます」

と無難に挨拶した。

「備中に旅立つときは、まだ赤ん坊のように小さかった。もう一人で歩けるようになっていたかな?」

貞道が盛定に顔を向ける。

「ようやく、よちよち歩きができるようになったくらいだったろう」

盛定が無表情に答える。

「ああ、そうだった。そんな小さかった新九郎が、今ではこんなに立派になって……。いやあ、時が経つのは早いものよ。その分、わしや兄上は年を取って、じじいになったということだな」

あははは、と貞道は、喉の奥まで見通すことができるほど大きく口を開けて愉快そうに笑う。

それからもしばらく、荏原郷の暮らしのことや新九郎の盗賊退治のこと、都までの道中のことなどを貞道は事細かに訊いた。新九郎は生真面目に丁寧に返答した。この家に養子に入れば、目の前にいる軽薄そうな男を父と呼んで敬わなければならないのである。いい加減な受け答えはできなかった。

盛定は黙りこくって貞道と新九郎のやり取りを聞いていたが、いきなり、

「いつまで、そんな話を続けるつもりだ」

と怒りを含んだ低い声で言った。

貞道はびくっと体を震わせると、背筋を真っ直ぐに伸ばして、

「ああ、それもそうか……」

額に浮かんだ汗を手の甲で拭いながら、あらかじめ新九郎に承知しておいてもらわなければならぬことがある、と言い出した。

「実は……」

ごくりと生唾を飲み込んで、妻の芳野《よしの》が懐妊している、と貞道は口にした。

さすがに新九郎も言葉を失った。一昨年、一人息子を病で亡くし、もう四十を過ぎていることだし、この先、子供が生まれるとは思えないから新九郎を養子に迎えたい……それが貞道の申し出だったはずである。その申し出を受けて、新九郎は都にやって来た。ところが、顔を合わせるなり、妻が身籠もったという。嬲《なぶ》られているのか、と腹を立てても不思議はない。そのときになって、新九郎は、

(だから、父上は、ゆうべから不機嫌だったのか)

と察しがついた。

盛定と新九郎が険しい表情で黙り込んだので、貞道も慌てたらしく、

「驚くのは無理もない。しかし、約束を違《たが》えるつもりはないから心配しなくてもいい」

「いつ頃、お生まれになるのですか？」

新九郎が訊く。

「年内には間違いなく生まれるだろうが、いつ頃になるかのう。冬になってからかな。いや、もう少し早いかな。秋頃かもしれんな。夏の間に生まれるということはないだろうが」

あははは、と貞道は笑うが、盛定と新九郎がむっつりしているので、すぐに笑いを引っ込めた。

（秋に生まれるのならば、だいぶ前に身籠もったことがわかったはずではないのか……）

新九郎は頭の中で計算した。それならそうと、すぐに荏原郷に知らせてくれれば、わざわざ都まで出てくることもなかったのだ。後継ぎが生まれるのなら新九郎を養子に迎える必要もないだろうから、当然、この話は流れると思った。

「おまえには申し訳ないことをした。さぞ、不愉快な思いをしていることであろう。言い訳するわけではないが、わしも、昨日になって聞かされた。ずっと隠していたのだ。そうだな？」

盛定がじろりと貞道を睨む。

「そう人聞きの悪いことを言わなくてもいいではないか、兄上。本当に身籠もっているかどうか、はっきりしないうちにしゃべれば、ややこしいことになると思ったから黙っていただけだ」

貞道は汗をかきながら、くどくど弁解する。

「わが息子ながら、新九郎は自分の手で凶悪な盗賊どもを退治するほど武勇に優れた男だ。養子になる覚悟を決めて遠い備中から都に上ってきて、この期《ご》に及んで、あの話はなかったことにしてくれなどという辱《はずかし》めを受ければ、世間の笑い物になるのは必定。名を惜しむ男であれば、恥を雪《すす》ぐために何をするかわからぬわ。のう、新九郎」

盛定が新九郎に顔を向ける。新九郎が何かを言おうとすると、盛定が眉を顰《ひそ》めて、微《かす》かに首を振る。余計なことを何も言うな、黙っていろ、という意味だと新九郎には伝わった。

「そ、そんなことを言って脅かさんでもいいだろう。何度も言ったように、決して悪いようにはしないつもりなのだから……」

「ならば、もう一度、新九郎の前で説明してもらおうか」

「う、うむ……」

貞道が話したのは次のようなことである。

もし女の子が生まれたら、将来、新九郎と娶《めあわ》せて家を継がせる。男の子が生まれたら養子の縁組を解消するが、その代わり、貞道は新九郎の出世に尽力し、家格の見劣りしない家を探して婿入りを世話する……そんな内容だった。

実は、この内容は、去年、新九郎を養子に迎えたいと貞道から申し出があったとき、盛定が要求したものだった。そこまで細かく決めなくてもいいではないか、と貞道は渋ったが、盛定は頑として譲らなかった。将軍家の家督を巡る醜い争いを間近で見ているだけに、

(たとえ身内だろうと、人の心など、どう変わるかわかったものではない)

という思いがあるせいだった。

義政は、隠居して将軍職を譲るという約束で弟の義視を還俗させながら、正室の富子が息子を産むや、あっさり約束を反故にした。それが応仁の乱を引き起こす大きな原因のひとつになった。

(同じことが起こっても不思議はない)

という心配が現実になったわけだが、盛定は譲歩するつもりは毛頭なく、貞道に約束を守らせるつもりでいる。そもそも貞道が昨日になるまで芳野の懐妊を隠していたのも、それが露見すれば、盛定の怒りを買うことになるとわかっていたからだ。新九郎が到着したという知らせを受け、さすがに、

(これは、いかん)

と覚悟を決めて盛定に打ち明けることにした。

血を分けた兄弟とはいえ、育った環境が違いすぎるせいか、同じく幕府に仕える官僚でありながら、盛定には武人としての側面が強く、一方の貞道はまるで公家のようになよな

よしている。性質が柔《やわ》なので、貞道は盛定を怒らせることをひどく怖れているし、盗賊退治をしたほど武勇に優れた新九郎を怒らせたら何をされるかわからないとびくびくしている。盛定が新九郎に何も言うな、と合図したのは、そういう貞道の性質を知り抜いていたからで、怒りを大きく見せれば見せるほど貞道の譲歩も大きくなると見越してのことであった。


「それで……どうであろうな?」

貞道が恐る恐る新九郎に訊く。

「……」

新九郎は黙って盛定を見る。

「わしの弟で、おまえには叔父に当たる。血を分けた肉親だ。まさか、その場しのぎの嘘をつくとは思えぬし、たとえ、わが子が生まれたからといって、急に掌を返して、おまえを邪険に扱うこともあるまい」

「当たり前ではないか。わしは、そんな男ではないぞ、兄上」

「なあ、新九郎、おまえが討伐した盗賊たちは何人いたのだったかな?」

「え?」

突然、話題が変わったので新九郎は戸惑った。

「何人いたかと訊いている」

「十人おりました」

「捕らえて、城に連れ帰ったのは何人だ？」

「四人ですが」

「ああ、そうであった。殺したのは六人だったな。おまえが首を刎《は》ねたと聞いたぞ」

「いや、それは……」

　それは違います、と訂正しようとしたとき、いきなり、盛定が、わはははっ、と大笑いして、

「盗賊六人の首を刎ねたと聞けば、きっと熊のような大男なのだろうと誰もが想像するだろうが、実際には、このように、どちらかと言えば、ほっそりして優しげに見える若者に過ぎぬ。しかし、いざというときには、たとえ相手が大勢であろうと、いかに恐ろしい盗賊であろうと、少しも怖れることなく斬り込んでいき、その首を容赦なく刎ねてしまう勇者なのだ。わが荏原郷は、かつて豪傑・那須与一《なすのよいち》の領地だったと言われているが、もしかすると新九郎は、その生まれ変わりなのかもしれぬなあ。そう思わぬか？」

　盛定が貞道に訊くと、

「そ、そうだな、たいそうな豪傑だのう」

　ひひひっ、と顔を引き攣《つ》らせて笑う。

　おまえが約束を違えるようなことがあれば、新九郎はおまえの首を刎ねてしまうぞ、と

いう露骨な脅しだったが、これは効き目があった。貞道は汗をだらだら流しながら、唇を小さく震わせている。顔から血の気が引いている。

養子縁組の儀は先送りすることになった。生まれてくる子供が男なのか女なのかによって新九郎の処遇を変えなければならないからであった。

しかし、この日から、新九郎は貞道の屋敷で暮らすことになった。将来のことを考えれば、盛定よりも権力の中枢に近い地位にいる貞道のそばにいる方が、新九郎にとって何かと有利になるという盛定の判断であった。新九郎の出世に尽力するという約束をすぐにでも履行することを貞道に求めたわけである。新九郎は盛定を玄関先まで見送った。廊下を渡っている間、盛定は何も言わなかったが、外に出ると、

「この屋敷で暮らすことになれば、たとえ、正式な縁組をしていないとはいえ、弟夫婦を実の父母として敬わなければならぬぞ」

「承知しております」

「あれだけ脅かしておけば、そう無体《むたい》なこともするまいが、慣れぬ都暮らし故、辛いことも多かろう。できるだけの手助けはしたいと思っておるが、養子に出すとなれば、あまり口出しもできぬ」

「父上、どうかご心配なさいますな。わたしは、それほど弱い男ではございませぬ」

「そうだったな」

盛定は新九郎の肩をぽんぽんと叩き、にこっと微笑む。今日、初めて見せる笑いだった。

十一

十年もの長きにわたり、日本中の大名たちが入り乱れて戦った応仁の乱だが、実は、京都における戦いは、乱が勃発した最初の年、すなわち、応仁元年（一四六七）に集中的に行われただけで、それ以後は散発的な小競り合いが起こったに過ぎない。

しかし、細川方の東軍と山名方の西軍、双方合わせて三十万とも言われる大軍が、さして広くもない洛中で合戦を繰り返したので、その被害は甚大であった。

北部だけでなく三条から六条あたりも焼かれ、その被災者は十万人にも達したという。都人の二人に一人が焼け出されるという凄まじさであった。

新九郎が貞道に連れられて花の御所に向かったのは、合戦騒ぎの三年後だから、復興工事も進んでおり、さすがに一面が焼け野原というわけではない。内裏から花の御所に至る一帯は、元々が守護大名や幕府の高級官僚が屋敷を構える高級住宅街だから、戦火に遭って焼け出されても、合戦沙汰さえ治まれば、すぐにでも屋敷を新築するだけの財力を持つ者ばかりだったのである。

もちろん、すべての屋敷が再建されたわけではなく、あちらこちらに空き地があり、そこには焼け落ちた屋敷の残骸が放置されている。

しかしながら、無数の物乞いが群れ集まり、飢えや病で次々に人々が死んでいくという三条大路で新九郎が目撃したような悲惨な光景は存在していない。

再建された屋敷の門前に、敵の侵入を食い止める障害物が並べられていたり、腹巻きを身に着け、太刀を佩《は》いた足軽たちがうろうろしていたりするのを見て、

（今も戦が続いているのだな）

と、新九郎は身の引き締まる思いがした。

実際、大きな戦騒ぎこそ起きていないが、小競り合いに毛の生えた程度の衝突ならば頻繁に起きているし、東西両軍の戦いとは無関係に、この騒乱のさなかに急激に力を付けてきた足軽たちが、時に、主の統制を離れて盗賊に豹変して暴行略奪を働くという事件も起こっている。我が身を守るためにも、特に財力のある家では厳重に防備を固める必要があった。そういう意味では、都においては東西両軍の戦いよりも、足軽たちの横暴の方がよほど危険だといってよかった。

ちなみに、この時代の足軽というのは、後に戦国大名が常備軍として召し抱える足軽とは、まるで違っている。

言うなれば、傭兵《ようへい》部隊であった。

地方で食えなくなった農民たちは都にやって来る。その大半は物乞いとなり、飢えて死んでいくが、力自慢の者や、人を殺すことを厭わぬ者には生きる術がある。足軽になるこ

とであった。まとめ役である足軽大将のもとに出向き、戦場で勇気を示せば食うには困らない。この時期、都には多くの足軽大将がいた。東西両軍の総数が三十万とも言われる途方もない数になったのは、両軍が、これらの足軽集団を雇い入れたせいである。

足軽大将といっても、自分が勝手にそう名乗っているだけに過ぎず、氏素性も知れない者ばかりで、中には丹波の峠道で旅人を襲っていた本物の盗賊までいた。尾根川の白鬼丸《しろおにまる》と称して都人に怖れられていたその盗賊は数十人の手下を引き連れ、東軍の細川方に自分を売り込んだ。

東軍の総大将・細川勝元に、

「その方、名は何と申す」

と訊かれたとき、うっかり、

「尾根川の……」

と口にしそうになり、慌てて、

「いや、ほねかわの……」

と言い直した。

「ほねかわとは珍しい。どのように書く？」

「骨に皮……。そう、骨と皮と書いて骨皮。骨皮道賢《どうけん》と申しまする」

白鬼丸は子供の頃、亀山《かめやま》にある田舎寺で小僧をしていた。道賢というのは、その寺の住職で、白鬼丸にとっては師になる。この男が悪事に手を染めた初めは、寺に蓄えてある銭を盗もうとしたことであり、それを咎めた住職を刺し殺したのである。かれこれ三十年ほども昔のことだ。それ以来、数え切れないほどの悪事を繰り返してきた。住職のことなど、ずっと思い出したこともなかったのに、細川勝元に問われたとき、不意に道賢という名前が口をついて出てきた。

うまい具合に東軍の足軽という立場を手に入れると、日中、道賢は手下どもを引き連れ、都を堂々と歩き回っては金のありそうな屋敷を物色し、夜になると、その屋敷に押し込んで金品を奪い、女をさらった。そんな人でなしが、今では東軍の足軽大将として幅を利《き》かせるようになっている。乱世と言うしかない。

足軽は金で雇われているに過ぎないから、雇い主への忠誠心などかけらも持っておらず、何よりも命を惜しむ。強い敵が現れると、すぐに逃げる。武門の意地も名誉も関係ない。彼らが戦うのは、相手が自分たちより弱いときだけである。

応仁元年以降、都で大きな合戦が起こらなくなったのは、相国寺《しょうこくじ》合戦で忠実な家臣たちを数多く失った細川・山名両軍が足軽という傭兵集団への依存度を高めたことも大きな要因になっている。敵との決戦を望んでも、足軽たちは命を惜しむため、いざというときに逃げ出す怖れがあった。そんな信用ならない兵を率いて戦などできるものではない。膠着状態に陥ったのは当然の成り行きであった。

「ほら、御所だぞ」

馬の背に揺られながら、貞道が前方を指差した。

（あれが有名な花の御所か……）

元々は白色だったのであろうが、今はくすんだ灰色の土塀が東西に広がっており、その真ん中あたりに門がある。土塀に沿うように堀があって、橋を渡って門を潜《くぐ》る。橋の手前には障害物が置かれ、武装した兵が屯している。道々、数多く見かけた足軽たちとは身なりも顔つきも違っているから、これは細川方の正規兵か将軍に仕える武者なのであろうと新九郎は思った。足軽たちは下品な冗談を言い合ったり、通り過ぎる物売りの女たちをからかったりして、とても真面目に務めを果たしているようには見えなかったが、さすがに御所の門を守る武者たちは、そんな悪ふざけなどはしない。

御所に入ろうとする者は、障害物の手前で足止めされ、用件や身分を細々と質問されているが、先触れの小者が貞道の身分を伝えたおかげで、あっさりと通された。わずかそれだけのことだが、

（叔父上は、なかなかの権勢家なのだな）

と、新九郎は感心した。御所に入ると、貞道は廊下で行き会う者たちに、やあやあ、と手を挙げて気さくに挨拶し、その都度、

「わが甥《おい》、新九郎でござるよ」

と背後に控える新九郎を紹介した。

すると、誰もが足を止め、

「おお、この方が噂の豪傑ですな」

「意外とお若い」

「盗賊どもを百人も退治したとは驚きだ」

と、しげしげと新九郎の顔を見つめる。

新九郎を養子に迎えると決めてから、貞道が新九郎の活躍を大袈裟に吹聴したせいであった。

(それにしても百人とは……)

新九郎も苦笑せざるを得ない。

「ここが政所よ」

貞道が広い座敷を覗き込む。

「まだ早いから、あまり人がいない。ま、いつものことではあるが、執事殿のお姿も見えんなあ……」

軽い足取りで座敷に入ると、文机に向かって事務処理をしている者たちに声をかけ、わが甥、新九郎でござるよ、とまた紹介を始めた。紹介された者たちは、仕事の手を止め、いちいち礼儀正しく新九郎に挨拶してくれた。

政所は幕府の財政を掌《つかさど》る重要な役所で、その長官に当たるのが執事である。代々、伊勢氏本家の当主が任じられる習わしになっており、今は新九郎の伯父・貞親が務めている。副長官に当たる執事代は、煩雑な儀礼を代行する役目を負っていて、これは斎藤《さいとう》氏、松田《まつだ》氏が補せられる習わしだ。実務において執事を補佐するのが政所代で、これは伊勢氏に仕える蜷川《にながわ》氏の当主が務めることになっており、執事の右腕ともいうべき存在である。この政所代が公人《くにん》と呼ばれる下役人たちを駆使して日々の雑務を処理することになる。礼儀正しく新九郎に挨拶したのは、これら公人たちであり、伊勢氏一門に連なる新九郎に恭《うやうや》しく対応するのは当然なのであった。

それ以外に、政所の職掌に関わる重要な案件を評定する寄人と呼ばれる高官たちが十数人いて、貞道も、その一人である。

「何をおいても、まずは執事殿に挨拶しなければならぬ。今のうちに御所の中でも案内するか。そのうちに執事殿も出仕なさるだろうから」

貞道は政所を出ると、また廊下を歩き出した。

「いいか……」

貞道が新九郎を振り返る。

「明日からは、毎日、御所に顔を出さなければならぬぞ」

「何をすればいいのですか?」

「別に何もしなくていい」

「は?」

「何の肩書きもないと居心地が悪いだろうから、どこか遠国の大名の申次衆にする。二年に一度くらいしか都に上って来ないような大名もいるのでな。そういう大名の申次衆になれば楽だろう」

「しかし、仕事がないのであれば、何のために御所に来るのですか?」

「まだ都に来たばかりだから何もわからないのは無理もないが……」

この都で生きていくのに何よりも大切なのは人との繋《つな》がり、すなわち、人脈なのだと貞道は言う。

まずは実力者たちに名前と顔を覚えてもらい、それから相手に気に入られるように努めなければならないと貞道は諭し、新九郎を御所のあちこちに連れ回して、行き会う者たちに紹介しているのは、ただの儀礼などではなく、重要な仕事なのだと言う。仕事をするよりも、そういうことが大切なのですか、という新九郎の無邪気な問いには、

「世間知らずよなあ。仕事など自分でやらなくてもいい。そのために下役がいるのではないか」

と笑った。

貞道に限らず、幕府内でそこそこの地位にある者は自分で仕事などしない。面倒なことは下役に任せて、有力者同士で遊興に耽るのを日課とする。遊興の種類は、酒宴であったり、賭け事であったり、花見であったり様々だが、肝心なのは、皆と一緒に楽しむことである。常に行動を共にすることで仲間意識が芽生え、持ちつ持たれつの強固な助け合いの関係を築くことができる。そういう関係を蜘蛛の巣のように幕府内に張り巡らせておけば、何かしくじりを犯しても誰かが助けてくれるし、出世の後押しを期待することもできる。

言ってしまえば、幕府の高級官僚というのは、幕府という樹木に群がって甘い樹液を吸っているわけで、仲間として認めてもらえれば、一緒に樹液を吸うことを許されるのであった。樹液には限りがあるので誰でも仲間に入れるわけではない。だからこそ、コネがモノを言うわけだし、強いコネを持つ者は、それだけいい場所を与えられて、たくさんの樹液を貪《むさぼ》ることができる。

「わしなど寄人の一人に過ぎないから大した力もないが、執事殿の甥でもあるわけだから、新九郎を粗略に扱う者はいないはずだ……」

すぐに仲間に迎えられるだろうから、遊び事に誘われたら遠慮せずに楽しめ、と貞道は言う。

「備中の田舎から、せっかく都に出て来たのではないか。堅苦しく考えずに羽を伸ばせばよいわ。わしは兄上のような堅物ではないからな」

あははは、と貞道が笑う。

廊下の反対側から、新九郎と同年輩の若侍がやって来る。金糸を贅沢に織り込んだ肩衣《かたぎぬ》袴《ばかま》を身に着けているのを見れば、よほど身分が高いのだろうと推察できる。ちなみに、貞道と新九郎は、この時代の武士の礼服である直垂《ひたたれ》に長袴という格好である。

貞道は愛想よく、

「おお、荒木《あらき》殿ではござらぬか。これなるは、わが甥……」

と、新九郎を紹介しようとするが、その若侍は、貞道には顔も向けず、足も止めず、能面のように冷たい表情を少しも動かすことなく通り過ぎた。ただ新九郎の傍らを通るときに、ほんの一瞬、一瞥をくれた。若侍が行ってしまうと、くそっ、と貞道が顔を赤くして舌打ちする。あからさまに無視されたことに腹を立てたのだ。高貴な御方なのですか、と新九郎が訊くと、

「何が高貴なものか。ただの御供衆《おともしゅう》に過ぎぬわ」

貞道は顔を顰めながら、あれは荒木鷹之助《たかのすけ》といい、将軍・義政の御供衆を務めているが、義政の寵愛《ちょうあい》が深いのをいいことに、すっかり天狗になっていると言い、これ見よがしに着用していた肩衣袴も義政からの拝領品なのだと付け加えた。年齢は十六だというから、新九郎よりひとつ年上だ。

ちなみに御供衆というのは室町幕府の初代将軍・尊氏《たかうじ》が鎌倉から上洛したとき、尊氏の

馬廻《うままわり》として随行した者たちの子孫が受け継いできた名誉職のひとつで、将軍の身辺に近侍する役目を負っている。序列としては相伴衆《しょうばんしゅう》、国持衆《くにもちしゅう》、外様衆《とざましゅう》の次に位置する。わずか十六歳の少年が御供衆に任じられているというのは稀有なことであり、よほど義政に気に入られている証拠といっていい。

（なるほど、御所さまの寵愛を……）

そう言われると、睫毛《まつげ》が長く、目許が涼やかで、唇はふっくらしており、完璧なほどに目鼻立ちが整っていたな、と新九郎は鷹之助の容貌を思い起こした。

貞道は気を取り直して、また新九郎を引き連れて御所の中をまめに歩き回った。次から次へと多くの人たちに紹介されるので、こういうことに不慣れな新九郎はめまいを起こしそうなほどの疲れを感じ、とても一人一人の名前と顔を覚えることなどできなかった。だから、

「そろそろ執事殿も出仕なさっておられるだろう。政所に戻ってみるか」

と、貞道が言ったとき、新九郎はホッとした。

御所さまや御台所《みだいどころ》さまには、いきなり、お目にかかるわけにもいかないが、休みなく御所に顔を出すようにすれば、いずれ、どこかでお目にかかれるだろう……そんな独り言をつぶやきながら、貞道が廊下を渡っていく。

ふと、広い中庭の向こうに離れのような建物があることに気付いた。あたりに人の姿も

見えず、そこだけ、しんと静まりかえっている不思議な場所だ。

「あそこは何の役所ですか？」

と、新九郎は訊いた。

御所の中を歩き回りながら、貞道は役人たちを紹介するだけでなく、そこは何という役所で、どんな仕事をしているのかということも丁寧に説明してくれていたからである。だが、貞道は、

「ここは新九郎に関わりのないところだから気にしなくてよい」

と素っ気なく答え、足早に通り過ぎようとした。仕方なく新九郎も貞道について行く。

すると、

「おう、新九郎殿ではないか」

と背後から声をかけられた。

振り返ると、昨日、一条の湯屋・羽林の湯で出会った男が立っている。

「海峰さま」

新九郎が言うと、横にいる貞道が、げっ、と声を発した。

「早速、挨拶回りかな？」

「はい」

「時に寄人殿」

海峰が貞道を見る。

「新九郎殿を引き回しておられるようだが、会所《かいしょ》は素通りですかな?」

「い、いや、そういうわけでは……」

冷や汗をかきながら、そろそろ執事殿も出仕しているであろうから、自分も政所に戻って評定に加わらなければならぬと存じただけのことで、決して会所を軽んじたわけではないのでして……しどろもどろに弁解する。その様子を見れば、よほど貞道が海峰を苦手にしているらしいことがわかる。

(海峰さまは、金貸しを生業とする土倉だとおっしゃっていたが、なぜ、御所にいるのであろうか……)

新九郎は不思議に思った。

「ならば、新九郎殿だけでも会所に寄って行くがよい。大したもてなしもできぬが、茶でも振る舞って進ぜよう。会所頭もおられるし、運のよいことに蔭涼軒主《いんりょうけんしゅ》さまもおられる。こんなことは滅多にないぞ。わしが新九郎殿を紹介してやろう。それとも……」

海峰がじろりと貞道を睨む。

「寄人殿ご自身が蔭涼軒主さまに紹介なさいますかな?」

「いや、いや、そうしたいのは山々なれど、今日は大切な評定がありますれば……」

「ならば、急がれよ。心配せずとも、わしが新九郎殿を政所に連れて行く」

「は、はあ……」

「評定に遅れまするぞ!」

海峰が怒鳴ると、ひっ、と一声発して、貞道があたふたと小走りに廊下を渡っていく。

「ちょっと脅しが効きすぎたかな」

海峰は口許を緩めて笑うと、さあ、こちらに来られよ、と新九郎に声をかけて離れに向かう。

「ひとつ伺ってよろしいですか?」

「何かな」

「ここを会所と呼んでいましたが、何をする役所なのですか?」

「役所ではない。納銭方《のうせんかた》が詰める場所に過ぎぬよ」

「納銭方?」

「うむ……」

海峰は、次のようなことを説明してくれた。

幕府の財政を掌《つかさど》るのは政所だが、その財源は主としてふたつある。

ひとつは幕府直轄地から収納する年貢米であり、倉奉行が担当し、籾井《もみい》氏が世襲して務めている。

もうひとつは、都の富裕層である土倉や酒屋に課して収納する役銭で、この収納を任されているのが納銭方一衆と呼ばれる土倉・酒屋仲間の有力者たちである。この納銭方一衆は幕府の役人ではなく、役銭の収納を請け負う民間人に過ぎない。請け負っているといっても無報酬である。なぜ、無報酬で務めるかといえば、彼らは収納役であると同時に、どれくらいの額の役銭を課すか幕府と交渉し、土倉・酒屋を代表して、自分たちの利益を守るという役目も負っているからである。相反するふたつの立場を同時にこなすという難しい役目なのだ。

古来、金貸しというのは寺社が行うことが普通で、土倉や酒屋も寺社の許しを得て金貸しをしているという体裁を整えている。延暦寺《えんりゃくじ》や京都五山を本所と仰ぐ業者が多い。得度したわけでもないのに、納銭方一衆が僧名を名乗り、頭を丸めているのは、そのせいである。

そういう寺社の中でも、天龍寺《てんりゅうじ》に次いで五山の二位に列せられる相国寺は、足利将軍家と縁が深いこともあって、洛中の土倉・酒屋に強い影響力を持っている。相国寺の住持《じゅうじ》は鹿苑院《ろくおんいん》に住み、その補佐役は鹿苑院の中にある蔭涼軒に住んでいる。この当時の蔭涼軒主を季瓊《きけい》といい、将軍・義政に深く信頼されて、財政だけでなく幕政にも関与している。

納銭方一衆が政所と交渉して役銭の額を話し合い、それを季瓊に上申して、季瓊が承知すれば役銭の額が正式に決まるというのが通常の流れだが、時には、納銭方一衆と季瓊が事前に話し合って役銭の額を決めてしまい、それを政所に一方的に通告するということもある。その通告には、幕府における最大の実力者の一人である政所執事・伊勢貞親ですら、異を唱えることができなかった。それほどの力を、納銭方一衆と蔭涼軒主は持っており、彼らが幕府の財政を牛耳っているといっても過言ではない。そういう実力者たちが集うのが納銭方会所なのである。幕府の役人でもないのに将軍家の財布の紐を握り、政所執事を黙らせるほどの権勢を振るう納銭方一衆や蔭涼軒主を怖れ、御所に出仕する者たちは腫れ物でも扱うように神経質に気を遣った。会所のそばの廊下を通るとき、誰もが足音を忍ばせて通り過ぎるから、このあたりは、いつも静かなのであった。

幕府の役人たちにとっては伏魔殿《ふくまでん》のような場所に新九郎は立ち入ろうとしている。

十二

「ここが会所だ」

海峰に案内されて入ったのは、ざっと五十畳ほどの広さはあろうかという座敷だった。政所はもっと広かったが、人の数も多かったし、いろいろな荷物もたくさん置いてあったので、それほど広いとは感じなかった。だが、納銭方会所は、がらんとしていて、人の数も少ないせいか、

（広いな。それに、とても静かなところだ）

と、新九郎は思った。

座敷の中には火鉢がいくつか置いてあり、それを囲むように人の集まりができている。集まりといっても、せいぜい、三人か四人に過ぎず、茶を飲みながら話をしているだけだ。

海峰は縁側近くで碁を打っている年寄りたちに近付くと、そばで正座した。海峰に促されて、その横に新九郎も腰を下ろす。

「軒主さま、お元気そうで何よりでございまする」

海峰は、上座に坐っている年寄りに向かって深々と平伏する。新九郎も倣《なら》う。

「ん」

その年寄りは軽く顎《あご》を引くと、顔を上げて構わぬぞ、と言う。海峰は背筋を伸ばすと、

「蔭涼軒主・季瓊さまである。そして、こちらは……」

季瓊と対局している年寄りを見て、納銭方会所頭・浄円《じょうえん》さまである、と新九郎に紹介した。

「伊勢新九郎にございます」

新九郎は改めて平伏して名乗った。新九郎の目には、どちらも同じくらいの年寄りに見えるが、実際には浄円は五十五歳で、季瓊は七十歳であった。

「伊勢の者か……。どこの伊勢かな？」

季瓊が訊く。一口に伊勢氏といっても様々な系統がある。

「万里小路の伊勢殿でございまする。政所で寄人を務めておられる……」

海峰が説明すると、

「あのおしゃべり男か」

季瓊が口許に笑みを浮かべながら碁石を置く。

「ということは、今川家の申次衆を務めている三条の伊勢殿の倅だな？　万里小路の伊勢に養子に入ったという話を聞いた気がする」

浄円が言う。

「まだ正式には養子に入っておりませぬ」

新九郎が答える。

「備中で盗賊どもを平らげたとも聞いた。たいそうな豪傑らしいのう」

「そうなのか？」

季瓊が浄円に訊く。

「おしゃべり男が盛んに言い触らしておりまするわ。盗賊退治の豪傑を養子に迎えるのだ、と。嫌でも耳に入ってきます」

「盗賊退治ができるくらいなら足軽大将くらいは務まりそうだが、それにしては、あまり強そうにも見えんなあ」

季瓊がじろじろと新九郎を見る。

「新九郎とやら、盗賊退治の話は本当のことか?」

浄円が訊く。

「嘘ではございませんが、自分一人でやったことではなく、むしろ、仲間たちに助けられて何とか娘たちを取り戻すことができたのです」

「娘たちとは?」

「わたしの姉と村の娘たちが拐《かどわ》かされました」

「姉というと、ひょっとして今川に嫁いだ娘か?」

「はい」

「新九郎は盗賊を何人殺した?」

季瓊が訊く。

「盗賊どもは全部で十人で、そのうち六人が死にました。わたしが手にかけたのは一人だけです」

「は? おしゃべり男は百人の盗賊どもを皆殺しにしたと言っていたぞ。なあ、海峰?」

「二百人と聞いたような気がいたしますが」

「とんだ法螺《ほら》吹きではないか。たった十人か。新九郎たちは何人だった?」

「ええっと……八人です」

「おまえと、それ以外に武者が七人か?」

海峰が訊く。

「いいえ、村の子供たちです」

「子供たち？　子供が盗賊退治をしたというのかい？　どうやった？」

興味を引かれたのか、季瓊が新九郎に体を向ける。

新九郎はありのままを簡潔に説明した。

「ふうん、年端もいかぬ子供らだけで、そんなことをなあ。百人の盗賊を殺したと聞くより、よほど驚きだぞ。なあ、海峰、どう思う？」

浄円が訊く。

「なかなか、できることではありませぬな。やはり、新九郎殿は、ただ者ではない。どうも普通の者とは違うような気がするのです」

「そうだろうな。そうでなかったら、おまえが会所に連れて来るはずがない。新九郎は何を好む？　剣術か、弓矢か、馬か？　それとも、酒や女、賭け事か。正直に言うてみよ」

「わたしは……」

新九郎が小首を傾げて思案する。

「書物を読むのが好きでございまする」

「は？」

浄円がぽかんと口を開ける。

「からかっているのか？」

「いいえ」

新九郎が首を振る。

「わたしが育った高越城には、それほど多くの書物はなかったので、『太平記』や『義経記』『御伽草子』を何度も繰り返して読みました。城の近くの法泉寺には割に漢籍が揃っていたので『史記』や『春秋左氏伝』を読みました。都には、荏原郷では読むことのできない数多くの書物があるでしょうから、どんな書物を読むことができるのか今から楽しみにしております」

「何と……」

「驚いたのう」

浄円と季瓊が顔を見合わせて愉快そうに大笑いする。

「……」

新九郎は、なぜ、二人に笑われるのかわからずに怪訝な顔をしている。

「いや、すまぬ、すまぬ。気を悪くするな。こんな面白い話を聞いたのは久し振りでな。書物を読むのが好きで、都で書物を読むのを楽しみにしているとは……驚きましたな、軒主さま？」

笑い涙を人差し指で拭いながら、浄円が季瓊を見る。

「うん、面白い小僧だな。御所にも若い者がたくさん出入りしているが、こんなことを言う者は他におるまいな」

季瓊がうなずく。

「おしゃべり男は、いや、万里小路の伊勢殿は、新九郎に御所で何をさせるつもりなのだ？」

浄円が訊く。

「どこか遠国の申次衆にして下さると聞きました。仕事はしなくてよいので、できるだけ多くの人たちと知り合いになり、一緒に遊興に耽ることが大切だと諭されました」

新九郎が答える。

「正直な子よ。で、新九郎は、その言葉に従うつもりなのか？」

「よくわかりませぬ。昨日、都に着いたばかりで右も左もわかりませぬので」

「戦で、都も焼けてなあ。わしのいる相国寺も焼かれてしまった。大切な仏典もたくさん焼けた。おまえは書物を読むのを楽しみに都に出て来たそうだが、今の都で書物を探すのは容易なことではない。しかし、ひとつだけ兵火を逃れた書庫がある。和書も漢籍も何でも揃っている」

季瓊が言うと、

「それは、どこでございましょうか？」

新九郎が訊く。

「ここだ。この御所には立派な書庫がある。なあ、浄円？」

「はい、見事な書庫ではございますが、残念なことに誰も利用しておりませんなあ。大切な書物が埃を被っておりまする。御所にいる者たちは書物などには見向きもいたしません。ひょっとして、新九郎を？」

「最初だけかもしれんな。すぐに書庫には足を向けなくなるかもしれないが、それでもいい。新九郎、わしから公方さまに頼んでおいてやるから、いつでも好きなときに書庫に入って構わぬぞ」

「え」

「御所にあるものは、すべて公方さまのものだから、お許しがなければ書庫に勝手に入ることもできぬ。もっとも、公方さまが書物を開く姿など、もう何年も見ておらぬわ」

季瓊はまた碁盤に体を向けると、じっと盤面に目を凝らす。話は終わり、ということなのであろう。

浄円が目で合図すると、

「失礼いたしまする」

海峰が平伏する。新九郎もそれに倣って平伏し、それから席を立った。会所の外に出ると、政所に連れて行ってやろう、と先になって歩き出す。

「軒主さまに気に入られたようだな」

「そうでしょうか」

「おまえは見栄を張ることなく何でも正直に答えた。正直であるというのは、昨今、この都では珍しいことなのだ。おまえは書物が好きだとも言った。そのうち、おまえにもわかるだろうが、御所で書物を読む者など滅多におらぬ」

「なぜですか?」

「もっと楽しいことがたくさんあるからだろうな」

さあ、ここを真っ直ぐ進めば政所だ、一人で行くがよい……そこで海峰は踵《きびす》を返した。

「海峰さま」

「ん?」

海峰が振り返る。

「なぜ、親切にして下さるのですか」

「朱に交われば赤くなるという言葉がある。知っているか?」

「はい」

「御所には多くの若者も出入りしているが、皆、目が輝きを失って濁っている。おまえは、いい目をしている。そんな目を久し振りに見た。それで、ついお節介をする気になったのであろうよ。おまえの目が濁らぬように願っているぞ」

海峰は歩き去った。

新九郎が政所を覗くと、すぐに中から貞道が飛び出してきた。納銭方会所に連れ込まれてしまったので、どうなっているかと気を揉んでいたらしい。新九郎の袖を引いて物陰に引っ張っていくと、

「なぜ、海峰殿と知り合いなのだ？」

声を潜めて訊く。

「知り合いといっても、昨日、湯屋で会ったばかりなのです」

「湯屋？　どこの湯屋だ」

「一条にある、羽林の湯というところでした」

「こいつ……」

貞道が呆れたように新九郎を見る。

「都に出て来たばかりというのに、早速、一条で羽目を外したのか」

「そういうわけでは……」

「いいのだ」

貞道は笑顔になり、新九郎の背中をぽんぽんと叩く。

「御所に出入りするようになれば、それが当たり前になる。それくらいの放蕩ができない

ようでは務まらぬわ。やるではないか。見直したぞ。石頭の兄上とは違うな。最初は盗賊退治の話で皆の耳目を集めることができたとしても、そんなものは長続きしない。すぐに忘れられてしまう。そうなる前に、できるだけ多くの者たちと親しくなって一緒に遊ぶことが肝心だぞ。それを忘れてはいかん」

「本当に、それでいいのですか?」

「構わぬ」

貞道は新九郎に顔を近付けると、それでいいのだ、と繰り返した。

「さて、執事殿が出仕しておられる、挨拶しなければ……」

政所に戻ろうとして、ふと、何かを思い出したかのように、

「会所で何をしていた?」

「何というほどのこともありませんが、書物の話などをいたしました」

「ふんっ、書物か。つまらんのう」

貞道は顔を顰めると、さっさと政所に入っていく。

十三

室町幕府政所執事を務める伊勢貞親は、この年、五十四歳である。かつては体が肥え、女のように甲高い声で笑い、笑うと顎の肉が二重三重にたるむほどだったが、今は枯れ木

のように痩せてしまい、眼窩《がんか》が落ち窪んでいるせいで、やたらに目が大きく見える。病に冒されているのは明らかであった。若い頃から健康で、滅多に風邪を引くこともなかった貞親が急に病弱になったのは、四年前に失脚したことがきっかけになっている。

それまでの貞親は権勢をほしいままにし、貞親の意向がそのまま幕府の政治方針になるといっていいほどだったが、将軍・義政の後継問題で対応を誤って細川勝元の怒りを買い、屋敷を細川兵に囲まれた。命からがら近江に逃げ、義政の取りなしで勝元が矛《ほこ》を収めるまで亡命生活を余儀なくされた。

これを文正《ぶんしょう》の政変といい、飛ぶ鳥を落とす勢いだった貞親の初めての挫折といってよかった。

都に戻ってからも、勝元の顔色を窺《うかが》うような日々が続き、それが貞親の神経を参らせた。そこに応仁の乱が勃発し、都は兵火に包まれた。花の御所のすぐ西側にあった貞親の屋敷も焼き討ちに遭い、またもや身ひとつで逃げ出す羽目になった。

貞親の健康が急速に衰えたのは、それ以降のことである。健康の衰えが気力を萎えさせ、それが政治力の低下に繋がった。かつては財政だけでなく、政治や軍事にまで発言力があったのに、今では細川勝元の方針に異を唱えることもできず、政所執事の専権であるはずの財政に関してすら、蔭涼軒主や納銭方一衆の意向を無視できなくなっている。貞親も自らの衰えを自覚しており、この頃は、嫡子・貞宗《さだむね》に職務を代行させることが多い。本来、執事を補佐するのは蜷川氏が務める政所代の役割だが、政所代ではなく、貞宗に代行させるのは、近い将来、貞宗に執事職を譲るという意思の表れといってよかった。貞宗は二十七歳である。

新九郎が貞親の前で平伏したときも、その横に貞宗が坐っていた。

「新九郎にございまする」

「うむ」

貞親がじっと新九郎の顔を凝視し、あまり姉には似ていないようだな、と言った。姉の保子は貞親の養女として駿河の今川義忠に嫁いだ。荏原郷から真っ直ぐ駿河に向かうのではなく、しばらく都に滞在して貞親の屋敷で暮らしたから、貞親も保子のことをよく知っている。

「せっかく都に出て来たのに運のないことよのう。まあ、あまり気を落とさぬことよ。今更、備中に帰るわけにもいかぬであろうし、都で出世すればいい。どこかの大名の申次衆に任じてくれと頼まれたが、どこか空きがあるか」

貞親が顔を横に向け、貞宗に訊く。

「ないことはありませぬが、新九郎殿は父上の甥、わたしにとっては従弟、どこでもいいというわけにはいかぬと存じます」

生真面目な表情で貞宗が答える。

「どうせなら貧しい国より、豊かな国を治めている大名の申次衆を務める方がよかろう。何かと付け届けも期待できる。それまでは政所に出仕して、いろいろ学ぶことよ。すぐに知り合いも増えるであろう。うまい申次衆の空きがなければ、ここの寄人になればよい」

「寄人に空きがありましたでしょうか？」

貞道が小首を傾げると、

「おまえの職を譲ればよかろう」

「え？」

「そういう約束で新九郎を養子に迎えることになっていたのであろうが？　それを何だ、後妻を迎えて鼻の下を伸ばした揚げ句、孕《はら》ませるとは……。倅を亡くしたとき、頭を丸めて出家すると泣き叫んだのは、そんな大昔のことでもないはずだぞ」

貞親が嫌な顔をする。

「ははは、お恥ずかしい。しかし、生まれてくるのが男か女かもわかりません。女が生まれれば、新九郎と娶せて家を継がせるつもりでおります」

「男だったら？」

「そのときは養子に迎えることはできませんが、その代わり、出世に力を貸すつもりでおりますし、他にいい家を探して婿入りを世話してやろうと考えております」

「よく言うわ」

貞親が呆れたように首を振る。

「口で言うほど簡単なことではあるまい。そもそも、そんな力があったら、いつまでも寄人で燻《くすぶ》っているはずがない。違うか?」

「はあ、確かに」

貞道が恥ずかしそうに頭を掻く。

「新九郎は今川家の北の方の弟。わしも、しっかり身の振り方を考えてやらねばならぬと思っている。もうすぐ、子が生まれるというしな」

「はい」

新九郎がうなずく。

「年内には生まれるらしい。十六で嫁いだから、子供ができるのは、もう少し先かと思っていたが、よほど仲睦まじいのであろうな。男が生まれるとよいが……。後継ぎが生まれれば治部大輔《じぶのたいふ》殿も安堵するであろうし、おまえの姉の立場も盤石になる」

「今は、そうではないのですか?」

「正室とはいえ、子供が生まれるまでは安心できぬということじゃ。側室が先に男を産んだら、ややこしいことになる」

貞親が言うと、隣の貞宗もうなずき、

「三河《みかわ》や遠江《とおとうみ》では、しばしば合戦騒ぎが起こっているし、駿河そのものも決して平穏ではない。治部大輔殿も頻繁に出陣しているそうだし、後継ぎが決まらぬうちに治部大輔殿の身に何かあれば面倒なことになる。子供は早く生まれる方がいい」

「今川で子供が生まれるのはめでたいが、こっちで子供が生まれるのは素直に喜べぬのう、新九郎？」

貞親が意地の悪い質問をする。

「そんなことはありません。叔父上に子供が生まれるのは、まことにめでたきことと存じます」

「それは本心か？」

「はい」

「女が生まれればいいが、男が生まれたら、おまえが困るではないか」

「さあ……」

新九郎が小首を傾げる。

「そのときは足軽大将にでもなろうかと思います」

「は？」

一瞬、貞親はきょとんとした顔になるが、すぐに大笑いする。

「ああ、忘れていた。おまえは備中で盗賊退治をしたのだったな。なるほど、腕っ節に自信があるわけか」

「都で戦が収まったせいで、暇を持て余す足軽どもが白昼堂々と押し込み強盗を働くという噂を耳にします。足軽どもの親方は、大儲けしているらしいですな。寄人殿の養子になるより、新九郎の言うように、足軽大将になる方がよほど羽振りのいい暮らしができるかもしれません」

貞宗が真面目な顔で言う。

「おいおい、わしの甥が押し込み強盗になったら困るぞ。まあ、そんなことにならぬよう、たとえ寄人殿の養子になれなくても食うには困らぬように計らってやろう。新九郎、ついて来い」

貞親が腰を上げる。

「どこに行かれるのですか?」

貞道が訊く。

「御所さまに紹介してやる。運がよければ御台さまにも会える。初めてここに来て、いきなり、御所さまや御台さまに会える者は滅多におらぬ。わしからの心尽くしと思うがよい」

「おお、それは……」

貞道が全身で喜びを表す。御所さまというのは将軍・義政で、御台さまは正室の日野富子である。義政や富子には、貞道ですら簡単に会うことができないし、顔を合わせる機会があったとしても言葉を交わすことなどほとんどない。そんな雲の上の存在である二人に、田舎から出て来たばかりの無位無冠の少年をいきなり会わせようというのだから、これは破格の厚意といっていい。

「新九郎、何をぼんやりしている。執事殿にお礼を申し上げよ。すごいことなのだぞ」

貞道は興奮で鼻息が荒い。

「ありがとうございます」

新九郎は慌てて平伏する。

十四

貞道が先導し、その後ろを貞親、最後尾を新九郎という順で廊下を渡っていく。貞宗は同行しなかった。

「ん?」

貞親が足を止める。

「どうなさいました?」

貞道が振り返る。

「聞こえぬか、あれが?」

「はて……」

貞道が小首を傾げる。が、すぐに両手をぽんと打ち合わせ、

「犬でございますな」

「うむ。犬が吠えている。細川殿がまた犬を連れて来たのかもしれんな」

「いい犬が手に入ったのでしょうか?」

「ふんっ、知らんわい」

貞親が顔を顰めたのは、細川勝元が嫌いだからである。勝元のせいで何度も命が危険にさらされたことを思えば、貞親が嫌うのも無理はない。

「細川殿だとすれば、御所さまに犬を見せに来たのであろうな……」

御所さまに会うのは明日にしようか……勝元と顔を合わせるのが嫌なので貞親が迷い始める。

と、そのとき、きゃーっという女の悲鳴が聞こえた。それほど遠くからではない。その悲鳴を耳にした瞬間、新九郎は反射的に廊下から中庭に飛び降り、白砂を踏んで悲鳴が聞こえた方に駆け出した。その後ろ姿を見送りながら、貞親と貞道がぽかんとしている。やがて、

「新九郎は、何をするつもりなのだ?」

「さあ……」

貞道にも見当が付かない。

（ああ、おれはまずいことをしてしまったようだ）

中庭を走りながら、ようやく新九郎は、そんなことを考えた。女の悲鳴を耳にして、勝手に体が反応してしまった。かなり切羽詰まった悲鳴に聞こえたからだ。気が付いたときには廊下から中庭に飛び降りて走り出していた。

冷静に考えれば、政所執事という要職にある伯父・貞親の厚意で、これから将軍とその御台所に謁見《えっけん》を願いに行くところなのだから、何が起ころうともおとなしく謙虚に控えているべきだった。貞親は怒っているであろうし、貞親の顔色を窺うことに汲々としているもう一人の叔父・貞道は、さぞや血の気の引いた青い顔をしているであろうと想像できる。今からでも戻った方がいいだろうか……珍しく、そんな真っ当なことを考えたとき、また悲鳴が聞こえた。悲鳴というより、今度は泣き叫んでいるという方が正確な表現かもしれなかった。それを耳にして、

（仕方がない。これが、おれの性分だ。今更、直しようもない）

大きな建物の角を曲がると、人だかりができている。犬の吠え声が喧しい。地面に大きな木箱がいくつも置かれており、その木箱の中から吠え声が聞こえる。どの木箱も大きく揺れているのは、その中で犬が暴れているからに違いなかった。なぜ、犬たちがこんなに興奮しているのか、そもそも、なぜ、御所に犬を運んでいるのか……新九郎の頭の中には

次々に疑問が湧いた。

（お）

木箱のひとつが壊れている。木箱には縄が掛けられており、長い棒に縄を引っ掛けて、前後二人の下男が運ぶようになっているが、縄が切れて地面に落ちている。そこから察するに、木箱を運んでいる途中で急に縄が切れて木箱が地面に落ちた。その拍子に木箱が壊れて、箱の中の犬が逃げ出した、それで大騒ぎになっている……そんなところらしかった。

誰か助けて、という女の涙声が聞こえる。人だかりの向こうに目を凝らすと、渡り廊下に女房が坐り込んでいる。涙で顔を濡らし、がたがた震えながら助けを求めているのを見れば、腰を抜かしてへたり込んでいるといった方がよさそうだ。身にまとっているのは絹だから、端女《はしため》などではない。身分のある女に違いない。

その女房の反対側、三間（約五・四メートル）ほど離れた廊下の暗がりに大きな赤犬が姿勢を低くして唸《うな》り声を発している。半開きの口から鋭い牙を覗かせ、涎《よだれ》を滴《したた》らせ、顎を震わせている。血走った目は、じっと女房に注がれている。

「なぜ、助けないんだ？」

近くにいる下男に訊く。

「あんな恐ろしい犬に手出しができるものか。何人もの人間を殺した人食い犬だ。それに細川さまの犬だから、下手なことをしたら、こっちの首が飛んでしまう」

下男が首を振る。

なるほど、犬が恐ろしくて手出しできないだけでなく、犬の持ち主への遠慮もあるので、為す術なく遠巻きに事の成り行きを見守るしかないということらしかった。

だが、そんな悠長なことをしていると、あの女房が食い殺されてしまうではないか、と新九郎は危惧した。

荏原郷にいるとき、門都普と二人で何度も山に入り、時には狼や山犬と出会《でくわ》すこともあった。門都普が教えてくれたのは、

「絶対に背中を見せるな」

ということだった。慌てて逃げようとすると、その動きに誘われて狼や山犬が襲ってくる。だから、どんなに恐ろしくても、その場を動かず、じっと相手の目を睨まなくてはならない。相手が先に目を逸《そ》らせば心配ないし、人間と睨み合いになれば、大抵は向こうが目を逸らす、と門都普は言った。

「目を逸らさずに襲ってきたら、どうするんだ？」

と、新九郎が訊くと、

「そのときは戦うしかない。何もしなければ食い殺されるだけだからな」

門都普は平然と言った。

唸り声を発しながら女房を睨んでいる赤犬は、今にも女房に襲いかかろうとしている。

女房が下手な動きをすれば、それが呼び水になる。女房が大声で泣き叫んでいることが、思いがけず赤犬を威嚇する効果を示しているが、それも長くは続かないだろう、と新九郎は思う。刀を持っていれば、すぐに助けに行くところだが、生憎《あいにく》と懐に小柄《こづか》があるだけだ。何か武器はないか、と周囲を見回したとき、また女房の涙声が聞こえ、女房が後退りする姿が目の端に映った。

（あ、駄目だ！）

木箱の材料として使われていた板を地面から拾い上げると、動くな、じっとしていろ、と叫びながら新九郎は廊下に跳び上がり、女房と赤犬の間に立ちはだかった。そこに赤犬が猛然と襲いかかってくる。鼻面を板で殴りつけるが、赤犬は少しも怯《ひる》むことなく新九郎の懐に飛び込んでくる。その勢いに押されて、新九郎が仰向けに倒れる。口を大きく開け、新九郎の喉に食いつこうとする。喉笛を食いちぎってしまえば、人間などたやすくおとなしくさせることができると知っているのだ。新九郎は両手で赤犬の首をつかむと、思い切り前方に押しのけた。が、すぐに赤犬は体勢を立て直して襲いかかってくる。そのわずかな隙に新九郎は懐から小柄を取り出した。赤犬の牙が喉に向かってくる。まさに喉に食いつかれようとしたとき、不意に赤犬の動きが止まった。

新九郎が赤犬を押しのけて立ち上がる。廊下に転がった赤犬は死んでいる。新九郎の右手が真っ赤なのは、小柄で赤犬の腹を切り裂いたからだ。ほんの一瞬でも遅れていたら、今頃、死体になって廊下に倒れていたのは新九郎の方かもしれなかった。それほど際どい勝負だった。

新九郎が呼吸を調えながら、額の汗を拭っていると、

「わしの犬は、どこにいる！」

という怒鳴り声が聞こえた。

その声を聞くと、その場にいた下男たちが一斉に地面に膝をつき、頭《こうべ》を垂れた。

おやっ、と新九郎が思ったのは、その中年男の後ろから荒木鷹之助がついて来たからだ。

顎鬚《あごひげ》を生やした中年男がせかせかした足取りで近付いてくる。

義政の御供衆を務めている美貌の少年である。

「こんなところでもたもたしおって、何を騒いでいるのだ？」

下男たちを宰領《さいりょう》していた初老の武士に中年男が訊く。

「箱が壊れ、犬が逃げ出したのでございます」

「ならば、さっさと探すがよい。こんなところでじっとしていても仕方あるまい」

「それが……殺されてしまいましたので」

「何と申した。わしの犬を殺したというのか？」

「われらが殺したのではなく、あそこにいる者が……」

その武士が新九郎に顔を向ける。

新九郎は犬の血が滴る小柄を手にしたまま渡り廊下に突っ立っている。長袴も血まみれで、直垂にもかなりの血が飛び散っている。その有様を見れば、新九郎が赤犬を殺したことは一目瞭然だ。

「わしの犬を勝手に殺すとは……あれは何者だ？」

「あの者は、政所の寄人を務める伊勢殿の甥御でございまする」

「伊勢の者だと？　せっかく、いい犬を手に入れたから御所さまに披露しようと運んできたのに、こんなところで殺すとは……。おのれ、許さぬぞ」

中年男が顔を真っ赤にして怒りを露わにする。許さん、許さん、と繰り返しながら新九郎に近付いていく。刀に手をかけているから、手討ちにするつもりかもしれない。そこに、

「管領殿」

と嗄《しわが》れた声が聞こえ、廊下の向こうから蔭涼軒主・季瓊が現れた。その後ろには海峰がいる。

「おう、軒主殿ではござらぬか。しばらく顔を見ませんでしたな」

中年男が季瓊に顔を向ける。この中年男こそ、管領を務める細川勝元であった。今や室町幕府における最大の実力者といっていい。顎鬚のせいで老けて見えるが、まだ四十一歳である。

「何やら、腹を立てておられるようですが、新九郎に感謝した方がいいのではありませぬ

かな」

「大切な犬を殺されて、なぜ、感謝しなければならぬのですか。昨今、都で、いい犬を見付けるのは容易なことではないのですぞ」

「飢えた者たちが、犬であろうと猫であろうと鼠《ねずみ》であろうと見付け次第に叩き殺して食ってしまうようですから、そんな都で生き残っているとなれば、逆に人間を食い殺すほどに獰猛《どうもう》な犬なのでしょうし、そういう犬を使って犬追物をすれば公方さまも、さぞや、お喜びになるでしょう。少しばかりお話ししてきましたけど、退屈で仕方がない、何か面白いことはないかと、そんなことばかり言っておられました」

「それがわかっているから、わしも必死で犬を集めたのです。珍しく、いい犬を何匹も捕らえたので御所さまに見ていただこうと思っていたのに……」

　勝元が新九郎を睨む。

「この小僧が殺してしまいおった」

「確かに立派な犬どもを見ればお喜びになるかもしれませぬが、小笠原《おがさわら》の姫を食い殺した犬と知っても喜んでくれますかな。管領殿も困るのではありませぬか？」

「小笠原の姫だと？」

　勝元が怪訝な顔で渡り廊下に近付き、柱の陰に蹲《うずくま》っている女房を見遣る。その泣き顔を見て、

「何と、真砂《まさご》殿ではないか」

と驚愕した。

この女房は、義政の奉公衆《ほうこうしゅう》を務める小笠原政清《まさきよ》の娘・真砂で、御台所・日野富子に仕えている。年齢は十四である。奉公衆は将軍の親衛隊といっていい存在で、戦になれば馬廻として将軍を警護するという重責を担う。

しかも、小笠原家は六代将軍・義教《よしのり》の頃から将軍家の弓馬師範に任じられている。将軍に弓馬の技術を伝授することと、武家の儀礼に関わる有職故実《ゆうそくこじつ》を受け継ぐというふたつの役割を担う家であり、小笠原家の指南なしには公式行事を行うことができないと言われるほどだ。ただの奉公衆よりも、よほど格式の高い家門なのである。

勝元と政清は個人的にも親しい間柄で、応仁の乱が勃発した当初、義政と富子が山名持豊に肩入れして勝元と対立したときにも、政清は一貫して勝元を支持した。後に富子と勝元は和解し、持豊を都から追うことになるが、二人が和解するに当たっては政清が大きな役割を果たした。その恩義を勝元は今でも忘れていない。恩人の娘を自分の犬が食い殺していたかもしれないと知って、さすがの勝元も表情を変えた。

「その方、新九郎と申すか？」

勝元が声をかける。

「はい、伊勢新九郎にございまする」

新九郎が腰を屈める。

「礼を申すぞ。よく犬を仕留めてくれた。取り返しのつかぬことになるところだった」

「畏れ入りまする」

「それで仕留めたのか？」

勝元が血の滴る小柄に目を止める。

「他に武器がありませんでしたので」

「ふうむ、そんな小柄であのような大きな犬を殺すとは……。年齢はいくつだ？」

「十五でございます」

「恐ろしくなかったのか？」

「恐ろしくなかったと言えば嘘になりますが、そこにおられる御方が助けを求めておられたので、あとは無我夢中で……」

「伊勢家など文弱で頼りない者ばかりだと思っていたが、そうではないようだな。伊勢新九郎か。その名前、覚えておこう。ひとつ借りができたな」

勝元は配下の者たちに顔を向けると、もたもたしていないで、さっさと片付けをせぬか、廊下をきれいに清めよ、残った犬を運べ……矢継ぎ早に命令を下すと、季瓊に小さく会釈して、その場を立ち去った。荒木鷹之助も勝元に従ったが、何か言いたげな様子で、ちらりと新九郎を振り返った。結局、何も言わずに離れていった。

「新九郎は面白いのう」

季瓊が笑う。

「しかし、あまり無茶してはならぬぞ。危うく管領殿に斬られるところだった」

「はい」

「ひどい格好ではないか。体を洗って、着替えなければな」

「それくらいのことならば、寄人殿がやってくれるでしょう。あそこにおりまする」

寄人殿、こちらに来てはどうですか、いつまでそこに隠れているつもりなのですか、と海峰が大きな声を出す。その声に釣られたかのように貞道が姿を現す。新九郎を追って、ここまで来たものの、思いがけぬ展開に驚き、物陰からこっそり様子を窺っていたらしい。

「それなら、おまえは小笠原の姫に手を貸してあげなさい。本当なら管領殿が気配りすべきであろうが、だいぶ頭に血が上っていたようなのでな」

季瓊が言うと、海峰が真砂に歩み寄っていく。真砂は廊下にへたり込んだまま、召使いの小女と一緒になって泣いている。

「毎日、出仕するのか？」

季瓊が新九郎に訊く。

「そう言われておりますが」

「書庫の件、公方さまにお願いしておいた。いつでも出入りして構わぬことになった。わしも、これからは、ちょくちょく御所に顔を出す」

にこっと笑いかけると、貞道にも顔を向け、

「しっかり面倒を見よ」

「そ、それは、もちろん」

貞道が慌ててうなずく。

「ああ、愉快、愉快」

季瓊が笑いながら廊下を渡っていく。

「叔父上、ご面倒をおかけして申し訳ありません」

「ああ、何はともあれ、着替えなければならぬ。それにしても、ひどい姿ではないか……」

貞道がふーっと溜息をつく。

(わしは、とんでもない男を備中から呼び寄せてしまったのではなかろうか……)

赤犬の血にまみれた新九郎の姿を見つめながら、心の奥深いところから後悔の念が湧いてくるのを貞道は感じた。

十五

一刻(二時間)ほど後……。

新九郎は、貞道、貞親と共に廊下を歩いていた。

体を洗い清め、着替えをするのに、それほど時間はかからなかったのだが、細川勝元の犬を新九郎が殺したことに貞親が腹を立て、義政に謁見させるのを止めると言い出した。最初は勝元も腹を立てていたが、赤犬が危うく小笠原政清の娘を襲うところだったと知ると、怒りを鎮め、かえって新九郎に感謝したのだ、と貞道が説明したのだが、勝元と悶着が起こることを怖れる貞親は聞く耳を持たなかった。

「もう知らぬ！　勝手にすればよかろうが」

と、貞親は怒り狂った。

「仕方ありません。勝手なことをした新九郎が悪いのですから」

貞道は新九郎を連れて屋敷に帰ろうとした。

廊下を歩きながら、

「なあ、新九郎。わしは目が回りそうだ。どうして次から次へと騒ぎが起こる？」

「申し訳ございません」

「昨日までは平穏だったのにのう……」

貞道が溜息をついたとき、寄人殿、お待ち下され、と呼ぶ声がした。振り返ると、貞宗である。

「急ぎ政所に戻られよ。父が待っております」

「まだ何かご用ですか？」

「御所さまに謁見を賜ることになりました」

「は？」

「父のもとに御台さまから使いが来て、新九郎を伴って、すぐに参れ、とのこと」

「御台さまが？　なぜ、そのような……」

「小笠原の姫を助けたせいかもしれませんな。御台さまのお気に入りという話ですから。とにかく、急いで政所に戻ってもらいましょう」

「わかりました」

貞道が新九郎と共に政所に戻ると、貞親が苦い顔をして待っていた。

そんな事情で三人は奥に向かっている。

「新九郎」

貞親が歩きながら言う。顔は前を向いたままだ。

「はい」

貞親の後ろを歩く新九郎が返事をする。

「御所さまや御台さまの前ではおとなしく控えねばならぬぞ。余計なことを口にしてはならぬ。余計なこともしてはならぬ。誰かが悲鳴を上げても、いきなり、走り出すようなことをしてはならぬ。わかったか？」

肩越しに貞親が振り返り、じろりと睨む。

「承知しました」

新九郎は素直にうなずいた。


義政と正室の日野富子が上座に並んで坐っているが、見るからに対照的な夫婦である。色白の富子は肌に張りがあって、健康そうな顔をしている。ぽっちゃりした丸顔で、体つきもいくらか肥えている。それに比べて、義政の顔色の悪さは、どうであろう。まるで重い病にでも罹っているかのように肌が黒ずみ、生気がない。目の下には濃い隈ができているし、いやに手が黄色く見えるのは、どこか内臓が悪いせいに違いない。酒ばかり飲んでいるので、いつも頭がぼんやりしているし、荒淫《こういん》のせいで疲れが抜けない。長年にわたる荒《すさ》んだ放蕩生活が義政の肉体を蝕んで、その風貌は、まるで五十過ぎの老人のようだが、まだ三十五歳である。三十一歳の富子が実際の年齢より、ずっと若く見えるのとは好対照といっていい。

下座に貞道と新九郎が平伏している。貞親が新九郎を紹介して口を閉ざす。

ここで義政が何か言葉をかけなければならないが、義政は黙り込んでいる。背中を丸めて猫背になり、肘《ひじ》を膝に載せて、掌で顎を支える格好をしている。じっと坐っているのも辛いほど気分が悪く、頭が痛い。二日酔いなのだ。

「御所さま」

貞親が声をかけると、義政はびくっと体を震わせ、大儀そうに顔を上げて、面《おもて》を上げよ、と口にした。新九郎と貞道が顔を上げると、何を言えばいいのか迷う様子だったが、

「新九郎」

「は」

「酒を……酒を好むか?」

「嗜《たしな》みませぬ」

「はあ……飲まぬか」

そうか、飲まぬか、と口の中で繰り返しながら、額を押さえる。頭が痛いのだ。

「賭け事は、どうだ? 備中の荏原郷から来たというが、向こうでは、どんな賭け事をする?」

「存じませぬ」

「備中の者は賭け事をせんのか。不思議な国もあるものよ……。どんな面白いことがある?」

「日々、田畑で働き、山で狩りをし、寺で学問をいたします。その繰り返しでございます」

「おかしいのう。季瓊は、面白い子がいると話していたが、新九郎の話を聞くと、さして

面白そうにも思えぬわ。書庫に入りたいと聞いたが、書庫で何をする?」

「は?」

一瞬、新九郎は耳を疑った。

「書物を読みたいと思っておりますが……」

「ああ、そうか。書庫で書物を読むのか。当たり前のことをするだけか。何か面白いことでもするのかと期待したのに」

義政は溜息をつくと、ちらりと横目で富子を見る。新九郎に会うと言い出したのは富子なのである。できれば二日酔いが治まるまで寝所で横になっていたかったのに、富子に引きずり出された。面倒だと思ったが、口喧嘩になれば富子には勝てないし、そもそも言い争いをする元気もなかったので、さっさと済ませて寝所に戻ればいいと考えた。さあ、もういいだろう、終わりにしてくれ、という意味を込めて富子に視線を向けたのである。

義政の意図が伝わらなかったはずはないが、富子は表情も変えず、口許に微かな笑みを浮かべて、真っ直ぐ新九郎を見つめ、

「真砂を助けてくれたこと、礼を申しますぞ。本人から礼を言うべきでしょうが、よほど怖い思いをしたせいか、部屋に戻って床に臥せている。真砂は、よく仕えてくれる忠義者、大切な召使い。よくぞ守ってくれました」

「畏れ入りまする」

新九郎が頭を下げる。

「真砂を守るとか、怖い思いをしたとか、どういうことだ？」

義政が怪訝な顔になる。

「ご説明申し上げまする」

座敷の片隅に控えていた荒木鷹之助が声を発する。

「うむ。申せ」

義政がうなずくと、鷹之助は、細川勝元が運んできた赤犬を新九郎が殺した顚末を語った。

「殺したのか、新九郎が？」

「なかなか手に入らぬ立派な犬だったので、管領殿は残念そうな様子でございました」

「しかし、殺さねば、真砂が食い殺されていたのであろうから、それは仕方あるまい。新九郎が一人で、しかも、小柄で刺し殺したとは……。その小柄、持っているか」

「はい」

「見せよ」

急に義政の目が輝き出した。新九郎が懐から小柄を取り出すと、義政は背筋を伸ばして、

「ほう、本当に小柄ではないかや。小さいのう」

抜いてみよ、と命じる。新九郎が小柄を抜いて見せると、

「ほーっ、そんなもので、よく犬に立ち向かったのう……」

もっと詳しく話せ、犬はどうやって飛びかかってきた、嚙まれたりしなかったのか、犬をどう防いで、その小柄をどこに刺した……義政は人が変わったように熱心になり、興奮気味に新九郎に質問を浴びせた。新九郎が丁寧に答えると、そのたびに大きくうなずき、

「人と犬が一対一で戦うというのは、犬追物とはまるで違う趣なのであろうなあ。一歩間違えると食い殺されて命がなくなってしまうものなあ。犬追物も面白いが、所詮は騎馬武者がよってたかって逃げ惑う犬を矢で射殺すだけのことで、人と犬との戦いとは大違いじゃ。あーっ、残念。その場にいたかった。なぜ、呼ばなかった」

義政が恨めしそうに鷹之助を睨む。

「あっという間の出来事でしたので」

「どうだ、鷹之助、おまえは新九郎が勝つと思ったか、それとも、犬が勝つと思ったか？」

「犬が……」

鷹之助がちらりと新九郎を見遣る。

「犬が勝つと思っておりました」

「そうか……」

義政がふーっと大きく息を吐く。

「そういうわくわくするような新しい遊びを考えるように勝元に言わねばのう。あ、そう

だ、新九郎。わしが命じたら、もう一遍、犬と戦ってくれるか」

「は、はあ、御所さまのご命令とあれば」

新九郎は戸惑い顔でうなずく。

「新九郎は武芸が得意なのです。お忘れですか、備中にいる頃、盗賊退治をしたことを……」

貞親が自慢気に話し始める。

「そう言えば聞いたような気もするが……」

犬を殺した話を聞いたときに比べると、義政の反応は薄い。犬と人間が戦うのならば、どちらが勝つかわからないからわくわくするし、賭けの対象にもなりそうだが、盗賊退治など戦と同じで義政には何の興味もない。

むしろ、富子が関心を持った。盗賊たちの人数や武器のこと、対する新九郎たちの武器や人数のことを事細かに質問した。山の斜面に人質の女たちと共に陣取る盗賊たちを奇襲攻撃したことを話すと、

「それは見事な策。まるで義経の鵯越《ひよどりごえ》のような」

と口にし、それを聞いた新九郎も驚き、

「御台さまは……」

うっかり自分から口を利いてしまった。

すかさず貞親が注意したのは、貴人に謁見するときには、相手から質問されたことだけに答えるのが礼儀で、自分から勝手に口を開くのは失礼に当たるからであった。

「慎め」

「構わぬ。何を言おうとしたのじゃ」

「御台さまは兵法に興味がおありなのでしょうか」

「兵法？」

おほほほっ、と袖で口許を押さえて富子が笑う。

「新九郎はおかしなことを言う」

「そうだ、新九郎」

義政が何かを思いついたように口を開く。

「盗賊を射殺したと言ったな。弓矢が得意なのだな？」

「いいえ、弓矢が得意なのは荏原郷にいる仲間で、わたしはあまり得意ではありません」

「犬追物には出られぬか……」

義政は顔に失望の色を浮かべ、右手を小さく振る。それを見て、貞親が新九郎と貞道に退出を促す。

結局、最後まで貞道は義政からも富子からも言葉をかけてもらえなかった。

十六

その翌日から、新九郎は、貞道に言いつけられたように毎日御所に通った。朝早く出かけ、日暮れどきに帰宅することを繰り返した。貞道と一緒に出仕することはなかった。なぜなら、新九郎が出かけるとき、大抵、貞道は眠っていたからだ。

夜明けと共に目覚め、日が沈む頃に仕事を終えて家に帰る……荏原郷にいたときの習慣が新九郎には身に付いていたが、貞道はそうではなかった。夜更かしするのが当たり前で、その分、朝が遅いのだ。貞道が怠惰というのではなく、都ではそれが普通のことらしく、新九郎が御所で最初に顔を出すのは政所だが、早朝には下っ端役人しかおらず、執事の貞親も、その息子の貞宗も、貞道の同僚たちも誰もいない。そこそこ身分の高い者たちは貞道のように朝が遅いのである。夜更けまで遊び呆けているせいだが、貞道に言わせれば、それこそが大切な仕事なのであろう。

政所を覗いてから、新九郎は書庫に向かう。

荏原郷から都に出て来たことが、自分にとっていいことなのか悪いことなのか、まだ新九郎には判断できないが、ひとつだけ確実によかったと思えるのは、御所の書庫に出入りを許されたことだ。書庫には貴重な書物が豊富に揃っており、しかも、保存状態がいい。新九郎以外に利用する者もいないので、一人静かに読書三昧の時間を過ごすことができる。

小腹が空くと台所に行く。新九郎が台所に顔を出すと、下働きの者たちが群がり寄ってきて、

「新九郎さま、湯漬《ゆづ》けを食いまするか」

「芋粥《いもがゆ》も煮えておりまする」

「よい瓜もございますぞ」

「菓子も食われるとよい」

あれもこれもと四方から勧められるので、

「そんなには食えぬわ」

最後には新九郎も笑い出してしまう。

御所に出入りするようになって、さして日も経っていない新九郎がそれほど人気があるのには理由がある。

ひとつには、たった一人で赤犬を殺したという武勇伝のせいであった。赤犬に美しい女房が襲われるところを助けたという事実が武勇伝に美しい彩りを添えた。

もうひとつは、新九郎の身分である。まだ無位無冠の少年に過ぎないとはいえ、政所執事の甥である。台所で下働きをする者たちから見れば、雲の上のような存在といっていい。

ところが、新九郎には武勇や身分を鼻にかけて偉ぶるところがない。下働きの者たちは、高位の者から威張り散らされたり、わけもなく怒鳴られたりすることには慣れているが、

優しい言葉や感謝の言葉をかけられることには慣れていない。

初めて新九郎が台所に現れ、

「腹が減っている。湯漬けを所望したい」

と下女に頼み、それを食い終わったとき、

「うまかったよ。どうもありがとう」

と礼を言って茶碗と箸を返した。

そのことは、たちまち下働きの者たちの間に広まり、ある意味、赤犬を退治したこと以上に新九郎の人気を上げたといっていい。

その日に限らず、新九郎は何かを頭ごなしに命じることがなく、常に相手に対する感謝の気持ちを忘れなかった。時には、飯を食った後も台所に長居をして、荏原郷のことを語ったり、逆に、下働きの者たちの身の上話に耳を傾けたりした。冗談を言い合って笑い声を上げることもある。新九郎ほどの人気者は他にいなかった。

もっとも、それは、あくまでも取るに足らない下働きの者たちからの人気に過ぎず、そのことを苦々しく思い、新九郎に腹を立てている者もいた。貞道であった。

半月ほど経って、貞道は新九郎を呼びつけ、珍しく厳しい口調で説教した。

「なぜ、皆と一緒に遊ばぬ？」

ということであった。

書庫で書物に読み耽ったり、下働きの者たちと親しくなるなど、実にけしからぬ、時間の無駄である、出世の何の役にも立たぬ、と貞道は捲《まく》し立てる。

「何度も言ったはず」

出世する上で何よりも大切なのは人脈を作ることであり、そのためには身分のある者たちと一緒になって遊び呆けることが早道である。書庫に一人でいても人脈を作ることはできぬ、下賤の者たちと交わったところで出世の役には立たぬ、と貞道は言う。

「しかも……」

貞道がじろりと睨む。

「何度か誘いを断っているな？」

「……」

新九郎は返答に窮した。

それが事実だったからである。

何歳か年上の若者たちに、一緒に酒でも飲まぬか、蹴鞠《けまり》をせぬか、双六《すごろく》でもせぬか、闘茶をせぬか、遊び女と戯れに行かぬか……様々な誘いを受けた。貞道から言い付けられていたことでもあるし、誘われれば付き合うつもりでいた。

にもかかわらず、なぜ、断ったのかと言えば、彼らが見るからに軽薄そうで虫の好かない顔をしていたから、あるいは、彼らが下働きの者を足蹴にしているのを見たことがあったから、あるいは、酒など飲みたくもないし、賭け事もしたいと思わなかったから……理由ならいくつも挙げることができるが、要は、気が進まなかった、興味が湧かなかったと言うしかない。書庫で書物を読み耽っている方がずっと楽しいのである。納銭方会所に行けば、海峰や浄円が茶を飲ませてくれたり、囲碁の打ち方を教えてくれる。それもまた楽しかった。

そんな理由で誘いを断っているうちに、誘いの声がかからなくなったわけであった。

「そのようなことでは出世できぬぞ」

出世したいのであれば、軽薄な若者たちと一緒になって遊べ、という貞道の処世術は間違っていないとは思うものの、新九郎は釈然としなかった。口答えせず黙って説教を聞いたのは、貞道なりに新九郎の将来を案じていることがわかるからであった。とはいえ、所詮は馬の耳に念仏で、その翌日も、新九郎は書庫に籠もった。

読書に疲れると庭を散策することも多い。

御所から一歩でも外に出ると、至る所に戦の痕跡が生々しく残っており、雑草の生い茂った荒れ果てた屋敷も少なくない。

しかし、御所の庭は手入れが行き届いており、常に美しい花々が咲き乱れている。ここだけは別世界であった。義政は政治には無能だが芸術の才には恵まれており、特に庭園の造営に天賦の才がある。御所の庭にも、その才が遺憾なく発揮されており、数寄を凝らした見事な造りになっている。

新九郎は風雅には無縁だが、それでも、御所の庭を歩くと、木の植え方や種類、石の並べ方や形、大きさに至るまで、一見すると無造作に見えても、実際には、どれひとつとして無造作なものなどなく、すべてが計算し尽くされていると感じる。

「新九郎ではないか」

と名前を呼ばれ、ハッとして振り返ると日野富子が立っている。

「御台さま」

慌てて地面に片膝をつき、頭を垂れる。

「そのように堅苦しく振る舞うことはない。この庭は公方さまが西方浄土《さいほうじょうど》を模して造られた。浄土に身分の分け隔てはあるまい。立つがよい」

「はい」

新九郎が立ち上がると、

「ちょうどよかった、真砂」

富子が呼ぶと、はい、と小さな声で返事をして、富子の背後から若い女房が現れた。赤犬に襲われそうになっていた小笠原政清の娘・真砂である。

「新九郎に礼を言いたいそうです。あんなことがあったので体調を崩してしまい、実家に戻っていたのです。御所に戻ったばかりなのに、早速、新九郎に出会うとは、何だか縁がありますね」

さあ、と富子が促すと、

「あの折は、お助けいただき、ありがとうございました。すぐにお礼を申し上げるべきでしたが、自分で歩くだけの力も残っていなくて……」

真砂が目を伏せながら、感謝の言葉を口にする。

「わたしも気になっておりました。あの折、お怪我などなさいませんでしたか」

「はい。新九郎さまのおかげでございます」

耳朶《みみたぶ》を真っ赤に染めて、真砂がうなずく。

「歩きましょう」

富子が先になって歩き出す。その後ろに新九郎と真砂が付き従う。

「書庫に籠もってばかりいるそうですね」

「公方さまがお許し下さったおかげです」

「どうせ誰も読まないのですからね。公方さまだって、書庫に入ったことなどないでしょう。遊び呆ける者は珍しくもないが、朝早くから熱心に書物を読む者は珍しい……だから、わたしの耳にも入ったのです」

池の畔《ほとり》で不意に富子は足を止めて振り返り、

「おまえを見ると、わたしは悲しくなってしまう」

「なぜでございましょうか？」

「今は澄んだ清らかな目をしているが、すぐに他の者たちと同じように濁った目になるに違いない」

自分には六つになる息子がいて、今は素直だし、世の中の醜さも知らないから新九郎と同じようにきれいな目をしているが、成長して、欲深い放蕩者たちと交わるようになれば目が濁ってしまうでしょう、それが悲しいのですと言い、

「新九郎」

「は」

「その方、あと十年、その目を濁らせてはならぬ。そうすれば、息子が今の新九郎と同じ年頃になったとき、新九郎を見習えと諭すことができる。よいな、しかと命じたぞ」

「は」

「真砂、部屋に戻る」

富子が歩き始める。真砂は、新九郎に向かって会釈してから富子の後を追う。

その年の晩秋、貞道の妻・芳野が男の子を産んだ。

これによって、新九郎と貞道の養子縁組は立ち消えになった。

しかし、新九郎は盛定の屋敷に戻らず、貞道の屋敷で暮らし続けた。盛定の指示である。

盛定と貞道の間には取り決めがある。養子縁組を解消する事態になれば、貞道は新九郎の出世に尽力し、家格の見劣りしない家に婿入りできるように世話する、という約束である。出世云々に関しては、貞道の尽力によるものかどうかは別にして、蔭涼軒主・季瓊、納銭方会所頭・浄円、御台所・日野富子といった幕府の実力者たちに気に入られているから、先々、大いに見込みがありそうだ。

問題は、もうひとつの方である。

昨今、そううまい婿入り話などあるものではない。

しかし、約束した上は、何としてでも、貞道に守らせるつもりでいる。その約束が果たされないうちは、新九郎は貞道の屋敷に留まらざるを得ない。それが盛定の意思であった。

第三部　伽耶

一

文明《ぶんめい》四年（一四七二）春、例年のように盛定《もりさだ》は備中荏原郷《びっちゅうえばらごう》に帰った。夏に都に戻るとき、常盤《ときわ》と虎寿丸《とらじゅまる》、亀若丸《かめわかまる》を伴っていた。十五歳の亀若丸は元服《げんぷく》し、弥次郎《やじろう》と名乗りを替えていた。備中全域で疫病が流行っており、それを避けるという意味合いもあったし、常盤は、以前から、

「都に帰りたい」

と事あるたびに盛定に訴えていたから、ようやく、その願いをかなえてやったことになる。応仁《おうにん》の乱の行く末を見通すことができないうちは妻子を都に戻すのは危険だというのが盛定の考えだったが、東西両軍の睨《にら》み合いこそ続いているものの、もう二年以上も都で戦《いくさ》は起こっていないし、戦火で焼けた京の町もかなり復興してきたので、ついに盛定も

常磐の帰京を決断したのである。

都に着くと、弥次郎は、荷ほどきもせずに万里小路《までのこうじ》の東にある伊勢貞道《いせさだみち》の屋敷に出かけた。一刻も早く新九郎《しんくろう》に会いたかったのである。一人ではなかった。仲間が一緒だった。市松《いちまつ》、才四郎《さいしろう》、正太《しょうた》、権介《ごんすけ》、又助《またすけ》である。

玄関先に並ぶ仲間たちの顔を見て、新九郎も驚いた。弥次郎と市松が上洛することは聞かされていたが、他の者のことは何も知らなかったからだ。市松も今では元服し、大道寺《だいどうじ》弓太郎《ゆみたろう》と名乗っている。年齢は弥次郎と同じ十五歳だ。

山中《やまなか》才四郎は十八歳。

在竹正之助《ありたけしょうのすけ》と名乗りを替えた正太は十五歳。

権平衛《ごんべえ》となった権介は十六歳。

又次郎《またじろう》となった又助も十六歳である。

「どうしたんだ、おまえたち?」

「その言い方はないじゃないか。おれたちは兄者《あんじゃ》が呼んでくれるのを首を長くして待ってたんだ。それなのに、いつになっても呼んでくれないから、こっちから押しかけることにしたんだ。なあ?」

弥次郎が言うと、他の者たちが一斉にうなずく。

本当の事情は、こうであった。

弥次郎のように疫病から逃れるという理由もないではないが、より深刻なのは不作である。長男であれば話は別だが、二男以下は部屋住みの厄介者である。才四郎と弓太郎は二男、正之助と権平衛は三男、又次郎に至っては五男である。

もちろん、彼らは働き手でもあるから無理矢理追い出されたわけではないが、

「都に上って新九郎さまに仕えたい」

と頼んだとき、親たちは、さほど強く引き留めはしなかった。働き手を失うより、口減らしできる方がありがたかったからである。

もっとも、新九郎の従弟である弓太郎や、名字を名乗ることのできる家柄に生まれた才四郎や正之助の場合は、あわよくば都で出世できるのではないか、と親たちが期待したのも事実である。新九郎が御所に出入りして有力者たちに気に入られているという噂は荏原郷にも伝わっており、盛定ですら滅多に謁見《えっけん》を許されない将軍や御台所《みだいどころ》ともしばしば会っていると聞くに及んで、荏原郷のような田舎で燻《くすぶ》らせるより、将来の出世に賭けてみようという気持ちに傾いた。そんな賭けができるのも、彼らが部屋住みだからであった。

とはいえ、新九郎から直に誘われたわけではないので、とりあえず、才四郎と正之助は弥次郎の従者、権平衛と又次郎は弓太郎の従者ということにして都に上ってきた。

「まあ、そういうわけなんだけど、おれや弓太郎の従者になったというのは形だけのことで、みんな、兄者の家来になったつもりでいるから」

弥次郎が言う。

「おいおい、ちょっと待て」

新九郎としては苦笑いするしかない。自分を頼ってきた者たちを世話してやりたいのは山々だが、新九郎自身、貞道邸の居候《いそうろう》という立場である。とても彼らの面倒を見る余裕などない。

本当ならば、政所《まんどころ》に役職を得るか、そうでなければ、どこか豊かな国の大名の申次衆《もうしつぎしゅう》になっているはずなのだが、残念ながら、そうはなっていない。去年、貞親《さだちか》が隠居し、嫡男の貞宗《さだむね》が政所執事を継いでから風向きが変わった。申次衆にはなったものの、任されたのは遥か遠い北国の小国で、都周辺では戦が収まっているが地方では東西両軍の小競り合いが続いており、その影響なのか、新九郎が申次衆に任じられてから一度も都に上っていない。申次衆というのは、担当する大名と幕府の仲介をするのが仕事だから、大名が上洛しなければ何も仕事がないし、仲介の謝礼も手に入らない。名ばかりの申次衆であり、貞道に食わせてもらっているのが実情だ。御所には出仕しているが、何も仕事がないので、大抵は書庫で過ごし、そうでなければ、納銭方《のうせんかた》会所で海峰《かいほう》や浄円《じょうえん》と碁を打っている。

そんな事情を率直に説明すると、

「でも、門都普《もんとふ》は、新九郎さまと一緒にいるじゃないか」

と、弓太郎が口を尖《とが》らせる。

「あいつは自分で食い扶持《ぶち》を稼いでるんだ。おれは何もしてやったことがない。それどころか、米や魚をくれたりする。おれの方が助けられている」

「どうすれば、そんなことができるんですか？」

才四郎が訊く。

「犬さ」

「犬？」

「都では大きくて獰猛《どうもう》な犬は高く売れる。犬追物《いぬおうもの》という遊びに使うんだ。都には飢えた者が溢れているから、滅多に犬や猫を見ることがない。食われてしまうからだ。しかし、さすがに飢えた者たちも人の死体までは食わない。死体を食うのは犬だ。時には生きた人間も襲う。群れになって動き回るから、そういう犬には誰も手出しできない。つまり、今の都で生き残っているのは、人間など少しも怖れない人食い犬ばかりということになる」

「そんな犬を門都普は捕まえてるのかい？」

弓太郎が訊く。

「おれにも詳しい話はしないんだ。門都普は狼も怖れないような奴だが、それでも生傷が絶えない。誰にでもできることじゃないから高く売れる。おまえたち、真似しようなどと考えるなよ」

新九郎が戒《いまし》める。

「兄者も楽でないことはわかった。勝手に押しかけてきたんだから無理を言うつもりはない。兄者が独り立ちするまで待つつもりだ。いずれ出世すれば、家来だって揃えなければならないだろうからな。それに……」

弥次郎がにやりと笑う。

「そんなに遠い話でもないような気がするんだ」

「どういう意味だ？」

「あの人と父上が話しているのを耳に挟んだ。盗み聞きしたわけじゃない。勝手に聞こえてきた」

あの人というのは義母の常盤のことである。その言い方を聞くだけで、弥次郎と常盤の関係が依然としてぎくしゃくしていることが新九郎にはわかる。

「何を聞いた？」

「詳しいことはわからないけど、兄者にとって悪い話ではなさそうだった。きっと出世するんじゃないのかな」

「出世か……」

義政《よしまさ》の取り巻きの若者たちと一緒になって放蕩《ほうとう》に耽《ふけ》っていれば、その可能性もないではないが、酒宴や賭け事、女遊びと無縁で、書庫にばかり籠《こ》もっている変わり者と思われており、これといって有力なコネもないから、なかなか出世は難しいのではないか、と新九郎は諦めている。確かに、御台所・日野富子《ひのとみこ》を始め、蔭涼軒主《いんりょうけんしゅ》・季瓊《きけい》や納銭方会所頭・浄円などにはかわいがられているが、彼らは幕府の人事には容喙《ようかい》しない。富子でさえ、そうなのだ。富子が義政に食ってかかるのは、溺愛する息子の立場を守ろうとするときだけである。政治全般に口出しするわけではない。

弥次郎が何を仄めかしていたのか、その夜、新九郎にもわかった。御所から戻った貞道に呼ばれて座敷に行くと、酒肴が用意され、貞道は妻の芳野《よしの》に酌《しゃく》をされて赤い顔をしていた。すでに酔っている。

「おう、新九郎。そこに坐るがよい。それ、酌をしてやらぬか」

貞道が芳野を促す。

「はい」

芳野がにこやかに徳利を手にする。

「ありがとうございます」

新九郎は畏《かしこ》まって酌を受けたものの、内心、

(どういうことだ？　狐《きつね》か狸《たぬき》にでも化かされているのではないか)

と困惑した。

一昨年の晩秋、芳野が男の子を産んでからというもの、この屋敷における新九郎の立場

は完全に厄介者となった。貞道は盛定との約束があるから仕方がないと諦めている感じだが、芳野は、そうではない。芳野の目には、自分の息子の立場を危うくしかねない憎むべき存在として新九郎が映っているから、滅多に口を利くこともなく、常によそよそしい態度を崩すことがない。

義母の常磐も、自分が産んだ虎寿丸ばかりを大切にして新九郎や弥次郎には冷たかったから、新九郎も芳野に腹を立てたりはしなかった。そういう扱いをされることに慣れていたし、芳野の立場であれば仕方のないことなのだろうと諦めていた。その芳野が人が変わったように愛想よく接するのだから新九郎が面食らうのも当然であった。

（あのときもそうだった……）

三年前、貞道の養子にならないかと盛定が切り出したとき、その横に常磐もいて、それまでの態度が嘘のように、親身になって新九郎の将来を案じてくれた。養子として他家に出て行けば、もはや、新九郎は虎寿丸を脅かす存在ではなくなるからだ。その豹変振りに驚いたが、別に腹も立たず、

（母親とは、そういうものか）

と納得し、根は悪い人間でもなかったのだな、と常磐に対する見方が変わったことを覚えている。

そういう経験があったので、

（どこかの家に出されるのではなかろうか？）

と、新九郎は推測した。

「喜べ、新九郎。いい話が見付かった」

貞道が言うには、新九郎の婿入りが決まりそうだという。伊勢氏一門で、家柄もよく、財産もある。貞道の家よりも格上なので、将来的にはかなりの出世が期待できるともいう。

その屋敷が一条大路の北にあり、烏丸《からすま》小路の東側に面していることから一条烏丸の伊勢家と呼ばれている。花の御所のすぐ近くであり、幕府の実力者や高位の公家《くげ》の屋敷が建ち並ぶところだ。応仁の乱が勃発したときに兵火に遭い、付近一帯は焼け野原となったが、今ではほとんどの屋敷が再建されている。そういう場所に屋敷を構えているということだけでも幕府内における地位の高さがわかるし、焼失した屋敷を直ちに再建したことから、その財力の大きさも容易に想像できるというものだ。

主の伊勢時貞《ときさだ》は御物奉行《おものぶぎょう》を務めている。これは将軍が朝廷に参内するとき、拝謁《はいえつ》用の装束を収めた長櫃《ながびつ》を運んでお供をし、宮中で将軍が着替える際に、女房どもに着付けを指図し、不備がないように目を光らせる仕事である。地味ではあるが、将軍が天皇と会うときには、必ず、そばにいなければならない重い職掌《しょくしょう》である。

「しかもな……」

貞道がぐいっと身を乗り出す。

「小笠原《おがさわら》殿の姪に当たる姫なのだ」

「え、小笠原さまの？」

新九郎も驚いた。

初めて御所に足を運んだ日、新九郎は思いがけぬ成り行きで富子の侍女・真砂《まさご》を救った。その真砂の父が小笠原政清《まさきよ》である。

小笠原家は将軍家の弓馬師範を務める格式ある家柄で、政清は義政の奉公衆も務めている。室町幕府を支える有力者の一人で、細川勝元《ほそかわかつもと》とも親しい。政清の妹が一条烏丸の伊勢氏に嫁いでおり、娘が一人いる。他に子供がいないので、婿を迎えなければならない。引きも切らずに縁組の申し出はあるものの、大切な一人娘ということもあって、今まで一度として話が進んだことがない。そういう相手だから、盛定や貞道が縁組を願っても、恐らく、すぐに撥《は》ねつけられたに違いないが、今回は小笠原政清が仲介してくれたので、相手の親も乗り気で、とんとん拍子に話が進んだという。

新九郎は御所で何度も政清に会っているし、自宅に招かれたこともある。義政の側近でありながら、政清は、義政の取り巻きと一緒になって羽目を外すこともなく、暇があると武家の有職故実《ゆうそくこじつ》を研究することに余念がない学者肌の男である。

実は、新九郎と政清が初めて顔を合わせたのは御所の書庫でだった。いつものように新九郎が一人で書見に耽っていると、誰かが書庫に入ってきた。そんなことは初めてだったので、新九郎も驚いたが、相手も怪訝な顔をした。

「何者だ? ここで何をしている」

「伊勢新九郎と申します。書庫に出入りすることは御所さまからお許しをいただいております る」

「おお、伊勢新九郎殿とな。わしの娘を救ってくれた人ではないか……」

すぐに礼を述べに出向くつもりだったが、弓馬師範として急いで片付けなければならない仕事に追われ、まだ挨拶に行くことができずにいたことを心苦しく思っている、どうか許してほしい、と政清は詫びた。書庫に来たのも後醍醐《ごだいご》天皇が撰述《せんじゅつ》したと伝えられる『建武《けんむ》年中行事』という書物を調べるためだという。

「ところで、新九郎殿は書庫で何をしておられるのだ?」

「はい……」

これといって仕事もないので書庫に籠もって古今の書物を読み耽っているのだと答えた。

「ああ、それでか」

政清がうなずいたのは、御所に出仕しているのであれば、そのうちどこかで顔を合わせる機会があるだろうと期待していたのに、なかなか会うことができず不思議に思っていたからで、まさか書庫に籠もっているとは知らなかった、と笑った。

それ以来、ときたま、新九郎は政清の屋敷に招かれるようになった。学者肌で書物を読むことを好む政清と新九郎は気が合い、夜が更けるまで書物について語り合うこともあった。酒肴のもてなしを受けることもあったが、政清は酒に酔うと、

「できれば新九郎殿をわが婿に迎えたいものだが」

と残念そうに口にした。

その頃には政清も新九郎の置かれている微妙な立場について耳にしており、どこか婿入り先を見付けなければ、ずっと貞道の屋敷で肩身の狭い暮らしを強いられることに同情してくれた。真砂の婿に迎えたいところだが、生憎《あいにく》、真砂には子供の頃に親同士が約束した相手が決まっており、その約束を違えることはできない。真砂の婿にできないのであれば、姪の婿に迎えようか……そう政清が考えたとしても不思議はなかった。

厄介者の新九郎を体よく追い出すことができて、しかも、一条烏丸の伊勢家や小笠原政清のような実力者たちとコネができるという、貞道にとっても棚から牡丹餅《ぼたもち》のようにうまい話だ。機嫌がいいのも当然であったし、そういう事情がわかれば、芳野の愛想のよさも納得できる。

「この話、進めても構うまいな?」

貞道が訊く。

「はい。お願いします」

新九郎は頭を下げる。選《よ》り好《ごの》みできる立場ではない。

「兄上も喜ぶであろう。いい婿養子の口が見付かるかもしれぬとは知らせておいたが、まだ詳しいことは教えていない。本当にまとまるかどうか、わしも半信半疑だったのでな」

「まずは内輪のお祝いでございまするな」

芳野も機嫌よく貞道と新九郎に酒を注ぐ。

二

芳野の上機嫌は二日しか続かなかった。

一条烏丸の伊勢家から、

「この話はなかったことにしてほしい」

と断られてしまったからだ。

貞道も唖然とした。自分の方から縁組を申し入れて断られたのであれば納得もできる。同族とはいえ、自家より格が高く、財力もある家である。これまでにも、いくつもの縁組の申し出を断っているほどなのだ。

しかし、今回は、そうではない。

小笠原政清が仲介し、相手側も承知している、と聞かされたからこそ、貞道は新九郎にも話し、兄の盛定にも本決まりだと知らせた。

この断りは小笠原政清にとっても寝耳に水だったらしく、慌てて一条烏丸に出向いて相手側の意向を問い質《とただ》し、その足で万里小路の貞道の屋敷にやって来た。

「このたびは申し訳ないことをした。どうかお許しいただきたい」

政清は貞道と新九郎に深々と頭を下げた。政清ほどの地位にある者が自分より身分の低い者に頭を下げるなど、よほどのことであった。

しかし、丁重すぎるほど丁重に詫びながら、なぜ、いきなり断られたのか、その理由を話そうとはしなかった。ひたすら、すまぬことをした、お許しいただきたい、この埋め合わせは必ずさせてもらう、と繰り返すのみであった。当然ながら、貞道は納得できなかったが、将軍家の弓馬師範を務めるほどの者が頭を下げているのに文句など言えるはずもなく、割り切れない気持ちのまま受け入れるしかなかった。

「新九郎殿、すまぬことをした。許して下されよ」

政清は目を潤ませながら新九郎に詫びた。

「いいえ、とんでもございませぬ。わたしなどのために心を砕いて下さり、まことにありがたきことと存じます。どうかお気になさいませぬように」

新九郎にとっては、それが本心であった。貞道も芳野も、それに父の盛定も、この縁組には大いに乗り気だったが、当の本人は、さほど心を動かされてはいなかった。この時代の結婚は、新九郎のような立場にある者であれば、個人同士の結びつきではなく、家と家との結びつきを意味する。結婚相手を決めるのは当主の専権事項であり、当人の意向など無視されるのが当たり前だ。だから、新九郎も一条烏丸の伊勢家に婿入りせよと命じられれば素直に従うが、だからといって、乗り気だったわけでもない。相手の方から断られたと聞いても、ああ、そういうことか、と思うだけで別にがっかりはしない。

なぜ、それほど淡泊なのかといえば、ひとつには、出世とか財力とかいうものに関心がないせいであった。義政や、その取り巻きの連日の馬鹿騒ぎを目の当たりにしていれば、

(出世というのは、つまりは、阿呆になることか)

という気がするし、日々、飢えることなく飯を食い、御所の書庫に籠もって読書に耽っていると、それだけで十分すぎるほど満足で、それ以上の望みなど考えられない。今のまま満足ならば金持ちになる必要はない。

最近、新九郎は、仁泉和尚《じんせんおしょう》の勧めに従って荏原郷で出家すればよかったかもしれない、と考えることがある。もちろん、出家するといっても、一人前の僧になるには厳しい修行が待っていることは覚悟している。朝から晩まで酒に溺れ、女と戯れ、賭け事にうつつを抜かすのは無理でも、修行の厳しさにならば耐えられる自信がある。そんなことを考えているから、縁組が駄目になっても平気なのだ。

だが、芳野が掌《てのひら》を返すように、また露骨に冷たくなったことには閉口した。屋敷にいると、ひどく居心地が悪い。なるべく顔を合わせないように、朝早くから御所に出かける。供をするのは門都普一人だ。馬にも乗らず、歩いて行く。門都普は都の地理に通暁《つうぎょう》して

いて、抜け道もよく知っているし、築地《ついじ》が崩れたところから他人の屋敷に入り込んで庭を通り抜けたりするので、馬に乗っていくより、よほど早く御所に着く。しかも、日によって通る道が違う。その理由を訊くと、

「今日は、あの道は危ないんだ」

と答える。何が危ないのかと問うと、

「追《お》い剝《は》ぎが出る」

と言う。なぜ、そんなことを知っているのかと更に問うと、犬を捕らえるために、あちこち歩き回っているうちに、盗人や追い剝ぎ、盗賊たちの習性のようなものがわかってきた、と門都普は答える。

「だから、今日は、あそこは通らない」

「そういうものか」

新九郎にはよくわからないが、実際、門都普と一緒にいるときには危ない目に遭ったことがない。護衛も付けずに御所と屋敷を往復し、一度も追い剝ぎや盗人の類に出会《でくわ》したことがないというのはかなり稀有なことらしく、納銭方会所で海峰と碁を打っているとき、たまたま、そんな話をしたら、

「驚いたな。もっと用心しなければ駄目だぞ」

と呆れ顔で忠告された。

この朝も門都普に先導されて御所に向かった。初めて通る道で、しばらく行くと門都普は廃屋に入り込んだ。近道するために、中庭を通り抜けようというのだ。見るからに荒れた屋敷で、庭には背の高い雑草が生い茂り、狐狸の類が棲《す》み着《つ》いていそうな感じだった。

中庭に出たとき、

「おい」

と声をかけられた。

新九郎は、びくっとして立ち止まる。

座敷に人影がある。壊れたのか、それとも盗まれてしまったのか、板戸がひとつもないので奥まで見通すことができる。母屋の屋根は穴だらけで、そこから朝日が射し込み、座敷にいる者たちを照らしている。十人ほどの男たちがいて、そのうち半分くらいは板敷きに横になって大いびきで眠り込んでいる。あとの半分が車座になって酒を飲んでいる。朝っぱらから酒を飲んでいるのではなく、徹夜で飲んでいるうちに夜が明けたということらしい。

（足軽か……）

男たちの姿から、新九郎は察した。まずいことになるかもしれないと警戒したのは、この当時、足軽といえば、ほとんど盗賊と同じようなものだったからである。都で大きな戦が行われなくなってからというもの、足軽どもは我が物顔で都を徘徊し、時に集団で公家屋敷を襲ったりする。酒盛りしている男たちの背後には、この廃屋に不釣り合いな美しい着物や高級そうな調度品が積み上げられている。昨夜の戦利品なのであろう。一人が立ち上がり、

「門都普ではないか。どうだ一緒に飲まぬか」

怒鳴るように言う。よほど酔っているのか顔が真っ赤だ。左頰に大きな刀傷がある。

「生憎だが、今は忙しいんだ」

「いい犬でも見付けたのか」

「主の供をして御所に行かねばならぬ」

「主だと？」

その男がじろりと新九郎を見る。

「この小僧がおまえの主なのか？」

「言葉を慎め。伊勢新九郎さまだ」

「ほう、伊勢の者か。しかし、伊勢といっても数が多い。どこの伊勢だ？」

「おまえこそ何者だ？」

新九郎がむっとして訊く。

「さすが門都普の主だ。気が強そうではないか。わしは骨皮道賢《ほねかわどうけん》という。今は管領《かんれい》の細川さまに雇われている」

「なるほど、細川さまの足軽大将か。おれは万里小路の伊勢家の者だ。新九郎という。ひとつ教えてくれぬか」

「何だ？」

「そこにあるものだが……」

新九郎は男たちの背後に積み上げられている品々の方を顎でしゃくる。

「盗んできたのか？」

「違う」

道賢が大きく首を振る。

「もらったのだ」

「もらった？」

「命が惜しければ何か寄越せと言ったら、これを持って行けと言われた。だから、もらってきた。気前のいい中納言殿であったことよ」

道賢が笑うと、男たちも、さよう、さよう、と大笑いする。

「行こう」

門都普が新九郎を促す。

「うむ」

二人が歩き出すと、

「門都普、いい犬を捕まえてこい。高い値で買ってやろう。近頃は、いい犬を見付けるのは容易なことではない」

道賢は腰を下ろすと、また酒を飲み始める。

中庭を抜け、廃屋を出ると、

「あんな奴らと付き合っているのか?」

新九郎が咎《とが》めるように言う。

「犬を売っているだけだ。道賢は誰よりもいい値で買ってくれる。その犬は公方さまに献上されると聞いた」

「なるほど……」

門都普から買い上げた犬を道賢は主の細川勝元に差し出し、勝元が将軍・義政に献上し、犬追物に使われるという流れになっているらしいと新九郎には想像がつく。囲いの中に犬を放ち、騎馬武者が犬を追って矢を放つ。それだけの単純な遊びだが、必死に逃げ惑う犬を射るのは簡単なことではないし、獰猛な犬だと逆に騎馬武者に襲いかかってくることもある。犬が凶暴であればあるほど興が増すという迫力のある遊びなのである。義政は取り巻きどもと酒を飲みながら犬追物を見物するのが好きで、最後には、射止められた犬を捌《さば》き、鍋にして食ってしまう。勝元が義政に気に入られているのは、立派な犬を次々に献上するからだと言う者もいるほどだ。

御所の前に来ると、新九郎と門都普は別れる。橋を渡って御所の門を潜《くぐ》る前に、新九郎が肩越しに振り返ると、門都普がすたすたと歩き去っていく。新九郎が御所から出てくるのは日暮れどきで、それまで門都普は暇になる。その時間に、犬を捕まえて稼いでいることは聞いていたが、まさか、犬の買い手が細川勝元の足軽大将・骨皮道賢だとは知らなかった。道賢の裏の顔が盗賊の親玉であることは周知の事実で、自分の知らないうちにそんな男と門都普が親しくなっていたことに驚いた。

(あいつの方が、おれなどより、ずっと都に詳しくなっているということか)

新九郎は首を捻りながら書庫に向かう。

三

書庫に出入りするようになった当初、新九郎は兵書や歴史書ばかり読んでいた。ほとんど漢籍である。ひたすら漢字ばかりを読み続けていると頭が痛くなる。そんなとき、息抜きに日本の随筆や物語を読むことがある。『竹取物語』『伊勢物語』『平仲《へいちゅう》物語』『堤中《つつみちゅう》納言《なごん》物語』『今昔物語』『枕草子』などで、平仮名交じりの文章なのですらすら読むことができる。そんな中で、最も面白いと思ったのは自分でも意外なことに『源氏物語』だった。

初めのうちは、高貴な身分に生まれながら、政治に見向きもしないで女遊びにうつつを抜かす光源氏《ひかるげんじ》を好きになれず、何度も放り出しそうになった。だが、あるとき、物語の中

の登場人物を実際に御所にいる者たちに当てはめることを思いついて、

（公方さまが光源氏だとすれば……）

その取り巻きを、あれは誰、これは誰と当てはめてみると、突如として物語の世界が生き生きとした色彩を帯びて立ち上がってきた。

（御台さまは藤壺《ふじつぼ》だろうか、いや、やはり、紫《むらさき》の上《うえ》か。すると、若君は夕霧《ゆうぎり》ということになるのかな。でも、薫《かおる》の方が似合うかもしれない。いつもお高く止まっていて、人を見下したような冷たい態度を取る荒木鷹之助殿には匂宮《におうみや》がぴったりだな……）

長い物語だから、毎日、少しずつ読むようにしている。正直に言えば、兵書や歴史書を読むより面白くなっているので、ずっと読み耽っていたいくらいだが、物語を読むのはあくまでも息抜きに過ぎないと己を戒め、あまり没頭しないように心懸けている。連綿と光源氏の恋愛話が続く内容なので、読み耽っていることを他人に知られるのは恥ずかしいという思いもある。

「新九郎さま」

「……」

「新九郎さま」

「え」

ハッとして、新九郎が顔を上げる。『源氏物語』に夢中になっていて、名前を呼ばれていることに気が付かなかった。慌てて周囲を見回すと、かわいらしい顔をした女童《めわらわ》が新九郎を見てにこにこしている。小柄だが、年齢は十二、三歳というところであろう。それよりも年少だと奥向きの仕事を務めることができないからだ。

「わたしに何か用なのか？」

「はい」

女童が大きくうなずく。

「あんずと申します。真砂さまのお使いで参りました」

「真砂殿の使い？」

「お忙しいところ、まことに申し訳ありませんが、池の畔《ほとり》までお越し願えないか……そう言付かって参りました」

「今すぐか？」

「はい。できれば早い方がありがたい、と言っておられます」

「ならば、行こう」

新九郎が立ち上がる。

「では、そのように真砂さまにお伝えいたします」

あんずは踵《きびす》を返そうとして、ふと、文机に載っている書物に目を止めた。

「もしや、それは源氏ではありますまいか」

「ん？　知っているのか」

頬が上気するのを感じながら、新九郎が訊く。

「真砂さまが、時々、読み聞かせて下さいますし、御台さまもお好きなようです」

「ああ……」

なるほど、だから、途中の巻が何冊か抜けているのか、と新九郎は納得した。

「面白うございますか？」

「うむ、まあ、面白いと言えば面白いかな」

「それは、ようございました。では、真砂さまにお伝えして参ります」

いたずらっぽく笑うと、あんずが書庫から出て行く。

「まいったな」

顔を顰《しか》めながら、新九郎が書物を棚に戻す。

四

池の畔に立ち、雲が流れていくのをぼんやり見上げていると、

「新九郎さま」

と声をかけられる。振り返ると真砂である。背後には、あんずも控えている。

「お忙しいところ、お呼び立てして申し訳ございません」

「別に忙しくはありません。書庫で書物を読んでいるだけですから」

「そう言えば、新九郎さまは源氏もお読みになるのですね。あんずから聞きました」

「いや、あれは……」

ただの暇潰しだとごまかそうとしたが、そんな言い訳をするのも変な気がして言葉を飲み込んだ。

「やはり、新九郎さまは思った通りの御方です。武勇に優れていらっしゃることはわかっておりましたが、風雅も解されるのですね。だから、わたしは父に言ったのです。新九郎さまならば、きっと伽耶《かや》の心もほぐして下さる、と」

「伽耶？」

「新九郎さまが婿入りされることになっている一条烏丸の……」

「ああ、その人ですか。ご存じないのですか。相手の方から断られてしまったんですよ」

「わたしも父も新九郎さまを直に存じておりますから、この御方ならば間違いない、と強く勧めました。向こうもその気になって、それほど立派な御方ならば、ぜひ、婿に迎えたいと承知したのです。ところが、話が本決まりになるというときになって、当の本人が尻込みしてしまったのです。また悪い癖が出たと呆れてしまいますが、伽耶の身になってみれば無理からぬところもあるかもしれない、こちらの心配りが足りなかったかもしれないという気もして、このままにしてはおけない、何とかしなければならないと思い立ち、失礼ながら、新九郎さまをお呼び立てしたようなわけなのです」

「ふうむ、よくわからないのですが、この縁談は、親が承知したのに、本人が、その伽耶という御方が嫌だと言ったので流れてしまったわけですか？」

「そうです」

「悪い癖が出たとおっしゃいましたが、つまり、以前にも同じように本人が嫌だと言ったので断ったことがあるという意味ですか？」

「はい」

「変わった家なのですね。親が決めたことを本人が覆《くつがえ》すとは」

皮肉ではなく、素朴な驚きであった。

この時代、親が決めた縁談を娘が拒むなどということは常識的にはあり得ない。縁談というのは家と家の結びつきであり、当人の意向は二の次とされるからだ。

「理由があるのです……」

真砂が言うには、伽耶の両親は不仲なのだという。顔を合わせれば口汚く言い争い、陰では相手の悪口ばかり言う。幼い頃からそんな姿を見て育ったので、伽耶は結婚生活に強い不信感を抱いている。

もっとも、それだけならば、さして珍しいことでもない。当人同士が好き合って結婚するわけではないから、結婚生活を始めてからも相手を愛することができないということは往々にして起こり得る。それ故、上流階級においては、結婚と恋愛を別物として考え、外に愛人を囲うことは、ごく一般的に行われている。それを浮気として咎められることもなく、世間体を憚《はばか》ることもない。

ところが、両親が不仲になった、そもそものきっかけが伽耶にあるというのが普通とは違っているのだ、と真砂は言う。

伽耶がようやくつかまり立ちができるようになった頃、父の時貞が気まぐれに伽耶と遊んでやろうとした。母の葉月《はづき》も加わり、親子三人で遊んでいるとき、ほんの少しの間、両親が目を離してしまい、伽耶は廊下から庭に降りる階《きざはし》を転げ落ちた。よほどひどい落ち方をしたのか、左腕と左足の骨を折るという大怪我を負った。腕の骨折は半年ほどで治癒したが、足の方は、そうはいかなかった。後遺症が残り、左足を引きずるようにのろのろとしか動くことができず、普通に歩くことができなくなった。もちろん、走ることなどできない。

それまで、時貞と葉月の夫婦仲はさほど悪くなかったが、この事故をきっかけに冷たい隙間風が吹くようになった。伽耶が足を引きずって歩く姿を見るたびに二人は罪悪感に苛まれ、互いを責め、口汚く罵り合った。自分の怪我が原因で両親が喧嘩ばかりすることに伽耶も後ろめたさを感じ、一人になると泣いてばかりいたという。一人っ子なので心を打ち明ける相手もおらず、ふたつ年上の真砂を実の姉のように慕い、真砂に悩みを相談した。

不仲な両親だが、二人とも伽耶を心から愛していたから、何とか、よい婿を見付けてやろうと心を砕いた。伊勢氏に連なる名家で財力にも恵まれているから縁談は引きも切らない。いくらでも選り好みできる立場だった。

だが、いつも伽耶が承知しないのである。

普通であれば、そんなわがままが許されるはずもないのだが、伽耶に対して負い目があるので、両親も無理強いできない。しかも、両親が縁談を強く勧めると、

「髪を下ろして出家したい」

と、伽耶は泣く。

一人娘を尼にするわけにはいかないので、両親としても引き下がらざるを得ない。

「新九郎さまとの縁談には、向こうの両親も大変乗り気だったのです」

小笠原政清にとって伽耶の母・葉月は妹だから、この家の事情には詳しいし、真砂は伽耶と実の姉妹のように親しい間柄である。その二人が、この人ならば間違いない、と新九郎を推したのだから、相手側が乗り気になるのも当然であった。

「わたしが悪いのです」

「真砂殿がですか?」

「父に任せきりにするのではなく、わたしも一条烏丸に出向いて伽耶と話をすればよかったと後悔しています。わたしの言葉であれば、きっと素直に耳を傾けてくれたのではない

か、そう思うと悔しくてならないのです」

「……」

新九郎が怪訝な顔になったのは、なぜ、真砂が自分を呼び出して、こんな話をするのかがわからなかったからであった。もう相手側から断られてしまったのだし、小笠原政清からも丁重な謝罪を受けている。今更、真砂が自分を責めて、くどくど言い訳する必要などないのだ。何より、新九郎自身、さして応えているわけではない。それを口にすると、

「そうではないのです」

真砂が首を振る。

「どうか伽耶を見捨てないでいただきたいのです」

「見捨てるですと？」

新九郎は啞然とする。縁談を断られた自分が伽耶を見捨てたというのはおかしな言い方だと思った。

「書庫で源氏を読んでいたと聞きました。もう末摘花《すえつむはな》は読まれましたか？」

「ええ、もちろん」

「伽耶は自分を末摘花になぞらえているのです」

「え？」

新九郎が驚き顔になったのは、末摘花は光源氏の数多い恋人の中で唯一の醜女《しこめ》だからで

ある。しかも、並の醜さではない。初めて素顔を見たとき、光源氏が腰を抜かしたほどの醜女である。その驚き顔を見て真砂がくすくすと笑い、

「ご心配なさいますな。伽耶は醜女ではありませぬ。かわいらしい娘でございます」

「ああ、そうでしたか」

心の中で想像したことを見透かされた気がして、新九郎が赤くなる。

「どんな話だったか覚えていらっしゃいますか?」

「いや、それが……」

新九郎が『源氏物語』の面白さに目覚めたのは、作中の登場人物を御所にいる実在の人々に当てはめて読むようになったからである。末摘花の巻に関しては、これに当てはめられるような醜女を思いつかなかったこともあって、あまり真剣に読むことができず、従って、話の筋立ても曖昧な記憶しかない。そう言うと、こんな話でございます、と真砂が要約してくれた。

「末摘花が醜女であることを知ったものの、契《ちぎ》りを結んでしまった負い目もあって、源氏の君は末摘花のお世話をします。しかし、源氏の君が須磨《すま》で隠居なさってしまうと、たちまち、生活が立ち行かなくなり、叔母にいじめられて、屋敷も奪われそうになりますが、いつか源氏の君が会いに来てくれると信じて、どんな辛いことにも歯を食い縛って耐えるのです。やがて、源氏の君が都に戻られ、末摘花の噂を聞いて訪ねると、末摘花は恨み言

など何も口にせず、また会えたことを心から喜びます。源氏の君も心を打たれ、その後、ずっとお世話をします。わたしも、そして、伽耶も、この物語が大好きなんです。とても美しい話だと思います。伽耶は、いつか自分を心から愛してくれる人が現れて幸せになれると信じているんです」

「しかし……」

「おっしゃりたいことはわかります。誰にも会おうとせず、縁談も断ってばかりいて、どうやって源氏の君に出会うことができるのか……。でも、伽耶の心細さもわかるのです。叔父と叔母が喧嘩ばかりする姿を見て、しかも、不仲になったきっかけが自分の怪我であることを気に病み、今も普通に歩くことすらできない。そんな姿を人目にさらすことを嫌い、屋敷に引き籠もって書物を読んだり、琴を爪弾いたりするばかり……。縁談を申し込んでくる相手を、どうせ財産目当てなのだろうと疑い、たとえ結婚してもすぐに自分を嫌うようになるに違いないと悪い想像ばかりして、本心では幸せになりたいのに不幸になるのが恐ろしくて怯えている。なぜなら、今でも十分すぎるくらいに不幸なので、これ以上の不幸に耐えられないからです。そんな伽耶が哀れでなりません」

真砂が袖で目許を押さえる。それに釣られたのか、背後にいるあんずまでが涙ぐむ。

「お話はわかりましたが、わたしに何ができるのでしょうか？」

「どれほど厚かましく、礼儀から外れているかを承知の上で、敢えてお願いいたします。

どうか伽耶に会っていただけないでしょうか」

「……」

咄嗟《とっさ》には言葉を発することができず、掌で顔を撫で下ろすと、驚いたな、とつぶやき、わたしが訪ねていっても、向こうが会ってくれないでしょう、と新九郎が言う。

「実は……」

もう策を考えてあるのです、と真砂は言う。

真砂が認《したた》めた手紙を新九郎が伽耶に届けるのだという。時貞と葉月には話を通してあるから、新九郎が屋敷を訪ねれば黙って奥に通してくれる手筈《てはず》になっている。新九郎から直に伽耶に手紙を渡すという段取りである。

「手紙を渡すだけでよいのですか？」

「手紙に書いておきますから、琴を聞きたいと伽耶に所望して下さいませんか」

「琴をですか？」

「末摘花は琴が得意なのです」

真砂がにこっと笑う。

五

（妙なことになった……）

馬の背で揺られながら、新九郎は小首を傾げる。

下世話な言い方をすれば、振られた女に会いに行くわけである。

真砂の頼みを聞き入れて、伽耶に手紙を届けることを承知した自分もおかしな男だと思うが、この縁談を断った伽耶という娘を除けば、伽耶の周りにいる者たちが、すなわち、両親も小笠原政清も真砂も、寄ってたかって新九郎を伽耶の婿にしたがっているのもおかしなことだという気がする。なぜ、それほど見込まれてしまったのか、自分では皆目見当がつかないのだから尚更だ。

いつもは御所と屋敷を門都普と二人で行き来しているが、真砂の使いという立場になれば、そんな軽々しい振る舞いはできない。だから、馬に乗っている。小者が馬を引き、その前を警護の武士が歩いている。新九郎の後ろには、やはり、あんずが馬の背に揺られている。実際に手紙を持参しているのは、あんずなのだ。最後尾にも警護の武士がおり、しかも、数人の足軽が付き従っている。

(何という物々しさだ)

と呆れる思いがする。こんな仰々しい隊列を組んで、振られた女に会いに行くのだから、まるっきりの道化ではないか、と自分を笑いたくなる。

やがて、屋敷に着く。事前に真砂が根回ししていたおかげで、すんなりと座敷に通される。あんずが一緒である。

ところが、四半刻(三十分)ほど経っても誰も姿を現さない。

「遅いな。これが当たり前なのか?」

新九郎があんずに訊く。

「そんなことはありません。どうしたのでしょう。見てきましょうか?」

「うん、頼む。何なら、その手紙も渡してくるがいい。おれに会うのが嫌なのかもしれないから」

「まさか、そんな」

あんずが腰を上げ、座敷から出て行く。

「行儀よくするのも肩が凝《こ》る」

新九郎は立ち上がって大きく伸びをすると、廊下に出る。そこから広い庭を一望できる。よく手入れされた庭で、きれいな花がたくさん咲いている。

もっと近くで見たくなって、新九郎が階を降りる。そこに置いてある沓《くつ》を履き、白砂を踏んで草花に近付いていく。背の高さが一尺から二尺ほどの紅黄色の花が群生して咲き誇っている。その花々の前にしゃがんで眺めていると、

「その花をご存じなのですか?」

後ろから声をかけられた。肩越しに振り返ると、小柄な少女が立っている。その背後にあんずがいるので、

（これが伽耶殿だな）

と、新九郎は察した。

「きれいな花だと思って眺めていただけです」

「紅花です。末摘花とも言います」

「ああ、これが末摘花ですか。なるほど、真っ赤な色をしている。末摘花の鼻もこんなに赤かったということでしょうか」

「お姉さまからお聞きになったんですね」

「何をですか？」

「わたしが末摘花を好きだということを」

「ええ、そんな話を聞きました。わたしも一応、読みましたが、源氏は難しいので、話の流れがよくわからないところがありました。真砂殿がわかりやすく説明してくれました」

「何を頼まれてきたのか存じませんが、これをお返しします」

伽耶が真砂の手紙を差し出す。

「頼まれたのは手紙を届けてくれということです。持って帰れとは頼まれていませんよ。それからもうひとつ、届けたお礼に琴を聞かせてもらうといいとも言われました」

「とにかく、持って帰って下さいませ」

「そう言われてもなあ……。わたしは田舎者なので都のしきたりに疎《うと》いのです。持って帰っていいものかどうか……」

「田舎者？　都のお生まれではないのですか」

「生まれたのは都ですが、小さい頃に父の領地である備中の荏原郷に連れて行かれ、そこで育ったのです。何もないところです。城の周りは、一面の田圃《たんぼ》や畑で、他には山や川、それに森があるだけでした。礼儀やしきたりなど何も必要のない土地で育ったので、都に来てから苦労しています」

「その土地で源氏を読んだのですか？」

「まさか」

新九郎が口許に笑みを浮かべる。

「荏原郷で読んだのは『御伽草子《おとぎぞうし》』くらいでしたね。他に書物もなかったし……。それに、あの頃は書物を読むより、喧嘩ばかりしていて、そっちの方が忙しかったので」

「喧嘩？　誰と喧嘩するんですか」

「大抵は川向こうの村の者たちと喧嘩しました」

「なぜ、喧嘩などするのですか？」

「それは……」

例えば、小田川《おだがわ》には魚がよく釣れる穴場があるし、観音山《かんのんやま》には栗や胡桃《くるみ》がたくさん採れる場所がある。どちらが優先権を持つかを決めるために正々堂々と勝負するのだ、と新九郎が言う。

「喧嘩などしなくても話し合いで決めればいいではありませんか」

伽耶が顔を顰める。

「その通りかもしれませんが、今にして思えば、あれは胆力を養う役に立ったような気もします。才四郎や正之助とは、今ではいい友達になっていますし、仲間たちの手を借りて盗賊どもから姉を救い出すこともできたのですから」

「盗賊からお姉さまを？」

「うっかり口を滑らせてしまいました。聞かなかったことにして下さい」

「そんなわけには参りません。だって、もう聞いてしまいましたもの。どういうことなんですか？」

強く興味を惹かれたらしく、伽耶がぐいっと身を乗り出す。

六

一条烏丸の伊勢家に新九郎が養子に入り、一人娘の伽耶と結婚したのは、文明五年（一四七三）初夏である。花婿は十八歳、花嫁の伽耶は十五歳だった。その一年ほど前、真砂に懇願されて新九郎は伽耶に手紙を届けた。それがきっかけとなって伽耶は新九郎に心を開くようになり、一度は破談になった養子縁組が復活したのである。

本当であれば、年が明けたら、すぐにでも祝言《しゅうげん》を挙げるはずだったが、それが延期されたのは正月に伊勢貞親が亡くなったからである。二年前に嫡子・貞宗に政所執事の職を譲ってから、自宅で闘病生活を送っていたが、師走になって病が篤くなり、とうとう年が明けて亡くなった。享年五十七。すでに隠居の身であったとはいえ、長きにわたって伊勢氏を率いてきた貞親の喪に服するために祝い事が自粛されたのである。

この年は、春から夏にかけて、疫病が大流行し、都でも大勢の死人が出た。三月十八日には応仁の乱を引き起こした当事者の一人、山名持豊《やまなもちとよ》が齢七十にして亡くなり、それから二月も経たない五月十一日、もう一方の当事者である細川勝元も死んだ。この時代の平均寿命の短さを考えれば、持豊は天寿を全うしたと言えようが、四十四という男盛りで急死した勝元は、さぞ、心残りだったに違いない。家督を継いだのは嫡男・聡明丸《そうめいまる》で、まだ元服もしていない八歳の子供だった。後の政元《まさもと》である。

まだ応仁の乱は続いていたものの、東西両軍の大将が相次いで世を去ったことで、形の上では、合戦沙汰はなくなり、翌年には山名家と細川家は和睦している。

義政が将軍職を息子に譲ったのも、この文明五年である。応仁の乱が峠を越えたと判断し、面倒な政治から手を引くことにしたのだ。新たに将軍となった義尚《よしひさ》は、わずか九歳であった。普通ならば、義政が実権を握り続けて政治を行うところだろうが、義尚には政治にも経済にも強い日野富子という有能すぎる母親がついているから義政の出る幕はない。

政治に煩《わずら》わされることなく遊興に耽った。

新九郎と伽耶の結婚を誰よりも喜んだのは、去年の夏、新九郎を慕って荏原郷から都に出て来た仲間たちだ。新九郎の家来にしてもらうつもりでいたものの、当の新九郎は叔父の貞道の屋敷で居候のような暮らしをしており、とても家来を召し抱える余裕などなかった。仕方がないので、盛定の屋敷で雑用を手伝ったり、門都普にやり方を教わって野良犬を捕まえたりして自分たちの食い扶持を稼いだ。結婚が決まったおかげで、ようやく、彼らも新九郎の家来にしてもらうことができる。結婚したからといって、新九郎が何かの役職に就くわけでもないし、収入が増えるわけでもないが、一条烏丸の伊勢家は裕福なので、

「まさか身ひとつで婿に来てくれなどとは申さぬ。家来でも下男でも、何人でもお連れ下さって構いませぬぞ」

と舅《しゅうと》になる時貞が気を遣ってくれたため、その申し出を新九郎が受けたのである。ずっとそばにいた門都普だけでなく、大道寺弓太郎、山中才四郎、在竹正之助、それに権平衛と又次郎の六人を連れて行くことにした。

「ひどいじゃないか。おれだけが置き去りか」

弥次郎が膨れたが、まさか弟を家来として連れて行くわけにはいかなかった。弥次郎は父の盛定に訴えたが許されなかった。それも当然で、新九郎のように弥次郎にもいい養子

先が見付かるかもしれないからだ。いい養子先というのは盛定の伊勢家よりも家格が高く、富裕だという意味である。そういう家と縁組すれば、実父である盛定も重みを増し、幕府内で更なる出世も見込めるのだ。盛定が計算高いというわけではなく、縁組を利用して勢力を広げるのは、この時代の常識である。盛定の三男というより、一条烏丸の伊勢家の婿・新九郎の弟という方が弥次郎の価値は高まる。せっかく価値が高まったのに、わざわざ新九郎の家来にする必要などない、というのが盛定の考えだ。

家来になることを禁じられたからといって、いつまでもめげている弥次郎ではない。盛定の屋敷にいることは滅多になく、大抵は一条烏丸の伊勢家に入り浸っている。新九郎の婿入りに合わせ、若い夫婦のために広い庭の片隅に離れが新築され、新九郎の家来のために長屋も建てられた。その長屋に弥次郎は入り浸っている。というか、暮らしているといった方がいい。盛定が弥次郎に用があるときには一条烏丸に使いの者を走らせなければならなかった。

兄弟姉妹もおらず、人に会うのを嫌って屋敷の奥に引き籠もって静かに暮らしていた伽耶は、突然、自分と同じ年頃の若者たちがそばで暮らすようになり、しかも、その若者たちがやたらに陽気で元気がよすぎることに辟易《へきえき》しながらも、強い関心もあるらしく、庭を散策するついでに、よく長屋を覗いたりする。特に伽耶が不思議に思うのは、弥次郎が他の者たちと一緒になって雑用をこなしたり、力仕事をしたりすることで、あるとき思い切って訊いてみた。

「なぜ、弥次郎殿まで、そんなことをするのですか？」

新九郎の弟という立場なのだから、他の者たちから見れば主筋である。彼らを指図するのならわかるが、一緒になって汗を流すのはおかしいのではないか、と。

「あいつらは兄上の指図には従うでしょうが、わたしの指図などには従いませんよ」

「叱ればよいではありませんか。父は家来が言い付けに従わないと厳しく折檻《せっかん》しますよ」

「そんなことはしません。兄上だって、しないでしょう。なぜなら、あの者たちは友ですから」

「友？」

伽耶が不思議そうな顔をする。伽耶には友と呼べるような存在がそばにいないから理解できないのである。かろうじて真砂がそれに近いが、真砂は年上だし、従姉であり、友とはちょっと違う。

「権平衛や又次郎、弓太郎とは幼い頃から一緒に遊んだ仲だし、才四郎や正之助とは喧嘩ばかりしてきたけど、今では頼りになる友なんですよ」

「でも、あの人たちは新九郎殿の家来なのでしょう？」

「そうですよ」

「家来なのに、友でもあるのですか？」

「ええ、何かおかしいですか」

「弥次郎殿の言うことは、よくわかりません。それに弥次郎殿は家来じゃありませんよね？」

「父に許してもらえませんでしたから」

「でも、いつだって、この屋敷にいて、あの人たちと一緒になって働いているじゃありませんか」

「ご迷惑ですか？」

「いいえ、不思議に思っているだけです」

「それなら、こう思えばいいでしょう。わたしは兄上の家来として、ここにいるのではない。子守としているのだ、と。家来になるのは許さないと父に言われましたが、子守になるのを許さないとは言われていませんから」

「誰の子守をするつもりなんですか？　この屋敷には、子守しなければならないような小さな子はいませんよ」

「今はいなくても、いずれ生まれるでしょう。兄上と伽耶殿の子供が」

弥次郎がにやっと笑う。

「まあ」

伽耶は顔を真っ赤にして黙り込んでしまう。

弥次郎にしても本気で口にしたわけではない。咄嗟に口から出た冗談に過ぎなかったが、それが本当になった。結婚した翌年、伽耶が男の子を産んだのである。慣例に従い、新九郎の幼名が与えられ、鶴千代丸《つるちよまる》と名付けられた。

舅の時貞も、姑の葉月も鶴千代丸の誕生を大いに喜び、それまで不仲だったのが嘘のように親密な様子で言葉を交わすようになった。二人の話す内容は、鶴千代丸をいかに大切に育てるかということばかりで、それというのも、この時代、乳幼児の死亡率が異様なほど高かったからである。子供を産むのも命懸けで、出産で命を落とす女も多く、たとえ助かっても産後の肥立ちが悪くて体調を崩し、そのまま寝込んでしまう者が少なくない。伽耶も例外ではなく、鶴千代丸を産んだ後、ずっと床を払うことができないでいる。元々が病弱で、あまり丈夫な方ではないから、これから先、何人も子供を産むという期待は持てそうにない。だからこそ、鶴千代丸を無事に育て上げなければならない、と時貞も葉月も肝に銘じたのだ。直ちに乳母が選ばれ、鶴千代丸の世話をする女房も新たに三人雇い入れられた。生まれたばかりの赤ん坊に三人もの女房が付けられたのは、一瞬たりとも鶴千代丸から目を離さないためで、夜も交代で不寝番《ふしんばん》を務めることになった。

そんなある夜、たまには月でも愛《め》でながら、一献《いっこん》酌み交わそうではないか、と時貞が新九郎を誘った。同じ屋敷に暮らしているといっても、広い屋敷だし、新九郎と伽耶は離れにいるので、そう頻繁に顔を合わせるわけではないのだ。

「今宵、舅殿から誘いを受けている。縁側で酒でも飲もうというのだ」

伽耶が床に臥せっている傍らにあぐらをかいて、新九郎が言う。

「満月でございますからね。雲が出なければよいのですが」

「大丈夫だろう。朝からずっと晴れているから」

「父も嬉しいのだと思います。こんなに早く孫を抱けるとは思っていなかったでしょうから」

「そうだろうな。おれも驚いている」

「わたしもです」

二人が顔を見合わせて笑う。

「父も母も本心では、孫が生まれたことを盛大に祝いたいのでしょう。親類縁者を呼び集めて、どうだ、うちの孫だぞ、と鶴千代丸を披露したいはずです。しかし、わたしがこんな有様なので我慢しているのです」

「おまえは命懸けで鶴千代丸を産んでくれた。焦らずに、ゆっくり養生しなければならぬ」

「はい。早く元気になって、鶴千代丸の世話をしたいと思っています」

伽耶が淋しそうな顔で言う。伽耶を静かに養生させるために、鶴千代丸は母屋で世話をされており、朝と夕方の二度、乳母が鶴千代丸の顔を見せに来る。愛しいわが子の顔を、

わずかの時間しか見ることができないことが伽耶は辛くてたまらないのだ。そんな伽耶の淋しさを察して、

「寝てばかりいると退屈だろう。まだ月が出るには間があるから、それまで何か読んでやろう」

　何がいいかな、と新九郎が訊くと、

「もちろん、源氏を所望いたします」

　伽耶が笑顔を見せる。

「まさか末摘花とは言うまいな」

「そのまさか、でございます。末摘花が取り持つ縁で、新九郎殿の妻になることができ、鶴千代丸の母になることもできたのですから」

「よし、待っていろ。取ってくる」

　新九郎が腰を上げて、『源氏物語』を取りに行こうとすると、
　　思へども、なほ飽かざりし夕顔の露におくれしほどのここちを、年月経《ふ》れど思《おぼ》し忘れず……

　伽耶が目を瞑《つむ》ったまま、末摘花の冒頭部分を口ずさみ始める。考えてみれば当然で、昔

から『源氏物語』が大好きで、とりわけ末摘花の巻が好きだというのだから、本文も頭に刷り込まれており、容易に暗唱できるのだ。新九郎は浮かせた腰を、また落とす。

ここもかしこも、うちとけぬ限りの、気色《けしき》ばみ心深き方の御いどましさに、け近くうちとけたりしあはれに似る物なう、恋しく思ほえ給ふ……

すると、今度は新九郎が、

いかで、ことごとしきおぼえはなく、いとらうたげならむ人の、つつましきことなからむ、見つけてしがなと……

と暗唱を始めたので、伽耶が驚いたように目を開ける。
「驚くことはない。今では、おれも末摘花が大好きなのだよ」
と微笑みながらうなずく。
二人は声を揃えて、

こりずまに思しわたれば、すこし故づきて聞こゆるわたりは、御耳とどめたまはぬ隈なきに……

と口ずさんだが、不意に声が途切れたかと思うと、伽耶が啜《すす》り泣《な》き始めた。

「どうした、具合が悪くなったのか？」

新九郎が心配そうに伽耶の顔を覗き込む。

「いいえ、そうではありません。幸せなのです。あまりにも幸せなので、この幸せはいつまで続くのだろう、いつかは終わるに違いない……そんなことを考えたら悲しくなってしまったのです。お許し下さいませ。せっかく、わたしの気を引き立てようとして下さっているのに」

伽耶が袖で目許を押さえて肩を震わせる。

「そんなことを考えたのか」

新九郎はそっと伽耶の手を取る。その手があまりにも小さく、あまりにも痩せていることに今更ながら驚きを感じながら、

「終わることなどない。おれは、いつまでも伽耶と鶴千代丸のそばにいる。だから、この幸せが終わることはないぞ」

「そう信じたいと思います」

「人は不思議な生き物だな。悲しいときにも泣くし、幸せなときにも泣く」

新九郎は人差し指で伽耶の涙を拭ってやる。

約束の時間より少しばかり遅れて母屋に行くと、すでに時貞は縁側に酒席を調《ととの》えて待っていた。

「お待たせして申し訳ございませぬ」

「いや、よいのだ。さ、ここに坐りなされ」

時貞が隣の席を新九郎に勧める。

「伽耶のそばにいたのかな？」

「はい。ずっと横になっているのでは退屈だろうと思い、二人で源氏を読んでおりました。疲れたのか、今は眠っておりまする」

「そうか、そうか」

うんうん、と大きくうなずくと、時貞は徳利を持ち上げ、

「さ、飲もうではないか。今宵はよい月が出ておる」

「まずは、わたしが注がせていただきます」

新九郎が遠慮すると、

「何を言うのだ。わしは嬉しくて仕方がない。酌くらいさせてくれ」

時貞がどうしても自分が先に酌をすると言い張るので、新九郎も酌を受ける。それから

時貞に酒を注いでやろうとしたとき、

「新九郎殿、この通りじゃ」

いきなり時貞が縁側の床に両手をついて頭を下げたから、新九郎は仰天した。

「何をなさるのですか。顔をお上げ下さいませ」

「どれほど感謝しているか、とても言葉では伝えきれぬ故、こうして頭を下げるしかない」

「義父上《ちちうえ》……」

新九郎が困惑していると、おほほほっ、という笑い声が背後で聞こえた。姑の葉月が自ら膳部を手にして現れたのである。

「あ、これは義母上《ははうえ》」

新九郎が姿勢を正して頭《こうべ》を垂れる。

「そのように堅苦しくせずともよいではありませぬか。せっかく月見の宴に交ぜてもらおうと思って参りましたのに」

葉月が新九郎の前に膳部を置く。後ろに従っていた女房たちが時貞と葉月の膳部も床に置き、一礼して下がる。縁側に三人が残る。

「わしは聞いておらぬぞ」

時貞が葉月を訝《いぶか》しげに見る。咎めるというより、面白がっている感じだ。そんなちょっとしたやり取りを見ても、二人の不仲が解消されつつあるのがわかる、と新九郎は思う。

「あのことは？」

葉月が問うような眼差しを時貞に向ける。

「これから話すところだ」

時貞は新九郎に向き合うと、実は、折り入って相談があるのだ、と切り出した。

相談というのは、新九郎の職に関することだった。

幕府における新九郎の立場は曖昧で、申次衆という肩書きこそ持っているものの、それは形だけのことに過ぎず、滅多に主が上洛することもない遠国の大名家の申次衆だから仕事もないし、仕事がないので収入もない。亡くなった貞親の後を継いで、伊勢氏本家の主となった貞宗は、

「新九郎には政所の仕事を手伝ってもらおう」

と口では言うものの、なかなか、その約束を実行しようとしない。いや、実行できないと言った方が正確かもしれない。新九郎にふさわしい職が政所に見付からないからである。雑事をこなす下役人にするのは簡単だが、まさか一条烏丸の伊勢家の婿を下役人にできるはずもなく、せめて寄人くらいの席を用意しなければならないが、なかなか、欠員が出ない。皮肉なことに、新九郎の立場がよくなったことが、かえって職を見付けにくくしている。そういう事情を、時貞も承知している。一条烏丸の伊勢家は、代々、御物奉行を務め

ている。地味だが重要な職で、将軍や天皇と直に接する機会も多い。実入りも悪くない。

「わしのところに来ぬか」

と、時貞は言うのである。

今すぐ重要な職務を任せるわけにはいかないが、仕事を覚えながら、十年くらいかけて少しずつ地位を引き上げ、自分が隠居するときに奉行職を譲りたい、という申し出だ。破格の厚意といっていい。

もちろん、孫を授けてくれた若い婿への感謝の気持ちだけで、そんな申し出をしているのでないことは新九郎にもわかる。時貞は、はるか先の将来を見据えているのだ。

つまり、鶴千代丸が一人前になったとき、御物奉行の職に就けたいということなのである。四十八歳の時貞とすれば、生まれたばかりの孫が成長するのを待って、自分の後継者とするべく教育できるかどうか不安なのであろう。七十過ぎまで生きられると楽観できる時代ではない。六十過ぎまで長生きする者も稀なのだ。それ故、自分の目が黒いうちに、奉行職が新九郎から鶴千代丸に受け継がれる道筋を付けておきたいのに違いなかった。

思いがけず授かった初孫に、時貞と葉月が細やかな愛情を注いで慈しんでくれることに新九郎は感謝しつつも、何十年も先の鶴千代丸の将来設計まで構想していることに戸惑いを感じるのも事実であった。手持ち無沙汰の状態で御所で過ごすことにも飽き始めていたし、時貞と葉月が望み、それが鶴千代丸のためにもなるのであれば、その申し出を断る理由はない。いつまでも宙ぶらりんでいるよりは、ずっとましだった。

「ありがたいお言葉でございまする」

新九郎が頭を下げると、

「おお、承知してくれるか」

「はい。執事殿の許しを得てからということになりますが」

荏原郷から都に出て来て、政所で貞親・貞宗父子に挨拶したとき、新九郎は父上の甥であり、自分にとっては従弟だから、きっと出世の後押しをしてやろうと貞宗は約束してくれた。貞親が亡くなったのを知り、新九郎が弔問に出向いたときにも、

「父上も新九郎の先行きを案じていた。わしが何とかしてやらねばな」

たぶんに社交辞令が交じっていたとはいえ、本家の主がそう口にした以上、その庇護下から離れるとなれば、きちんと挨拶して許しを得る必要がある。

「よかったのう」

「これで、この家も安泰でございまするな」

「あとは伽耶が床払いをし、鶴千代丸に弟でも生まれれば……」

「まあ、何と気の早いことを……。あまり欲張ると罰《ばち》が当たりまするぞ」

「違いない」

時貞と葉月が顔を見合わせて笑う。

釣られて新九郎も笑い声を上げる。

(笑いのある家はいいものだ)

しみじみ、そう思った。

七

「ふうむ、御物奉行の下役にのう……」

海峰が首を捻る。

納銭方会所で碁を打っているとき、時貞の勧めに従って御物奉行の下役になることを考えている、と新九郎が口にしたのである。

「何か?」

碁盤から顔を上げて、新九郎が海峰を見る。

「いや、わしがとやかく言うことではない」

「気になるではありませんか。どうか、お話し下さいませ」

「ならば言うが、わしは気に入らんな」

「なぜですか?」

「退屈なだけではないか。つまらんぞ」

将軍が天皇に拝謁するときの衣装を管理し、正しく着付けができるように目を光らせるのが御物奉行の職務である。海峰の言うように地味で退屈な仕事で、何の面白みもないに違いない。

「しかし、今のまま、ぶらぶらしているのもどうかと思うのです」

「よいではないか。書庫で好きなだけ書物を読み耽り、書物に飽きたならば、ここに来て茶飲み話をするもよし、碁を打つもよし。いずれ、もっと大きな国の中次衆にでもなれば忙しくなるだろうし、政所で出世できるかもしれぬ」

「それは楽しいことでしょうか？」

「どうかな……。わしは御物奉行ほど退屈な仕事を知らぬ。それに比べれば、それ以外の仕事は少しは楽しいのではないかな。もっとも……」

海峰がにやりと笑う。

「わし自身、足軽大将などしているのが嫌になり、土倉に婿入りした男だからな。暮らし向きは楽になったし、いつ寝首を掻かれるかと心配することもなくなったが、それが楽しいかと問われれば、あまり楽しくもないと答えるしかない」

海峰は、八年前に松波屋《まつなみや》という土倉に婿入りし、お万阿《まあ》という女主人の夫となった。お万阿は男勝りの性格で商売もうまく、日野富子とも親しい。松波屋はお万阿が切り盛りしているから、海峰の出番はない。納銭方会所に出入りをして、土倉仲間と付き合うのが海峰の仕事と言えば仕事である。

「足軽大将をしていた頃は楽しかったということですか？」

「楽しいことも、面白いこともあった。日々、何事かが起こり、退屈する暇もなかったな。だが、そういう暮らしを続けることに疲れた。いや、飽いたと言った方がいいかもしれんな。どんなにうまい食い物だろうと毎日食っていれば嫌になる。それと同じで、どんなに楽しかろうと、そればかり続けていると他の暮らしも試してみたくなる」

「で、どうなのですか、今は？」

「まあ、文句を言えば罰が当たるだろうな」

苦笑いをする。これと言って不満はないが、それでも、血湧き肉躍るような暮らしではないから、時として、その平凡で変化の乏しい毎日にあくびが出ることがある、と海峰は言う。

「足軽大将に戻りたいと思うことがありますか？」

「それは、ない」

海峰が首を振る。

「古い知り合いに骨皮道賢という足軽大将がいる。管領殿が死に、細川と山名も和睦した。道賢もお払い箱にされた。しかし、戦がなくなっても、手下どもは飯を食う。酒を飲む。女を買う。道賢は稼がなければならぬ。だから、金のありそうな屋敷に目星を付けて、手下どもを引き連れて襲う。戦が起こっている最中なら、誰も盗賊などに構わぬ。が、もう戦はない。山名と細川の兵が道賢を追う。馬鹿な話だとは思わぬか、道賢は細川のために命懸けで働いてきたのだぞ。ところが、今では、かつての味方に追われている。捕まれば、河原で首を刎《は》ねられる。そんな生活はごめんだ」

「なるほど……」

新九郎がうなずく。

都で東西両軍が睨み合っているときには、盗賊どもが富裕な屋敷を襲っても、それを防ぐ手立てがなかった。幕府が統治機能を失っていたために、都が無法地帯と化していたからである。

だが、山名持豊と細川勝元の死をきっかけに和平の機運が盛り上がり、両家は和睦した。東西両軍の対立が解消されたことで、都の治安は急速に回復し、我が物顔で跋扈《ばっこ》していた盗賊たちが追捕されるようになっている。

「わしはな……」

海峰が碁石をびしっと叩き付けるように盤面に置く。

「おまえこそ、足軽大将になるような男だと思っていたのだ、新九郎」

「わたしがですか？」

「何も知らない者たちは、おまえが書庫にばかり籠もっているのを見て、物静かで思慮深く、争いごとなど好まぬ男だと勝手に決めつけている。何もわかっておらぬのだ。わしは、こうして碁盤を挟んで向かい合っているからわかる。いずれ飛び立つ日が来るまで、荒々しい爪を隠して、力を蓄えているだけなのだ、とな。書物を好むことに嘘はないだろうが、書物に埋もれて世を終えるような男ではない。二、三日前のことだが、たまたま、おまえが台所で飯を食っているのを見た。女たちが争うように給仕をし、下男たちが番犬のように取り巻いていたな。おまえの世話をしたり、おまえの話を聞いたりするのが楽しくて仕方がないという様子だった」

「そうでしたか、声をかけて下さればよかったものを。気が付きませんでした」

「あれを見て、わしは悟った。伊勢新九郎は生まれながらにして足軽大将の器なのだ、とな。いや、ひょっとすると、盗賊の頭の器なのかもしれぬが、いずれにしろ、この御所には、おまえのためなら命もいらぬという者たちが何人もいるらしい。そのような男が御物奉行の下役として退屈な仕事をするなど片腹痛いぞ。まるで獰猛な虎が自ら落とし穴にはまって身動き取れなくなるようなものではないか」

「それは、いささか買い被りではありますまいか」

新九郎が怪訝な顔になる。

「どれほど賢い者も自分のことになるとよくわからないものらしい。自分がどういう人間なのかわかっておらぬようだ」

海峰が愉快そうに笑う。

納銭方会所を出て、すぐ書庫に戻らなかったのは、おまえには御物奉行など向いていない、という海峰の言葉が心のどこかに引っ掛かっていたせいかもしれなかった。少し庭を歩くことにした。

池の畔に立ち、水面のきらめきをぼんやり眺めていると、

「新九郎さま」

と声をかけられた。肩越しに振り返ると、真砂である。その背後には、いつものようにあんずが付き従っている。

「真砂殿」

新九郎は姿勢を正して軽く会釈する。

「どうなさったのですか、難しい顔をなさって?」

「難しい顔をしていましたか」

「はい。何だか、ちょっと怖いような……」

「わたしは悪人面なのです」

「新九郎さまが悪人?」

「荏原郷にいるとき、未来を見ることができるという年寄りに、ひどい悪相をしていると言われました。何でも、天下を揺るがすほどの極悪人になるそうです。ついさっきも納銭

方会所で海峰殿から、地味な役所勤めをするよりも足軽大将か盗賊になる方が向いていると言われました」

「新九郎さまは、そんな御方ではありません！」

「え」

真砂が珍しく大きな声を出したので、新九郎の方が驚いた。

「いいえ、あの……」

真砂は耳朶まで赤くなって、おまえもそう思うでしょう、とあんずを振り返る。

「はい。新九郎さまは、とてもお優しい御方だと存じます」

あんずがうなずく。

「わたしだけでなく、あんずも、そう申しておりますから。ところで、伽耶の様子は、どうですか？」

真砂がさりげなく話題を変える。

「少しずつよくなっているようですが、まだ起き上がることができるほどではありません」

「子供を産んだばかりですから無理もないでしょうね。あまり丈夫な方ではないし、昔から、寝込むことが多かったですから。鶴千代丸は、どんな様子ですか？」

「義父上と義母上が付きっきりで世話を焼いてくれていますから、わたしの出る幕はないのですが、元気に育っているようです」

「さぞ、かわいいでしょうね。伽耶のお見舞いにも行きたいし、鶴千代丸の顔も見たいのですが、近々、伺ってもいいでしょうか？」

「ええ、もちろんです。伽耶も喜ぶでしょう」

「では、また」

真砂とあんずが離れていく。新九郎も書庫に戻ることにした。

（やはり、義父上の世話になろう）

父の盛定と叔父の貞道の了解を取り付け、その上で、政所執事の貞宗に話をしようと考えた。そう決めてしまうと、わずかながら心に澱んでいた迷いも霧消し、足取りも軽くなった。

八

鎌倉時代の初め、鴨長明《かものちょうめい》は『方丈記《ほうじょうき》』に、こう書いた。

道のほとりに、飢ゑ死ぬる者の類、数も知らず。取り捨つるわざも知らねば、臭き香《か》、世界に満ち満ちて、変はりゆくかたち・有様、目も当てられぬ事多かり。いはむや、河原などには、馬・車の行き交ふ道だになし……

すなわち、路傍で飢えて死ぬ者は、とても数え切れないほどだ。あまりにも死体が多すぎて、どうやって片付ければいいかもわからないので、そのまま放置され、死臭が都中に広がり立ち籠めているし、死体が腐敗して崩れていく無残な姿があまりにもおぞましくて、とても目も向けられないほどだ。都の中ですら、こんな有様だから、まして、鴨川の河原には死体が無数に捨てられていて馬や牛車が通ることのできる道すらない……そんな意味である。

二百六十年ほど隔てた新九郎の生きている時代になっても、この様子は、大して変わっていない。むしろ、応仁の乱という無益な戦乱が起こったせいで、一般庶民は、鴨長明の頃よりも生きていくのが難しくなったと言えるかもしれなかった。

飢饉も恐ろしい。戦乱も恐ろしい。

しかし、何よりも恐ろしいのは疫病だ。

平安京が誕生してから、都の大路小路には常に死体が遺棄されてきた。時期によって、その数に多少の違いは生じるものの、国中が慢性的に飢えているから、餓死者がいなくなることはなく、従って、都から死体が消えることもない。当然ながら、衛生状態はひどく悪い。死肉を食らう犬や猫、鼠《ねずみ》が病原菌を媒介するし、一年に一度か二度は大雨が降って大路の側溝に溜まった汚水を溢れさせ、時には腐乱死体までも流して、都中の井戸を汚染する。いつ疫病が蔓延してもおかしくない条件が十分すぎるほど揃っている。

疫病といっても、その種類は様々だ。咳病《しわぶきのやまい》や福来病《ふくれのやまい》、それに瘧病《おこりのやまい》……咳病は流行性感冒、福来病はおたふく風邪、瘧病はマラリアのことである。

特に怖れられたのが赤斑瘡《あかもがさ》と疱瘡《ほうそう》だ。赤斑瘡は麻疹《はしか》、疱瘡は天然痘《てんねんとう》である。毎年のように流行し、一度罹《かか》ったら、まず助からない死の病だった。どちらも高熱を発し続けて死に至るという症状が似ていたので、当時は同じ病と考えられており、赤い斑点ができる方を赤斑瘡と呼んで区別していたに過ぎない。高熱が続き、体に赤い斑点が浮かんだら、死の宣告と同じ意味を持っていたと言っていい。

その赤い斑点が鶴千代丸の顔に浮かんだとき、一条烏丸の伊勢家は天地がひっくり返ったような大騒ぎになった。直ちに評判のいい医者が呼ばれたが、どんな名医でも患者が赤斑瘡に罹患しているのでは手の施しようがない。

「何とかせぬか。このように苦しがっているではないか」

時貞が医者を叱りつける。

高い謝礼を支払って招いたというのに、医者は薬も処方せず、じっと鶴千代丸の傍らに坐り込み、時折、鶴千代丸の口を水で湿らせるように弟子に指示するだけだ。

「助けて下さいませ。大切な孫なのです」

葉月も取り乱している。

「薬はないのか。なぜ、何もせぬ」

「……」

医者も閉口した。赤斑瘡に効く薬などない。助かるか助からぬかは運次第と言ってよく、しかも、大人でも助かるのは二人に一人、乳幼児だと五人に一人くらいである。栄養状態が悪ければ、大人であろうと子供であろうと、ほぼ助からないが、その点、鶴千代丸は恵まれている。

激しい下痢を伴う場合、特に乳幼児は脱水状態に陥りやすく、それが命を縮めることになりかねないという程度の知識は持っているから、弟子に指示して口が渇かないようにしているのだ。

時貞が絶え間なく罵詈《ばり》雑言《ぞうごん》を吐き続けるので、ついに医者も耐えかねて、

「残念ながらわたしにできることはなさそうです」

こまめに水を飲ませるように忠告すると、席を立って帰ろうとした。

驚いた新九郎は医者を廊下まで追いかけ、

「義父の不作法は幾重にもお詫びいたしまする故、どうか戻って下さいませんか」

「勘違いなさるな。わたしは腹を立てて帰るわけではない。できることは何もないのです。赤斑瘡に効く薬もないし、熱が下がるのを祈るしかない。何とか三日ほど病の苦しみに耐

えることができれば望みもあるのだが」

「三日……」

あんな小さな体で、三日も苦しみ続けなければならないのかと、新九郎は呆然とした。

部屋に戻ると、葉月が肩を震わせて泣いており、その横で時貞が興奮気味に、医者が頼りにならぬのならば阿闍梨《あじゃり》を呼んで加持祈禱《かじきとう》をさせなければならぬ、これから御所に出向き、日頃から親しくしている公家によい阿闍梨を紹介してもらう、あとのことを頼むぞ、新九郎殿、と顔を真っ赤に火照《ほて》らせて、走るように部屋を出て行く。

古来、疫病というのは疫病神という悪神によってもたらされる災いと考えられ、この悪神を追い払うために盛んに加持祈禱が行われた。阿闍梨というのは、密教の修法を用いて加持祈禱を行い、悪神を打ち払う力を持つと信じられている高僧のことである。

「義母上、少しお休みになられては如何《いかが》ですか。鶴千代丸のそばには、わたしがおりますから」

「気になさいますな。鶴千代丸のことが心配なのです。そばにいたいのです」

袖で涙を拭いながら、葉月が首を振る。

「申し上げまする」

廊下から若い女房が声をかける。伽耶の世話をしている娘だ。

「何かあったのか？」

新九郎が訊く。

「伽耶さまが若君を案じておられ、若君のそばにいたいとおっしゃって……」

「まだ自分の力で起き上がることもできぬというのに……。伽耶にまで赤斑瘡が伝染《うつ》ったりしたらどうするのじゃ」

葉月が尖った声を出す。女房を叱っても仕方がないとわかっていても、どうにも感情を抑えることができないのだ。それだけ精神的に参っているということであった。

それを察して、

「わたしが話してきましょう」

新九郎が腰を上げようとする。そのとき、

「だーっ……」

鶴千代丸の口から声が洩れた。何らかの意味のある言葉なのか、それとも、ただの呻き声なのか、それは区別できなかったが、鶴千代丸の発した声に間違いなかった。

「鶴千代丸」

新九郎が、わが子の小さな手をそっと握る。その手は驚くほど熱い。顔を真っ赤にして、荒い呼吸をしている。こんなに小さな体で、恐るべき病と必死に闘っているのだと考えると、新九郎は胸が締め付けられる思いがする。自分が何もしてやれないことがもどかしい。

(おまえは強い子だ。赤斑瘡などに負けてはならぬぞ。父も母もついている。だから、頑

張るのだ）

心の中で励ましながら、新九郎は両手で鶴千代丸の手を包んだ。

（泣いているのか……）

伽耶の啜り泣く声が廊下にまで洩れ聞こえている。

「おれだ」

声をかけながら、新九郎が病室に入る。世話役の女房たちにうなずくと、気を利かせて部屋から出て行く。

「鶴千代丸は、どんな様子なのですか？」

新九郎が腰を下ろすなり、伽耶が訊く。

「心配するな。よい医者も来てくれたし、義父上が阿闍梨も呼んで下さるそうだ」

「助かるのでしょうか？」

「当たり前ではないか。鶴千代丸は、おれたちの子だぞ。強い子だ。病などに負けるはずがない」

「でも、赤斑瘡なのでしょう？　そんな恐ろしい病に罹るとは……」

伽耶が両手で顔を覆う。

「鶴千代丸の身を案ずるのはわかる。だが、まずは自分が元気を取り戻さなければならぬ。

心配ばかりして、夜も眠れず、食事も喉を通らないというのでは、ますます弱ってしまうではないか。鶴千代丸の病が癒えたとき、おまえが寝込んでいるのでは困る」

「あの……」

「ん？　どうした」

「鶴千代丸のそばに……いいえ、ずっとそばにいたいなどとわがままを言うつもりはありませぬ。鶴千代丸を看病するどころか、自分が看病されている身なのですから……。せめて、一目なりとも鶴千代丸に会わせてはいただけませぬか。そうすれば少しは気持ちも落ち着くと思うのです」

すがるような眼差しで伽耶が新九郎を見上げる。

「伽耶……」

新九郎の表情が歪む。どうか、このささやかな願いを拒むようなことをなさらないで下さいませ……そんな伽耶の叫びが心にひしひしと伝わってくる。新九郎とて鬼ではない。できることなら伽耶の願いをかなえてやりたいと思う。決して大それた願いではない。母屋で病に臥せっているわが子の顔を一目でいいから見たいというだけのことだ。

が……。

ここでうなずくわけにはいかなかった。

鶴千代丸は赤斑瘡という恐るべき病に取り憑かれている。それでなくても衰弱しきっている伽耶の体に赤斑瘡が伝染ったりすれば、伽耶の命も危なくなってしまう。そんな真似はできなかった。

「気持ちはわかる。よくわかっておる。しかし、堪えてくれ。おまえの代わりに、おれが鶴千代丸を見守る。病が癒えるまでそばを離れぬ。おまえの分まで心を込めて看病する。それ故……それ故、堪えてくれ。困らせるな」

新九郎が腰を上げ、部屋を出て行こうとする。

伽耶の嗚咽が聞こえる。

「許せ」

新九郎が廊下に出る。そのまま足早に廊下を渡っていこうとする。

しかし、何歩か進んだところで足が止まる。

伽耶の悲しみの声が耳から離れないのだ。

（おれは人でなしなのか？　鶴千代丸は生死の境をさまよっていて、それを母である伽耶が案じている。遠く離れているわけでもなく、すぐ近くにいるというのに、なぜ、顔を見せてやろうともしないのだ。病が伝染ることなど伽耶は少しも怖れてはおるまい。ほんの一目だけでも鶴千代丸の顔を見れば、伽耶は安堵するのだ。それで静かに養生できるのだ。今のままでは、まるで生き地獄ではないか……）

新九郎は踵を返して部屋に戻ると、

「おれにつかまれ」

と、伽耶を抱き上げる。

（何と軽くなってしまったのだ）

元々が小柄な伽耶だが、床に臥せるようになってから、すっかり体重も減り、まるで子供のように軽くなってしまった。その軽さを腕に感じて、不覚にも新九郎は涙をこぼしそうになる。強く唇を嚙んで、ぐっと涙を堪え、伽耶を母屋に運んでいく。その姿を見た女房たちが驚いて騒ぎ出すが、

「よいのだ」

新九郎が睨むと、女房たちは怖れて口を閉ざす。

蹲《うずくま》るような格好で鶴千代丸の傍らに付き添っていた葉月は、新九郎が伽耶を抱きかかえて部屋に入ってくると驚愕の表情を浮かべた。

「新九郎殿、こ、これは、いったい……？」

「義母上、申し訳ありませんが、その場所を伽耶にお譲り下さいませぬか。ほんの少しの間でございますれば」

葉月が場所を空けると、そこに伽耶の体を横たえる。

「鶴千代丸……」

伽耶がそっと鶴千代丸の頰に手を当てる。あまりの熱さに思わず声を上げそうになるが、鶴千代丸を驚かせてはいけないと思い、ぐっと声を飲み込む。

そのとき、鶴千代丸が何かを感じたのか、むずかるように体を動かし、

「だーっ、だーっ……」

と声を出した。頰を真っ赤にして、苦しげにせわしなく呼吸しながら、小さな胸を上下させる。

「かわいそうに……」

伽耶が愛おしげに鶴千代丸に頰ずりし、できることなら母が代わってあげたい、わたしの命をおまえにあげたい、とつぶやく。

葉月は袖で目許を押さえ、女房たちも貰い泣きしている。

(もう連れ戻さねばならぬ……)

頭ではわかっているものの、新九郎は動くことができない。伽耶を鶴千代丸から引き離すことなど、とてもできなかった。それができるとすれば鬼か魔物であろう。

新九郎は鬼でも魔物でもなかった。

その夜、時貞が連れ帰った阿闍梨が夜を徹して祈禱を行った。時貞だけでなく、葉月も新九郎も鶴千代丸を見守った。

誰もはっきりとは口に出さなかったが、

(今夜が峠だ)

と感じていた。

無事に夜明けを迎えることができれば助かる見込みも出てくるが、そうでなければ……

そんな期待と不安の入り交じった複雑な気持ちで新九郎は祈禱を見つめた。この場にはいないが、恐らく、伽耶も眠ることができずにいるだろうと思う。鶴千代丸のそばにもいたいが、伽耶のそばにもいてやりたい……体がひとつしかないことが恨めしかった。

間もなく夜が明けるというとき、鶴千代丸に水を含ませてやろうとした葉月が、ひっ、という鋭い声を発して仰け反った。

「どうした?」

時貞が身を乗り出す。

「息が……息が……」

「何だと?」

新九郎と時貞が鶴千代丸の顔を覗き込む。

「あっ、あっ、あっ」

時貞がすとんと尻餅をつき、そのまま畳の上を後退《あとずさ》りする。表情が凍り付いている。

(鶴千代丸……)

新九郎は病と闘い続けた幼いわが子の頰を優しく撫でてやる。まだ顔は熱いが、もう息をしていなかった。

九

あまりにも呆気ない鶴千代丸の死に、一条烏丸の伊勢家は悲しみに包まれた。時貞と葉月は、その衝撃の大きさに耐えかねて、食事も喉を通らなくなり、すっかり痩せこけてしまった。

ところが、悲しみは、これだけで終わらなかった。鶴千代丸の亡骸を鳥辺野に葬った数日後、伽耶の顔や腕に赤い斑点が浮かんだのである。その斑点は、たちまち全身に広がり、伽耶は高熱に魘《うな》され始めた。

「赤斑瘡じゃ……。鶴千代丸の病が伽耶に伝染ってしまった」

時貞は愕然とした。

「新九郎殿、なぜ、伽耶を鶴千代丸に近付けたのですか。伽耶は普通の体でない。自分で起き上がることも歩くこともできないほど弱っていたのに……」

葉月は取り乱して新九郎を責めた。

「母上さま……どうか、どうか、やめて下さいませ……新九郎殿が、新九郎殿が悪いのではありませぬ……わたしが無理を言って……それで新九郎殿は……」

高熱のせいで息をするのも苦しいらしく、伽耶は途切れ途切れに新九郎を庇《かば》う言葉を発する。

「よいのだ」

新九郎がそっと伽耶の手を握る。その手は燃えるように熱かった。


その翌日、伽耶の容態は急激に悪化した。

それでなくても産後で弱っている体に赤斑瘡が取り憑いたのだから、ひとたまりもない。赤斑瘡は容赦なく伽耶の肉体から体力を奪い取り、高熱や吐き気で伽耶を苦しめる。

新九郎は片時もそばを離れずに伽耶を看病した。鶴千代丸のときと同じように医者や阿闍梨が呼ばれたが、当然ながら、何の効果もなかった。

「新九郎殿……」

深夜、他の者たちが寝込んでしまったとき、伽耶が新九郎を呼んだ。新九郎は、ハッとして目を開ける。いつの間にかうたた寝していたのだ。部屋には紙燭《しそく》が灯されているだけなので薄暗い。新九郎の影が壁に映って、ゆらゆら揺れている。

「水でも飲むか?」

「いいえ」

伽耶が小さく首を振る。

「わたしは、もう助かりませぬ」

「何を言うのだ。しっかりしろ」

「自分でわかるのです。わたしは……わたしは、もう駄目です」

「伽耶……」

「どうか……どうか悲しまないで下さいませ……鶴千代丸のそばに行けるのですから……少しも悲しくありませぬ……」

「すまぬ。おれのために、こんなことになって」

「手を……」

「ん？」

新九郎が伽耶の手を握ってやる。すっかり痩せてしまい、骨と皮ばかりになっている。

「新九郎殿は願いをかなえて下さいました……鶴千代丸に会わせて下さいました。心残りはありませぬ……ありがとうございます……わたしは、わたしは良い夫を持ちました。短い間でしたけれど、とても幸せでした……」

ごほっ、ごほっ、と伽耶が咳き込む。

「もうよせ。休まねばならぬ」

「いいえ……今のうちに話しておかなければ……新九郎殿と別れるのは悲しい、とても淋しい。でも、鶴千代丸を一人にするのはかわいそうですから、わたしは逝くのです……二人で新九郎殿を見守っておりますから、どうか、わたしや鶴千代丸の死を嘆かぬようにお願いいたします……」

「馬鹿め。そんな願いが聞けるものか」

新九郎が拳《こぶし》で目許をこする。涙が溢れてきて、どうしようもない。

「わたしは幸せでした。鶴千代丸も幸せだったに違いありませぬ。どうか、わたしたちの分まで生きて下さいませ」

伽耶は、にっこりと微笑む。

翌朝、伽耶は静かに息を引き取った。

その直後、新九郎は屋敷から消えた。

どこに行ったのか、誰にもわからない。

十

伽耶が息を引き取るのを見届けて、新九郎は一条烏丸の屋敷を出た。どこに行こうという当てがあったわけではない。何も考えていなかった。

いや、何も考えられなくなった、と言うべきかもしれない。頭の中が真っ白になり、まるで魂が抜けてしまったかのような有様で、足だけが勝手に動いた。伽耶のそばにいれば、否が応でも伽耶の死を認めなければならない。それが辛くて逃げ出したのである。一人息子の鶴千代丸に続いて、妻まで喪《うしな》い、その大きな衝撃をまともに受け入れる強さは新九郎にもなかった。

新九郎は、さまよい歩いた。疲れると休み、暗くなると眠る。喉が渇けば水を飲んだが、食べ物は口にしなかった。雨が降っても、気にする様子もなく濡れながら歩く。ひたすら歩き続ける。髪は乱れ、いつの間にか裸足になっており、顔も手足も泥で汚れた。懐は空っぽで、刀もなくなっている。どこかでなくしたのか、それとも、誰かに奪われたのか、新九郎にもわからない。着衣もぼろぼろで、薄汚れているだけでなく、あちこち破れたり千切れたりしている。なぜ、そうなったのかもわからない。腕や足に傷があり、顔も腫れている。知らぬ間に追い剝ぎの類に襲われ、何の抵抗もできぬままに暴行され、財布や刀を奪われたのかもしれないが、何も覚えていない。記憶がぼんやりしており、何もかもが曖昧なのである。目を瞑ると、伽耶と鶴千代丸の姿が脳裏に甦《よみがえ》る。親子三人だけで過ごした時間は、ほんの少ししかない。だが、その時間は宝石のような輝きを放っている。その記憶を辿ると涙が止まらなくなってしまう。自分も伽耶と鶴千代丸のそばに行きたい、なぜ、おめおめと生きているのか、なぜ、生きなければならないのか、それがわからない。

理由があるとすれば、

「どうか、わたしたちの分まで生きて下さいませ」

という伽耶の最後の言葉が耳に残っているせいに違いなかった。それ以外に自分が生きている理由などない、と新九郎は思う。

都大路には飢民が溢れている。

大路にも小路にも路傍に無造作に死体が遺棄されている。そのほとんどは行き倒れの飢民だが、追い剝ぎに殺された哀れな被害者の数も少なくない。まともな仕事に就いて食っていける者など滅多におらず、自分が生き残るには他人から奪うしかないという弱肉強食の世界なのだ。

ここでは生者と死者の境界が曖昧で、死体のすぐ傍らに息も絶え絶えの者が横たわっていたりする。生きてはいるものの骸骨のように痩せ衰え、弱りきって身動きもしないから傍目には生きているのか死んでいるのか判断できない。顔を近付けると、かろうじて息をしているのがわかる程度だが、次の瞬間には呼吸が止まっていたりする。前途に何の希望も持てず、絶望という感覚に慣れきっているために、他人の生死に無関心というだけでなく、自分の生死にすら無関心になっている。

日中、死者の間を歩き回る者たちがいる。その多くは、年寄りや女子供である。何か金目のものでも手に入らないかと期待しているのだ。

しかし、幸運に巡り会うことは滅多にない。人が死ぬと、その周囲の者たちが根こそぎ奪い取ってしまい、大抵は丸裸で放り出されてしまうからだ。金品はおろか、衣を身に着けている者も稀だし、若い女であれば髪も切り取られてしまう。長い黒髪は鬘《かつら》の材料として買い取ってもらえるからだ。

そんな者たちに交じって、墨染めの衣をまとった僧侶たちの姿も見える。籠を背負っているのが、あまり僧侶らしくない。籠には小さな木の札がたくさん入っている。「南無釈迦牟尼仏」と記された札である。僧侶たちは、その札を死体に握らせたり、死体の口に挟んだりして、短く経文を唱える。僧侶たちは概して若い。彼らにとっては、これも修行のひとつなのだ。若い僧侶たちに指図している年配の僧侶はお目付役といったところであろう。

宗順《そうじゅん》は血の気の引いた真っ青な顔で木札を死者に握らせる。まだ十七歳の宗順にとっては辛い修行であった。木札を入れた籠を背負って都大路を歩くのは二度目だが、前回は、目の前の光景の凄まじさに圧倒され、何度も嘔吐した揚げ句、気を失ってしまった。

「宗順は意気地がないのう」

「育ちがよすぎるのであろうよ」

大徳寺《だいとくじ》に戻ってから、年齢の近い僧侶たちにさんざん冷やかされた。近江《おうみ》の土豪の三男として生まれ、何不自由なく育ったので、至る所に死体が転がっているような光景には慣れていない。童顔で、実際の年齢よりも幼く見られることが多いこともあり、それまでも、よくからかわれたが、その一件があってから、小僧たちまでが宗順を侮《あなど》るような態度を取ることがある。それが悔しくてならないから、今日は、寺を出るときに、

(今度こそ、しっかりやらねばならぬ)

と肝に銘じてきた。

それでも楽ではない。

一口に死体と言っても、人としての原形すら留めていない無残な死体が多い。犬やカラスに食い荒らされて骨や内臓が露出し、全身に蛆《うじ》がびっしりとたかっている死体ばかりなのである。そんな死体に触れて、お札を置かなければならない。いい加減に置くと地面に落ちてしまうから、まだ手が残っていれば手に握らせるし、すでに手が食われてしまっていれば口の中にお札を入れる。当然ながら、死体に触れれば、自分の手にも蛆がたかってくる。見た目も凄まじいが、死臭も強烈だ。吐き気を催すような臭気が充満し、息をするのも辛い。何度もめまいを起こしそうになりながら、宗順は歯を食い縛って務めをこなしていく。

(おや?)

宗順が足を止め、目を細めて前方を見遣《みや》る。真新しい死体がある。若い男の死体だ。怪訝な顔で近付いたのは、その死体が裸ではなかったからだ。これは珍しい。まだ着衣を奪

われていないということは死んだばかりなのかもしれない、と宗順は思い、

（哀れなことよなあ。もう少し早くここに来ていれば救えたかもしれぬものを……）

その死体に向かって手を合わせ、目を瞑って口の中で経文を唱える。死体の傍らにしゃがみ込んで、手にお札を握らせようとする。

（ん？　まだ温かいな……）

何気なく顔を上げたとき、死体が目を開けた。

宗順は、ぎゃっ、と叫んで尻餅をつく。

「どうした？」

年配の僧侶が近付いてくる。

「死体が……死体が目を開けて……」

「何だと？」

僧侶が死体をじっと見る。やがて、

「馬鹿め。死体ではない。まだ生きているのだ」

「え」

「こんな死体ばかりの場所に倒れていれば死体と間違えるのも無理はないが……。おい、しっかりしなされ、わたしの声が聞こえるか」

僧侶が呼びかける。

「……」

死体と間違えられた若い男、すなわち、新九郎は目を薄く開け、瞬きもせずに、その僧侶を見つめたが、また目を瞑って、そのまま動かなくなってしまう。何も食わずにさまよい歩いているうちに、すっかり体力もなくなって死体の間に倒れていたのだ。

「死んだのでしょうか？」

宗順が訊く。

「まだ生きている。だが、このままでは死ぬだろうな。明日までは持つまい」

「かわいそうに……」

宗順が手を合わせ、また経文を唱える。都には死者だけでなく、死にかけている者も無数にいる。哀れだとは思うものの宗順たちにできることは何もない。一枚のお札を置いてやるのが精一杯だ。大徳寺ほどの寺でも、薬や食べ物に余裕はなく、飢えた者たちを救うことなどできないのである。それ故、死にかけた者を見かけても、その場に置き去りにするしかない。

ところが、

「寺に連れて帰る。手を貸しなさい」

「え」

宗順は驚いた。

「でも、それは……」

「いいから手を貸しなさい」

「は、はい」

宗順は、じっと宗哲《そうてつ》の顔を見つめてうなずいた。

十一

鳥の囀《さえず》りが聞こえ、部屋に朝日が射し込んでいる。

新九郎が、いかにも重たそうに目蓋《まぶた》を持ち上げると、

「あ、気が付かれましたか」

傍らに控えていた宗順が声をかける。

「ここは……?」

「ご心配なさいますな。大徳寺でございます」

「大徳寺?」

「何か食べますか?　丸一日、ずっと眠り続けていたのですから、お腹も空いたことでしょう」

「そんなに長く……」

新九郎が、ごほっ、ごほっと咳き込む。

「さあ、どうぞ」

宗順が水差しを新九郎の口に当てる。噎《む》せながらも、新九郎はうまそうに水を飲む。水差しが空になったので、

「水を取ってきます。少々、お待ち下さいませ」

宗順が部屋を出て行く。戻って来たときには、新九郎は静かな寝息を立てている。


次に目を開けたのは夜だった。

傍らには宗順だけでなく、宗哲もいた。

「あなたは……？」

「お忘れか。荏原郷の法泉寺で『太平記』を読んだではありませんか」

「宗哲さま……」

「思い出してくれましたか。あの頃に比べると、随分と背丈も伸び、大人びてしまわれたが、それでも一目見て、鶴千代丸殿だとわかりました」

「いや、鶴千代丸は死にました」

「ん？」

「伽耶も死にました。妻と息子が死んでしまったのに、おめおめと、わたし一人が生き長らえてしまうとは……」

新九郎の目に涙が溢れる。

「どうやら辛い目に遭われたようだ。今は何も考えず、何も話さなくてもよいのです。まずは養生して体を休めることが大切です。この寺に来てから、ずっと眠ってばかりで、水を少し飲んだだけだと聞いています。ほんの少しだけでも粥を食べて下さいませぬか」

「何も食べたくはありませぬ」

新九郎が首を振る。

「幼子のようなわがままを言うものではありませぬぞ。あなたは、死者の群れに交じって死にかけていた。そこに、わたしが出会した。都には死者が多い。死にかけている者も多い。そんなところで、わたしとあなたが巡り会うというのは、たまたまではない。そのようなことは普通では起こり得ぬことなのです。これは御仏のお導きによるものに違いない。あなたが死ぬ運命であれば、わたしは何も気が付かずに通り過ぎていたはずです。だが、こうして、あなたは生きている。それが運命だと素直に受け止めてはどうですか」

宗哲は、敢えて「鶴千代丸」とは呼ばずに、あなたと呼びかけた。新九郎が「鶴千代丸」という名前に過敏に反応することに気が付いたからだ。

「いいえ」

尚も強く首を振る。

「ここにいる宗順は、ずっとあなたに付き添っていました。ほとんど眠らずにですよ。わたしが出かけている間も、あなたを見守っていたのです。あなたが目を開けたことを誰よりも喜んでいるはずです。宗順のためだと思って、せめて一椀の粥を食べていただけませぬかな？」

「どうか、お願いします。このままでは本当に死んでしまいます」

宗順が目に涙を溜めて懇願する。それを見て、

「わかりました」

と、新九郎もうなずく。自分でも不思議だが、微かに空腹を感じたのである。

宗順が急いで運んできた粥を、新九郎は半分くらいしか食べることができなかった。何日も食べていなかったので、胃が食べ物を受け付けなかったのである。粥を食べ、水を飲むと、新九郎は横になった。すると、また眠気が兆してくる。

「眠りなさいませ。目が覚めたら、また粥を食べればよい。それが養生になる……」

宗哲の言葉が終わる前に、新九郎は寝息を立てていた。

十二

翌朝、目を覚ましたときには、ずっと気分がよくなっており、自分で体を起こすことができた。宗順が勧めてくれる粥も遠慮せずに食べた。ゆうべは半分しか食べることができなかったが、今朝は一椀すべてを食べきった。食事を終えたところに宗哲が現れた。

「だいぶ顔色がよくなったようですな」

「すっかり面倒をかけて申し訳ありません」

「いやいや、遠慮なさることはない。荏原郷に足を止めたときには、鶴千代丸殿の、いや、あなたのおかげで随分と助けられたのですから」

「今は元服して伊勢新九郎と名乗っております」

どうか新九郎と呼んで下さいませ、と頭を下げる。

「いつ、都に出て来られたのですか？」

「かれこれ五年になります……」

新九郎は、宗哲が荏原郷を発ってからの出来事を淡々とした口調で語り始めた。宗哲に促されたわけではなく、自然に自分の口から言葉が出てきたのである。話を始めると、止まらなくなった。八年も前からの話だから随分と長くなったが、途中で質問したりすることもなく、宗哲は静かに耳を傾けている。その横で宗順も生真面目な顔で行儀よく坐っている。赤斑瘡で一度に妻子を亡くしたことを語ると、宗順はぽたぽたと涙を流し、何度も手の甲で涙を拭った。やがて、新九郎が話を終えると、

「宗順、新九郎殿に水を」

と、宗哲が促す。

はい、と返事をして宗順が水差しを差し出すと、新九郎は、ごくりごくりと喉を鳴らし

て水を飲む。

「これから、どうなさるつもりですか？」

宗哲が訊く。

「さあ、どうすればいいのか……」

新九郎が首を振る。

「まだ死にたいと思っているのですか？」

「死ねば、妻や息子に会えるのなら、すぐにでも死にたいと思いますが、果たして、それを妻が喜ぶかどうか……」

「自分たちの分まで生きてほしい……そう言われても、後に残された者は辛いだけでしょうね」

宗哲は難しい顔をしてうなずくと、

「まだ心が乱れているのでしょう。慌てて何かを決めることはないのです。大したお世話もできませぬが、いつまでも、ここにいて構いませぬぞ。遠慮はいりませぬ。ただ……」

「何でしょうか？」

「新九郎殿は誰にも何も言わずに屋敷を出たという。ご家族の皆さんが心配しておられるのではないかと思いましてな。何なら無事でいることを知らせてもよいのですが」

「……」

新九郎が首を振る。その顔を見て、

「ならば、黙っていましょう。余計なことに煩わされることなく、のんびり養生なさいませ」

三日もすると、新九郎の体力は回復し、顔色もよくなってきた。きちんと飯を食い、よく眠っているのだから、若いだけに回復も早いのだ。何をやろうというつもりもないし、屋敷に戻る気にもなれないが、元気になってくると、いつまでも病人のように寝てばかりいるのが耐え難くなってきた。

「何か手伝わせてもらえませぬか」

と、宗哲に頼んだが、寺の雑務には人が足りているし、そもそも、寺で雑務をこなすのも小僧たちにとっては修行のひとつだから、新九郎が気軽に手伝うわけにはいかない。

「それとも……」

宗哲が口許に笑みを浮かべながら新九郎を見る。

「仏門に入るつもりですか？」

「いや、それは……」

新九郎が口籠もる。

伽耶と鶴千代丸を喪って人生に絶望し、一時は現世への執着がなくなって死を望んだほどだから、このまま一人で生き長らえることになるのであれば、残された人生を二人の菩提を弔うことに費やしてもいいのではないか、と考えぬでもない。

だが、心のどこかに迷いがあって決めかねている。

その迷いは何なのかといえば、

（おれが出家すれば、伽耶は喜んでくれるのだろうか……？）

ということなのである。

自分たちの分まで生きてほしいという伽耶の遺言は、頭を丸めて世捨て人となって読経に耽ってほしいという意味だったのか……どうも、そうではないような気がするのだ。かといって、それ以外に何をして生きるのかと問われても今の新九郎には答えようがない。

だから、迷っている。

「意地の悪いことを訊くのはやめておきましょう」

宗哲は、にこりと微笑むと、実は、これから宗順と二人で出かけるつもりだったのですが、新九郎殿が手を貸してくれれば大いに助かるのです、どうですか、一緒に来てもらえますか、と言う。

新九郎に否応はない。薪割りだろうが、庭掃除だろうが何でもするつもりだったのだ。

「ならば、手伝いをお願いします。ただ、その姿では困るので、衣をお貸ししましょう」

新九郎は墨染めの衣を着せられた。

十三

「これを背負うのですか?」

「はい」

「……」

籠を背負うように宗哲が指図する。新九郎が命拾いをした日に宗順が背負っていた籠である。そのときには、死者に持たせるためのお札がたくさん入っていた。今日は空っぽの籠を背負って出かけるという。宗順と新九郎だけでなく、宗哲も背負うというのだ。

「何をするのですか?」

「すぐにわかります」

さあ、出発だ、と何の説明もせずに宗哲がすたすたと歩き出す。新九郎は首を捻りながら後をついて行く。

その籠を何に使うのか、すぐにわかった。

宗哲は酒屋を訪ねては、米や野菜、時には銭の布施《ふせ》を受け、受け取ったものを籠に入れるのである。どこを訪ねても、別に嫌な顔もせず、宗哲に慇懃《いんぎん》に挨拶して何かしらの施しをしてくれる。すっかり馴染みになっているらしい。尊敬もされているようだ。宗哲だけでなく、宗順や新九郎にも布施をくれるから、それを二人は自分の籠に入れていく。

（ああ、そういうことか）

大徳寺への布施を請うているのだな、と新九郎は納得した。僧侶たちも食っていかなければならないから、食料を工面しなければならない。富裕な酒屋や土倉を訪ねて布施を請うのは最も一般的なやり方に違いない。

この当時、都には三百軒以上の酒屋がある。応仁の乱で兵火にかかった酒屋も少なくないが、そのほとんどはすでに商売を再開している。どんな小路を歩いても一軒や二軒は酒屋があるから、一刻（二時間）も歩き回ると二十軒ほども訪ねることができて、三人の籠はいっぱいになった。

「大丈夫ですか？」

宗順が新九郎を気遣う。寺を出るときには空だった籠が、今や米や野菜で溢れ、ずっしりと重くなっている。久し振りに外出した新九郎には辛いのではないかと心配したのだ。

「ええ、何とか」

口では、そう言ったものの、本当は楽ではない。このくらいの荷物を背負っただけでふらついてしまうほど自分は弱っていたのかと、そのことに愕然となる。

それよりも新九郎が気懸かりなのは、果たして無事に寺に帰れるのだろうかということだ。今の都は物騒である。白昼堂々と盗賊や追い剝ぎが横行している。しかも、どこを見ても飢えた者たちが屯《たむろ》している。身分の高い者が外出するときには必ず護衛の武士を従えるし、商人が多くの品物を運ぶときにも、腕っ節の強い雇い人に武器を持たせて警護させるのが当たり前だ。そういう物騒なところを、食料を背負って通り抜けられるものかどうか、新九郎は不安を感じたが、宗哲も宗順も平気な顔で歩いて行くから、新九郎としても黙ってついて行くしかない。

（まずいな……）

新九郎がちらりと肩越しに振り返る。

三条大路のそばに来る頃には、新九郎たちの後をぞろぞろとついて来る貧民の数が五十人以上に増えている。籠の食料につられているのに違いなかった。何かきっかけがあれば襲いかかってくるかもしれないと危惧するが、武器など何も持っていないし、そのときは食料を放り出して逃げるしかないと思う。

堀川《ほりかわ》に達する頃には、その数が百人を超えた。さすがに新九郎は危ないと思い、宗哲に忠告しようとした。声をかけようとしたとき、何を思ったか、宗哲が足を止め、籠を地面に下ろした。宗順も同じようにしたので、仕方なく新九郎もそれに倣う。三人が立ち止まった途端、貧民たちに囲まれて身動きが取れなくなってしまう。じりじりと三人を囲む輪が狭くなり、宗哲と宗順を庇うように新九郎が前に踏み出そうとしたとき、貧民の中から醜悪な容貌の老人が人混みを掻き分けて出てきて、

「宗哲さま！」

と呼んだ。

「おお、六右衛門《ろくえもん》。いないのかと思ったぞ」

「昼寝をしていたので、ご挨拶が遅れてしまいました。何の騒ぎだろうと目を覚ましたら、大きな人だかりができていて……。やはり、宗哲さまでしたか」

六右衛門がにこりと笑う。歯が何本も抜け落ちているせいで、その部分が黒く見える。それでなくても醜いのに、笑うと更に奇怪な顔になる。

「随分たくさん集まってしまったようだ。これだけしかないので、あまり多くは行き渡らぬなあ」

宗哲が籠をぽんぽんと軽く叩く。

「とんでもない。雑炊にすれば皆の口にいくらかは入りましょう。何日も食っていない者が多いので、一度にたくさん食うと腹を壊してしまいまするわ」

六右衛門が、おい、と合図すると何人かの男たちが輪の中から出てきて、三つの籠を堀川のそばに運んでいく。貧民たちも、ぞろぞろと移動を始める。

（どういうことだ？）

新九郎が怪訝な顔になる。

その謎は、すぐに解けた。籠を運んでいった男たちが堀川のそばに火を熾《おこ》して炊き出しを始めたのである。

「これをいつもやっているのですか？」

新九郎が宗順に訊く。

「ええっと、三日に一度くらいですね。四日に一度ということもあります。本当は毎日できればいいのでしょうが、なかなか、そうもいきませんから」

「あの老人は何者ですか？」

「ああ、六右衛門さんですか。何者ということもありません。古くから、このあたりにいる人です。普段、何をしている人なのか、わたしもよく知りませんが、六右衛門さんに食べ物を渡すと、きちんとみんなに分けてくれるんですよ」

その説明を聞いて、

（なるほど、このあたりの元締めというところか。男たちを顎で使っているところを見ると、案外、夜になると盗賊紛いのことでもしているのかもしれぬな。そんなことでもしなければ、とても生きていくことのできない世の中だ。宗哲さまのしていることは立派だが、これでどれだけの人間を救うことができるというのか……）

いくつもの大鍋で雑炊が煮られたが、人の数が多いので、あっという間に空になってしまった。何も食えないよりはましだろうが、ほとんどの者たちは日が暮れる頃にはまた腹が減り、明日にはまた飢えに苦しむに違いなかった。女や子供、老人の姿も目につくが、誰もが枯れ木のように痩せ細っている。焼け石に水、という言葉が新九郎の心に浮かんだ。

それから何度か、新九郎は宗哲や宗順と共に酒屋を回って布施を集め、それを堀川近辺の貧民に施す手伝いをした。

新九郎が感心したのは、宗哲の酒屋回りの工夫である。続けて同じ酒屋を訪ねることを避けているのだ。都には三百軒以上の酒屋がある。一度に二十軒回るとして、それを三日か四日に一度行うとすれば、同じ酒屋を訪ねるのは二月《ふたつき》に一度くらいの割合になる。二月に一度ならば、どの酒屋もさほど嫌な顔をすることなく幾許《いくばく》かの布施を出してくれる。頻繁に訪ねれば、さすがに嫌な顔をされるに違いなかった。その匙《さじ》加減が絶妙だと感心したのである。

修行の合間に酒屋を回って食料を集め、それを堀川界隈の貧民に施すという行為も、実に立派なことだと思った。

が……。

新九郎の心には新たな疑問が生じ、宗哲の手伝いをするたびに、その疑問は大きくなっていく。

ある日、堀川から大徳寺への帰り道、新九郎は、その疑問を口にした。

都には貧民が溢れかえっている。その多くは飢えて骨と皮ばかりになり、いつ死んでもおかしくないという有様だ。堀川界隈で群れ暮らしている者たちもそうで、ざっと周囲を見渡せば、そこかしこに痩せ衰えた者たちが力なく坐り込んでおり、それと同じくらいの数の死体が放置されている。そんな者たちに何日かに一度、薄い雑炊を一椀啜らせることに、いったい何の意味があるのか、それが新九郎には疑問なのだ。ほんの一時、彼らの飢えを癒やし、彼らが餓死するのを半日ばかり先延ばししているだけではないのか……そんな気がするのである。悲劇の大海に小さな石を投げ込んでいるようなもので、ほんの一瞬、さざ波を起こすことはできるものの、すぐに消えてしまい、結局、大海には何の変わりもない、宗哲がしていることは、そういうことなのではないか、立派な行為だとしても、それは無駄なのではないか、と新九郎は問うた。宗哲は腹を立てるだろうと思ったが、どうしても訊ねたかったのだ。

意外にも宗哲は少しも怒らず、

「そうかもしれませぬな」

と、うなずき、おまえはどう思う、と宗順に訊く。

「わたしは……」

宗順が小首を傾げながら答える。

「それでもいいと思います。一椀の雑炊が、人の命をわずかでも生き長らえさせることができるのなら、それで十分ではないでしょうか」

それを聞いた新九郎は、どうせ死ぬとわかっている者たちに雑炊を食わせることに空しさを感じることはないのか、と問う。

「すべての人を救うことができれば、それが一番いいのでしょうが、残念ながら、わたしにその力はありません。ですから、自分にできることをするだけです」

「……」

迷いなく答える宗順の言葉を聞いて、新九郎は何も言えなかった。

すると、いきなり、

「よく言えたな、宗順」

わははは、と宗哲が笑い出す。

「何がおかしいのですか?」

新九郎が訊く。

「宗順の言葉は、わたしが教えたことなのです。その言葉は正しいが、さてさて、それが宗順の血肉となっているのかどうか……」

宗哲がちらりと見ると、宗順は恥ずかしそうに首をすくめる。

「しかし、わたしも偉そうなことは言えません。宗順が口にしたことは、師の宗仁《そうじん》から教えられたことだからです。師から学んだことを宗順に伝えたに過ぎません。どうですか、新九郎殿、師に会ってみますか?」

十四

新九郎が初めて会ったとき、宗仁は六十六歳の高齢だった。顔は皺《しわ》だらけで、大きな染みがいくつも浮いていたが、背筋はぴんと伸び、顔色もいい。

「伊勢新九郎殿でございます」

宗哲が紹介すると、

「うむ、新九郎殿か。宗仁でござる。宗哲から話を聞いておりますぞ」

眠そうな顔で挨拶すると、それきり宗仁は口を閉ざし、じっと新九郎の顔を見つめる。

「……」

新九郎は戸惑いながらも、姿勢を正したまま、宗仁の視線を正面から受け止めた。

そのまま四半刻（三十分）ほど経った。

不意に宗仁は、にこりと微笑み、

「なかなか、面白い御方のようじゃのう」

と言い、新九郎殿、坐ろうではないか、と結跏趺坐《けっかふざ》の姿勢を取り、臍《へそ》の前で法界定印《ほっかいじょういん》を結んだ。呼吸を調えながら、

「宗哲、教えてあげなさい」

と座禅の姿勢を新九郎に教えるように指図する。

「きちんと坐るには、姿勢を調え、息を調え、心を調えなければなりません……」

宗哲は、足の組み方、手の組み方、呼吸の仕方を説明し、

「最初は辛いかもしれませんが、長く坐るには、この姿勢が最も楽なんですよ……」

目は閉じるのではなく、半開きにして三尺（約九〇センチ）ほど先の床を眺めるともなく眺めているとよいでしょう、目は開けていても何も見てはなりません、何も考えてはなりません、と付け加える。

荏原郷にいたとき、法泉寺で学問を学ぶ合間に、小僧たちに交じって座禅をしたことがあるから、まるっきりの初心者というわけではないが、都に出てきてからは無縁だった。もう坐り方も忘れていたので、基本を教えてもらえたのはありがたかった。

宗仁と新九郎だけでなく、宗哲と宗順も座禅を始める。一瞬にして、部屋が静寂の帳《とばり》に包み込まれてしまう。

新九郎の目は開いているが、何かを見ようとしているわけではない。自分が呼吸する音が聞こえるが、それを聞こうとしているわけではない。音が勝手に耳に入ってくるだけだ。しばらくは何も考えず、ただ時の流れに身を委ねていたが、

（何も考えてはならぬ……）

と考え始めた途端、心の中にもやもやした雑念が生じてきた。これはいかん、心を空しくして何も考えてはならないのだ、と雑念を押し込めようとするが、かえって次々と雑念

が生じてしまう。最初は堀川の貧民たちがわずかの雑炊に群がる姿が思い浮かび、それから記憶を遡《さかのぼ》っていき、伽耶と鶴千代丸の顔が脳裏に思い浮かぶに至って、もはや、自分の心を制御することができなくなった。そうなると、座禅の姿勢を保ち続けることが苦痛になってくる。

「もうよいでしょう。今日のところは、ここまでにしておこう」

宗仁が口を開いたので、宗哲と宗順も座禅を止めた。

「申し訳ございません」

新九郎が深く頭《こうべ》を垂れる。

「謝ることはない。坐るというのは、つまりは、己の心と向かい合うということでな。心を空しくすることで己をよく知ることができる。空しくすることができぬとすれば、それは新九郎殿が大きな悩みや苦しみを抱えていて、自分でもどうにもできぬほどに囚われているということなのじゃ」

「どうすればよいのでしょうか?」

「日々、坐り、日々、己の心と向き合うことよ。無理に苦しみから逃れようとすることはない。苦しみと向き合うことが、苦しみを癒やすことになる」

「そういうものでしょうか」

新九郎には、よくわからない。

「今日も堀川で多くの者に雑炊を振る舞いましたが、それが新九郎殿には解せぬようでして……」

帰り道、新九郎からぶつけられた疑問について、宗哲が説明する。それを宗仁は、ふむふむと聞いていたが、説明を聞き終わると、

「この世には救える命と救えぬ命がある」

と言い出した。

「人間がどう足掻《あが》いたところで、この世に引き留めておくことはできぬ命がある。どれほど腕のいい医師に治療させても、どれほど高価な薬を飲ませても、どうにもならぬ。逆に、死ななくてもよいのに死んでしまう命というものもある。一杯の水があれば、一椀の雑炊があれば、生き長らえることのできる命が今の都には溢れている。都を少しでも歩けば、誰でも目にすることなのに、誰も目を向けようとはせぬ、誰も手を差し伸べようとはせぬ。そうやって、死ななくてもいい命が次々に消えていく。これは今に始まったことではない。わしが物心ついたときには、すでにそうだったし、わしの父や、父の父、そのまた父……つまりは何代も昔の先祖の頃から、そうだったという。そんな大昔から何も変わっておらぬ。わしは苦しんだ。世の人々の苦しみを少しでも減らしたいと願って仏門に入ったのに、目の前で死んでいく命を救ってやることができぬ。苦しみ抜いた揚げ句、わしは気が付いた。都で苦しむ者たちのすべてをわしが救うことなどできぬ。そんなことは将軍家にもで

きまい。ならば、自分にできることは何なのか……そう己に問うて、自分が朝と夕に啜る雑炊の半分を誰かに分けてやれば、その者の命を救うことができると悟った。雑炊をすべて差し出せば、二人の命を救うことができるが、そうなると、わしが死んでしまう。自分の命など惜しくはないが、わしが死ねば、わしの雑炊を啜って生き長らえていた者も死なねばならぬ。それ故、わしは自分の身の丈に合ったことをすることにした。そんなやり方でも、何年も、何十年も続けるうちには生き長らえる命が少しずつ増えていく。同じようなことをする仲間も現れて、救われる命はまた増える。今では宗哲や宗順も同じことをしている。新九郎殿の言うように、これは些細なことであろうし、無駄なことなのかもしれぬ。そうだとしても、何もしないでいるよりはましだと思うのじゃよ」

長い話をして疲れたのか、宗仁がごほごほと咳き込む。宗哲が背中をさすっており、宗順が水を飲ませようとする。その姿を見るだけで、この師弟が強い絆で結ばれていることがわかる。咳が収まると宗仁は新九郎を見て、

「自分には何の力もないと気が付いたとき、人は初めて他人を救うことができるものよ……」

そう言うと、疲れた、少し休む、と弟子たちの手を借りて奥に引っ込んだ。後には新九郎一人が残される。

（宗仁さまの真似はできぬ。自分を救うことすらできないというのに他人を救うことなど

できるはずがない。おれには、そんな力はない）
新九郎が溜息をつく。

しばらくすると宗順が一人で戻ってきて、

「新九郎さまに会いたいという人たちが表に来ています」

と告げた。

「一人は新九郎さまの弟だと名乗っておられます」

「弥次郎か……」

「どうなさいますか？」

「会おう」

新九郎が立ち上がる。

表に出ると、何人もの男たちが集まって、宗哲を取り囲むように立っている。口から唾を飛ばして、早く新九郎に会わせろと宗哲に詰め寄っているのは弥次郎だ。その周りに、荏原郷以来の仲間たち、弓太郎、才四郎、正之助、権平衛、又次郎、それに門都普がいる。

「よせ、宗哲さまが悪いわけではない」

新九郎が声をかける。

「あ、兄者！」

弥次郎が叫ぶと、彼らが一斉に新九郎に駆け寄ってくる。

「無事だったんだな、生きていたんだな。おれは……おれは、もう兄者に会えないかと……もうこの世にいないのではないかと……」

弥次郎は声を放って号泣する。

それに釣られたのか、弓太郎や又次郎、正之助も堰《せき》を切ったように泣き始める。いつも冷静で、あまり感情を表に出さない門都普ですら、目を真っ赤にして、唇を強く噛んでいる。そうしないと泣き出してしまうからだろう。

「馬鹿な奴らだ。なぜ、泣くんだ？」

そう言う新九郎の目にも涙が滲んでいる。

「ずっと探してたんだ」

袖で涙を拭いながら、弥次郎が言う。

「三日ほど前、堀川の近くで兄者に似た男を見たという者を見付けて、沙門《しゃもん》と一緒だったという話を手掛かりに必死に探した。ようやく、今日になって、ここまで辿り着いた」

「そうか」

新九郎がうなずく。宗哲や宗順と一緒に外歩きをすれば、いつかは見付かるだろうと思っていた。何も言わずに黙って屋敷を出たのだから、弥次郎たちが探し回ることもわかっていた。

「一緒に屋敷に帰ろう。みんな心配してるんだ」

「まだ戻る気にはなれない。いや、もしかすると、もう戻らないかもしれない」

新九郎が首を振る。

「まさか新九郎さまは出家なさるのか？」

弓太郎が驚いたような顔で訊く。

「そうと決めたわけではないが……」

「新九郎殿、ここは一度、屋敷に帰るのがよいと存ずる。その上で、やはり、ここに戻りたいというのであれば、いつでも喜んで迎えましょうぞ」

宗哲が言う。

新九郎の心に迷いがなければ、すぐさま宗哲に反論したであろうし、弥次郎たちを追い返しもしたであろうが、咄嗟に言葉が出てこない。迷っているのだ。二度と屋敷には戻らぬ、俗世間とは縁を切ると覚悟を決めていれば、さっさと頭を丸めて出家する道を選んだはずであった。

「わかった。屋敷に帰ろう」

新九郎がうなずく。

十五

大徳寺から一条烏丸の伊勢家に帰る道々、弥次郎たちは、

「よかった、よかった」

と、ホッとしたように笑顔を見せた。

新九郎だけが厳しい表情をしている。

路上には至る所に死体が遺棄されており、その近くには飢えて痩せ衰えた者たちが坐り込んでいる。生気を失った目で、身じろぎもせずに、じっとしているのだ。

その光景を眺めながら、新九郎は心が痛むのを感じた。

(おれは馬鹿者だ)

その痛みを感じながら、自分に腹を立てる。

荏原郷から都に出てきた当初こそ、無造作に放置されている無数の死体や都大路に密集する飢民の群れに衝撃を受けたが、時間が経つうちに見慣れてしまい、何も感じなくなった。世の中は何も変わっておらず、相変わらず悲惨な状態が続いているのに自分が鈍感になってしまったのだ。ろくに仕事もせず、人脈作りと称して遊んでばかりいる役人たちを軽蔑し、彼らの仲間になる気にもなれず、御所の書庫に籠もって読書に耽っていたが、目の前に存在する悲劇を傍観しているという点において、自分も彼らと何の変わりもないこ

とを思い知らされた。そんな自分を新九郎は恥じる。

ふと、道端に顔を向けたとき、赤ん坊を抱いた女に目が止まった。薄汚れた姿をしており、手や足が枯れ木のように痩せ細っている。そう長くは生きられまい。あと数日のうちには死んでしまうであろう。もしかすると赤ん坊は、もう死んでいるのかもしれない。赤ん坊が死んでも離そうとしない母親は少なくないのだ。手から離してしまうと、野犬やカラスに食い荒らされるし、時には、他の飢民たちが奪っていくこともある。

その女が顔を上げた。

(あ……)

その一瞬、新九郎の目には、その女が伽耶に見えた。とすれば、抱いているのは鶴千代丸ということになる。もちろん、それは幻に過ぎない。袖で目をこすって、改めて、その女を見れば、伽耶とはまったく似ていない。

「兄者、どうしたんだ?」

不意に新九郎が立ち止まり、その場で石にでもなったように固まってしまったので、弥次郎が怪訝な顔をする。

「……」

新九郎は答えない。

雷に打たれたほどの激しい衝撃を受けている。

大袈裟な言い方をすれば、このとき、新九郎は人生の主題を悟ったといっていい。もし目の前にいるのが本当に伽耶と鶴千代丸だったとしたら、新九郎はどんなことをしてでも二人を救おうとするに違いなかった。食い物を手に入れて飢えを癒やし、薬が必要ならば、どこからか手に入れて来るであろう。そのためには盗みだろうが追い剝ぎだろうが何でもするはずだ。そうすれば、きっと二人を救うことができるであろう。

「この世には救える命と救えぬ命がある」

という宗仁の言葉の意味が体に染み込んでいく気がする。

赤斑瘡という恐るべき病に冒された伽耶と鶴千代丸を救うことはできなかった。新九郎の力不足ではなく、それは誰にもできないことだったのだ。

だが、この母子は、そうではない。食い物と薬を与えれば、つまり、新九郎がその気になりさえすれば救うことができるはずである。それくらいの力ならば新九郎にもあるということだ。

（なぜ、その力を使おうとしないのか？）

これから先の人生には何の目標もなく、生きることに何の意味も見出すことができず、漆黒の闇が広がっているようにしか思えなかったのに、そこに一筋の光明が差したような気がする。自分が何を為すべきか悟ったのである。

「あの女と赤ん坊を屋敷に連れて行くから手を貸してくれ」

「何のためにそんなことをするんだい？」

弥次郎が訊く。

「命を救うためだ。死にかけている者から目を背けてはならぬ。ここにいるすべての者を救う力はないが、あの母と子を救うことはできる。だから、屋敷に連れて帰る」

「……」

弥次郎だけでなく、他の者たちも驚いている。

門都普だけが、

「いいだろう。連れて帰ろう」

と母子に近付いていく。

女のそばにいた年寄りは、この女の両親だというので一緒に連れ帰ることにした。歩くこともできないほど弱っていたので、権平衛が女を、門都普がじいさんを、又次郎がばあさんを背負った。赤ん坊は新九郎が抱いた。泣き声を上げる力も残っていないほど衰弱しているが、死んではいなかった。微かに胸を上下させている。

(死んではならぬぞ。きっと助けてやる)

赤ん坊の温もりを両腕に感じながら、おれは仏門には入らぬ、この俗世間でやることがある、と新九郎は胸に誓った。

屋敷では時貞と葉月が待っていた。

二人とも新九郎の身を案じていたのだ。

「ご心配をおかけして、申し訳ありませんでした」

新九郎が手をついて頭を下げると、

「気持ちはわかっておる。できることなら、わしもどこかに消えてしまいたかった……」

時貞が溜息をつく。

伽耶と鶴千代丸が亡くなって、二人とも気落ちしてしまい、葉月は看病疲れもあったのか、しばらく寝込んでしまったのだという。

「そんなことは何も知らず、勝手なことをしてしまいました……」

しかし、どうしても伽耶のそばにはいられなかった。そばにいると、否応なしに伽耶の死を認めなければならなくなるからだ……そう新九郎が言うと、

「わたしも同じ気持ちでした」

葉月が袖で目許を拭う。

「何はともあれ、無事に戻ってくれて、こんなに嬉しいことはない。ゆっくり休むがよい」

挨拶を済ませると、新九郎は弥次郎たちのいる長屋に急いだ。

「どうだ？」

じいさん、ばあさん、女と赤ん坊の四人が寝かされ、それを弥次郎たちが世話している。

才四郎が近付いてきて、

「じいさんとばあさんは助からないかもしれない。女は助かる。赤ん坊は……何とも言えない」

「そうか」

新九郎はうなずくと、食べ物でも薬でも何でも与えてほしい、必要ならば医者も呼ぶ、と言った。

「なぜ、見ず知らずの他人のために、そこまでするんですか？」

才四郎が不思議そうな顔をする。

「手を差し伸べて救うことができるのなら、そうしてやりたいと思うだけだ。他に理由などない」

新九郎は迷いのない口調で答える。

十六

「困っている」

と大きな溜息をついたのは新九郎の岳父・時貞である。

「荏原郷から出てきた当初から、変わり者だと思っていたが、まさか、これほどだとは……。呆れ果てて言葉もない。のう、兄上？」

うなずきながら盛定の顔を見たのは、貞道である。

この日、貞道の屋敷に集まったのは、時貞、盛定、それに小笠原政清である。

「……」

盛定は眉間に小皺を寄せた険しい表情で黙りこくっている。貞道の問いにも答えない。

「新九郎殿ばかりを責めることはできますまい。貧者に施すというのは御仏の道にもかなった立派な行いなのですから」

政清が新九郎を庇う。

「冗談ではない！」

時貞は声を荒らげると、自分がどれほど新九郎に困らされているかを縷々《るる》話し始める。

伽耶と鶴千代丸の死後、しばらく新九郎は行方をくらました。弥次郎たちが必死に探し、ようやく大徳寺にいるのを見付けて屋敷に連れ戻した。

しかし、時貞の目には新九郎が人変わりしたように見えた。屋敷に戻った日にも、飢えて痩せ衰えた年寄り二人と若い女、それに赤ん坊の四人を連れ帰って世話をした。衰弱しきっていた年寄り二人は助からなかったが、女と赤ん坊は一命を取り留め、今も屋敷に留まっている。元気を取り戻した女は水仕事を手伝いながら赤ん坊を育てている。

その次の日も新九郎は都を歩き回り、今にも死にそうな貧民を連れ帰った。長屋で世話をして、病に罹っている者には薬を与えて看病した。荘原郷以来の新九郎の仲間たちが世話役を引き受けた。連れ帰った者たちのすべてが助かるわけではなく、三人のうち二人くらいは死んだ。それでも懲りずに新九郎は貧民を連れ帰る。時貞の見るところ、新九郎が連れ帰るのは幼い子を抱えた女が多いようだ。

せっかく連れ帰っても、助かる者より死んでしまう者の方が多いのでは、かえって自分が辛くなるのではないか、と時貞が訊くと、

「助かるかどうか、それは自分に決められることではありませぬ。わたしは、ただ自分にできることを精一杯しようと考えているだけなのです」

と達観したような物言いをして、少しも信念は揺るがないようだった。

時貞にも葉月にも新九郎の振る舞いは奇妙に映ったが、時が経てば、伽耶と鶴千代丸を喪った衝撃も和らいで落ち着きを取り戻すだろうと高を括《くく》っていた。この段階では、新九郎の振る舞いを責めるのではなく、むしろ、好意に満ちた眼差しで見守っていたといっていい。いずれ新九郎に妻を娶らせ、家を継がせようと二人で話していたほどだ。

風向きが変わったのは、新九郎が炊き出しを始めてからである。一日に一人か二人の貧民を連れ帰って世話するくらいなら時貞も目くじらを立てることはなかっただろうが、門前に貧民が群がるようになれば、そうはいかない。時貞も葉月も肝を潰した。たまりかね

て炊き出しをやめるように時貞が注意すると、

「これが伽耶と鶴千代丸の供養にもなるのです」

と、新九郎は平然と言い放ち、反省する素振りすら見せず、炊き出しをやめようともしない。

伽耶と鶴千代丸を持ち出されてしまえば、時貞としても口をつぐまざるを得なかったが、それで腹立ちが収まるはずもなく、新九郎に対する冷え冷えとした感情が芽生えてきた。

「亡くなった妻子の供養として炊き出しを……。まだ悲しみが癒えていないのでしょう」

政清がうなずく。

「それは新九郎殿だけのことではない。悲しいのは、わしも妻も同じこと。悲しみを癒したいのであれば、他にもできることがある。こう言っては何だが、貧者に施しているといっても、新九郎殿のものを施しているわけではない。わしの倉から勝手に米を持ち出し、毎日、一俵ずつ米が消えていくのですぞ」

「それは、ひどい」

貞道が真剣な表情でうなずき、このまま放っておくことはできませぬぞ、と盛定に水を向ける。

それまで黙り込んでいた盛定が時貞に顔を向け、

「新九郎が大変なご迷惑をおかけし、お詫びのしようもございませぬ」

と深く頭を下げ、新九郎との離縁を望まれるのであれば、こちらとしては何も文句はない。即座に新九郎を一条烏丸から引き取りましょう、と言う。

「いやいや、待って下され」

時貞が慌てた様子で手を振る。

「そこまでのことは考えておりませぬ。伽耶と鶴千代丸の供養をしたいという新九郎殿の気持ちに嘘はありますまい。それは尊ぶべきことだが、何とか他のやり方に変えてもらえないものかと考えているのです。いずれ落ち着けば、以前の新九郎殿に戻ってくれると信じているが、それを悠長に待つことができぬのですよ」

「毎日、倉から米俵が消えるのでは、急がねばなりませぬわ。兄上から新九郎に諭《さと》すべきでしょう」

「では、明日にでも新九郎と話してみることにしましょう」

盛定が言うと、

「お願いしますぞ」

時貞が大きくうなずく。

十七

「兄者！」

弥次郎が血相を変えて走ってくる。新九郎の前で足を止めると、

「ないよ。どこにもない。倉は空っぽだ」

「そうか」

「ちくしょう、ゆうべ、どこかに移したんだな。昨日の昼に見たときは、まだ米俵がたくさん積んであったんだから」

そこに門の方から弓太郎も駆けてきて、

「どうするんだ？ もう大勢集まってるぞ。このままだと騒ぎになりかねない」

「どこに米を隠したか聞き出そう」

弥次郎は鼻息が荒い。

「それは、やめよう」

「だって……」

「そもそも、倉にある米は、おれのものではない。義父上のものだ。その米を義父上がどこかに移したからといって、おれがとやかく言えるはずもない」

「だけど、屋敷の外には大勢集まってるんだぜ。今日も飯が食えると期待してるんだ」

「……」

新九郎は小首を傾げて思案するが、すぐに意を決したように、おれから話す、と門の方に歩き出す。

門前には、ざっと見渡しただけでも四、五十人の貧民が集まっている。

「米はまだか」

「いつになったら食わせてくれるんだ」

「早くしろ」

「腹が減った」

あちらこちらから不満の声が上がって、ざわついている。門内から新九郎が姿を現すのを見て、不満の声が喜びの声に変わったのは、ここに日参する者は新九郎の顔を見覚えているからだ。期待に満ちた視線が新九郎に注がれる。

それらの視線を痛いほどに感じながら、

「今朝は米がないのだ」

すまぬ、この通りだ、と新九郎が頭を下げる。

ざわめきが一瞬、しんと静まる。すぐに、

「今日は食えないんだとよ」

「無駄足だったたか」

「せっかく来たのになあ」

貧民たちがぞろぞろと引き揚げて行く。

たちまち門前が閑散とする。それでも何人かの貧民が残り、新九郎を取り囲む。それを見て、弥次郎たちが慌てて駆け寄ってきたのは、腹を立てた貧民が新九郎に暴行でも加えるのではないかと危惧したせいであろう。

「新九郎さま」

いつも見かける老人が声をかける。

「どうか顔を上げて下さいませ。新九郎さまが謝ることはございませぬ。お礼を言わなければならないのは、こちらなのですから」

「そうだ、新九郎さまは何も悪くない」

やはり、よく見かける若い男が言う。

「ん？」

新九郎が顔を上げる。

「わしなど、この世に生まれてから、ろくな思い出もありませぬ。物心ついてからは牛馬のようにこき使われ、しかし、牛馬ほどには食わせてもらうこともできませんでした。あまりに辛いので都に逃げてきましたが、都にいても苦しいのは同じでした。一緒に逃げてきた女房にも死なれ、この世に生まれたことを恨み、この世にいる者たちすべてを憎んで死んでいくはずだったのに、最後の最後にうまい飯をたらふく食わせてもらいました。これで心残りはありません。ありがとうございました」

若い男が頭を下げると、

「わしも同じじゃ。新九郎さまのおかげで最後に人並みに飯を食うことができた」

他の者たちも口々に、ありがとうございました、ありがとうございました、と頭を下げる。

「……」

てっきり罵られるものと覚悟していたのに、予想外の感謝の言葉を耳にして新九郎は驚いた。

貧民たちは最後にもう一度、新九郎に深く頭を下げると、疲れたような足取りで去って行く。その後ろ姿を見送る新九郎の目に涙が溢れてくる。

「たかだか飯を炊いて食わせただけなのに、この世の最もよい思い出になるなどと……。それが本当なら、この世は地獄ということではないのか……」

膝の力が抜け、新九郎は地面に坐り込んだ。己の無力を思い知らされていた。

「新九郎」

肩に手が置かれる。顔を上げると、父の盛定だった。

盛定と新九郎は離れの座敷で向かい合った。

「少し痩せたのではないか」

盛定が訊く。

血を分けた父と子とはいえ、新九郎は他家に婿入りした身である。そう頻繁に顔を合わせる機会もないし、今は新九郎が出仕していないので御所で会うこともない。頬骨が浮いて見えるほど痩せたことに盛定が驚くのも無理はない。

「そうでしょうか、自分ではよくわかりませんが」

「亡くなった妻と子への供養として貧しい者たちに功徳を施していると聞いた。立派な心懸けだと思う。だが、物事には分相応ということもある。もう十分ではないのか」

「烏丸の義父に頼まれたのですか？」

「それを言うな。わしの言葉として聞いてくれればいい。なるほど、ここは裕福な家に違いない。だが、無尽蔵に財産があるわけではない。どれほど大きな倉だとしても、日々、倉から米を使っていては、いつかは空になってしまう」

「倉が空になる頃には、また領地から年貢米が運ばれてきて、倉には米が溢れましょう」

「そうかもしれぬ。しかし、忘れてならないのは、それはおまえの倉ではないということだ。自分の倉であれば、そこに納めてあるものを、どのように使うのも勝手だが、この屋敷の倉は、おまえのものではない」

「確かに」

新九郎がうなずく。

「ここの倉は、わたしのものではありませぬ」

「自分の力で人助けをしたければ、まずは出世することよ。出世すれば、領地が手に入る。官位が上がるほどに領地も広くなり、倉に納められる年貢米も増える。その米で人助けをすればよい」

「なるほど、今にして叔父上の言葉の正しさが納得できました」

「何のことだ？」

「荏原郷から都に出てきたとき、叔父上は、わたしに、こう諭して下さいました。学問などしなくてよい。仕事もする必要はない。皆と一緒になって遊べばよい。酒を飲めばよい。女と戯れればよい。そうやって皆と親しくなれば、黙っていても出世できるようになる、と。なるほど、今になって合点がいきました。叔父上の言葉に素直に従って遊び狂っていれば、今頃は出世もしていたでしょうし、領地も手に入れていたでしょう。自分の倉を持ち、いくらでも米を貯め込むこともできたはずです」

「新九郎……」

「いや、それでは駄目ですね。そんなことをして出世し、物持ちになったとしたら、きっと困っている人たちを助けようとか、炊き出しをしようとか、そんなことを考えることはなかったでしょう。なぜなら、わたしの周りには、そんなことをしている人は誰もいないからです」

新九郎が皮肉めいた笑みを口許に浮かべる。

「今からでも遅くはあるまい。また御所に出仕すればよい。時貞殿も後押しすると話していた。言うまでもなく、わしも貞道もできるだけのことをする」

「父上が正しいのかもしれません」

「わかってくれたか」

「いいえ、今からでも遅くないということがわかったのです。自分のものでもない倉から勝手に米を持ち出したのは間違っていました。烏丸の義父が腹を立てるのも、もっともです。それ故、自分の倉を持たなければならぬと思い知りました。そのために何をすればよいか、それを考えるつもりです。しかしながら、阿呆どもと一緒になって遊び狂うことはできそうにありませぬ」

十八

盛定と話した後、新九郎は、久し振りに大徳寺に向かった。黙って姿を消すと弥次郎たちが騒ぎ立てるとわかっているから、行き先を告げて屋敷を出た。最初は一人で出かけるつもりだったが、

「兄者を一人で行かせることはできぬ」

と、弥次郎が言い張るので、仕方なく門都普を連れて行くことにした。歩きながら、

「なあ、おれは間違っていたのかな?」

門都普に訊く。

「新九郎は正しいことをした。何も間違ってはいない。だから、新九郎に感謝して帰ったんだろう」

「炊き出しができなくなれば、あの者たちは、どうなる?」

「何も変わらない。今までと同じように過ごすだけのことだ」

「それは、どういう意味だ?」

「何も食うことができず、地べたに坐り込んで、じっと死ぬのを待つということだ。今朝、門前に集まった者のうち何人かは明日には死ぬだろう。その次の日には、もっと死ぬ」

「おれのせいなのか?」

「馬鹿なことを言うな」

門都普が驚いたように新九郎を見る。

「なぜ、そんなことを言うんだ? 新九郎が何もしなければ、あの者たちは今日まで生きられなかったかもしれない。何日も前に死んでいた者が、おまえのおかげで生き延びたんじゃないか」

「わずか数日、生き長らえさせることに何の意味がある? 苦しみを長引かせただけではないか」

「そのおかげで何人かは、この先も生き長らえることができるかもしれない。おまえはよくやった。だが、いつか倉は空になるものだ。それでも炊き出しを続けたければ盗賊にでもなるしかない」

「盗賊だと？」

「都には飢えた者が大勢いる。食べるものがないわけじゃない。米を倉にしまい込んでいる物持ちがいて、誰にも分けようとしないだけのことだ。そういう米を奪い取って炊き出しをすれば倉が空になることはないだろう。都には無数の倉があるから」

「馬鹿な……」

そんなことができるものか、と新九郎が首を振る。

宗哲と宗順は留守で、宗仁が会ってくれた。路上で行き倒れた死者に功徳を施すべく、お札を入れた籠を背負って出かけたのだという。新九郎の深刻そうな顔を見て何事かを感じないはずはないが、

「新九郎殿、坐ろうではないか」

何も訊かず、宗仁は座禅を始めた。

新九郎とすれば、心に満ちている迷いを宗仁に聞いてもらいたかったが、仕方なく宗仁の横で座禅を始める。

どれほど時間が経ったものか……。

廊下を踏む音がして、宗哲と宗順が帰ってきた。

「ここまでにしておこう、新九郎殿」

宗仁が大きく息を吐く。

「はい」

新九郎も体の力を抜いた。

「雑念が多く、心を空しくするのが難しかったようじゃのう。心の膿《うみ》を吐き出さねばなるまいな。宗哲、話を聞いてあげなさい。わしは少し休む」

宗順、手を貸してくれぬか、と言い、宗仁は宗順に支えられながら奥に引っ込む。あとには新九郎と宗哲の二人が残る。宗哲は新九郎と向かい合う位置にあぐらをかいて坐り込む。

「何を苦しんでいるのですか？」

宗哲が訊く。

「一人でも多くの人を救いたいと考えましたが、自分にできることには限りがあると思い知らされました……」

新九郎は、今朝の炊き出しを中止せざるを得なくなった事情を語った。

「なるほど」

宗哲がうなずく。

「炊き出しを当てにして、一椀の粥を食らうことでかろうじて生き長らえている者たちがいるのです。たった一椀の粥ですが、それを食うことができないために明日には死んでしまう者がいるかもしれません。その次の日には、もっと多くの者が死ぬかもしれません。それなのに何もできない」

新九郎が両手で顔を覆う。そんな新九郎を宗哲は、しばらく、じっと見つめていたが、やがて、

「わたしが、なぜ、出家したと思いますか？」

と訊いた。

「それは……仏道修行に励み、救われぬ者たちを救おうとしてのことでは……？」

「まさか」

宗哲が首を振る。

「荏原郷で初めて会ったとき、わたしが何をしていたかお忘れですかな？」

「そう言えば……」

宗哲は、自分を軍配者として召し抱えてくれる領主がいないものかと、つまり、自分を売り込むために西国を旅していた。それがうまくいかず、都に帰る途中、荏原郷に立ち寄ったのだ。

「わたしが仏門に入ったのは出世したかったからです。俗世間に身を置いていたのでは、とても出世などできそうになかったからです。しかし、いざ出家してみると、僧侶として出世するのも容易ではないと知りました。そんなときに兵法と出会ったのです。兵法を身に付けて軍配者になれば、有力な大名に召し抱えられるのではないか、そんな生臭いことを考えて、せっせと兵法を学びました。関東の足利《あしかが》学校にも行ったほどです」

「足利学校？」

「諸国から学生を集めて兵法などを教えているところです。足利学校で認められれば、大名たちが競って召し抱えようとすると言われています。重臣として厚遇されるのです。そのときに机を並べて学んだ者の何人かは実際に関東の大名家に召し抱えられています。しかし、わたしはうまい仕官先を見付けることができず、都に戻りました。邪念を捨てて仏道修行に励もうとしましたが、どうしても邪念を捨てきれずに今度は西国を旅して回りました。それもうまくいかなかったことは新九郎殿もご存じの通りです。荏原郷を発ち、大徳寺に戻り、師のもとで修行しているとき、ふと、自分のために生きるのはやめようと思いました」

「どういう意味ですか？」

「己の幸せや栄達《えいたつ》ばかりを願うから、かえって不幸になり、今の自分に満足できないと気が付いたのですよ。自分が幸せになれないのなら、誰か他の者が幸せになれるようにしてやればいい。自分が何かをして誰かを少しでも幸せにすることができれば、自分も幸せな気持ちになれるのではないか……。それは正しかったようです。その日から今に至るまで、わたしの心には迷いがありませんからね。そして、肝心なのは、自分も不幸ではないということです」

「それならば、なぜ、これほど苦しいのでしょうか？　わたしは少しも幸せだと感じることができません。心には迷いが満ちています」

「確かに己の力が足りないと思い知らされることは多い。たとえ一人を救ったとしても、周囲を見回せば、数え切れないほどの死体があり、今にも死にかけている人々がいる。空しくないのかと問われれば、空しいと答えるしかない。しかし、わたしは自分にできることをするしかない。わたしが何かをすることで一人でも二人でも救うことができるのなら、それを続けるしかない。何もしなければ、誰も救うことができないからです。思うに……」

宗哲がじっと新九郎を見つめる。

「新九郎殿の心から迷いが消えないのは、まだ自分にはやれることがある、もっと多くの人々を救う力があるのに、その力を使っていないという苛立ちを感じるからではないでしょうか。自分がどういう人間なのか、自分にはどんな力があって何ができるのか、それがわかれば、そして、その力を十分に使うことができれば、迷いも生じないのではないでしょうか」

「わたしには何の力もありません。義父が倉から米を運び出してしまっただけで何もできなくなってしまうような情けない男なのです」

「新九郎殿が何をすべきなのか、どうすれば迷いを消すことができるのか、わたしに言えることは何もありません。その答えを知っているのは新九郎殿だけです」

「いや、わたしには何もわかりません」

新九郎が首を振る。

「そう焦って決めつけることはないでしょう。己に問うてみることです」

「己に……」

「ええ、答えは己の心の中にあるはずです」

宗哲がうなずく。


その日から、新九郎は大徳寺に留まって、ひたすら座禅を続けた。門都普を屋敷に帰し、しばらく大徳寺で修行するから心配するなと弥次郎に伝言させた。

新九郎の心には迷いが満ちている。自分が何をなすべきか、自分に何ができるのか、それがわからなくなってしまった。座禅することで答えを見付けようとしたわけではない。何も考えないように努めたのである。一度、心の中を空っぽにしなければ、何も考えることができないからだ。

眠っているとき、飯を食っているとき、厠《かわや》に籠もっているとき……それ以外のすべての時間、新九郎は坐った。板敷きの一点を見つめ続けた。爪や無精髭が伸び、髪も乱れたが気にしなかった。半眼で、ひたすら板敷きの一点を見つめ続けた。最初のうちは、恐ろしいほどの雑念が奔流の如くに溢れ出してきて自分でもどうしようもなかったが、時間が過ぎるにつれて、次第に雑念が減っていき、ある日、心が空しくなる瞬間が唐突に訪れた。心が空っぽになり、何も考えないように努めると、不思議なことに毛穴のひとつひとつから邪気が流れ出すような感じで、心も体も軽くなり、板敷きに坐っているはずの自分が宙に浮いているような気がした。

日が暮れて、部屋の中が真っ暗になっても座禅をやめようとしない。夕食の時間だと新九郎に知らせるために宗順が紙燭を手に部屋に入ってきて、

「新九郎さま」

と声をかけた。

新九郎は、ふーっと大きく息を吐くと、体から力を抜いた。

「あ」

思わず声が出た。

「どうかなさいましたか？」

「……」

新九郎は瞬きもせずに虚空に視線をさまよわせた。

自分が何をすべきかわかったのだ。

「え？」

宗順が怪訝な顔になる。新九郎が何かをつぶやいているが、聞き取れない。そっと新九郎の方に耳を近付ける。こう言っていた。


われ、悪人となるべし……


その言葉を何度も繰り返している。

都には食うことができずに飢えている者が溢れている。食うものがないわけではない。金持ちの倉には米俵が堆《うずたか》く積み上げられている。それを奪って、貧民に分け与えればよいだけのことではないか、と悟ったのである。

だが、人の財産を奪うという罪を犯すことになる。罪を犯すには悪人にならなければならない。それ故、自分は悪人になり、悪を為すことで多くの者たちを救おうと決めたのである。

もはや、心に迷いはない。二十一歳にして、新九郎は己の進む道を見極めたといっていい。

十九

新九郎は御所に出仕するようになった。

以前は、書庫に籠もって読書三昧の日々を送ったが、今はそうではない。御所の中を歩き回って、できるだけ多くの者たちと話をし、他の者たちが話していることにも耳を傾けるように心懸けている。

元々、新九郎は御所で下働きをする者たちに人気があるから、彼らは新九郎がそばにいても何の警戒心も持たずに世間話をする。

「また義賊《ぎぞく》が出たそうじゃ」

「大路に屯《たむろ》する飢えた者たちに銭や米を惜しげもなく与えたというぞ」

「羨ましいのう。わしにも恵んでくれぬものか」

「おまえのように肥えた者には何もくれまいよ」

笑い声が響く。彼らにとっては、ただの笑い話だが、新九郎にとっては、そうではない。重要な情報収集の場である。

この一月《ひとつき》ほどのうちに何軒もの富裕な土倉が襲われた。都で盗賊など少しも珍しくはないが、奪った米や銭の半分くらいをその場で貧民たちに分け与えてしまうところが違っている。彼らは義賊と呼ばれ、都中で評判になっている。

更に一月経って、義賊に関する新たな噂が流れ始めた。新九郎の仕業ではないか、というのだ。

理由は炊き出しである。

一条烏丸の屋敷でまた炊き出しが始まり、朝になると門前に貧民が群がるようになった。奇妙なのは、炊き出しの米がどこから運ばれてくるのかわからないことであった。義父の時貞の米には手を付けていないのだ。連日、かなりの米を使っているのに、炊き出しは途切れることなく続けられている。

（新九郎は、いったい、どうやって米を手に入れているのか……？）

時貞が疑念を抱き、それを新九郎の叔父・貞道や小笠原政清に相談した。まさか新九郎が義賊だとは思っていなかったが、何か悪事に手を染めているのではないか、と疑った。

もちろん、

「ここだけの話だが……」

と口止めしたものの、そういう秘密は洩れるものだ。特に貞道はおしゃべりな男だから、政所に出仕したときに、うっかり時貞の疑念を貞宗に洩らしてしまった。そこから一気に噂が広がった。

「あいつならやりそうだ」

御所に出仕する者たちが思い出したのは、かつて新九郎が細川勝元の犬を小柄《こづか》で刺し殺

したことであった。故郷の荏原郷で盗賊退治をしたという逸話も持っていたから、

「なるほど、伊勢新九郎ならば土倉を襲うくらいのことをしかねない」

と信じられたたし、奪ったものを貧民たちにくれてやるという振る舞いは、貧民など虫けらのようにしか思っていない者たちには摩訶不思議な奇行にしか思われなかったが、

「出仕しても書庫にばかり籠もっていた男だから、常人にはわからない理由があるのだろう」

と解釈された。

この噂を耳にして慌てたのは時貞である。

直ちに新九郎を呼び、事の真偽を確かめようとした。噂を一人歩きさせていると、とんでもないことになってしまうから、本人に確かめた上で、新九郎の潔白を主張しなければならないと考えた。新九郎だけの問題ではなく、家の名誉に関わる問題だったからだ。

「おまえが義賊ではないかと疑われていることを知っているか？」

「そういう噂が流れていることは存じております」

「でたらめを、さも本当らしく語る馬鹿がいる。そんな噂が流れるのも、炊き出しをしているせいだぞ。土倉から奪った米ではないかと疑われている。正直に答えよ、あの米は、どうやって手に入れているのだ？」

「……」

新九郎はうつむいて黙っている。

「義理とはいえ、わしは親である。親に問われたならば、嘘をついてはならぬ。隠し事は許さぬ！」

時貞が興奮気味に新九郎を問い詰める。

「あの米は……」

新九郎が顔を上げて時貞を見る。

「うむ」

「土倉から奪ったものです」

「げ」

と一声発して、時貞が仰け反る。板敷きに半ば倒れた格好で、口をぽかんと開けている。あまりの驚きに言葉が出てこないのである。

新九郎は顔色も変えずに事の次第を語り始める。

次のようなことだ。

土倉を襲っているのは、新九郎を始め、荏原郷から新九郎を慕って都に出てきた弥次郎、弓太郎、才四郎、正之助、権平衛、又次郎、門都普の七人、それに骨皮道賢の一派が加わり、総勢二十人ほどだという。新九郎が骨皮道賢と手を結んだのは、道賢はこの手の襲撃に手慣れているし、土倉に関する情報を手に入れるコネもあるからだ。

道賢の側にも新九郎と手を組む利点がある。

合戦沙汰がなくなって都が平穏さを取り戻すにつれ、土倉や貴族たちも自衛手段を講じるようになり、しかも、それまでいがみ合っていた細川軍や山名軍が市中見回りを強化して追い剝ぎや盗賊の類を厳しく摘発するようになった。盗賊稼業も以前のように楽ではなくなっており、下手に少人数で襲えば返り討ちにされかねない。道賢とすれば、新たに八人の戦力が加わるのは、ありがたかったのだ。

事前の取り決めで、十を奪えば道賢が六を取り、新九郎が四を取ることになった。奪ったものは、その場で大雑把に分けてしまう。道賢たちは獲物をいずこかへ持ち去り、新九郎たちは、奪った米や銭を、その近くにいる貧民たちに与える。

しかし、すぐに、そのやり方では、うまくいかないことがわかった。力のある者や、まだ元気な者たちが、年寄りや女たち、弱って動けなくなった者たちから銭を奪い取り、米も自分たちだけで食べてしまうからだ。それでは意味がないので、本当に困っている者たちに食わせるために、以前のように炊き出しを始めることにした。奪った米を使って雑炊を作り、米がなくなれば、奪った銭で米を買ってくる。だから、義父上には迷惑をかけておりませぬ……新九郎はあたかも世間話でもしているかのように淡々と語る。

「迷惑をかけていないだと？」

時貞の声が震えている。怒りのせいというよりも、恐ろしさのせいだ。こんなことが世間に知られたら、いったい、どういうことになるのか……想像するだけで目の前が真っ暗になるのであろう。

（とんでもない奴を婿にしてしまった）

今更ながらに臍《ほぞ》を噬《か》んだが後の祭りだ。

しかし、事実を知ってしまったからには、このまま放置することはできない。

一晩思案して、時貞は貞道を訪ねた。以前、新九郎が炊き出しの米を勝手に米倉から持ち出しているのを憤ったときには、盛定と小笠原政清にも声をかけたが、今度は、そうしなかった。盛定は新九郎の実父であり、政清は何かというと新九郎の肩を持つからだ。貞道と二人だけで話すのがよいと判断した。

「折り入って相談があるのです」

「何事ですか、そのような難しい顔をして」

「下手をすると、わたしだけではない、御身もただでは済まぬことになりますぞ。新九郎は当家に婿入りする前、御身の養子だったのですからな。もちろん、正式に契りを結ばなかったことは承知していますが、そのような言い訳が通用するはずは……」

「お待ち下され。いったい、何事なのですか。新九郎に関わりのあることなのでしょうか？」

「心して聞かれよ。近頃、都を騒がせている例の義賊……」

「ふむ、噂はよく耳にしますな」

「あの正体は、やはり、新九郎ですぞ」

「え」

「本人に問い質したところ、あっさり認めたのです。土倉を襲って米や銭を奪っている、と」

「信じられぬ。まさか伊勢氏一門に連なる者が盗賊に成り下がるとは……」

貞道も呆然とする。

「このまま放っておき、新九郎の所行が世間に知られれば、どういうことになるか……」

時貞が声を潜める。

「少なくとも御身とわしの二人は官職を奪われ、二度と御所に立ち入ることは許されぬこととなりましょうな」

「な、なぜ、わしまで巻き込まれねば……」

貞道の声が上擦る。

「もちろん、実父の盛定殿とて、ただでは済みますまい。新九郎と仲間たちは斬られるでしょうな」

盗賊として捕らえられた者たちは、大した詮議も為されぬまま、見せしめとして河原に引き出されて斬られてしまう。そんな処刑風景は日常茶飯事だ。

「まあ、それは自業自得……。しかし、われらまで巻き添えを食っていいと思われるか？」

「冗談ではない。誰が新九郎などのために」

貞道の目に怒りが滲む。

「ならば、どうすればよいと思われますか？」

「それは……」

貞道がごくりと生唾を飲み込む。

「新九郎を殺すということですかな？」

「……」

時貞は無言で貞道を見つめている。その沈黙が貞道の問いの答えになっている。

二十

新九郎が御所の書庫で『源氏物語』を読んでいると、

「やはり、ここにいたか」

海峰が顔を出した。これには新九郎も驚いた。海峰が書庫に現れたのは初めてだったからだ。

「どうなさったのですか？」

「ふんっ、それを訊きたいのは、こっちの方だ。話したいことがある。庭に出ようぞ」

「話があるのならば、ここでどうぞ。邪魔の入らない場所ですよ」

「こんな黴臭《かびくさ》いところで話などできるものか。おまえは、よく我慢できるな」

「これが書物の匂いというものです」

新九郎が笑う。

「わしは好かぬ」

海峰が足早に書庫から出て行く。新九郎も書物を閉じて後を追う。

中庭に出ると、海峰は素早く四方に視線を走らせ、周囲に人影がないことを確認すると、

「新九郎、殺されるぞ」

と低い声で言った。

「え?」

「道賢と一緒になって土倉や公家の屋敷を襲っているだろう。わしにまで隠そうなどと考えるな。すべてわかっている」

「いや、それは……」

「道賢は死んだぞ」

「……」

「あいつも調子に乗ってやりすぎた。力のある者たちを怒らせてしまった。土倉仲間が雇い入れたならず者たちに隠れ家を襲われ、その場で首を刎ねられて穴に埋められた。手下

ども一緒だ。一度に十人以上が殺されたと聞いた」

「いつですか?」

「ゆうべだ」

「では……」

新九郎がごくりと生唾を飲み込む。

「そうだ。次は、おまえたちの番だ。おまえと仲間たちが殺されることになる」

「……」

「まだ生きていられるのは、おまえが伊勢氏の人間だからだ。さすがに土倉仲間も簡単には手出しできぬ。だが、それは何もしないということではないぞ。政所執事殿に掛け合っているはずだ」

「わたしと仲間たちを殺す許しを得るために、という意味ですか?」

「そうだ」

海峰がうなずく。

「執事殿が承知すれば、次の日には、おまえたちの命はない」

「そうですか」

「あまり驚いていないようだな」

「いつかは露見すると覚悟していましたから」

「だから、殺されても文句はないと言いたいのか？」

「そうは言いませんが……」

「ならば、逃げることだ」

「逃げる？　いったい、どこに逃げるというのですか」

「どこでもいい。とにかく、都を出ろ。行く当てがないのならば、わしが考えてやってもいい」

「ありがとうございます」

新九郎が丁寧に頭を下げる。

「しかし、都から逃げ出すつもりはありませぬ。自分のしたことを恥じる気持ちはないのです」

「仲間たちを道連れにして死ぬというのか？」

「それは……」

「よく考えろ。もっとも、あまり時間はない」

その日、一条烏丸の屋敷に帰ると、実父の盛定が待っていた。御所で海峰から忠告されたばかりだったので、盛定の険しい顔を見て、

（父上も、そのことで来たのか……）

と、新九郎は察した。

二人は座敷で向かい合った。

盛定は険しい表情のままうつむき、口を開こうとしない。新九郎も黙りこくっている。

やがて、盛定が、

「近々、わしは駿河に下ることになっている。執事殿に命じられたのだ」

「駿河に？　姉上のところに行くのですか」

思いがけない言葉を耳にして、新九郎は驚いた。

「難しい役目でな。よほど、うまく立ち回らなければ命がない。いや、十中八九は生きて都に戻ることはできまい」

「どういうことですか？」

「治部大輔《じぶのたいふ》殿が亡くなった」

「え」

思わず、新九郎は声を発した。それほどの驚きだ。

治部大輔というのは、今川義忠《よしただ》のことである。

都での合戦騒ぎは収まったものの、地方では依然として争いが続いており、今川氏も遠江《とおとうみ》の斯波《しば》氏と絶え間なく戦いを続けている。

義忠は遠江に出征して、各地で斯波氏と戦った後、駿河に引き揚げる途中、塩買坂《しょうがいざか》付近で敵の待ち伏せ攻撃を受けて戦死した。文明八年（一四七六）二月九日のことだ。

八年前、新九郎の姉・保子は今川義忠の正室として迎えられ、駿河に下った。今では、栄保という七歳の娘と、龍王丸《たつおうまる》という六歳の息子の母になっている。幼いとはいえ、龍王丸は義忠の嫡男であり、今川家の跡取りである。

しかし、平穏な時代ではない。義忠が死んだからといって、すんなりと龍王丸が家督を継ぐわけにはいかなかった。

隣国と戦が続いているという状況で、幼児を当主として仰ぐことはできぬ、と今川の重臣である三浦《みうら》氏や朝比奈《あさひな》氏が龍王丸の家督相続に難色を示し、義忠の従兄弟・小鹿範満《おしかのりみつ》の擁立を図った。範満が今川家相続に色気を見せたことから、範満を推す一派と龍王丸を推す一派が対立し、内紛が生じた。

今川氏の内紛は、幕府にとっても見過ごすことのできない一大事だ。駿河の守護である今川氏は、足利将軍家一門である吉良《きら》家の分家に当たる。吉良家といえば、万が一、足利将軍家に適当な男子がいないときには将軍を立てることになっている家だから、室町幕府における名門中の名門である。その分家で、強大な軍事力を保持している今川氏は幕府を支える柱石のひとつといっていい。内紛によって弱体化すれば、幕府にとっても痛手となる。龍王丸に家督を継がせたいというのが幕府の意向だが、それは龍王丸が嫡男だからという当たり前の理由からではなく、小鹿範満に継がせたくない理由があるからだ。範満の母は、堀越公方《ほりごえくぼう》・足利政知《まさとも》の重臣を務める上杉政憲《うえすぎまさのり》の娘であり、幕府は範満と上杉氏との血縁の濃さを懸念したのである。

少し説明がいる。

足利幕府を興した初代・尊氏は、猛々しい関東武士たちを厳しく統制するために幕府の出先機関として関東公方というものを置いた。初代の関東公方は尊氏の四男・基氏《もとうじ》である。ところが、基氏は、室町幕府二代目の将軍・義詮《よしあきら》と不仲で、兄弟同士でいがみ合った。京都の将軍と関東公方の対立は代替わりしても収まらず、ついには合戦騒ぎまで起こすほどに悪化した。今では下総《しもうさ》の古河《こが》に本拠を置き、露骨に室町幕府に敵対している。これを古河公方と呼ぶ。

幕府は古河公方に対抗するべく、新たに室町将軍の名代を関東に送った。これが伊豆にいる堀越公方である。この当時、関東には公方が二人いたわけだ。

形の上では、堀越公方は関東の主ということになっていたが、実際に関東を支配して古河公方と対峙したのは管領である上杉氏である。

上杉氏にもいくつかの系統があるが、特に有力だったのは武蔵《むさし》を地盤とする扇谷《おうぎがやつ》上杉氏と相模を地盤とする山内《やまのうち》上杉氏だ。この二氏も同族であるにもかかわらず、昔から犬猿の仲で、しばしば合戦騒ぎを起こした。

関東における複雑な政争が、今川氏の家督相続問題にも影を落としている。

堀越公方・足利政知は小鹿範満を支援するべく、範満の祖父・上杉政憲に五百の兵を預けて駿河に送った。堀越公方のいる伊豆は、元々は山内上杉氏が守護を務める国だから、両者の関係は深い。軍勢を駿河に送ったのも、足利政知の考えというよりは、駿河に影響力を持ちたいと考える山内上杉氏の意向を汲んだものといっていい。

これを扇谷上杉氏が黙って見ているはずがない。

直ちに重臣・太田道灌《おおたどうかん》を出陣させ、上杉政憲を牽制させた。道灌の出陣がなければ、小鹿範満は武力を背景として強引に今川の家督を奪っていたに違いないが、道灌の動きを警戒して、今のところ目立った動きをしていない。

義忠は幕府に忠実な守護だったから、幕府とすれば、当然、後を継ぐ者にも同じことを期待する。

だが、小鹿範満が家督を継げば、幕府よりも山内上杉氏の意向を重視することは明らかだから、幕府としては何とか今川氏を幕府側に引き留めておきたい。幼児の龍王丸には何も期待できないとしても、小鹿範満の家督相続だけは絶対に認めることはできない、できるだけ穏便に龍王丸に家督相続させて、龍王丸の成長を待ちたいというのが幕府の方針である。

範満を推す一派と龍王丸を推す一派の対立は深まるばかりで、いつ武力衝突が起こっても不思議ではない状況であり、それに両上杉の軍勢が介入すれば、駿河は国を割った内乱状態に陥ることは間違いない。そんなことは幕府も望んでいない。

幕府は事態の収拾を政所執事・伊勢貞宗に命じた。

なぜかというと、保子は今川義忠に嫁ぐとき、貞宗の父・貞親の養女という体裁を整えている。盛定の娘というのでは今川家と釣り合いが取れなかったからである。

貞宗は、この厄介な仕事を盛定に丸投げした。

保子の父というだけでなく、今川家の申次衆を務めてきた縁もあり、盛定ほど今川と関係が深く、今川の内情に詳しい者は他にいないからだ。盛定としては黙って受け入れざるを得なかったが、これほど難しい役目はなかった。

当然ながら、盛定は龍王丸の後押しをすることになるが、それが小鹿範満一派を刺激すれば、盛定は殺される。

いや、ほぼ確実に殺されるであろう。

なぜなら、軍事的に見れば、範満一派が圧倒的に優勢だからである。太田道灌は龍王丸を後押ししているわけではない。上杉政憲が勝手な振る舞いをしないように目を光らせているだけである。

幕府の介入を嫌って小鹿範満一派が行動を起こし、盛定を殺し、龍王丸をも殺して、力尽くで家督を奪おうとする可能性は高い。そのとき、道灌がどう動くか、幕府側には見当がつかない。範満への対抗上、龍王丸は守ろうとするかもしれないが、盛定まで守ってくれるとは考えにくい。

「そのようなことが……」

新九郎は愕然とした。

駿河でそのような非常事態が発生し、しかも、ほぼ間違いなく殺されるに決まっているという役目を盛定が命じられていたとは、まさに寝耳に水であった。危ういのは盛定の命だけではない。新九郎にとっては甥に当たる龍王丸の命も、保子の命も風前の灯火なのだ。新九郎は姉の性格を知っている。わが子をむざむざと敵の手にかけさせるはずがなく、きっと、命懸けで龍王丸を守ろうとするに違いなかった。それ故、龍王丸の身に何かあれば、保子も生きていないだろうと新九郎にはわかる。

「出発は、いつなのですか？」

「急がねばならぬ」

時間が経てば経つほど、龍王丸の立場が悪くなる、と盛定は言う。

「支度を調えたならば、すぐにでも出立するつもりでいた」

「合戦になるかもしれないのですね？　どれほどの兵を引き連れていかれるのですか」

「そうよのう……」

三十人ほどか、と盛定がつぶやく。

「え？」

「今すぐに大人数を連れて駿河に入るわけにはいかぬのだ」

「……」

からくりが新九郎にもわかった。

上杉政憲や太田道灌が軍勢を率いて駿河に入っている状況で、いきなり、幕府が軍勢を送り込めば、それこそ内乱を誘発することになりかねない。幕府とすれば、まずは盛定を派遣して穏便な解決方法を探ろうというのであろう。

しかし、それがうまくいくはずがない。

恐らく、盛定は殺される。

そうなれば、幕府は将軍の名代である盛定が殺害されたという大義名分を振りかざして大規模な軍事介入に踏み切ることができる。

もっとも、それは龍王丸が生きていた場合である。盛定と共に龍王丸までが殺されてしまえば軍事介入する意味そのものがなくなってしまう。

盛定は捨て駒に過ぎない。しかも、自分だけ死んで、龍王丸の命は守らなければならないという難しい役割を負った捨て駒である。新九郎ですら、容易に見抜くことができるのだから、それが盛定にわからないはずがない。

「実は……」

盛定が表情を歪めながら、

「執事殿に呼ばれ、駿河には新九郎を行かせてはどうか、と勧められた」

「わたしが駿河に……」

その瞬間、新九郎の脳裏に甦ったのは、海峰と交わした会話であった。

「まだ生きていられるのは、おまえが伊勢氏の人間だからだ。さすがに土倉仲間も簡単には手出しできぬ。だが、それは何もしないということではないぞ。政所執事殿に掛け合っているはずだ」

「わたしと仲間たちを殺す許しを得るために、という意味ですか？」

「そうだ。執事殿が承知すれば、次の日には、おまえたちの命はない」


さすがに貞宗も伊勢氏一門に連なる新九郎を、骨皮道賢のように殺させてしまうことをためらったのであろう。

だが、このまま放置することはできない。

それ故、盛定に命じていた駿河行きを新九郎にやらせることにした。将軍の名代という肩書きを持っている者であれば、それが盛定であろうと、新九郎であろうと大した違いはない。どうせ殺されに行くだけの捨て駒なのである。新九郎を都で殺すのも駿河で殺すのも同じことだ……そんなことを貞宗は考えたのに違いなかった。

貞宗の卑劣なやり方に新九郎は呆れたが、別に腹は立たなかった。むしろ、盛定の代わりを務められることが嬉しかったし、何よりも、保子の身が心配だった。事情を知ってしまえば、たとえ貞宗に命じられなくても自ら駿河に向かっていたであろう。

「父上、わたしが駿河に参ります」

何の迷いもなく新九郎は言った。

第四部　駿河

一

　駿河《するが》行きを承知した翌日、新九郎《しんくろう》は盛定《もりさだ》と共に御所《ごしょ》に向かった。

　まず政所《まんどころ》に行く。ここで伊勢《いせ》氏本家の当主で、政所執事を務める伊勢貞宗《さだむね》に挨拶する。執事となって五年、年齢も三十三になり、貞宗も肥え、だいぶ貫禄がついてきた。

　新九郎が型通りに挨拶すると、顔の肉に埋もれた小さな目で新九郎を見つめながら、うむ、と小さくうなずく。本来、盛定が行くはずだった駿河に新九郎を派遣するように命じたのは貞宗である。それを新九郎は知っているし、新九郎が知っていることを貞宗も知っているはずであった。にもかかわらず、そんなことなどおくびにも出さず、二人は何食わぬ顔で向かい合っている。

（おれも大人になったものだ）

我ながら新九郎は感心してしまう。

荏原郷《えばらごう》にいた頃の新九郎であれば、

「何という卑劣な真似をするのか！」

と、貞宗に飛びかかって殴りつけていたであろう。

「では、参ろうか」

貞宗が腰を上げる。将軍・義尚《よしひさ》から、龍王丸《たつおうまる》に今川《いまがわ》家の家督相続を認めるという書状を受け取るためである。その書状を新九郎が駿河に持参するのだ。


座敷で畏《かしこ》まって待っていると、やがて、義尚が奥から現れた。平伏しながら、新九郎は目の片隅で義尚と富子《とみこ》の姿を認めた。

（御台所《みだいどころ》さまがお出ましになるとは……）

そのことに驚いた。

書状を受け取るといっても、形式的なものに過ぎず、義尚が着座したら、役人が新九郎の前に書状を運んでくる。それをありがたく受け取り、新九郎に代わって貞宗が答礼して終わりである。あっという間に終わってしまうはずで、義尚が言葉を発することもなく、当然ながら、富子の出番などないはずであった。だからこそ、新九郎は驚いた。

「新九郎」

義尚が呼びかける。これもまた異例のことであった。十二歳の義尚は、母の富子がしっかり後見しているせいで、自堕落な義政《よしまさ》に似ず、真っ直ぐに成長している。新九郎とは数えるほどしか会ったことがないのに、どういうわけか義尚は新九郎を気に入っている。富子が新九郎を買っているし、義尚の弓馬師範である小笠原政清《おがさわらまさきよ》も新九郎贔屓《びいき》だから、その影響を受けているらしい。

「駿河に行くそうじゃな」

「はい」

「いつ戻る？」

「何とも答えようがございませぬ」

「だいぶ弓がうまくなったと政清が誉めてくれる。新九郎と弓試合をしたいと思うておる。馬競《うまくら》べもしたいな。なるべく早く戻ってくれぬか」

義尚がにこにこしながら言う。

「は」

新九郎が平伏する。

「大切なお役目で駿河に行くのです。あまりわがままを言って新九郎を困らせてはなりませぬ」

富子は義尚をたしなめ、新九郎に顔を向けて、

「無事にお役目を果たし、その上で、都に……」

そこで富子の言葉が途切れる。自分の言葉の空しさに気が付いたのだ。いくつもの土倉を襲い、有力者たちを怒らせてしまったので、新九郎は都に身の置き場がない。都にいれば、いずれ殺されるであろう。伊勢氏一門で、御所にも出仕している新九郎が都で殺されたのでは体裁が悪いという貞宗の考えで、新九郎を駿河に送ることになった……そういう事情は富子も耳にしている。

「体を大切にするのですよ」

と、富子は言い直した。

(新九郎が生きて戻ることはないのだ……)

そう思うと、役目を果たして都に帰ってこいなどという白々しい言葉を口にすることができなかったのである。

義尚と富子に挨拶し、駿河に持参する書状を受け取ると、新九郎は一人で納銭方《のうせんかた》会所に向かった。海峰《かいほう》に別れを告げようと思ったのだ。

いつものことだが、納銭方会所のある場所は、しんと静まり返っており、御所の中でも、ここだけは他とは違う空気が流れているように新九郎は感じる。

海峰は会所頭の浄円《じょうえん》と碁を打っていた。

「新九郎か。駿河に行くと聞いた」

浄円が石を置きながら言う。

「はい。暇乞《いとまご》いのご挨拶に伺いました」

「馬鹿な奴だ。都から逃げ出せとは言ったが、選《よ》りに選《よ》って、いつ戦が起こるかわからない駿河に行くとは……。都にいるより危ないではないか」

海峰が吐き捨てるように言う。

「甘いことを言うではないか」

ふふふっ、と浄円が笑う。

「そのようなこと、覚悟の上で駿河に行くのであろうよ。のう、新九郎？」

「駿河の今川家には姉が嫁いでおります。そこに使いをせよと言われれば、わたしは行かなければなりません。行くな、と止められたとしても行くに違いありません」

「道中、用心して行きなされ」

「ありがとうございます」

浄円に一礼すると、新九郎は海峰に体を向け、

「都にやって来てから、海峰さまには、随分とお世話になり、何とお礼を申し上げればよいかわからぬほどです。どうもありがとうございました」

「……」

海峰は、そっぽを向いている。新九郎の駿河行きがよほど気に入らないらしい。

新九郎が会所から出て行くと、

「おまえの番だぞ」

浄円が海峰を促す。

「はい」

海峰が無造作に碁石を置く。

「なぜ、そのように不機嫌なのだ？」

「新九郎が、なぜ、命を捨てたがるのかわからぬからです」

「そうかな。わしは、そうは思わぬ」

「と、おっしゃいますと？」

「都にいたのでは、それこそ命があるまい。しかし、駿河に行けば、万にひとつ、助かる道が見付かるかもしれぬ。わしは新九郎が駿河行きを決めたことを、それほど愚かとは思わぬのう」

「そうでしょうか……」

どうにも腑《ふ》に落ちぬという顔で海峰が小首を傾げる。

新九郎が廊下を歩いていると、後ろからぱたぱたと小さな足音が聞こえて、

「新九郎さま」

と、かわいらしい声で呼びかけられた。振り返ると、真砂《まさご》に仕えている、あんずという女童《めわらわ》である。

「そんなに慌てて、どうしたのだ？」

あんずが息を切らして、額に玉の汗まで浮かべているのを見て、新九郎が訊《き》く。

「お忙しいとは存じますが、池の畔《ほとり》まで来ていただけませぬか。伏して、お願い申し上げまする」

その言葉通り、あんずは本当にその場で平伏しそうな様子である。その真剣な顔を見て、

「わかった。行こう」

新九郎がうなずく。

庭に出て、池の方に歩いて行くと、池の畔に佇む真砂の姿が目に入る。新九郎が近付いていくと、砂を踏む音に気が付いたのか、真砂が振り返る。

（真砂殿……）

涙で顔が歪《ゆが》んでいる。それほど、ひどく泣いていたのだ。その泣き顔を見て、新九郎は咄嗟《とっさ》には言葉を発することができなかった。

「父から聞きました……」

小笠原政清から、新九郎が将軍の名代として駿河に下ることになったが、命の危険もあ

り、無事に都に戻れるかどうかすらわからないほど難しい役目なのだ、と聞かされたという。新九郎が御所に現れ、義尚に拝謁していると知り、この機会を逃せば、二度と新九郎に会うことができないかもしれない、そう考えると、居ても立ってもいられなくなって、あんずを走らせたのだという。

「そのような危ないところに、どうしても行かなければならないのですか？」

真砂が声を震わせながら訊く。

「行かなければならないのです。駿河には姉がおります。何か困ったことが起これば、必ず、助けに行くと約束したのです。その約束を果たすために、わたしは駿河に行かなければなりません」

「そうですか……」

真砂が袖で涙を拭う。

「ならば、見苦しい振る舞いはいたしませぬ。止められるものなら、何としても止めたいと思っておりましたが、お姉さまのためならば、お止めすることもできぬと存じます。ですが……」

涙に濡れた目で、じっと新九郎を見つめ、

「どうか無事に、どうか生きて都に戻って下さいませ。真砂からのお願いでございます」

「はい」

新九郎がうなずく。そんな約束をしたところで、果たして守れるかどうかわからなかったが、すがりつくような真砂の眼差しを見れば、そう言うしかなかった。

二

御所を出た新九郎は、門都普《もんとふ》を伴って大徳寺《だいとくじ》に向かった。自分自身、

（生きて戻れないかもしれない。いや、たぶん、死ぬだろう……）

という思いがあるので、今まで世話になった人たちにはきちんと挨拶してから旅立ちたいと考えている。宗哲《そうてつ》や宗仁《そうじん》への挨拶を欠かすわけにはいかなかった。


「ほう、駿河へのう……」

遠くへ行かれるものじゃ、と宗仁がうなずく。

駿河で家督を巡る内紛が生じており、それに実の姉と甥《おい》が関わっているので放っておくわけにはいかないのだ、と新九郎が説明すると、

「そうか、そうか」

宗仁は何度も大きくうなずきながら、

「新九郎殿は不思議な目をしておる。そう思わぬか、宗順《そうじゅん》？」

「え？　いや、わたしには何とも……」

宗順が首を捻る。

「宗哲は、どうじゃ？」

「新九郎殿は、己の命に執着していないように見えまする」

「うむ。わしも、そう見た。のう、新九郎殿」

「はい」

「何事かを為《な》そうとするとき、死ぬ気でぶつかるのは悪いことではない。だが、死を覚悟するほどの気構えを持つことと、死のうとするのは違うことじゃ。あまり命を粗末にしてはならぬぞ。年寄りのお節介と思って、この言葉を覚えておいてほしい」

少し疲れた、横になる、手を貸してくれぬか、と宗仁は宗順の助けを借りて奥に引っ込んだ。あとには新九郎と宗哲の二人が残る。

「駿河で死ぬつもりなのですか？」

「そんなつもりはありませんが、生きて帰るのが難しいお役目であることは承知しています」

「それは罰なのですか？」

「罰とは？」

「新九郎殿が貧しい者たちに施しをしていることは耳にしておりました。立派な心懸けだと思いながらも、そんなことを続けられるほどの財力があるのかと案じていたところ、土倉が盗賊に襲われるということが立て続けに起きたので……あれは新九郎殿の仕業ではないのですか？」

宗哲が厳しい顔で訊く。

「おっしゃる通りです」

悪びれた様子もなく新九郎がうなずく。

「不思議な御方《おかた》だ」

「何がですか？」

「なぜ、そのように目が澄んでいるのか、なぜ、心に迷いがないのか、それが不思議なのですよ」

「わたしの心に迷いがないとすれば、それは宗哲さまのおかげです」

「はて、わたしが何か申しましたかな？」

「自分にできることをせよ、とおっしゃったではありませんか。わたしなど何の力もありませんが、路傍に倒れている病人に水を飲ませたり、薬を与えたりすることならできます。腹を空かせて動くことのできない者に飯を食わせてやることもできるのです。まずは目の前にいる一人を救おうと考えました。それが二人になり、三人になり……つい欲が出てしまったのか、もっと多くの者たちに飯を食わせたいと考えるようになったのです。無理をしたせいで長続きはしませんでしたが」

新九郎がにこっと白い歯を見せて笑う。

「新九郎殿はいくつになられます?」

「二十一になります」

「ううむ、二十一の若さで、すでに人生を達観しておられるとは……。やはり、流行病《はやりやまい》でご家族を亡くされたせいなのでしょうか?」

「そうかもしれません。わたしが死を怖れないのは、死んで伽耶《かや》や鶴千代丸《つるちよまる》に会うのを楽しみにしているせいもあるでしょう。だからといって、自ら命を捨てようとは考えませぬ。二人の分まで精一杯、生きようと思っています。ただ……」

「何ですか?」

「二人の分まで生きると決めた上は、恥ずかしい生き方はできませぬ。私欲を捨てて、一人でも多くの民を救い、わずかながらでも善行を積むことが二人への供養になると思うからです。これから先、自分がどれくらい生きられるかわかりませぬが、自分の欲望を満たすためではなく、弱い者、虐げられている者のために生きるつもりです。そうすれば、たとえ駿河で屍《しかばね》をさらすことになろうとも、わたしは胸を張って伽耶と鶴千代丸に会うことができます」

「……」

宗哲の目に涙が滲んでいる。新九郎の言葉に心から感動したせいだ。

「頼みを聞いてくれますか？」

「何なりと」

「ここで一刻（二時間）ほど待っていてもらいたいのです」

「……」

一瞬、新九郎は怪訝な顔になるが、

「わかりました。お待ちいたします」

一人きりになると、新九郎は座禅を組んだ。呼吸を調《ととの》えると、すぐに心の中が空っぽになる。何も考えず、ただ時の流れに身を委ねる。

「お待たせしました」

と、宗哲に声をかけられて我に返ったとき、どれくらいの時間が経ったのか、まったくわからなかった。時間を超越した場所に心を遊ばせていたのだ。

「これを駿河に持って行かれるとよい」

宗哲が差し出したのは一通の書状である。新九郎が問うような眼差しを向けると、

「足利学校にいた頃、ずば抜けて優れた者がおりました。まさに天才と呼ぶにふさわしい者です。ただ漢籍を読むのがあまり得意ではなく、時折、わたしが教えてやりました。その縁でわたしたちは親しくしておりました。斎藤新左衛門《さいとうしんざえもん》という男ですが、足利学校では僧形で学ぶしきたりになっていたので、新左衛門も星雅《せいが》と称しておりました。俗世間に戻

ってからは新左衛門安元《やすもと》と名乗っております。今では扇谷上杉氏《おうぎがやつうえすぎ》に召し抱えられ、近隣に名前を知られる軍配者となっているようです。駿河には扇谷上杉氏も兵を出しているそうですから、星雅宛の手紙が何かの役に立つかもしれませぬ。こんなことしかできないのが心苦しいのですが……」

「とんでもない。お心遣いに感謝いたします」

新九郎は深く一礼して、その手紙を受け取る。

三

その夜、一悶着《ひともんちゃく》あった。

信じられない話だが、新九郎は一人で駿河に行くつもりでいた。それを知った仲間たちが騒いだのである。

「ふざけるなよ！」

激怒したのは弟の弥次郎《やじろう》だ。

「どうして、兄者《あんじゃ》は何でもかんでも一人で決めてしまうんだ。なぜ、おれの、いや、おれたちの考えを聞こうとしないんだ」

従弟の大道寺弓太郎《だいどうじゆみたろう》も、

「何のために、おれたちが荏原郷から都に出てきたと思ってるんだよ」

と顔を真っ赤にして怒った。

「駿河に行くのが、どれほど大変なことかも、もしかすると都に戻れないかもしれないということも聞いています。だからといって、それで、おれたちが怖《お》じ気《け》づくとでも思っているんですか？」

仲間内で最年長の山中才四郎《やまなかさいしろう》は努めて冷静に新九郎に訴えた。しかし、心中、穏やかでないことは血の気が引いて青ざめた顔を見れば明らかだ。

「ひどいよ。命懸けで盗賊退治をした仲なのに。どんなときでも一緒だと信じていたのに……」

在竹正之助《ありたけしょうのすけ》の目から涙が溢れる。

それにつられたのか、多目権平衛《ためごんべえ》と荒川又次郎《あらかわまたじろう》も声を放って泣き始める。この二人も今では正式に新九郎の家来として取り立てられており、きちんと姓を名乗っている。

「……」

門都普だけが何の感情も露わにせず、口をつぐんで、じっと新九郎を見つめている。

「おまえは平気なのか？」

弥次郎が門都普に訊く。

「何が？」

「兄者は、たった一人で駿河に行くと言ってるんだぞ。自分だけで死にに行くつもりなんだ。それなのに、おまえは平気なのか？　黙って、兄者を駿河に行かせるつもりなのか」

「おれは……」

門都普が厳しい目で弥次郎を見返す。

「駿河に行く」

「は？」

一瞬、弥次郎がきょとんとする。

「だけど、兄者は一人で行くと言ってるぞ」

「新九郎が何を言おうと、どうでもいい。おれは駿河に行く」

「そう言えば、おまえ、兄者が都に上るときも、一人だけついて来たんだったな。あのときも勝手について行ったと聞いたぞ。また同じことをするつもりなのか？」

「おれは誰の指図も受けない。好きなようにするだけだ」

門都普は平然としている。

「そうか、わかった。それなら、おれも好きなようにする。駿河に行くぞ」

弥次郎が言うと、すかさず、弓太郎が、

「おれだって行く！」

と言い出した。

才四郎、正之助、権平衛、又次郎の四人も口々に、おれも行く、と声を上げる。

「兄者、駄目だと言っても無駄だからな」

弥次郎が挑むような目で新九郎を見る。

それまで難しい顔で黙りこくっていた新九郎だが、不意に破顔一笑し、

「わかった。おれの負けだ。おれたちは、どんなときでも一緒だと誓った仲間だ。一緒に駿河に来てくれ。但し、命がいくつあっても足りないところかもしれないぞ」

「そんなことは承知の上だ」

弓太郎が言うと、他の者たちも、そうだ、おれたちの命は、とうに新九郎さまに預けている、と涙を流しながら喜びの声を上げた。


その翌日、新九郎たち八人は駿河に向けて都を発った。父の盛定は、

「武者を三十騎預けよう」

と申し出てくれたが、新九郎は断った。

焼け石に水だと思ったからだ。

新九郎が頼みとするのは七人の仲間たちと二通の書状だけである。それで駿河に乗り込み、生きて都に戻ることができるのか……さすがに新九郎も心許ない。自分一人で行くつもりだったときは、

(命などいらぬ)

と軽く考えていたが、七人の命まで、そう簡単に捨てるわけにはいかなかった。

（何か道があるはずだ。考えることだ。ひたすら、考えるしかない）

道中、新九郎が、一切、無駄口を叩くことなく、険しい表情を崩さなかったのは、七人の命を救い、自分も生き延びる術がないものかと思案を重ねていたせいである。

新九郎と対照的に七人の仲間たちは陽気なものだ。いつもむっつりしている門都普ですら機嫌がよさそうに見えるのは、久し振りに都の外に出て、大自然の空気を満喫しているせいかもしれなかった。

しかし、尾張《おわり》から三河《みかわ》に入ると、彼らの顔から笑いが消えた。

「またかよ……」

弥次郎が顔を顰《しか》めたのは、路傍に遺棄された無残な死体を目にしたからである。しかも、道を進むに従って死体を目にすることが多くなる。

死体そのものは別に珍しくもない。都でも毎日、見ている。都では、食うことができず、飢えて行き倒れになる死体が多い。

だが、このあたりで目にするのは、そうではない。

脳天を割られたり、腹を切り裂かれたり、明らかに何者かの手で殺害されたような死体が多いのだ。

「追《お》い剝《は》ぎが出るのかな」

才四郎が表情を引き締める。

「明るいうちは山道を歩く方がいいかもしれない」

門都普がうなずく。

その忠告に従って、八人が街道から山の中に入ろうとしたとき、茂みががさがさと揺れ、何人かの人影が飛び出してきた。鎌を手にした男たちで、誰もが目をぎらぎらさせている。

「……」

無言で新九郎たちを睨《にら》むが、才四郎と正之助が弓に矢をつがえるのを見ると、また茂みに戻った。

「何だ、あいつらは？」

弥次郎が顔を顰める。

「急ごう」

門都普が皆を促す。嫌な予感がするらしい。

八人が街道を外れ、山に向かっていくと、途中、流れの緩《ゆる》やかな川があった。

「兄者」

弥次郎が新九郎を呼ぶ。

河原に二人の子供が坐り込んで泣いている。年齢はふたつか三つくらい。男の子と女の子だ。

骨と皮ばかりに痩《や》せた女が膝まで川に浸かり、襁褓《むつき》にくるんだ赤ん坊を川の中央に向かって放り投げる。新九郎たちが呆然としていると、その女が河原に上がってくる。拳《こぶし》ほどの大きさの石を拾い上げると、真っ直ぐに幼子たちの方に近付いていく。

新九郎が地面を蹴って走り出す。それに続くのは門都普だ。遅れて、他の六人も走り出す。

「よさぬか！」

新九郎が女の手から石を奪い取ろうとする。女は抗《あらが》うが、不意に力が抜けて河原に坐り込んでしまう。門都普は新九郎の横を駆け抜けて、川に飛び込む。今まさに赤ん坊が流れに飲み込まれて沈もうとするのを門都普が拾い上げる。門都普は赤ん坊を抱いて新九郎のそばに戻る。赤ん坊は弱々しく泣いている。

「なぜ、このようなことをする？」

新九郎が怖い顔で訊く。刀に手をかけているから、女の答えによっては斬り捨てるつもりなのだ。それほど激しく怒っている。

「拐《かどわ》かしじゃないのか」

弓太郎が女を睨む。

「腹が減っているんだ。だから動けないし、何も話すことができない。子供たちもそうだ。こんなに痩せ細っている」

女と子供たちを観察して、門都普が言う。

新九郎は、うなだれて坐り込んでいる女をじっと睨んでいたが、

「炒《い》り豆《まめ》を食わせてやれ」

と命ずる。

正之助が女に炒り豆の袋を差し出すと、すぐに食いつきそうになるが、それをぐっと堪《こら》えて、

「どうか子供たちに」

と蚊の鳴くような声で懇願する。

「これは、おまえの子供たちなのか？」

新九郎が驚いたように訊く。

「はい」

「しかし……赤ん坊を川に投げ捨て、この子たちを石で殴り殺そうとしていたではないか。違うか？」

「いいえ、その通りです」

「なぜ、わが子を母親が殺そうとするのだ？」

「それは……」

落ち窪んだ目に涙が溢れる。

「おかしなことを言う。かわいい子供を殺そうとする親がいるものか。おまえは嘘をついている」

「この子たちがかわいいからです」

新九郎の表情が険しくなる。

「誰が嘘など申しましょう。この子たちがかわいいからこそ哀れなのです。だから、殺した方がこの子たちのためなのです……」

この土地では領主による年貢の取り立てが厳しく、村には何も食べるものがない。多くの者が飢えて死んだが、かろうじて生き残っている者たちは、盗賊と化して旅人を襲ったり、動けなくなった者を食って命を長らえている。夫も、そういう仲間の一人で、そのおかげで自分たちも何とか生きてきたが、数日前、仲間内のいざこざに巻き込まれて夫が死んだ。それ以来、自分も子供たちもろくに食べていない。乳も出なくなってしまった。わずかばかりの食べ物もなくなったので、明日か明後日には自分も動けなくなるだろう。そうなれば、幼い子供たちと赤ん坊が残ってしまう。きっと、子供たちも食われてしまうことになる。そんな酷い目に遭わせるのが哀れだから、せめて、自分の手で楽にしてやろうと思った。子供たちを殺した後で自分も死ぬつもりだった……ぽつりぽつりと女が話す。

「嘘だろう……」

弥次郎の言葉が皆の思いを代弁している。そんなむごたらしいことが現実に起こってい

ると は、とても信じられないのだ。

「炒り豆を……いや、強飯《こわいい》も餅も食わせてやれ」

新九郎が言う。

「待て。一度に食うと腹を壊す。少しずつ食べさせないと駄目だ」

門都普が冷静に忠告する。

「ああ、そうだな」

新九郎はうなずき、一度にたくさん食べさせるな、少しずつゆっくり食べさせろ、と又次郎や権平衛に指図する。

しかし、子供たちも母親も一心不乱に食べ物を口に入れる。急いで食べなければ取り上げられてしまうと怖れているかのようだ。

「新九郎さま」

才四郎が声をかける。

「ん？」

あちらこちらの茂みから鎌を手にした男たちが群がり出てくる。その数は、ざっと見ただけで三十人以上はいる。誰もが凶暴な目つきをしている。

「才四郎、正之助」

新九郎が呼ぶ。矢を射る用意をしろと命じたのだ。

さっきの女の話が正しいとすれば、この男たちは新九郎たちを殺して食うつもりでいる。新九郎たちが死ねば、女と子供たちも食われるであろう。男たちの姿を見て、女ががたがたと震え始め、両手で子供たちを抱き寄せる。その前に才四郎と正之助が立ち、いつでも矢を射ることができる体勢を取る。その横には権平衛と又次郎が刀を構えて立つ。門都普、弥次郎、弓太郎の三人は、新九郎を守るように、新九郎のすぐ後ろに立っている。それを見て、男たちの歩みが止まる。数こそ多いものの、彼らが手にしているのは鎌である。新九郎たちとまともにぶつかったのでは自分たちもただでは済まないと悟ったのだ。

男たちの中から、人相の悪い中年男が出てくる。首領格なのであろう。

「女と子供をこっちに渡せ。あんたらに手出しはしない。好きなところに行くがいい」

「女子供をどうするつもりだ？　おまえの家族には見えないが」

新九郎が訊く。

「あんたらには関わりないことだ」

「食うのか？　女や子供を殺して、おまえたちが食らおうというのか」

「へっ！」

黄色い歯を剝き出《むきだ》して、中年男が笑う。

他の男たちはまったく表情を変えず、冷たい目で新九郎を睨んでいる。

「まさか、あんたらも一緒に食いたいと言うんじゃないだろうな？」

「生憎《あいにく》と人の肉を食いたいとは思わない」

「それなら、さっさと行け」

「断ったら、どうするつもりだ？」

「おれたちも腹が減っている。今日は何も食ってないのでな。みんな、気が立っているぞ」

「ふうむ、それは怖そうだな。よかろう。連れて行くがいい」

新九郎が顎《あご》をしゃくる。その言葉を聞いて、弥次郎たちが驚いたような顔になり、子供を抱いたまま、女が激しく泣き始める。門都普だけが無表情のままだ。中年男は、一瞬、怪訝な顔になるが、すぐに下品な笑みを口許に浮かべると、

「物わかりがよくてありがたい。それじゃ、もらっていきますぜ」

若い男たちを二人連れて、中年男が女と子供たちに近寄ろうとする。新九郎の横を通り過ぎようとしたとき、

「楽しいのか？」

「は？」

「人でなしと成り下がり、人の心をなくしても、それでも、この世に生きることが楽しいのか……そう訊いている」

「何をわけのわからねえことを……」

「人でなしには人でなしにふさわしい場所がある。そこに行ったらどうだ？」

「ほう、それは、どこだね？」

「そこは地獄と呼ばれている」

「こいつ、おかしなことを……」

その瞬間、

びゅっ

新九郎の太刀が一閃《いっせん》する。

中年男の首がころりと落ちる。自分が死んだこともわからないらしく、口許に下品な笑みを浮かべたままの表情だ。切断面から血が噴き出し、中年男の体がゆっくり崩れ落ちる。

「才四郎、正之助、矢を射よ！」

そう叫ぶと、中年男の背後に立っていた二人の男たちに新九郎が斬りかかる。男たちは鎌で防ごうとするが、新九郎は一人の手首をばっさり切り落としてしまう。もう一人は慌てて逃げようとするが、新九郎は追いかけ、背後から斬りつける。

足を止めることなく、男たちの中に走り込み、容赦なく太刀を振るう。弥次郎たちも新九郎に続き、男たちに斬りつける。いくら数が多いといっても、所詮は烏合《うごう》の衆に過ぎない。仲間たちが次々と斬り倒されるのを見て浮き足立ち、恐怖心に駆られて、我先にと逃げ出し始める。河原から茂みのあたりまで男たちを追い立てると、

「もうよい」

新九郎が声をかける。

「これでしばらくは戻ってこようとは考えまい。川で血を洗い流したら、すぐに出発するぞ」

「……」

返り血を浴びた弥次郎たちがハアハアと肩で息をしながらうなずく。

思いがけぬ成り行きで救った母子を伴って、新九郎たちは駿河に向かった。女子供を連れているせいで、思うように距離を稼ぐことはできなかったが、その代わり、女が道案内をしてくれたので、地元で暮らす者でなければ知らないような獣道を歩くことができ、さして危ない目に遭うこともなく、翌々日には駿河に入った。

四

将軍の名代として都からやって来た使者は、まずは遠江との国境を越えたあたりで駿府《すんぷ》

の今川館に先触れを走らせ、相手側が迎え入れる準備を終える頃合いを見計らって、威儀を整えて堂々と今川館に向かうというのが普通のやり方だ。将軍の権威と重みを田舎者に知らしめるには、それくらい芝居がかったことをする必要がある。

が……。

新九郎は、先触れすら走らせず、いきなり今川館に現れた。門前でちょっとした騒ぎが起こった。将軍の名代だと名乗っても、門番が信用しなかったのである。新九郎たちがあまりにも薄汚い姿をしていたせいである。着替えは持参していたが、それは姉の保子や甥の龍王丸と対面するときに着るつもりでいたから、門前に現れたときは埃まみれの旅姿のままだった。

「都から将軍家の使いが来たじゃと？」

騒ぎを聞きつけて、館の奥から六十過ぎの小柄な老人が現れた。九島《くしま》源《げん》右《え》衛門《もん》である。三浦《みうら》氏や朝比奈《あさひな》氏を始めとする今川の重臣たちがこぞって小鹿範満《おしかのりみつ》擁立を支持する中で、唯一、九島氏だけが龍王丸を支持している。駿河には外部勢力も侵入しており、物情騒然としている。その混乱につけ込んで、範満一派が龍王丸の命を狙わないとも限らないから、源右衛門は一族郎党を率いて今川館で寝泊まりして龍王丸を守護している。

「ん？」

新九郎たちを見て、源右衛門が眉を顰める。そこにいるのは薄汚れた姿をした八人の若者たち、みすぼらしく痩せこけた若い女、幼子が二人、赤ん坊が一人……それを将軍の使者だと信じろという方が無理というものだ。

「父上、都から使者が来たというのは本当ですか？」

三十代後半という年格好の男が現れる。源右衛門の長男・三郎兵衛《さぶろべえ》である。

「そう申しているそうだが……」

源右衛門が小首を傾げる。

「わたしが確かめてきましょう」

三郎兵衛が新九郎たちに歩み寄り、

「その方どもか、将軍家の使者だと名乗っているというのは？」

新九郎は険しい目で三郎兵衛を睨むと、

「無礼者！　それが将軍家の使者への態度か。駿河の者は礼儀を知らぬのか」

と怒鳴りつける。

「……」

新九郎の剣幕に圧倒され、三郎兵衛が言葉を失う。

そこに、

「その方たちは都から参った使者に間違いありませぬ。失礼があってはなりませぬぞ。丁重におもてなしするのです」

凛《りん》とした女の声が響いた。今は北川殿《きたがわどの》と呼ばれる、新九郎の姉・保子《やすこ》であった。

大広間で新九郎と保子は対面した。保子の両隣には長女の栄保と長男の龍王丸が坐っている。栄保は七歳、龍王丸は六歳だ。母の保子は二十四歳、新九郎は二十一歳である。二人が顔を合わせるのは八年振りになる。

新九郎は、将軍・義尚から預かってきた手紙を懐に入れたままにしてある。それを出してしまうと、姉と弟の対面ではなく、将軍の使者と今川義忠の嫡男・龍王丸の儀式張った対面という形を取らざるを得なくなり、新九郎が上座に、龍王丸が下座に控えることになる。ようやく会うことができたというのに、そんな堅苦しい対面をしたくなかったので、手紙を出さなかったのである。

顔を合わせたものの、しばらく二人は口を利くことができなかった。様々な思いが胸の中に去来し、言葉が出てこなかったのだ。ようやく、

「立派になりましたね、新九郎。元気な姿を見て、安心しました」

保子が声をかける。

「姉上も……」

姉上もお変わりなく、と言おうとして、不意に胸が詰まって涙がこみ上げてくる。そんな白々しい言葉を口にすることなどできなかった。保子の目は落ち窪み、頬が痩《こ》けている。

お世辞にも顔色がいいとは言えない。心労が祟っているのに違いなかった。

ぐっと涙を堪えて、

「もう心配なさいますな。必ずや、姉上と龍王丸さまをお助けいたします」

「頼りにしておりますぞ」

保子が訴えかけるような眼差しを新九郎に向ける。

その目を見れば、保子と龍王丸がどれほど追い詰められているか、容易に察することができる。のんびり昔話などしている場合ではない。

弥次郎たち七人に九島源右衛門・三郎兵衛の父子も加わって、直ちに対応策を協議することにした。協議するといっても、まずは駿河の現状を知らなければどうにもならない。それは、九島三郎兵衛が説明してくれた。その説明を聞くと、今川家の重臣の多くを味方にしている小鹿範満方が圧倒的に有利で、しかも、範満の祖父・上杉政憲が五百の兵を率いて狐《きつね》ケ崎《さき》に布陣し、範満を支援する構えを見せている。いかに九島一族が今川館を守護しているとはいえ、範満派と上杉の軍勢が一度に攻めかかってきたら、とても持ちこたえることはできない、という。

そうならないのは、八幡山《やはたやま》に太田道灌《おおたどうかん》が布陣しているからである。道灌は、範満側にも龍王丸側にも何の要求もせず、それどころか、何ら発言せず、どちらが使者を送っても会おうとしないという。

道灌の真意がわからないので、範満側も迂闊に動くことができない。道灌の兵力も五百で、上杉政憲と同じだから、数の比較だけで言えば、小鹿範満派の兵力は道灌を圧倒しているいるといっていい。

しかし、道灌の声望が範満派を萎縮させている。

このとき道灌は四十五歳だが、生きながらにして伝説的な巨人となっている。若い頃から数え切れないほどの合戦を経験しながら、一度として負けたことがない。その戦法は斬新で、どんな兵法書にも載っていない。

しかも、勝ち方が常に鮮やかで、激戦の末にかろうじて勝利を手に入れるということがなく、ほとんどの戦いが一方的な完勝であった。相手よりも大きな兵力を擁していれば単純に力攻めで叩き潰してしまうし、相手より兵力が劣っているときには、様々な奇策を弄して相手の鼻面を引き回した揚げ句、不意打ちを食らわせて潰走させてしまう。変幻自在でまったくつかみどころがない。それが道灌の凄味であり、不気味さであった。

「もし道灌に一片の野心があれば……」

というのは当時から囁《ささや》かれていたことで、扇谷上杉氏の家宰である道灌が野心を抱いて主家を見限れば、とうに関東の王となっていたであろうし、坂東武者を率いて都に攻め上って太田幕府を開くことすら夢ではないと言われた。

太田道灌とは、それほどの男である。

その男が軍勢を率いて八幡山にいる限り、範満派も下手に動くことができない。それ故、範満派は何とか道灌の考えを探ろうと努力し、できれば道灌を味方にしたいと考えている。道灌が小鹿範満への肩入れを承知すれば、その瞬間、小鹿範満が駿河の主となり、保子や龍王丸は身の置き所をなくすことになる。

（なるほど、駿河の先行きは太田道灌に握られているらしい……）

と、新九郎は納得した。

駿河に乗り込んだならば、直ちに小鹿範満と談判しなければならぬと思い定めていたが、今川家の相続問題を決着させるには、小鹿範満ではなく、太田道灌こそが急所だと悟ったのである。

（道灌に会わねばならぬ）

しかも、急ぐ必要がある。道灌が、何らかの決断を下す前に話し合いの場を設け、道灌を味方にしなければならなかった。

「道灌殿に会うことはできましょうや？」

新九郎が訊く。とにかく、道灌に会わないことにはどうにもならない。

「それは難しかろうと思いますな」

三郎兵衛が首を捻る。

道灌の動向が駿河の命運を左右することは誰にでもわかっているから、範満派だけでなく、龍王丸派も何とか道灌に会おうと苦心しているが、その糸口すらつかめないのが現状なのだという。

「そうですか……」

ふと、新九郎は、宗哲から預かった手紙を思い出した。

「つかぬことを伺いますが、星雅《せいが》という人物をご存じではありますまいか。足利学校で兵法を学び、俗世間に出てからは斎藤安元《やすもと》と名乗り、扇谷上杉氏の軍配者となっているらしいのですが……」

新九郎が訊く。

「星雅ですと?」

源右衛門と三郎兵衛が顔を見合わせる。

「ご存じありませんか?」

「ご存じも何も……。星雅と言えば、斎藤加賀守《かがのかみ》のことでありましょう。道灌の知恵袋と言われております」

「道灌殿の?」

「さよう」

三郎兵衛がうなずく。

「星雅は道灌の軍配者で常にそばに侍しており、道灌が戦に負けたことがないのは星雅の力だと言う者もおります」

それを聞いて、新九郎は宗哲の手紙を八幡山の道灌の陣地に送った。星雅に届けさせたのである。

新九郎たちの宿舎には今川館の中にある離れが割り当てられた。三河から連れてきた母子は、とりあえず、長屋に住まうことになった。事情を知った保子が哀れみ、母子の世話をすると新九郎に約束したのである。

その夜、新九郎が離れでくつろいでいると、門前に客が来ていると役人から告げられた。

「客？」

新九郎が怪訝な顔になる。駿河に知り合いはいない。客など来るはずがない。何者だ、と問い返すと、みすぼらしい身なりをした僧侶でございます、と役人が答える。それを聞いて、ピンときた。

（まさか……）

という気持ちはあるが、他に心当たりがない。新九郎は門前に急いだ。墨染めの衣を身にまとった僧が路傍に立っている。ぼんやり星空を見上げている。

「失礼ですが」

新九郎が声をかけると、僧が振り返る。

「伊勢新九郎と申します」

「星雅です」

人懐こい笑みを浮かべる。

これが斎藤新左衛門安元で、このとき、三十七歳である。

やはり、そうだったかという驚きを押し隠しつつ、どうぞ、こちらへ、と新九郎が星雅を離れに案内しようとするが、

「いやいや」

星雅は手を振り、

「今宵は、よい夜でございます。わたしは子供の頃から星を眺めるのが好きで、それで星雅などと号しているのです。屋敷の中で堅苦しい話をするより、このあたりに坐って、星々を眺めながら話をする方が風流とは思いませぬか?」

そう言うと、道端の草むらに坐り込んでしまう。

「そうですね」

駿河の命運を左右する太田道灌に繋がる、か細い糸が星雅である。その糸を辿《たど》って何とか道灌に会わなければ、龍王丸の未来はない。星雅が外で話したいというのなら、唯々《いい》諾々《だくだく》として従うまでのことである。新九郎は星雅の横に腰を下ろす。

「宗哲さまはお元気ですか?」

「はい……」

新九郎は、宗哲の暮らし振りをざっと説明した。

「ほう、都で人助けを……。なるほど、人は変わるものなのですなあ」

「昔は違いましたか？」

「いや、昔から立派な人でしたが、足利学校に来るような者というのは、他人のために尽くすより、まずは自分が出世したいと願う者ばかりでしてな。だからこそ、兵法を身に付け、それを高く売ろうとする。宗哲さまもそうだったし、わたしもそうでした。新九郎殿と宗哲さまは、どうして知り合ったのですか？　宗哲さまの手紙には、新九郎殿を誉めちぎる言葉は連ねてありましたが、どういう知り合いなのかという肝心なことが書いてありませんでした」

「それは……」

旅先から京都に戻る途中だった宗哲が、たまたま荏原郷に足を止め、そのときに知り合い、宗哲から兵法の手ほどきを受けたのだと説明する。

「なるほど、なるほど」

星雅は、にこにことうなずきながら、では、新九郎殿のことを聞かせてもらいましょう、と目を瞑《つむ》る。

（どうも妙な塩梅《あんばい》だな……）

と訝《いぶか》りつつ、宗哲が荏原郷を去ってから、今に至るまでの身の上話をぽつりぽつりと話し始める。

五

次の夜も星雅は今川館にやって来た。

前夜と同じように、星空の下、新九郎と二人だけで話をする。奇妙なのは、星雅が駿河情勢について何も語ろうとしないことだ。自分からは何も語らず、次々に質問をぶつけて、新九郎に答えさせる。新九郎の言葉に静かに耳を傾けるだけなのである。

星雅は新九郎の都での暮らしに興味を持ったらしく、御所の書庫に入り浸って読書三昧《ざんまい》の日々を送っていたことを知ると、

「どのような書物を読まれたのですか？」

と、にこにこしながら訊く。

歴史書や兵書を挙げていき、最後に、『源氏物語』を読んだことを告げると、星雅は、

「おおっ！」

と驚いたように声を発し、

「わが主も源氏が好きでしてなあ。新九郎殿とは気が合いそうだ」

この二日間で、星雅が道灌について触れたのは、それが初めてだったので、新九郎はこ

こぞとばかりに、今川の後継者問題について道灌はどう考えているのかと水を向ける。

しかし、星雅は、何も聞こえなかった顔をして、新九郎が貧民のために炊き出しを始めたことについて質問をした。仕方なく新九郎も答える。

この夜も、延々と奇妙な質疑応答を続けて星雅は帰っていった。駿河や今川の問題については、まだ一言も触れていない。さすがに新九郎も焦《じ》れてきたが、

（まさか道灌殿の軍配者が暇潰しのために夜毎、訪ねてくるはずもない。何か考えがあるのだ）

と己に言い聞かせた。

値踏みされているのではないか、という気もしたが、別に不愉快ではなかった。自分でも意外だったが、星雅と話をするのが楽しかったからである。星雅というのは、よほど聞き上手な男らしく、知らず知らずのうちに新九郎は多くのことを語っていた。

（はて、星雅殿は明日の夜も訪ねてくるのであろうか……）

その心配は杞憂だった。

星雅は、やって来た。

いつものように草むらに腰を下ろすと、

「わが主は……」

と駿河情勢に関する道灌の考えを語り始めたから、どうせまた取り留めのない世間話を

するだけだろうと思っていた新九郎は驚いた。慌てて星雅の横に坐って、その言葉に耳を傾ける。

わが主は駿河の先行きを憂えている、と星雅は言い、今川家の後継問題はもはや今川家だけの問題ではなく、幕府、堀越公方、扇谷上杉氏、山内上杉氏を巻き込んだ政治問題と化しており、誰が後継者になるかによって関東の勢力図が一変するため、そう簡単には自分たちの主張を引っ込めることができないのだ、と語る。

「して、道灌殿のお考えは？」

新九郎が思わず身を乗り出す。聞きたいのは、そこである。

「私欲に目を曇らせることなく、道理を立てて筋道に従った裁きをするべきだと考えております」

「それは……」

正嫡《せいてき》である龍王丸さまが家督を継ぐべきだと考えているということでしょうか、と新九郎が訊く。

「はて……」

星雅が小首を傾げる。

「そこまでは聞いておりませんな」

「そうですか」

新九郎が肩を落とす。

「しかしながら、わが主は駿河が乱れることを望んではおりませぬ。できることなら、武を用いることなく、平穏に話し合いで決着させたいと考えているのです」

「平穏に？」

「世の中の人々は、わが主が戦《いくさ》好きだと思い込んでいるようですが、それは間違っています。わが主が好むのは話し合いです。自分から相手に戦を仕掛けるようなことはしたことがありませぬ。軍配者であるわたしが言うのもおかしな話ですが、わが主ほど戦を嫌っている者は見たことがありませぬ」

「ほう……」

星雅の言葉に新九郎は驚いた。

太田道灌といえば無類の戦上手で、相手の裏をかくのがうまく、常に意表を突いた策を用いて敵を翻弄し、数十度の合戦を経験しながら一度も負けたことがないという伝説的な武将である。その道灌が戦嫌いとは、どういうことなのであろう……興味を引かれて、新九郎が質問する。

「わが主の望みは、この世から戦をなくすことなのです。戦になれば、民が苦しむことになる。平穏で戦のない世になれば、家を焼かれたり、作物を奪われることもなくなる。しかし、この世には欲深い者が多いので、戦をなくすのは容易なことではない。それ故、わが主は欲深い者たちを滅ぼすために戦をしなければならないのです」

「つまり、この世から戦をなくすために戦をしているということですか？」

「そうです」

星雅がうなずく。

「……」

新九郎が黙り込んだのは、三河で救った母子を思い出したからである。悪辣な領主にすべての作物を奪われたために村人たちが飢え、追い剥ぎと化して集団で旅人を襲っていた。それでも飢えを癒やすには足りないので、ついには、力のない女子供を殺して食らうようなことをしていた。

「どうなされた？」

突然、新九郎が黙り込んだので、星雅が怪訝な顔で訊く。

「実は……」

新九郎は、三河で目の当たりにした、この世の地獄について語った。

「そのようなことが……」

「なぜ、あのような酷いことができるのか。それがわかりません」

「新九郎殿、人というのは、生まれながらにして人なのではない。生まれたときは獣と何も変わらないのだ。多くを学び、様々な知恵を身に付けることで人となるのですよ」

「は？」

星雅の言葉の意味がわからず、新九郎が小首を傾げる。

「では、学問とは何だと思いますか？　いや、何のために学問があるのか、と訊いた方がよいかもしれぬが」

「学問とは何か……？」

「難しいことではないのですよ。わたしは、こう思うのです。学問とは、人間は獣とは違うのだと教えるものである、と。人は人を食ってはならぬ。人は人を殺してはならぬ。人は自分の親や兄弟とまぐわってはならぬ。そういう当たり前のことを当たり前のことだとわからせることが学問なのではないかと思うのです。それは難しい書物などを読んで学ぶことではない。親が子に伝えればよいだけのことです。ところが、頭ではわかっていても、時として、この当たり前のことを忘れてしまうことがある。新九郎殿が三河で見たという人殺しどもにしても、生まれながらの悪人ではありますまい。飢えて、ひもじくて、人の心をなくしてしまった哀れな者たちに過ぎぬのです」

「では、誰が悪いのですか？」

「その土地の領主が悪いと言ってしまえば簡単だが、それも違いますな。その領主が作物を根こそぎ奪い取るのは、そうしなければ戦ができぬからでしょう。兵を食わせなければならぬからです」

「つまり、戦が悪いのだと？」

「そういうことになりますな」

「不思議な話を聞かせてもらった気がします」

「偉そうなことを申しましたが、わが主の受け売りでしてな」

「道灌殿の？」

「わが主も新九郎殿と同じように学問好きで、書物を読むことを何よりも愛します。幼い頃、鎌倉で学問を始めてから、今に至るまで片時も書物を手放したことはありませぬ」

「八幡山でも書物を読み耽《ふけ》っておられるのですか？」

「さよう。書物を読みながら、機が熟するのを待っております」

「それは、どういう……？」

「新九郎殿、先程も申しましたが、人というのは欲深いものです。欲と欲がぶつかれば争うしかない。戦で決着させることになる。それを避けようとするのなら、己の欲を抑え、相手に譲ることも考えねばなりませぬ」

「しかし……」

「待たれよ」

星雅が新九郎を制する。

「なるほど、今川の家督をふたつに分けることはできぬ。当主の座はひとつしかない。だが、知恵を絞れば、ひとつのものをふたつに分けることもできぬことではないはず。双方が己の欲を抑え、少しずつ相手に譲ればよいのです」

「相手に譲る……？」

新九郎がつぶやく。

「考えなさいませ」

星雅が立ち上がる。

「わが主は、常々、こう申します。考えよ。答えが見付かるまで考えよ、と」

「答えが見付からぬときは？」

新九郎が訊く。

「そのときは……」

星雅が口許に笑みを浮かべる。

「戦になりますな」

六

（己の欲を抑え、相手に譲る……）

星雅が帰ると、新九郎は離れに戻り、一人きりで思案を始める。龍王丸派と範満派は今川の家督を巡って一触即発の状態だ。どんな和解案が成立するというのか……新九郎にはわからない。

（答えが見付かるまで考えよ……それが道灌殿の教えだというが……）

新九郎は結跏趺坐《けっかふざ》の姿勢を取り、臍《へそ》の前で印を結ぶ。呼吸を調え、半眼になり、視線を少し先の板敷きに落とす。心に迷いが生じたときは、一旦、座禅することで心の中を空っぽにして、それから改めて思案を重ねるのが新九郎のやり方だ。

一刻（二時間）ほど座禅を組んだ。

雑念を払うことはできたものの、まだ答えは見付からない。

（どうすればお互いに欲を抑えつつ、何とか納得できる話し合いを行えるのか……）

龍王丸派の優位点は血筋の正統性だ。龍王丸は義忠の正室が産んだ子であり、義忠が生きている頃から嫡男の地位を占めていた。常識的に考えれば、龍王丸が家督を継ぐのが当然であろう。

範満派は、幼児が家督を継いでも駿河の混乱を鎮めることなどできぬし、周辺国の侮りを受けて、領地を奪われてしまう、と主張する。その主張に説得力があるから朝比奈や三浦といった重臣たちまでが龍王丸を見限って範満を支持しているのだ。

（ふうむ、難しい……）

どちらかが一方的に正しいとか間違っているとかいう問題ではない。どちらの言い分にも理がある。一長一短なのだ。どこまで行っても双方の主張は平行線を辿るだけで、最終的には合戦で決着をつけるしかなさそうな気がするものの、新九郎としては、それだけは避けねばならない。なぜなら、戦になれば龍王丸派には勝ち目がないからだ。どう見ても劣勢なのである。道灌が龍王丸に味方してくれれば別だが、その道灌の軍配者・星雅が、

「今川の家督をふたつに分けることはできぬ。当主の座はひとつしかない。だが、知恵を絞れば、ひとつのものをふたつに分けることもできぬことではないはず。双方が己の欲を抑え、少しずつ相手に譲ればよいのです」

などと不可解なことを言う。

不可解ではあるものの、道灌も戦を望んでいないことはわかる。

それは新九郎も同じだ。それ故、何とか答えを見付けねばならない。それ以外に龍王丸が生き延びる術がないからだ。

夜が明ける頃、ひとつの妙案を思いついた。

いや、果たして妙案と言えるかどうか……龍王丸派にとっても、範満派にとっても決して満足できる提案ではないはずだ。

しかし、双方が譲り合わなければ和解などできるはずがない。そういう意味では、ぎりぎりの折衷案のような気もする。

新九郎は保子への目通りを願った。幼い龍王丸には判断力がない。龍王丸の進退は保子が判断することになる。

「新九郎、どうしたのですか、こんなに早くから」

「お人払いを」

保子のそばには常に侍女が控えている。人払いして二人きりになると、新九郎は自分の考えを保子に伝えた。次第に保子の顔色が悪くなってくる。新九郎の話が終わると、しばらく保子は黙り込んだが、やがて、

「他に策はないのですか？」

と訊いた。

「ありませぬ」

「断れば、どうなりますか？」

「話し合いで決着できなければ、戦になります」

「戦に……。勝てますか？」

「勝てませぬ」

新九郎が首を振る。

「和解を勧めてくれたのは太田道灌殿の軍配者です。道灌殿を味方にしなければ……」

「戦に負ける。負ければ、どうなりますか？」

「……」

新九郎は、じっと保子の目を見つめる。

「わかりました」

ふっと小さな溜息を洩らして、保子がうなずく。戦になれば、龍王丸派に勝ち目はない。負ければ、龍王丸は殺される……そういう意味が保子にも伝わったのだ。

保子の許しを得た新九郎は、九島源右衛門と三郎兵衛父子を呼び、和解案について説明した。二人は大いに驚いたものの、その提案が星雅から為されたものだと知ると、

「なるほど、そうする以外に道はないのかもしれませぬな」

と、案外、簡単に納得した。二人とも今の苦境をよく理解しており、このままでは範満派の圧力に屈するしかないとわかっているのだ。


小鹿範満、上杉政憲、太田道灌の三者に対して直ちに今川館から使者が発せられた。

その使者は、将軍・義尚の名代、伊勢新九郎の名で記された書状を持参した。和解について話し合いたいという内容で、話し合いの場所には浅間《せんげん》神社を指定した。範満派は騙し討ちを警戒するだろうから、駿河の民から信仰されている浅間神社で話し合いを行うことにしたのである。神域を血で汚すようなことをすれば龍王丸派が糾弾されるからだ。

小鹿範満、上杉政憲の二人は、この提案に乗り気ではなく返事を渋ったが、太田道灌が承知したと知るや、即座に参加を決めた。道灌と龍王丸派の結びつきを警戒したのである。

翌日、浅間神社の境内に、和解についての話し合いの場が設けられた。伊勢新九郎、太

田道灌、上杉政憲、小鹿範満、九島源右衛門の五人が出席することになっている。龍王丸は幼いし、こういう場に女性が出るのも普通ではないから、その代理ということで源右衛門が出席している。

もっとも、新九郎は幕府を代表しているとはいえ、実際には龍王丸派といっていいから、源右衛門は新九郎の指図に従うことになっている。

(この程度の男か……)

席に着いた小鹿範満を見て、新九郎は、意外な感じがした。今川の家督を簒奪《さんだつ》しようと企むほどだから、よほどの悪人面をしているのだろうと想像していたが、小太りで色白、気の弱そうな顔をしている。年齢は新九郎よりいくらか上に見えるから、二十代半ばほどであろう。顔色が悪く、目に落ち着きがない。こんな神経質そうで、線の細い感じの男が姉と甥を窮地に追い込んでいるのかと思うと、腹の底からふつふつと怒りが湧いてくる。

しかし、範満の隣に坐る上杉政憲は、肉厚で脂ぎった、絵に描いたような悪人面である。目つきが鋭く、いかにも腹に一物ありそうな感じだ。上杉政憲が裏で操っていると考えれば、範満が今川の家督簒奪を企んだのもうなずける。

最後に姿を見せたのが太田道灌だ。

(これが道灌か……)

新九郎は、じっと道灌を見つめる。日焼けして黒ずんだ皮膚、端整で彫りの深い顔立ちだ。それほど大柄ではないが、手足に筋肉がついて引き締まった体つきをしている。四十五歳だが、実際の年齢よりも若く見える。

「お揃いになられましたので、話し合いを始めさせていただきます。身共は……」

身共は伊勢新九郎と申し、将軍家より、今川の家督を巡るいざこざを鎮めるように命じられてきました、と挨拶する。

「公方さまなら堀越にもおられる。堀越の公方さまは、幼子を当主に据えるのでは、駿河が乱れるのではないかと憂えておられるのだ」

上杉政憲は言い、京都の公方さまは、どのような裁きをするつもりなのですかな、と挑戦的な目で新九郎を睨む。

「正嫡であられる以上、龍王丸さまが家督を継ぐべきだと考えておられます」

「話にならぬ」

小鹿範満が薄ら笑いを浮かべる。

「そんなことを言うために、わざわざ、われらを呼び集めたのですかな？」

上杉政憲が腰を浮かそうとする。

「龍王丸さまが家督を継ぐべきだとはいえ、まだ六歳。その幼さでは、戦に出ることもできず、政を行うこともできませぬ……」

それ故、龍王丸さまが元服するまで小鹿範満殿に駿河の仕置きを任せたいと思うが如何でありましょうや、と新九郎が言う。

「何ですと？」

浮かしかけた腰を下ろして、上杉政憲が新九郎を見る。

「よきお考えでござる！」

それまで黙りこくっていた道灌が膝を叩いて大きな声を発する。上杉政憲と小鹿範満が驚いたように道灌を見る。

「それならば駿河はひとつにまとまることができましょうし、外敵に侮られることもない。家督を巡って争う必要もなくなる」

「し、しかし……」

小鹿範満が血の気の引いた顔で反論しようとする。それを上杉政憲が制し、

「なるほど、よきお考えですな」

突如として態度を変え、道灌に同調する。政憲は道灌の恐ろしさをよく知っている。道灌を敵に回して戦えば、まず勝ち目はないのだ。

「ならば、賛成して下さいますか？」

新九郎が身を乗り出す。

「いいでしょう。しかしながら、仕置きを任すと言われるのであれば、御館に住まわせてもらわねばなりませぬぞ。よろしいでしょうな？」

政憲が図々しいことを言い出す。

「……」

新九郎が黙り込む。そこまでは考えていなかった。代々、今川館には今川家の当主が住んできた。そこに住んで政治を行うことになれば、たとえ家督を継いでいなくても、小鹿範満こそが駿河の支配者だと世間は思うであろう。六歳の龍王丸が元服するのは、普通に考えれば、七年や八年は先である。その間に小鹿範満が支配者としての既成事実を積み重ねていけば、龍王丸が支配権を取り戻すことは難しくなってしまう。

「お待ち下さいませ、それでは……」

九島源右衛門が口を開く。頬が紅潮している。かなり腹を立てているようだ。

「住むところなど、どこでもよいではありませぬか」

道灌が大きな声を出して源右衛門の発言を封じ、のう、そう思われぬか、伊勢殿、と新九郎を見る。その目には、

(命さえあれば、どこに住んでも同じこと。まずは命を長らえる術を見付けることが肝要ですぞ)

という意味が込められている。

それは新九郎にも伝わった。

「九島殿」

新九郎が源右衛門を見て、小さくうなずく。おとなしく口をつぐんでいろ、という合図だ。源右衛門が渋い顔で黙り込む。何事であれ、新九郎の指図に従うように、と保子から指示されていたからだ。

「では、そのように」

新九郎が言うと、

「さようか」

そんな条件を飲むはずがないと思っていたのに、意外とあっさり承知したので、上杉政憲は拍子抜けした顔になる。

もちろん、それならそれで構わない。今川館に腰を据えて政治を行うことになれば、家督を継いだのと変わらないからだ。龍王丸はお飾りに過ぎなくなるし、龍王丸派が妙な動きをすれば、そのときは龍王丸を殺してしまえばいい……そんなことを考え、これならば悪い条件ではない、と満足した。

「……」

源右衛門は口をへの字に曲げ、怒りを抑えた表情で目を瞑っている。その顔を見れば、この条件が龍王丸にとって、かなり不利なものだということが一目瞭然である。

「これは、めでたい。事を荒立てることなく、丸く収まりましたな」

わははは、と道灌は笑うが、すぐに笑いを消して、

「言うまでもないことではござるが、約束を違《たが》えれば、戦を覚悟しなければなりませぬ。そのときには、わしは約束を違えた者と一戦交える覚悟でござる。この場でしかと申し上げておきたい」

道灌は、一同の顔をじろりと睨《ね》め回す。

（これは大した男だ……）

新九郎は、その迫力に驚き、感動すら覚えた。

つまり、道灌は、この約束を破れば、おれが相手になるぞ、と他の者たちを脅しているわけである。道灌と戦をして勝てる者はいない。関東では無敵の男なのだ。自分が生きた伝説であることを十分すぎるほど自覚した上で相手を恫喝する……その傲慢さに腹を立てるのではなく、むしろ、一種の爽快感すら感じて、新九郎は感動したのだ。

話し合いが終わると、上杉政憲と小鹿範満はそそくさと引き揚げた。九島源右衛門も、このことを急いで知らせなければなりませぬ、と今川館に帰っていった。あとには新九郎と道灌が残った。

道灌は悠然と茶を啜《すす》りながら、

「伊勢殿は……いや、新九郎殿は源氏がお好きだそうですな。星雅がそう申しておりましたぞ」

「都にいるとき、他にすることもないので御所の書庫に籠もって手当たり次第に読み散らしていたに過ぎませぬ」

「源氏はとてつもなく長い物語だが、全部、お読みになられたか?」

「二度、最後まで読みました」

「ほう、二度も……。それは大したものだ。して、新九郎殿は、源氏のどのあたりがお好きかな?」

「どこを取っても面白いと思います。だから、一度だけでなく二度までも読んだわけですし……。しかし、敢えて言うのならば、光源氏《ひかるげんじ》が隠れ、息子の薫《かおる》の物語が始まってからが面白いと思いました」

「おお、宇治の物語ですな」

道灌がパッと明るい表情になり、目を輝かせる。

「実は、わしもあれが好きでしてなあ。新九郎殿は、どこが気に入られた?」

「光源氏の物語も面白いのですが、どうも生身の人間の物語のような気がしません。作り物めいているというか、あのような人間は、どこにもおるまいという気がするのです。しかし、薫はそうではない。人というのは、薫のように悩んだり苦しんだりするものですから、とても身近な感じがします。それに匂宮《におうみや》との関わりも面白いですね」

新九郎が言うと、道灌は、わははは、と愉快そうに笑い、

「神域なので遠慮していたが、酒がほしい。酒でも飲みながら宇治の物語について、もっ

と語り合いたいものよ。関東には、命知らずの荒くれ者は多いが、源氏を繙《ひもと》くような者は滅多におらぬ。戦をするつもりでやって来た駿河で、しかも、和睦の話をした後でまさか源氏を語り合えるとは思わなかった。いやあ、愉快、愉快……」

それから道灌と新九郎は、『源氏物語』の最後の部分、世に言う「宇治十帖」について心ゆくまで語り合った。

七

その夜……。

新九郎が寝ていると、

「兄者、大変だぞ！」

弥次郎が部屋に走り込んできた。

「こんな夜中に何事だ……」

珍しいことだが、新九郎はあまり機嫌がよくなかった。いかにして龍王丸が生き延びられるようにするか、そのことばかりを考え続け、今日になって、ようやく範満派と和睦することに成功した。緊張感が一気に緩み、これまで蓄積されていた疲れがどっと溢れてきた。それで泥のように眠りこけていたのだ。そこを叩き起こされたのだから機嫌がいいはずがない。

「館が軍兵に囲まれているぞ」

「何だと！」

新九郎が跳び起きる。着替えする間も惜しんで母屋に駆けていく。すでに廊下には紙燭が灯され、広間には九島源右衛門、三郎兵衛父子の姿も見える。

「どういうことだ？」

「道灌めに謀《はか》られましたな」

源右衛門が苦い顔をする。

「まさか道灌殿の兵が館を囲んでいるというのか？」

「間違いありませぬ」

三郎兵衛がうなずく。

「数は？」

「ざっと五百。全軍を引き連れて八幡山を下ってきたに違いありませぬぞ。くそっ、抜かったわ。浅間神社での約束を信じ、泊まり込んでいた兵を領地に帰してしまった。これでは戦いようもない」

源右衛門が歯軋《はぎし》りする。

「こちらの数は？」

新九郎が三郎兵衛に訊く。

「三十人というところでしょう」

「わしら八人を合わせても四十に足りぬのか……」

新九郎が拳を握り締める。十倍以上もの敵が相手では戦いようもない。堀に囲まれているとはいえ、今川館は大して堅固ではない。堀を渡って、土塀を乗り越えられてしまえば、もはや防ぎようはないのだ。いや、そもそも戦名人と呼ばれる道灌が相手では、たとえ兵力が互角でも勝ち目はないであろうし、まして道灌の十分の一にも足りないのでは降伏する以外に道はない。

「しかし、なぜ、道灌殿が今になって攻めてくるのだ？」

それが新九郎にはわからない。

「堀越の公方さまに恩を売るつもりなのかもしれませぬな」

三郎兵衛が言う。

「ああ、そういうことか……」

浅間神社の話し合いでは、新九郎の提示した条件に上杉政憲も小鹿範満も満足していたように見えたが、後になって、

「龍王丸が元服するまで駿河の仕置きを任せ、今川館も譲るというのなら、わしが駿河の守護になるのと同じではないか。面倒なことをせず、いっそ、龍王丸を殺してしまう方が話は早い」

そう範満が考え、上杉政憲と相談して、道灌の心が動くような好条件を示した。その結果、道灌が龍王丸の首を奪いに攻めてきた……そう考えると辻褄《つじつま》は合う。上杉政憲に恩を売るのは堀越公方に恩を売るのと同じことだし、範満に恩を売れば、これから先、駿河に大きな影響力を持つことができる。なるほど、道灌にとっても悪い話ではないであろう。

(そんな人間には思えなかったが……)

道灌と「宇治十帖」について熱く語り合ったことを思い出し、自分には人を見る目がないのか、と新九郎は臍《ほぞ》を噬《か》んだ。

「兄者、どうするんだ？」

いつの間にか新九郎のそばには弥次郎だけでなく、門都普や弓太郎ら、京都から供をしてきた仲間たちが集まっている。

「龍王丸さまをお守りする。決して敵の手には渡さぬ。おれと一緒に死んでくれるか？」

新九郎が訊くと、皆は黙ってうなずいた。

八

新九郎たち八人、それに源右衛門や三郎兵衛らは武装して、保子や龍王丸がいる部屋の前に陣取った。敵の数が多すぎて、もはや、館全体を守ることは不可能だから、龍王丸だけを守ることに決めたのだ。守るといっても、四十人にも足らぬ数である。道灌の兵が館に乱入すれば、どうにもならない。皆殺しにされるのは時間の問題であろう。道灌が降伏を勧告する使者を送ってくれれば、それを受け入れざるを得ないと覚悟したが、何の働きかけもない。それは龍王丸を助命するつもりなどないという道灌の意思表示に違いなかった。

「新九郎さま」

「ん?」

振り返ると、龍王丸の乳母が襖《ふすま》を少し開けて新九郎を見つめている。保子が呼んでいるという。

「わかった」

新九郎が奥に入ると、保子が姿勢を正して坐っている。部屋の中は薄暗いが、それでも保子が真っ青な顔をしていることが新九郎にもわかる。

保子の傍らで、栄保と龍王丸が健やかな寝息を立てて眠っている。この幼い命を奪おうとして軍兵が館を取り囲んでいることがやるせなく、新九郎は胸が痛んだ。

「お願いがあるのです」

保子は静かな口調で言う。

「……」

思い詰めたような真摯な表情を見て、新九郎は保子が何を考えているのか察した。ごくりと生唾を飲み込んでから、

「いけませぬ」

と首を振る。

「生きて辱《はずかし》めを受けることなどできませぬ。それに……」

保子の目から一筋の涙が頬を伝い落ちる。

「娘や息子が敵の手にかかるところなど、母として見ていることはできませぬ。どうか、どうか、お願い申し上げまする……」

保子が崩れるように板敷きに手をつき、頭《こうべ》を垂れて懇願する。その姿を見て、新九郎の目にも涙が溢れる。二人は言葉を発することなく静かに泣き続ける。

やがて、新九郎は袖で涙を拭うと、

「わかりました。万が一、敵が迫って、どうしようもなくなったときには、龍王丸さまを雑兵の手にかけさせたりは致しませぬ。わが手で……」

「おまえにこんなことを頼むことになろうとは……」

ひとしきり保子が泣く。

「……」

新九郎は、保子を慰められるような言葉を見付けることができず、じっと黙り込むしかなかった。

九

それから新九郎と保子は、まんじりともせず、言葉を交わすこともなく、時が過ぎるのを待った。

（なぜ、道灌は館に攻め込んでこないのか？）

それが新九郎には不思議だったが、道灌のことだから慎重になっているのだろうと思った。

夜明け前、

「兄者」

隣室にいた弥次郎が呼びかける。

その言葉に、保子はびくっと体を震わせる。

（いよいよ、そのときが来たか）

という顔だ。もはや、観念しているのか、さほど驚いた様子ではない。

「攻め込まれたか？」

「いや、そうじゃない……」

弥次郎が首を振り、敵が引き揚げていくようだ、と言う。

「何だと？」

新九郎は部屋を飛び出し、外に出た。九島源右衛門や三郎兵衛もいる。

「敵は？」

「潮が引くように姿が見えなくなりました」

三郎兵衛も困惑顔だ。

「道灌のことだ。罠ではないのか？」

源右衛門は疑わしそうな顔をするが、

（そうではない）

と、新九郎は思う。この期に及んで罠を仕掛ける必要などない。十倍以上の兵力で館を包囲していたのだから真正面から攻め込めばいいだけのことだ。

（何があった？）

それが新九郎にはわからない。

「誰か来る」

弥次郎と弓太郎が門のそばに駆けていく。

やがて、墨染めの衣をまとった男を従えて戻ってくる。星雅だ。

「おう、新九郎殿」

星雅が人懐こい微笑みを浮かべる。

「これは、いったい、どういうことなのですか！」

新九郎が声を荒らげる。

「そのように興奮なさることはない。もう終わりました」

「終わった？　何が終わったというのですか」

「上杉と小鹿の兵が引き揚げたということです」

「は？　上杉と小鹿……？　それは、どういう意味です？」

今川館を包囲していたのは道灌の兵ではないか。どこに小鹿範満派の兵がいたというのか……新九郎が怪訝な顔になる。

「やはり、気が付いていなかったのですか。そうだとすれば、危なかった。わが主の勘が当たりましたな……」

星雅の説明は、こうである。

浅間神社で和睦の約束をしたものの、道灌は上杉政憲と小鹿範満を完全に信じたわけではなかった。

特に上杉政憲を疑った。

用心のために政憲が布陣する狐ヶ崎を見張らせていたところ、日暮れ前から兵の動きが急に慌ただしくなった。和睦が成立したから陣を払うというのなら、何も暗くなるのを待って始めることはない。

しかも、兵たちは晩飯の支度だけでなく、弁当の用意まで始めた。それを知った道灌は、政憲が小鹿範満と呼応して兵を動かし、今川館を夜襲するつもりだと見抜いた。

それ故、道灌は直ちに八幡山を下り、今川館に急行したのである。

「では、道灌殿の兵が館を囲んだのは……？」

「もちろん、上杉勢から龍王丸さまをお守りするためでございまする。わが主は、申しませんでしたか？　約束を違えた者と一戦交える覚悟である、と」

「それは確かに伺いましたが……」

ならば、なぜ、黙って館を囲むような真似をしたのか。事情を知らせてくれれば、こちらも安心できたものを……と新九郎が咎《とが》めるような言い方をすると、

「それはできぬこと」

星雅が首を振る。

範満派が攻めてくることを新九郎に告げれば、当然、新九郎は道灌と共に戦おうとしたであろうが、それは道灌の望むところではない。道灌とすれば、自分の決意と覚悟を範満派に知らしめればそれでよく、できれば戦などしたくないのが本音なのだ。

実際、範満派の兵が今川館に迫ったが、すでに道灌の軍勢が囲んでいるのを見ると、そこで停止し、上杉政憲が使者を送ってきた。道灌の意思を確かめるためである。

その使者に道灌は、

「約束を違えた者と戦う」

という覚悟を告げた。それでも範満派の軍勢は動こうとしなかったが、半刻（一時間）ほど前、ようやく退却を始めた。上杉政憲の軍勢も狐ヶ崎に帰り始めたので、道灌も兵を退くことにしたのだという。

「わが主からの忠告なのですが……」

明日か明後日には、道灌は八幡山の陣を払って帰国するつもりでいる。ついては、龍王丸さまも、早々に今川館を立ち退くべきであろう、というのだ。

「なるほど……」

新九郎がうなずく。星雅の言いたいことはよくわかる。つまり、道灌が去った後に、またもや範満派が悪巧みをしても今度は誰も助けてくれないぞ、今のうちに安全な場所に逃げろ……そう言いたいのに違いなかった。

「お心遣いに感謝します。道灌殿にもよろしくお伝え下さいませ」

新九郎は深々と頭を下げた。道灌と星雅のおかげで、新九郎も保子も龍王丸も、都からついて来た仲間たちも、九島父子も今も生きていられるのだ。どれほど感謝しても十分ということはない。

それを裏返して考えれば、和睦が成立したとはいえ、依然として龍王丸は危険な状態に置かれていて、ぼんやりしていると、いつ命を奪われるかわからないということでもある。

「わが主は、新九郎殿に会えたことをたいそう喜んでおりました。二人で源氏について語り合えたことが、よほど楽しかったようです。また、どこかでお目にかかりたいと申しておりました」

「こちらこそ、とても興味深いお話を伺えて嬉しかったとお伝え下さい」

「龍王丸さまが館を出られたら、新九郎殿は都にお戻りになるのですな？」

「はい。どのような始末をつけたか、将軍家にお知らせしなければなりませぬので」

「そうですか。わたしも、新九郎殿に会えてよかった。都に戻って、大徳寺を訪ねることがあれば、どうか宗哲さまにもよろしくお伝え下さいませ」

「承知しました。必ず伝えます」

新九郎がうなずく。

十

保子と龍王丸を今川館から連れ出し、安全な場所に移動させると、新九郎は都に戻らなければならなかった。できることなら、ずっと付き添っていたかったが、将軍の名代として駿河にやって来たので、混乱が鎮まれば、どういう裁きをつけたのか、都に戻って将軍に説明しなければならない。

「ありがとう、新九郎。どれほど感謝の言葉を口にしても、わたしの気持ちをすべて伝えることはできぬほどです」

保子は新九郎の手を取って礼を述べた。

「……」

新九郎は黙ってうなずいた。

ここ何ヶ月か、ずっと保子は不安にさらされていたはずだ。わが子の命を狙われていたのだから当然だ。範満派と和睦することで、ようやく緊張を緩めることができたのである。それがわかっているから、新九郎は、保子を不安にするようなことを口にできなかった。和睦したと言っても、それは火種を先送りしたに過ぎない。龍王丸が元服するまで、小鹿範満が政を執り行うことになっているが、いざ、龍王丸が元服したからといって範満が素直に権力の座を譲るとは考えられない。龍王丸を亡き者にしてしまえば……という悪巧みをしないとも限らない。いや、必ず、悪巧みをするであろう。いつ刺客が送られてくるかわからないのだ。そういう懸念を保子に直に伝えるのはためらわれたので、新九郎は九島源右衛門と三郎兵衛父子に話をした。

「それは承知しております」

源右衛門は、郎党たちを使って龍王丸の身辺警護を厳重にするつもりだと言い、三郎兵衛は、万が一、範満派に攻められるような事態に陥ったら、龍王丸を船で他国に逃がす手筈を調えると約束した。

九島一族だけで龍王丸を守れるのか、という不安はあったものの、源右衛門と三郎兵衛を信頼して、新九郎は駿河を去らなければならなかった。

保子には、

「何かあれば、すぐにまた駆けつけますぞ」

と約束した。

無事に帰京した新九郎の姿を見て、義父の伊勢時貞と叔父の貞道は落胆した。駿河で新九郎が死ぬことを期待していたのだ。

実父の盛定と共に御所に赴き、伊勢氏本家の主、政所執事である貞宗に挨拶をしたが、貞宗は終始浮かない表情で、駿河情勢に関して新九郎から説明されても、心ここにあらずという感じだった。貞宗もまた新九郎は駿河で死ぬものと決めてかかっていたのだ。新九郎は都の有力者たちに憎まれている。貧民たちに炊き出しをするために土倉を襲い、米を奪ったからだ。新九郎を駿河で死なせることで、有力者たちと折り合いをつけるつもりでいたのに、新九郎が生きて帰ってきたのでは、また面倒なことになりかねない。

(どうしたものか……?)

貞宗にも、いい知恵が浮かばない。

とりあえず、将軍・義尚に挨拶させることにした。

広間には将軍・義尚だけでなく、母の日野富子も現れた。

新九郎のことが好きでたまらない義尚は、新九郎の顔を見て無邪気に喜んだ。将軍とはいえ、まだ十二歳の少年に過ぎないから、難しい政治の話はわからないし、なぜ、新九郎が駿河に行かなければならなかったのかという事情も理解していない。

富子は、そうではない。新九郎の無事な姿を見て喜びつつ、

（このままでは殺される……）

と、わかっている。それで、

「このたびは大義であった。家督を巡る今川のいざこざを見事に鎮めましたな」

と、富子は新九郎の手腕を賞賛し、義尚の口から、

「申次《もうしつぎ》となることを命ずるぞ」

と言わせた。

「え？」

と思わず声を発したのは貞宗であった。まったく予想していないことだったからだ。

「よいな」

念押しするように富子が貞宗を見る。

「は」

貞宗としては畏まって承《うけたまわ》らざるを得ない。富子の意図は、はっきりと伝わった。帰京

したばかりの新九郎を申次衆に任ずることで、新九郎を守ろうというのだ。いかに有力者たちが新九郎を憎んでいるとしても、将軍の側近には、そう簡単に手出しできないからだ。

(まあ、それなら、それでよいわ)

今までは新九郎を何とかせよ、と貞宗自身が矢面に立って責められていたが、これからは、富子と義尚のせいにして言い逃れすることができる。

十一

義尚の申次衆となった新九郎は、マメに御所に出仕して地道に仕事に励むようになった。

口の悪い海峰などは、

「似合わぬ、似合わぬ」

と顔を顰めたが、新九郎は、そうは思わなかった。

(身の丈に合ったことをすればよい)

という考えで、与えられた仕事をこつこつこなし、支給される俸禄米《ほうろくまい》を使って、細々と炊き出しも続けた。都の至る所に行き倒れの死体が無造作に遺棄され、飢えた貧民がさまよい歩いている……そういう現状を目の当たりにすれば、自分のしていることに空しさを感じないではなかったが、無理をすると必ず反動が出ることを思い知らされたので、自分にできることを続けていくしかないと納得している。

公務の合間には大徳寺に足を運んだ。座禅することで精神を鍛錬しつつ、兵書の類を読み漁《あさ》った。何かの役に立つと思ったわけではない。面白いから読んだだけのことである。

駿河から京に戻って九年。三十歳になったとき、新九郎は再婚した。

義尚の申次衆として次第に重きをなすようになり、いつまでも独り身でいるわけにいかなくなったのだ。相手は小笠原政清の娘・真砂である。真砂は何年も前に他家に嫁いだが、半年も経たぬうちに夫が病死し、まだ子供もいなかったので実家に戻されていた。

新九郎と小笠原政清は親しい間柄で、お互いの屋敷をよく行き来していたし、新九郎の亡くなった妻・伽耶と真砂は従姉妹同士で仲がよかったから、新九郎と真砂も気の置けない仲だった。父の盛定から再婚を勧められたとき、新九郎が真砂以外の女性を妻にすることなど考えられなかったのは当然であった。真砂は二十九歳、当時とすれば大年増で、しかも、出戻りだったが、新九郎は気にしなかった。二人の仲は睦まじく、結婚した翌々年には長男が生まれた。嫡男には父親の幼名を与えるのが習わしだから、それに従えば、「鶴千代丸」と名付けることになるが、新九郎は迷った。伽耶との間に生まれた子に、そう名付けたからだ。まだ赤ん坊のうちに赤斑瘡《あかもがさ》で亡くなったが、新九郎の心から記憶が消えたわけではない。何日も思案を重ねた揚げ句、

「この子は『千代丸』と名付けようと思う。どうしても『鶴千代丸』とは呼べぬ。許して

くれ」

新九郎は真砂に頭を下げた。

「よいのです。お気持ちはよくわかっております」

真砂は、にこやかにうなずいた。


そのまま何事もなければ、平穏で幸せな日々が続いたかもしれない。

しかし、関東から届いたひとつの知らせが新九郎の人生を大きく変えることになる。

太田道灌が暗殺されたというのだ。

文明十八年（一四八六）七月のことである。

今川の家督を巡る内紛が生じたとき、龍王丸派と範満派が和睦できたのは、太田道灌という保証人がいたからである。和睦を破った者とは一戦を辞さずという覚悟を道灌が示したから、これまで和睦が保たれ、駿河は鎮まっていたのだ。和睦の条件は、龍王丸が元服するまでは小鹿範満が政を行い、元服したら龍王丸に政を任せるというものだ。今では龍王丸も十六で、元服するには遅すぎるくらいの年齢になっている。和睦の約束を果たさなければならないときに道灌が死んだことは範満派にとっては勿怪《もっけ》の幸いと言うしかない。

逆に言えば、龍王丸にとっては、これほど危険なことはない。

（駿河に行かねばならぬ……）

新九郎は決意を固めた。

三十一歳にして、新九郎の人生は大きく動き出すことになる。

（『北条早雲2　悪人覚醒篇』へ続く）

単行本　二〇一三年十一月　中央公論新社刊

中公文庫

北条早雲《ほうじょうそううん》1
——青雲《せいうん》飛《ひ》翔《しょう》篇《へん》

2020年2月25日　初版発行

著　者　富《と》樫《がし》倫《りん》太《た》郎《ろう》

発行者　松田陽三

発行所　中央公論新社
〒100-8152　東京都千代田区大手町1-7-1
電話　販売 03-5299-1730　編集 03-5299-1890
URL http://www.chuko.co.jp/

DTP　嵐下英治
印　刷　三晃印刷
製　本　小泉製本

Published by CHUOKORON-SHINSHA, INC.
Printed in Japan　ISBN978-4-12-206838-4 C1193

乱世の梟雄《きょうゆう》と呼ばれし

第三弾 北条早雲3 相模侵攻篇

伊豆討ち入りを果たし、僧形になったものの出陣の日々は終わらない。小田原攻めに動き、いよいよ東進を画する緊迫の展開！

第四弾 北条早雲4 明鏡止水篇

茶々丸との最終戦と悲願の伊豆統一、再びの小田原攻め、そして長享の乱の終結……己の理想のため鬼と化した男に、安息はない！

第五弾 北条早雲5 疾風怒濤篇

三浦氏打倒のため、苦悩の末に選んだ最終手段……血みどろの決戦は、極悪人の悲願を叶えるか。シリーズ、いよいよ完結！

各書目の下段の数字はＩＳＢＮコードです。978－4－12が省略してあります。

中公文庫既刊より

と-26-13
堂島物語1　曙光篇
富樫倫太郎

米が銭を生む街・大坂堂島。十六歳と遅れて米問屋へ奉公に入った吉左には「暖簾分けを許され店を持つ」という出世の道は閉ざされていたが――本格時代経済小説の登場。

205519-3

と-26-14
堂島物語2　青雲篇
富樫倫太郎

山代屋へ奉公に上がって二年。丁稚として務める一方、幕府未公認の先物取引「つめかえし」で相場師としての頭角を現しつつある吉左は、両替商の娘・加保に想いを寄せる。

205520-9

と-26-15
堂島物語3　立志篇
富樫倫太郎

念願の米仲買人となった吉左改め吉左衛門は、自分と同じく二十代で無敗の天才米相場師・寒河江屋宗右衛門の存在を知る――『早雲の軍配者』の著者が描く経済時代小説第三弾。

205545-2

と-26-16
堂島物語4　背水篇
富樫倫太郎

「九州で竹の花が咲いた」という奇妙な噂を耳にした吉左衛門は西国へ飛ぶ。やがて訪れる享保の大飢饉をめぐる米相場乱高下は、ビジネスチャンスとなるか、破滅をもたらすか――。

205546-9

と-26-17
堂島物語5　漆黒篇
富樫倫太郎

かつて山代屋で丁稚頭を務めた百助は莫大な借金を抱え、お新と駆け落ちする。米商人となる道を閉ざされ、行商人に身を落とした百助は、やがて酒に溺れるが……。

205599-5

と-26-18
堂島物語6　出世篇
富樫倫太郎

川越屋で奉公を始めることになった百助の息子・万吉は、手代たちから執拗な嫌がらせを受ける。『早雲の軍配者』の著者が描く本格経済時代小説第六弾。

205600-8

と-26-32
闇の獄（上）
富樫倫太郎

盗賊仲間に裏切られて死んだはずの男は、座頭組織の長に拾われて、暗殺者として裏社会に生きることに！『ＳＲＯ』「軍配者」シリーズの著者によるもう一つの世界。

205963-4

各書目の下段の数字はISBNコードです。978-4-12が省略してあります。

と-26-33 **闇の獄（下）** 富樫倫太郎

座頭として二重生活を送る男・新之助は、裏社会から足を洗い、愛する女・お袖と添い遂げることができるのか？ 著者渾身の暗黒時代小説、待望の文庫化！

206052-4

と-26-34 **闇夜の鴉** 富樫倫太郎

大坂の追っ手を逃れてから十年——。新一は江戸で再び殺し屋稼業に手を染めていた。『闇の獄』に連なる暗黒時代小説シリーズ第二弾！〈解説〉末國善己

206104-0

と-26-38 **白頭の人** 大谷刑部吉継の生涯 富樫倫太郎

近江の浪人の倅はいかにして「秀吉に最も信頼される男」になったのか——謎の病で容貌が変じ、周囲に疎まれても義を貫き、天下分け目の闘いに果てるまで。

206627-4

S-12-24 マンガ日本の歴史 24 **自立する戦国大名** 石ノ森章太郎

明応の政変で十数年間を不遇な異国の旅に費す足利義材。全国的に権力の地方分権化が顕在化し、時代は戦国大名相互の国盗り合戦に。

203051-0

S-2-11 **日本の歴史11** 戦国大名 杉山博

全国に割拠し、非情なまでの権謀術数を用いて互いに攻め合い殺し合う戦国の武将。われこそは天下に号令せんと角逐する人々を生き生きと描く。〈解説〉稲葉継陽

204508-8

つ-13-8 **忍者月輪《がちりん》** 津本陽

こんな忍び、見たことない！ 信長の村重討伐、毛利水軍との海戦、本願寺包囲、因幡乱入……そこにいつも無双の忍者・伝兵衛がいた。〈解説〉松木武彦

206310-5

も-26-2 **美女いくさ** 諸田玲子

信長の気性をうけつぎ「女弾正忠」と称された小督は、愛する夫と引き裂かれながらも、将軍家御台所として、戦国の世を逞しく生き抜く。〈解説〉中江有里

205360-1

う-28-7 **孤闘** 立花宗茂 上田秀人

武勇に誉れ高く乱世に義を貫いた最後の戦国武将の風雲録。島津を撃退、秀吉下での朝鮮従軍、さらに家康との対決！ 中山義秀文学賞受賞作。〈解説〉縄田一男

205718-0